Mar de fuego

Título original: *Sea Fire*
Traducción: Susana Gondre
Ante la imposibilidad de contactar con el autor de la traducción,
la editorial pone a su disposición todos los derechos que le son legítimos
e inalienables.
1.ª edición: enero, 2015

© Karen Robards, 1982
© Ediciones B, S. A., 2015
  para el sello B de Bolsillo
  Consell de Cent, 425-427 - 08009 Barcelona (España)
  www.edicionesb.com

Printed in Spain
ISBN: 978-84-9070-019-8
DL B 23637-2014

Impreso por NOVOPRINT
          Energía, 53
          08740 Sant Andreu de la Barca - Barcelona

Karen Robards

Mar de fuego

1

En los días de un declinante verano de 1844, lady Catherine Hale había llegado a la plenitud de su belleza. Su brillante pelo rojizo con visos dorados, una espesa mata de rizos que al soltarlos le llegaban a la cintura, estaba recogido en un moño flojo sobre la coronilla para brindarle un poco de frescura. El peinado formaba un radiante nimbo dorado que le enmarcaba el rostro pequeño cada vez que los rayos del ardiente sol de Carolina del Sur le daban de lleno. Su rostro era arrogantemente adorable, un óvalo casi perfecto donde predominaban unos increíbles ojos zafirinos bordeados de sedosas pestañas oscuras y muy rasgados, lo cual añadía un toque de exotismo a su belleza rubia. En cuanto al resto, tenía pómulos altos, a los que el sol había teñido de un cálido color melocotón, una naricilla delicada y recta, boca de labios sensuales del color de las cerezas, que eran el blanco de las bromas de su esposo, puesto que aducía que estaban hechos expresamente para que los besaran, y una pequeña barbilla voluntariosa, claro indicio de un subyacente carácter muy fuerte.

Era una muchacha menuda, de huesos frágiles, pero su cuerpo armonizaba perfectamente con su rostro por su exquisitez y delicadeza. Los pechos eran redondos y erguidos y del tamaño exacto para entrar en la palma ahuecada de una mano varonil (esto, también, dicho por su esposo). La cintura era estrecha y las caderas, deliciosamente curvadas, terminaban en piernas esbeltas y muy bien proporcionadas.

En ese día particular de agosto, Cathy se había puesto un vestido informal debido al intenso calor. Pero la misma simplicidad del escotado vestido de muselina para las tardes, de amplia falda fruncida y diminutas mangas abullonadas que hacían furor esa temporada, le sentaba muy bien y más que nada debido al tenue color amarillo de la tela que resaltaba la tersura de porcelana de su cutis.

Tenía solo diecinueve años, pero era más mujer que niña. La natural expresión de dulzura de su rostro se acentuó cuando, al mirar por la ventana del recibidor trasero, vio aparecer al hombre que la había hecho mujer. Era evidente que Jon venía de trabajar y que acababa de dejar los campos cultivados. Una sonrisa indulgente jugueteó en los labios de Cathy al ver que su esposo estaba mugriento; el sudor, al correr por su rostro moreno, lo había dejado surcado de líneas más oscuras y la humedad de la tarde le había ensortijado más que nunca el pelo negro. Esas ondas rebeldes eran en verdad la gran aflicción de su existencia. Los calzones de color de ante y la camisa blanca estaban cubiertos de una fina capa de arenisca como las botas de caña alta que siempre usaba y el sombrero de ala ancha que en ese momento traía en la mano. Jon trabajaba hasta agotarse supervisando los cultivos de algodón en las vastas tierras de Woodham. Cathy reconocía que él lo hacía únicamente por ella y por el pequeño hijo de ambos, Cray, de solo quince meses de edad. En lo más íntimo de su corazón creía que Jon, a veces, añoraba la vida de pirata, errante y desenfrenada, que tanto había disfrutado antes de que el matrimonio y el nacimiento de Cray le empujaran a la respetabilidad. Pero si hubiera seguido pirateando por los mares, como ella le repetía a menudo, habría acabado su vida de la única forma posible: con un dogal al cuello en algún cadalso. Dos veces había escapado de esa suerte, y Cathy no tenía ninguna intención de que volviera a tentar al demonio una vez más.

La sonrisa de Cathy se ensanchó al ver, doblando una esquina de la casa, a Cray en brazos de Martha, su rolliza niñera que le cuidaba con amor de abuela. Martha también había sido la niñera de Cathy, casi desde el día de su nacimiento. Después de la muerte de lady Caroline Adley, la madre de Cathy, cuando la niña solo tenía siete años, Martha había asumido plenamente la tarea de su crianza. Cathy amaba profundamente a Martha y esta, a su vez, protegía con fiereza tanto a Cathy como a Cray. Después de ciertas desconfianzas mutuas, Jon también había entrado en el círculo mágico de su devoción. Martha habría ofrendado la vida gustosamente por cualquiera de los tres, creía Cathy, pero de todos ellos, y de eso sí estaba segura, Cray era el preferido de su corazón. Eso la hacía realmente feliz.

—¡Papaíto! —chilló alegremente Cray al ver a Jon. Cathy tuvo que sacudir la cabeza al oír ese americanismo un tanto vulgar. A despecho de su propia prosapia netamente inglesa, Cray era todo un norteamericano, digno hijo de su padre. ¡Si hasta se parecía a Jon! Los rizos negros de la criatura, los ojos grises, su cuerpecito robusto y la expresión obstinada que aparecía en su carita de vez en cuando, eran muy propios de su padre. Algunas veces Cathy se preguntaba cómo se las arreglaría para entendérselas con dos hombres obstinados cuando Cray creciera, pero después se encogía de hombros. «La necesidad tiene cara de hereje», como le gustaba decir a Martha.

—¡Papaíto, papaíto! —Cray se debatía imperiosamente en los brazos de Martha. Cediendo a sus reclamos, la mujer le dejó en el suelo. Riendo, Jon se agachó y abrió los brazos de par en par, mientras el pequeñín hacía pinitos sobre el césped liso del jardín en su dirección. Cuando por fin llegó a su meta, Cray soltó gorgoritos de júbilo mientras su padre le tomaba en sus brazos y le balanceaba alto en el aire. Cathy sintió que su corazón rebosaba de amor mientras les observaba. Esos dos seres significaban más para ella que todo el oro del mundo, y no se cansaba de dar gracias todos los días a Dios por el giro imprevisto del destino que se los había dado.

Jon lanzaba a Cray al aire y le recogía mientras el bebé chillaba de regocijo. Cathy sacudió la cabeza, sonriendo, mientras contemplaba a su esposo, alto y musculoso, forcejear con su diminuto hijo. Luego salió apresuradamente de la casa al jardín trasero antes de que ocurriera algún inconveniente. Cray acababa de cenar y cuando se sobreexcitaba tenía tendencia a perder la paciencia del modo más desconcertante.

—Muy bien, vosotros dos, basta ya de vuestras tonterías —les reprendió con fingida severidad mientras se dirigía hacia ellos. Jon le sonrió descaradamente. Cray observó a su padre y le imitó en todo. Cathy tuvo que echarse a reír. ¡Eran tan parecidos como dos gotas de agua!

—Sí, señora —dijo sumisamente Jon mientras dejaba a su hijo en el suelo.

—Sí, señora —repitió como un eco la vocecita chillona de Cray al tiempo que se aferraba a la larga pierna de su padre para no perder el equilibrio. Cathy volvió a reírse. Levantó al niño en brazos y le estrechó amorosamente contra su pecho. Cray se abrazó mimosamente a su cuello, en tanto Jon le ceñía la cintura con su brazo fornido y la atraía contra su cuerpo para plantarle un rápido beso fogoso sobre los labios entreabiertos. Cathy se lo devolvió sintiendo la tan conocida aceleración de la sangre en sus venas. Nunca dejaba de asombrarla el hecho de que, después de más de dos años de vida en común y el nacimiento de un hijo, Jon pudiera aún excitarla de ese modo con solo rozarla. Al principio lo había considerado una verdadera vergüenza, un hecho realmente indecoroso. Una dama de su estirpe, y con la educación que había recibido por ser la hija de un conde y descendiente de una de las familias más ilustres de Inglaterra, debía hallar cualquier clase de atención física de un hombre como algo fríamente desagradable y hasta molesto en el mejor de los casos. «Cierra los ojos y piensa en Inglaterra», era la forma en que se les describía a las jovencitas de su clase social el método de abordar y soportar estoicamente el acto marital. Durante mucho tiempo

Cathy se había maravillado con bastante temor de su propia reacción, tan distinta de aquella que debía tener, pero su repetición constante la había acostumbrado a ello. Además, sabía que Jon encontraba su ardor en la cama, y excitar a Jon tenía recompensas muy concretas y muy agradables.

—¿Tienes hambre? —le preguntó a su esposo, prosaica una vez más, decidida a reprimir unos pensamientos que estaban por desmandarse.

—Me muero de hambre —respondió él con un brillo endemoniado en los ojos; se le acercó más y le susurró al oído—: Quiero comerte entera.

Cathy se sonrojó y le echó una mirada fugaz, risueña y a la vez llena de reproches. Martha observaba esa pequeña escena muda con mucha indulgencia. A pesar de los modales y las costumbres un tanto salvajes del señor Jon, hacía feliz a la niña Cathy, y eso, al parecer de Martha, era lo que más importaba.

—Ya es hora de que el señorito Cray vaya a la cama —comentó Martha dirigiéndose a Cathy con aire impasible al tiempo que le tendía los brazos a Cray.

—¡No quiero ir a la cama! —anunció Cray en manifiesta rebeldía, pero se asombró enseguida cuando su boquita sonrosada se abrió involuntariamente para bostezar. Cathy se rio abiertamente y pasó el niño a los brazos de Martha.

—Estás cansado, preciosura —le dijo inclinándose para depositar un beso en los sonrosados mofletes del bebé. Como el semblante del niño mostraba señales de angustia, Jon se inclinó a su vez y le susurró algo al oído. La criatura, al oírlo, soltó una alegre carcajada llena de felicidad. Para asombro de Cathy no se repitieron las protestas y Martha, con el cuello rodeado por los bracitos tiernos del niño, empezó a alejarse.

—¿Qué diablos le has dicho? —exigió ella de su esposo mientras veía alejarse a Martha con el niño, que seguía sonriendo feliz.

—Cosas de hombres —replicó él con una sonrisita más que irritante. Cathy solo pudo sacudir la cabeza al ver desaparecer de la vista a Martha y Cray al internarse en la larga galería trasera de la mansión de ladrillos con altos pilares, digno exponente del estilo sureño.

—¡Al fin solos! —exhaló Jon con ojos burlones. Antes de que Cathy pudiera adivinar lo que se traía entre manos, la levantó en el aire y la hizo girar en un amplio círculo, después procedió a besarla con tal ardor y minuciosidad que la dejó sin aliento.

—¡Jon! —protestó Cathy riéndose cuando pudo volver a hablar—. ¡Los sirvientes! —Miró significativamente hacia la media docena o más de ventanas abiertas que daban al jardín trasero.

Por única respuesta Jon le brindó una sonrisa rapaz.

—¿Qué te propones, pícara descarada? ¿Vas a privarme de mi cena con tus ardides? —rugió él, y al ver la terrible incomodidad de Cathy, los ojos le bailaron en la cara. Cuando ella iba a abrir la boca para censurarle, volvió a tomarla entre sus brazos y la hizo girar una vez más en el aire para dejarla luego de cara a la casa y propinarle una sonora palmada en las nalgas redondeadas. Cathy pegó un salto, se ahogó de la risa sin poder remediarlo y luego se dejó llevar mansamente hacia la casa guiada por el brazo fornido de su esposo, que le rodeaba la estrecha cintura.

Caminaron lenta y tranquilamente en completo silencio. Cathy aspirando profundamente el encantador aroma de las blancas magnolias que cuajaban los árboles de follaje oscuro que crecían a ambos lados de la puerta trasera como dos centinelas. Apretada contra el costado de su marido, podía sentir su camisa sudada y, a través de la tela húmeda, percibía la musculatura de su caja torácica, que el duro trabajo había endurecido.

—Trabajas demasiado —afirmó ella, seria, estirándose de puntillas para depositar un beso en la mejilla áspera por la barba incipiente. El brazo de Jon le ciñó más la cintura al recibir ese gesto de amor.

—Entonces, dame alguna recompensa —le aconsejó él observando con cara sonriente el pequeño rostro adorable vuelto hacia arriba mirándole con la mayor seriedad. Cuando notó algo inusual, enarcó una ceja y se rio.

—Tienes un tizne en la punta de la nariz —le dijo él y se lo quitó con un golpecito rápido con el dedo índice. Cathy frunció la nariz y bizqueó al intentar ver la mota de tizne en la punta.

—Es natural. Estás mugriento. ¿Qué has estado haciendo, revolcándote en la mugre?

—Más o menos. La tierra está tan reseca por esta sequía que levantamos nubes de polvo con solo caminar por los campos. Si no tenemos una buena lluvia pronto el algodón se quemará y parecerá carbón.

Habló con una seriedad desacostumbrada en él. Cathy alzó la vista, preocupada. Sabía que para Jon era de vital importancia revertir la deplorable situación de Woodham, los vastos algodonales que había heredado de su enajenado padre hacía dos años, y hacer que la finca volviera a ser un negocio próspero. Aunque ella era muy rica por derecho propio, Jon se negaba obstinadamente a tocar un solo centavo de su dinero, insistiendo en mantener a su familia y la plantación con el capital que le quedaba de sus años de capitán pirata y con lo que podía producir la tierra. Él jamás lo había dicho, pero Cathy estaba convencida de que Jon se proponía rodearla de los mismos lujos y comodidades a los que había estado acostumbrada antes de su matrimonio. Era inútil intentar persuadirle de que los vestidos costosos y las hermosas joyas y los mobiliarios fastuosos no significaban absolutamente nada para ella en comparación con la importancia que en su vida tenían Cray y él mismo. Pero el feroz orgullo de Jon le impedía creer en las sinceras palabras de su mujer. Esa terquedad le exasperaba terriblemente. Con todo, Cathy se enorgullecía de que él luchara denodadamente contra la adversidad para devolver la prosperidad a Woodham.

El prolongado silencio de Cathy hizo que Jon la contemplara con el rostro ligeramente ceñudo y mirada inquisitiva. Al advertir su inquietud, se maldijo mentalmente por preocuparla y con rapidez intentó distraer su atención con un pellizco juguetón en el voluptuoso trasero de su mujer.

—Olvida la sequía —le aconsejó cuando ella dio un chillido de protesta—. Woodham ha sobrevivido a cosas peores, puedes creerme. No hemos llegado aún cerca del punto en que te veas obligada a prescindir de tus preciosas chucherías. Sin embargo, ayudaría y mucho que comieras un poquito menos...

Cathy se rio por la tomadura de pelo, pero procedió de inmediato a desquitarse de su impertinencia clavándole el codo puntiagudo en las costillas. Jon soltó un gruñido de dolor, luego trató de agarrarla, resuelto a administrarle el condigno castigo. Ella se retorció con habilidad y maña, alejándose prontamente de su lado al tiempo que, riendo, se recogía la falda y echaba a correr en dirección a la casa con Jon pisándole los talones.

—Ya pagarás por esto, mujer descarada —la amenazó acercándose cada vez más mientras ella hacía un regate y lograba entrar en la casa por la puerta trasera. Rápidamente se dirigió hasta el recibidor. Pegó un grito cuando el aliento caliente de Jon le acarició la nuca y la advirtió que él estaba muy cerca. Pero fue demasiado tarde. En ese momento la rodearon dos brazos poderosos y la levantaron limpiamente del suelo apretándola contra su pecho viril.

—¡Piedad! ¡Ten piedad de mí, oh, capitán pirata! —se la oyó gimotear en medio de carcajadas cristalinas. Él gruñó con fingida ferocidad mientras la llevaba hacia la escalera.

—¡Jamás! —siseó él perversamente, y empezó a subir por la amplia escalera curva llevando prisionera a Cathy entre sus brazos. Ella luchó simulando un terror que estaba lejos de sentir y se retorció y se movió frenéticamente levantando las piernas en medio de una nube de enaguas blancas. De pronto echó un vistazo al vestíbulo y su cuerpo se paralizó abruptamente. Petersham, el pequeño y nervudo criado personal de Jon y soporte principal de la familia, les estaba observando con divertida resignación.

—¿Debo indicarle a la cocinera que retrase la cena, señor Jon? —inquirió en un tono de voz extremadamente seco.

—¡Sí! —respondió Jon con un guiño cómplice a su viejo amigo. Ya estaba a mitad de la escalera y su carga se había tranquilizado.

—¡No! —contramandó Cathy rápidamente—. ¡Petersham, no te atrevas! Jon, esta noche tenemos invitados a cenar, ¿no lo recuerdas? —Entonces, en un aparte y casi sin voz, añadió—: ¡Por lo que más quieras, bájame! ¿Qué debe estar pensando Petersham?

Jon hizo una mueca burlona.

—Estoy seguro de que Petersham está pensando en el dinero, como de costumbre —respondió él sin siquiera molestarse en bajar el tono de su voz y continuó subiendo por la escalera sin un solo gesto de su parte que pudiera indicar que complacería las exigencias de Cathy.

Cathy, volviendo la mirada una vez más al vestíbulo con las mejillas arreboladas, vio que Petersham se había permitido devolver la sonrisita irónica. Le fulminó con la mirada mientras soltaba un bufido de indignación. ¡Hombres! ¡Cuando de tratar con el sexo débil se trata, se mantenían unidos como si estuvieran encolados!

—Ejem... los invitados llegarán a las ocho y media, si lo recuerdo bien, y ya son las siete pasadas —les recordó Petersham a sus espaldas borrando la mueca burlona de su rostro al ver la mirada asesina de

Cathy—. ¿Quiere que le haga subir agua caliente para el baño, señor Jon?

—Más tarde, Petersham, mucho más tarde —respondió descaradamente al pisar el rellano superior y empezar a caminar majestuosamente por el vestíbulo con su sonrojada prisionera.

—Ahora, Petersham —gimió Cathy por encima del hombro de Jon. Ya estaba casi resignada a ser desobedecida inevitablemente.

Para su sorpresa, esa vez no lo fue. Jon se había abierto paso empujando la puerta del dormitorio con el hombro y al cabo de poco de haber entrado y robado un beso fogoso de los labios de Cathy, llamaron suavemente a la puerta.

—¿Quién demonios...? —murmuró Jon, beligerante, lanzando una mirada suspicaz a la puerta culpable de la interrupción. Volvieron a dar un golpecito en la puerta y con mucha renuencia dejó a Cathy en el suelo, cruzó la habitación a grandes zancadas y abrió de golpe la puerta.

»¿Sí? —La palabra fue un chasquido. La brusquedad desacostumbrada de su tono sorprendió y asustó a Tyler, el criadito negro, que casi dejó caer los cubos llenos de agua hirviendo que colgaban de sus manos. Así las cosas, la sola presencia imponente de su amo, alto y arrogante, claramente enfadado por la interrupción y que le estaba mirando con ojos furiosos, hizo que el muchacho tragara rápidamente saliva y retrocediera un paso. Pero se paró en seco al chocar con Micah, el otro criadito negro que estaba detrás de él llevando una carga similar. Petersham, que se hallaba justamente detrás de los dos, chasqueó la lengua con desaprobación al ver cómo chapoteaba peligrosamente el agua en los cuatro cubos. Jon clavó los ojos en los de Petersham.

—Lo siento, señor Jon, pero se le veía realmente sucio —se apresuró a explicar Petersham, empujando a los muchachitos al interior de la habitación antes de que el señor Jon pudiera estallar, como parecía estar a punto de hacer. Jon observó detenidamente a su ayuda de cámara mientras los dos muchachos se dedicaban a llenar la elegante bañera de porcelana que se hallaba en uno de los rincones de la espaciosa habitación, oculto detrás de un biombo tapizado de seda.

—Esta no es la primera vez que mi esposa te incita al amotinamiento, mi viejo amigo. Me estoy cansando de ello. —Jon sonó amenazador. Cathy rápidamente reprimió una sonrisa. Aún era una llaga abierta en su amor propio que Cathy hubiese conquistado sin una sola excepción a toda su tripulación pirata en los días anteriores a convertirse en la esposa del capitán. Antes de que ella llegara a bordo de su barco, Jon estaba acostumbrado a la lealtad incondicional y a la obediencia total de su tripulación. Todavía ponía mala cara cada vez que recordaba con qué facilidad sus hombres se habían convertido en aliados de Cathy.

—Lo siento, señor Jon —repitió Petersham, mostrándose adecuadamente avergonzado y confuso. Luego, al ver que los criados habían completado su tarea y abandonaban rápidamente la habitación, añadió—: Enviaré a Martha dentro de un cuarto de hora para que la ayude a vestirse, niña Cathy, si le parece bien.

—Muchas gracias, Petersham —aprobó Cathy

antes de que Jon pudiera intercalar una palabra. Petersham, que reconocía las señales de una tormenta por la postura rígida de su amo después de años a su servicio, desapareció precipitadamente de su vista. Jon echó miradas feroces a la puerta cerrada.

—Un día de estos ese viejo réprobo irá demasiado lejos —profetizó misteriosamente; después, a regañadientes, esbozó una sonrisa forzada cuando Cathy, incapaz ya de contenerse, se echó a reír alegremente.

—Petersham tiene toda la razón. Estás mugriento —le dijo Cathy con firmeza al ver que volvía a intentar atraerla—. Y yo tengo que vestirme. Ya nos sobrará tiempo más tarde para... para... eso.

—Oh, «eso», ¿verdad? —Jon sonrió pasando por alto los intentos de Cathy de eludirle y consiguiendo abrazarla por la cintura—. ¿Y qué te hace pensar que yo quiero «eso», como le llamas?

Cathy le miró por entre sus largas pestañas y un hoyuelo malicioso apareció fugazmente en una de sus mejillas.

—Las señales son inequívocas, mi amor —replicó ella con un gracioso mohín al tiempo que se desprendía de sus brazos con la agilidad de una anguila—. Pero simplemente tendrás que esperar.

—¿Y si no me da la gana? —la desafió él, pero Cathy solo se rio y se escabulló rápidamente en el vestidor contiguo.

Cuando regresó al dormitorio llevando colgado del brazo un vestido de noche de suntuosa seda azul cielo, que formaba parte del nuevo guardarropa estival que Jon había insistido en que le hicieran, él ya estaba cómodamente instalado en la bañera. Cathy le contempló con indolente interés, pero no pudo menos que percatarse de los anchos hombros desnudos y el pecho cubierto de espeso vello oscuro; tampoco se le pasaron por alto los brazos de músculos de acero bajo la piel curtida que los interminables días de trabajo sin camisa bajo el sol ardiente de Carolina habían vuelto del color de la teca. Tenía las piernas recogidas y las rodillas estaban casi pegadas al pecho para que su enorme cuerpo entrara mejor en la pequeña bañera. El agua brillaba en su cabello y en la piel y le lamía pudorosamente la cintura cubriendo así la parte esencial de su cuerpo viril. Parecía ligeramente ridículo y enteramente adorable. La invadió la ternura y sonrió.

—Lávame la espalda —invitó él con la voz enronquecida al alzar la vista justo cuando ella tenía los ojos fijos en él. Cathy pareció considerar la propuesta y luego movió negativamente la cabeza.

—Temo por mi virtud, señor —bromeó.

—Cobarde —gruñó él, decepcionado, y, rindiéndose a lo inevitable, procedió a enjabonarse los brazos y el pecho. Cathy permaneció allí, quieta, y observándole unos momentos más, flaqueando en su determinación. Con treinta y seis años cumplidos, Jon seguía siendo el hombre más guapo que había conocido. Era mucho más alto que la gran mayoría de los hombres y poseía una musculatura extraordinaria. En ese momento, el cabello negro como el azabache se rizaba caprichosamente alrededor de su rostro resaltando sus ojos grises velados entonces por largas pestañas sedosas, el único toque femenino en un rostro que, por otra parte, era netamente masculino. Con solo verle la boca grande y sensual torcida por una sonrisa maliciosa, le hizo latir el corazón más deprisa. En ese preciso instante, Jon volvió a levantar la vista y pudo interpretar correctamente la mirada de los ojos de su mujer. Se le ensanchó más la sonrisa y se recostó en la bañera.

—Ven aquí, cariño —le indicó dulcemente. Cathy se ruborizó y desvió rápidamente la mirada.

—No seas tonto. Nuestros invitados a cenar llegarán en una hora. —Se ocupó entonces de extender el vestido sobre la cama.

—Una hora es tiempo de sobra para lo que tengo en mente. De hecho, por cómo me siento en este mismo instante, no tardaré ni un cuarto de ese tiempo. —Jon sonrió perversamente al ver que le ardían las mejillas.

—Tengo que vestirme —le contestó Cathy, pero hasta su voz carecía de convicción.

—Todavía no. —Jon arrastró las palabras mientras se ponía de pie. El agua resbaló por su cuerpo alisándole el tupido vello negro que le cubría, separándose al llegar a su masculinidad erecta para terminar de caer por sus largas piernas.

Con los ojos redondos y agrandados como platillos, Cathy retrocedió unos pasos cuando él salió de la bañera y comenzó a avanzar por el suelo de madera lustrada dejando a su paso grandes charcos de agua.

—¡Jon, no! —protestó ella débilmente, retrocediendo aún alrededor de los pies de la cama—. ¡Tenemos gente a cenar! ¡No tenemos tiempo! No quiero...

—Mentirosa —la regañó suavemente. Extendió las manos para sujetarla por los brazos—. Tú sí quieres y yo también quiero y, como eres mi esposa, pienso aprovecharme de ese hecho. Así que cállate la boca, mujer, y bésame.

Cathy se sintió atraída contra el pecho empapado, percibiendo cómo la humedad y el calor de ese cuerpo traspasaba la fina tela del vestido y levantó el rostro para mirarle entre divertida y enfadada, con cierta irritación y mucho amor.

—Eres imposible —le acusó ella severamente y apoyó las manos en los hombros anchos y fuertes de su esposo. No parecía más que una niñita por su estatura y siempre que quería mirarle la cara tenía que echar la cabeza atrás. Al hacerlo ahora, el deseo que llameaba en los ojos grises encendió una chispa de pasión incontenible en ella y Cathy ya no pudo protestar más cuando él agachó la cabeza.

—Así me lo han dicho —murmuró él antes de que se unieran las bocas, y después ninguno de los dos pudo hablar por mucho tiempo. Su beso fue profundo y gentil, reviviendo en ella pasados placeres compartidos e insinuando disfrutes aún más prodigiosos por venir. Cathy le devolvió el beso libremente, sus inhibiciones perdidas en la ola de añoranza que sentía por él. Seductoramente presionó las formas curvilíneas de su cuerpo contra el más grande y completamente desnudo del hombre y se estremeció al sentir en el vientre el calor palpitante y punzante de la prueba evidente de su pasión. Con los ojos cerrados, olvidada de todo menos del placer que él le estaba brindando y que ella deseaba devolver, le acarició la espalda desnuda con manos ansiosas que moldearon la espina dorsal fuerte para llegar a la dura curva de sus nalgas donde juguetearon sensualmente. Estas se endurecieron más bajo sus caricias y la respiración de Jon se aceleró notablemente. Entonces él separó ligeramente los labios de la boca rosada y besable de su mujer. Cathy instantáneamente abrió los ojos y le encontró mirándola con ojos tan ardientes de deseo que los latidos de su corazón, fuertes y rápidos, retumbaron en su cabeza.

—Eres hermosa —le dijo con voz pastosa y Cathy sonrió.

—Tú también eres hermoso —respondió con desvergonzada sinceridad. La risa de Jon semejó un rugido antes de volver a cubrirle los labios con los suyos. Cathy sintió cómo le temblaron los brazos cuando él la levantó para acostarla en medio de la enorme cama antes de tenderse junto a ella. De inmediato, su boca voraz buscó y exploró la de Cathy mientras las manos recorrían febrilmente todo el cuerpo y se demoraban, ardientes, sobre cada suave curva femenina que encontraban debajo del vestido. Luego, la boca viril abandonó los labios tiernos y dóciles y se deslizó por la mejilla dejando una estela de fuego, mordisqueó el lóbulo de la oreja de Cathy haciéndola estremecer de pasión, y luego se deslizó nuevamente por la trémula columna de su cuello para deleitarse con las turgentes redondeces de sus pechos que asomaban tímidamente por encima del escote de su vestido. Los brazos de Cathy se habían enlazado estrechamente alrededor del cuello de Jon y le atormentaba depositando besitos fugaces y húmedos a lo largo del hombro con fuerte sabor a sal. Ella se envolvió entonces en sus brazos mientras los dedos de él trataban desesperadamente de desprender los numerosos broches que corrían a lo largo de la espalda del vestido. Consiguió fácilmente su propósito con varios de ellos, pero a mitad de la espalda hubo uno que se resistió más de la cuenta y pareció derrotarle. Luchó con ese broche en silencio hasta que Cathy, finalmente, tuvo conciencia de esa lucha desigual y de la pasión casi frustrada de su esposo y se rio por lo bajo. Jon se apartó ligeramente de ella y la miró a la cara con ojos que no reían precisamente.

—¿Quieres reírte de mí, coqueta descarada? —gruñó él—. ¡Muy bien, te enseñaré mejores modales que esos!

Sin más, con violencia simulada, se estiró hacia abajo, agarró el dobladillo del vestido y levantó la falda hasta la cintura de Cathy envolviéndosela allí. Luego sus dedos se cerraron sobre la cinta que sujetaba los delicados pantalones adornados de encaje, desataron rápidamente el lazo y tironearon de ellos hacia abajo.

—¡Jon, no! —protestó Cathy sintiendo la obligación de hacerlo. La forma en que estaba planeando poseerla no era decorosa ni digna. Según los principios de la época, los cónyuges debían inexorablemente hacer el amor con tanta dignidad como permitiera el acto y ¡nunca unirse a plena luz del día con la mujer todavía medio vestida, como si se tratara de una mozuela a la que se ha tumbado en un pajar!

—¡Cathy, sí! —respondió él, burlón, mientras le quitaba los pantalones tironeando de ellos. Cathy quedó desnuda de la cintura para abajo, salvo el borde inferior de la camisa y las medias de seda sostenidas alrededor de los muslos esbeltos por ligas de encaje azul. Una nube de faldas amarillas y enaguas blancas casi le cubrían por entero la parte superior del cuerpo. Cathy jadeó y se retorció como una culebra cuando la mano de Jon se deslizó hacia el triángulo de vello dorado entre sus piernas. Luego, como él no la soltaba y sus dedos la acariciaban con pasión, ligeros estremecimientos le recorrieron el cuerpo antes de quedarse inmóvil.

—¿Todavía dices que no? —murmuró él en broma después de un ratito mientras contemplaba el rostro encendido por el placer. Cathy sintió que enrojecía más, consciente de los ojos grises fijos en ella, pero no pudo evitar ni controlar el movimiento ondulatorio de sus caderas.

—Te amo —le dijo a Jon dulcemente entreabriendo rápidamente los ojos para clavarlos en los de él. El semblante de Jon cambió y se le oscurecieron los ojos de pasión. Cuando ella observó esa expresión sintió un súbito y feroz endurecimiento en su vientre.

Jon agachó la cabeza para apoderarse de su boca con un beso devorador y la lengua y los labios trataron de decirle a su mujer todo lo que él aún encontraba difícil de expresar con palabras. Cathy se aferró a él desvergonzadamente, sin ninguna clase de pudor, dejando que su cuerpo se contoneara debajo del de Jon, anhelando ser poseída. Al sentir la suave carne ondulante, la cubrió con su cuerpo fuerte y musculoso mientras sus fornidos muslos le separaban las piernas. Cathy las abrió de buena gana al tiempo que le clavaba las uñas en la espalda y las dejaba deslizar por la piel húmeda de sudor, mientras le devolvía los besos con igual apasionamiento. Con una sola embestida fuerte y segura él la poseyó. La exquisita sensación dejó a ambos jadeantes y maravillados. Jon empezó a moverse deprisa al principio y luego más lentamente, deteniéndose, atormentándola, hasta que Cathy presionó frenéticamente el cuerpo contra el de Jon con los ojos cerrados, entreabiertos y jadeando con desesperación.

—Jon, Jon, Jon —gimió el nombre una y otra vez, inconscientemente, mientras sus manos le acariciaban la espalda como suplicándole y urgiéndole a que terminara. Finalmente, cuando creía que no podría soportarlo más, él se retiró de ella casi por completo. Cathy se revolvió contra él y abrió los ojos en son de protesta. Él la estaba observando y sus ojos ardieron cuando captaron el deseo febril que se había adueñado de ella.

—¿Me deseas? —inquirió él, ronco, y su respiración hizo un sonido desapacible y áspero al pasar por su garganta.

—¡Sí, oh, sí! —jadeó Cathy, olvidada del mundo e inmersa en un deseo vehemente, aferrando las manos a la espalda viril, moviendo lascivamente su cuerpo contra el de Jon. Un gemido se estranguló en la garganta del hombre cuando embistió y la penetró profundamente. Cathy gritó apretándole contra ella, mientras los brazos bronceados y fuertes se cerraban alrededor del cuerpo frágil y femenino como si fueran tenazas. Cathy sintió el estremecimiento agónico de Jon dentro de su cuerpo y se abandonó al éxtasis.

Pasó un rato antes de que Cathy volviera a sus cabales. Lentamente el corazón había retomado su ritmo normal y una vez más su respiración era regular. Jon aún seguía tumbado sobre ella, con el enorme cuerpo casi aplastándole el suyo más pequeño. Tenía la cabeza sobre la almohada junto a la de ella. Se volvió para mirarle y con la yema del dedo acarició amorosamente las duras facciones. Al percibir el roce, Jon abrió los ojos y su mirada se dulcificó al posarlos sobre el rostro tan amado.

—Mi esposa —dijo él con un dejo de satisfacción en la voz y luego le besó los dedos que ella apretaba contra sus labios.

Cathy le sonrió y abrió la boca para recriminarle su renuencia a decirle las únicas tres palabras tan simples que anhelaba oír de sus labios. En las raras y contadas ocasiones en que él sí había cobrado suficiente ánimo para decirle expresamente cuánto la amaba, se había mostrado tímido y turbado por tener que admitir tal cosa. Jon pertenecía a un mundo de hombres rudos, empecinadamente machistas; confesar que sentía una emoción tan tierna y delicada como el amor era muy difícil para él. Pero una y otra vez le había demostrado ese amor profundo con hechos y eso la hacía muy feliz.

—No... —empezó a decir ella con la intención de agregar en broma: «tienes algo que decirme», cuando sonó un golpe fuerte en la puerta. Cathy se sobresaltó como si hubiese sido sorprendida en alguna falta grave. Jon le sonrió socarronamente.

—No te inquietes, lo que acabamos de hacer es absolutamente correcto. —Se mofó de su desconcierto en voz baja y dándole un beso en la boca saltó fuera de la cama—. Estamos casados, ¿recuerdas?

—Oh, silencio —le dijo Cathy. Al ver que los ojos de su marido volvían a encenderse de pasión al contemplar su cuerpo casi desnudo con las faldas recogidas y envueltas alrededor de la cintura y las piernas abiertas y estiradas sobre el sobrecama de seda floreada, se ruborizó una vez más.

Se volvió al oír otro golpe en la puerta y esta vez fue más perentorio aún. Cathy se deslizó fuera de la cama, bajándose precipitadamente las faldas y llevándose luego las manos a la cabeza en un vano intento de ordenarse la cabellera que caía de las horquillas en una maraña de rizos dorados sobre sus hombros y espalda. Jon observaba sus esfuerzos tan desnudo todavía como cuando había venido al mundo, con las manos en las caderas y una débil sonrisa curvándole los labios.

—Te veo como si acabaras de levantarte de la cama —observó irónicamente. Cathy le echó una mirada feroz.

—¿Niña Cathy? —La voz del otro lado de la puerta era la de Martha, exactamente como lo había imaginado—. Niña Cathy, son casi las ocho de la noche y vuestros invitados están al caer. ¿Quieres que te ayude a vestirte?

Jon se rio por lo bajo mientras Cathy, luchando aún inútilmente con su pelo, cruzaba la habitación para ir a abrirle la puerta. Antes de que llegara a su destino, Jon se marchó de puntillas al vestidor. Cuando ella franqueaba la puerta a la criada, oyó que Jon llamaba a gritos a Petersham.

Los ojos de Martha brillaron maliciosamente al ver el rostro sonrojado de Cathy y el desaliño de su ropa antes de pasearlos por la bañera a medio vaciar, los charcos en el suelo y el terrible desorden de la ropa de cama. Pero por una vez la mujer optó por guardar un discreto silencio. Sin echar un solo vistazo más en dirección a Cathy, se dirigió a la cama, estiró las mantas, recogió los pantalones que se había quitado Cathy y los puso en el cesto de ropa sucia, luego se dirigió a los pies de la cama con el semblante en blanco. Cathy, perpleja, la observaba mientras Martha luchaba para liberar algo que se hallaba atascado entre el colchón y la barandilla a los pies de la cama.

—¡Mi vestido! —jadeó ella, horrorizada al reconocer los arrugados pliegues de tela que Martha estaba sacudiendo.

—No irás a ponerte este, me imagino. Y menos mal, si es uno de esos vestidos indecentes que acabas de mandarte a hacer.

—¡No son indecentes! —se defendió Cathy acaloradamente por centésima vez—. ¡El corpiño de escote bien profundo está de moda! ¡Y no tienes por qué temer tanto, Martha! ¡Me pondré otro de mis vestidos nuevos y todos tienen el mismo corte!

—¡Lo confieso, niña Cathy, algunas veces eres un verdadero castigo! —masculló Martha mientras guardaba el vestido arrugado. Cathy no le hizo caso y se dedicó a lavarse el rostro y las manos con agua fresca del cántaro que tenía en la mesilla cerca de la cama.

Mientras Martha ayudaba a Cathy a desvestirse, mantuvo un silencio hostil que demostraba su desaprobación. Ni siquiera se dignó a comentarle que esa tarea ya estaba a medio hacer. Cuando Cathy se hubo lavado, Martha la ayudó a ponerse los pantalones recién planchados. Los nuevos vestidos de noche con su gran escote que dejaba los hombros desnudos impedían el uso de una camisa. Martha, ceñuda, le ajustó el corsé al cuerpo tirando de los cordones con mucha satisfacción hasta que Cathy jadeó y su cintura midió no más del palmo que estaba tan en boga. Después dejó caer las tres enaguas, que eran de rigor, por la cabeza de Cathy y le calzó las finísimas medias de seda en las piernas sin pronunciar ni una sola palabra en todo ese tiempo.

—Oh, ve a buscar mi vestido. El de color rosa —ordenó Cathy con irritación, finalmente nombrando otra de las prendas de vestir ofensivas. Dejando oír un resoplido de disgusto, Martha hizo lo que se le ordenaba, mientras Cathy, cubriéndose recatadamente los hombros con un peinador, se sentaba ante el tocador y procedía a tratar de desenredar la maraña de su pelo. Martha regresó con el vestido antes de que hiciera muchos progresos y, después de estirar el vestido sobre la cama, tomó el cepillo de las manos de su joven señora. Empezó a cepillar la larga cabellera dorada de Cathy sin pronunciar palabra.

—Cathy, ¿has visto mi navaja de afeitar? No puedo encontrarla por ninguna parte.

Jon estaba en el vano de la puerta abierta entre el dormitorio y el vestidor apoyando el hombro con cierta negligencia contra el marco. Tenía puesta la suntuosa bata de brocado carmesí que Cathy le había regalado para el primer aniversario de boda. La parte inferior de su rostro estaba cubierta por la espuma de afeitar. Por el espejo del tocador Cathy vio el brillo fugaz que le iluminó los ojos luego de estudiarle la figura apreciativamente, vestida como estaba con su ropa interior y el cabello dorado cayendo en suaves ondas hasta la cintura.

—Yo la tomé prestada —confesó ella con aire de culpabilidad. Jon se enderezó y avanzó un paso dentro del dormitorio.

—¿La tomaste prestada? ¿Para qué? —Sonaba sorprendido como era lógico imaginar.

Cathy echó un rápido vistazo a Martha por encima del hombro. Si confesaba la verdad su vieja niñera la regañaría vehementemente sin cesar durante horas; Martha era muy estricta en cuanto a lo que debía y no debía ser el comportamiento apropiado de una dama de buena familia y todos sus conceptos al respecto eran terriblemente rígidos. La mujer ya estaba observándola con cierta suspicacia mientras Jon seguía aguardando una respuesta con verdadero interés.

—Me afeité las piernas. —Cathy, desafiante y olvidando toda cautela, hizo ese anuncio y lo defendió—. Según *Godey's Ladies' Book*, eso es de rigor con las nuevas medias de seda transparente.

El efecto que causó esta declaración en el auditorio fue inmediato. Martha se hinchó visiblemente mientras que Jon sonrió y le bailaron los ojos.

—No puedo decir que haya notado la diferencia —murmuró Jon como para escandalizar un poco más y se mostró divertido mientras iba a recobrar el objeto de su propiedad que Cathy le alcanzaba.

—Niña Cathy, ¿no tienes vergüenza? —exigió Martha retóricamente tan pronto como recuperó el habla—. ¿Qué diría tu santa madre? La única clase de damas que hacen esas cosas son... bueno, ¡no son precisamente damas!

Jon no podía contener la risa al desaparecer en el interior del vestidor. Las eternas regañinas de Martha le resultaban divertidas. Y a ella también, reflexionó Cathy con amargura mientras escuchaba esta al parecer interminable, si no estuvieran siempre dirigidas a ella.

—¡Oh, Martha, cállate la boca! —exclamó Cathy, irritada—. Ahora soy una mujer casada ¡y puedo hacer lo que me plazca!

—¡Una dama casada, ya lo creo! —rezongó Martha—. Sí, eso eres, ¡por el bien que eso nos hace a nosotras dos! Debo decir que me sorprende sobremanera que el señor Jon permita que te comportes como lo haces. Él te consiente demasiado, eso es lo que hace. ¡Cualquier esposo que se precie adoptaría una actitud mucho más firme! Perfumar el agua de tu baño diario ya es bastante malo... y sí, niña, puedo olerlo en ti, así que no creas que puedes engañarme... ¡pero afeitarte las piernas! Es el colmo. ¡Bueno, todo concuerda, si se me permite decirlo!

Después de esto, Cathy tuvo que escuchar el largo monólogo recriminatorio guardando un silencio hostil mientras Martha le diseñaba un nuevo peinado. Si esa mujer se fuera de su lado, podría empolvarse ligeramente la nariz con el polvo de arroz que ocultaba celosamente en uno de los cajones de su tocador. Pero si Martha desaprobaba los perfumes y mucho más los vestidos escotados, qué pensaría de las damas que se pintaban el rostro. «Si la escuchara y la obedeciera, yo sería una perfecta maritornes», pensó Cathy, resentida, pero no encontraba el necesario valor para desafiar a su vieja niñera empolvándose delante de ella.

Cuando Martha hubo terminado de peinarla siguiendo el elegante estilo recogido y ondeado que últimamente parecía ser su preferido para las veladas, Cathy retiró el taburete del tocador y se puso de pie. Martha, refunfuñando todavía en voz baja, fue a por el polémico vestido de noche que descansaba sobre la cama.

—Quédate quieta y derecha —le ordenó a Cathy cuando regresó a su lado y con suma destreza le pasó el vestido por la cabeza sin desordenar un solo rizo de su peinado. Mientras el vestido caía, Martha tiró ligeramente de él hasta acomodarlo en su lugar y luego rodeó a Cathy ubicándose detrás de ella para abrocharlo. Durante todo ese tiempo Martha mantuvo los labios bien apretados en señal de desaprobación—. Y tampoco te hagas la ilusión de que no estoy al tanto de ese polvo de arroz que ocultas en tu tocador —dijo Martha mordazmente como llovido del cielo, precisamente cuando Cathy estaba empezando a creer que el sermón había terminado por esa noche. Suspiró resignada. Realmente ese era el problema más grande con los sirvientes que habían conocido a alguien desde la cuna, reflexionó con bastante irritación. Se creían los dueños de esa persona para hacer y decir todo lo que les apeteciera. «Qué agradable sería contar con una doncella común y corriente que cumpliera al pie de la letra las órdenes impartidas sin chistar y que hablara únicamente para decir en tono respetuoso: "Sí, señora" o "No, señora"», pensó con más deseos que esperanzas. Pero luego, con cierto remordimiento, descartó la idea. Las continuas regañinas de Martha nacían de su amor y preocupación por ella y sabía que echaría terriblemente de menos a esa mujer si alguna vez tuviera que prescindir de ella.

Cuando el vestido estuvo abrochado, Cathy se

dirigió al espejo de cuerpo entero que se hallaba cerca del tocador mientras Martha la observaba con el gesto torcido.

Hizo caso omiso de ello y se dedicó a inspeccionar minuciosamente la imagen que le devolvía el espejo con ojos críticos. El vestido sí era bastante exagerado, tuvo que admitirlo, pero no lo confesaría en voz alta aunque la sentaran en el potro. El amplísimo escote recto se extendía de un brazo al otro y dejaba desnudos los hombros suavemente redondeados, descansando y, al parecer, sostenido apenas por las crestas puntiagudas de sus senos. Los hombros de piel cremosa y la tersa superficie superior de los senos turgentes quedaban totalmente al descubierto y la hendidura sombreada entre los picos gemelos era claramente visible. Salvo el exquisito volante alrededor del escote, el corpiño carecía de todo otro adorno, pero se adhería perfectamente a las curvas de su cuerpo hasta el talle en punta desde donde arrancaba la enorme falda en forma de campana que reducía su cintura casi a la nada. Hasta el color, más intenso y subido que los rosas pastel usados por las jovencitas durante años, era completamente nuevo. Parecía brillar tenuemente con vida propia, si bien los visos de la seda no eran más suaves que su piel perlada o más fulgurantes que su cabellera dorada. Como toque final, Cathy se puso su largo hilo de perlas que usaba envuelto dos veces alrededor del cuello y aretes de perlas haciendo juego. Dio un paso atrás y reconoció que nunca se había visto más bella, pero aun así se sintió —muy ligeramente, eso sí— demasiado al descubierto.

—Levemente... ah... revelador, ¿no te parece? —Jon había salido del vestidor y había cruzado la habitación. En ese momento estaba detrás de ella con las manos sobre los hombros desnudos de Cathy mientras estudiaba la imagen que le devolvía al espejo—. ¿Has omitido ponerte algo? ¿Algo así como una blusa?

—Muy chistoso —replicó Cathy, pensando qué guapo se veía en su traje negro de etiqueta—. Cada vez hablas más como un esposo. Recuerdo los tiempos en que habrías adorado este vestido.

—Me interpretas mal, cariño. Yo sí... ah... lo adoro. Lo que no adoro es la idea de que nuestros invitados varones devoren a mi esposa con los ojos como seguramente harán. —Dicho esto, echó una mirada de soslayo a Martha, que seguía muda e inmóvil con una expresión en su rostro que decía bien a las claras cuánto aprobaba sus palabras—. ¿No estás de acuerdo, Martha?

—¡Oh, por Dios, no le des más cuerda! ¡Eso es todo lo que he oído durante semanas! —Cathy estaba riéndose al apartarse del espejo—. De todos modos, capitán Hale, acepta de buen grado que fuiste tú quien insistió en que mandara a hacer un nuevo guardarropa de verano, y podría agregar que fue muy en contra de mis deseos. Solo puedes culparte a ti mismo si el estilo es demasiado escandaloso para ti. Además, ¿no crees que me veo hermosa?

—Muy hermosa —consintió él con cierta pachorra—. ¡Y yo sería incapaz de entrometerme y ser un estorbo en lo que a moda se refiere! Pero no te sorprendas si el viejo señor Graves derrama la sopa sobre la pechera de su camisa en vez de hacerla pasar por su garganta y todo por admirar tus encantos. —Pasó las puntas de los dedos por todo el escote del vestido.

Cathy se rio y, poniéndose de puntillas, le plantó sonriente un beso en la boca.

—Ahí tienes, ¿qué te he dicho? Jon no es tan chapado a la antigua —dijo con aire triunfal a Martha, que resopló por lo bajo.

—Como ya he dicho antes, él te malcría. Ojalá que no tenga que lamentarlo más adelante. —Martha murmuró casi para sí esta última frase, pero fue perfectamente audible como era su propósito. Cathy, con aire de dignidad ofendida, optó por no hacerle caso. Jon, sonriendo a Martha, siguió los pasos de Cathy.

De la planta baja subieron los sonidos de la llegada de los primeros invitados. Cathy se apresuró a recoger sus guantes y el abanico. En señal de reconciliación abrazó cariñosamente a Martha antes de tomar el brazo que gentilmente le ofrecía Jon.

«Qué pareja tan guapa hacemos», pensó Cathy al avistar fugazmente reflejada en el gran espejo de marco dorado que adornaba una de las paredes del vestíbulo de entrada la imagen de ambos descendiendo por la ancha escalera. Jon era muy alto y moreno; le sacaba una cabeza a ella. Al lado de su imponente masculinidad, ella parecía pequeña y frágil, absurdamente joven para ser su esposa y la madre de un niño de un año. Los ojos de ambos se cruzaron en el espejo y por su ceño levemente fruncido comprendió que él también estaba pensando lo mismo. Le sonrió y después de un momento él le devolvió, lentamente, la sonrisa.

Además del anciano señor Graves, dueño de la

plantación más cercana a Woodham, estaban su esposa, Ruth, y su hija, Millicent, esperándoles en el recibidor. Cathy apreciaba mucho al señor y a la señora Graves, quienes habían hecho lo indecible para que los Hale se sintieran cómodos en su nuevo hogar, pero Millicent era otro cantar. De casi treinta años y carente de toda belleza, no se había casado jamás. Se vestía con atuendos propios de jovencitas y su rostro siempre lucía una sonrisa tonta en su afán constante de parecer juvenil. Pero lo que realmente causaba encono en Cathy era que Millicent nunca dejaba pasar una oportunidad para echarle miradas amorosas a Jon. Pero, para crédito de su marido, él hacía caso omiso de ello.

Mientras Cathy iba saludando a estos primeros invitados, empezaron a llegar los restantes. En cuestión de pocos minutos, el salón bullía de gente que charlaba alegremente. Cathy y Jon se separaron, circulando entre los invitados e intercambiando frases triviales con los recién llegados. Cathy, observando a Jon que reía cortésmente mientras una matrona le describía los numerosos cortejantes que tenía su hija, sintió una oleada de amor por él.

La cena pasó sin contratiempos, aunque Cathy tuvo que hacer grandes esfuerzos para no echarse a reír cuando el señor Graves, conforme a las predicciones de Jon, derramó toda la sopa sobre la pechera de su camisa blanca. La mirada de Cathy se cruzó con la de Jon, vio que le tironeaban los labios y estaba a punto de reírse, por lo que desvió rápidamente la vista y se mordió la lengua. Durante los minutos que siguieron concentró toda su atención en Gerald Bates, un contemporáneo de Jon que estaba sentado a su izquierda. Al rato, cuando la tentación de reírse hubo pasado, se volvió y enfrentó nuevamente la mirada del señor Graves.

Después de cenar, las damas dejaron que los caballeros disfrutaran en paz de sus cigarros y coñac mientras ellas se retiraban a otro saloncito para tomar té y enfrascarse en el chismorreo. Pasó más de media hora antes de que los caballeros volvieran a reunirse con ellas. Al entrar en el saloncito se hizo patente de inmediato que habían bebido más de lo que se consideraba apropiado. Gerald Bates estaba riéndose más alto de lo debido, mientras que algunos de los otros caballeros solo mostraban sus rostros enrojecidos por el alcohol. Jon, como siempre, sonreía cortésmente. Cathy se maravilló, como lo hacía a veces, ante lo que al parecer era su gran tolerancia a la bebida. La única vez que le había visto borracho había sido después del nacimiento de Cray y, aun entonces, según contaba Petersham, Jon había consumido suficiente cantidad de whisky puro como para derribar a una yunta de bueyes antes de mostrar señales de ebriedad.

Cathy lanzó una mirada de reproche a Jon, culpándole de permitir que los caballeros invitados se pusieran en semejante estado. Él la interceptó y la interpretó correctamente, mostrándose entonces tan arrepentido que Cathy se vio forzada a sonreír a despecho de sí misma. Al ver que ella suavizaba su expresión, él la recompensó con una sonrisita torcida que por experiencia sabía que resultaba irresistible a su mujer. Cuando ella siguió mirándole con severidad, él hizo un amago como de ir hacia ella.

—¿No tocaría para nosotras, lady Cathy? —La

voz estentórea de Gerald Bates se le adelantó. Cathy quería excusarse, pero no podía pensar en ningún pretexto plausible para hacerlo. En cambio, sonriendo a los amables apremios de sus invitados, cruzó la sala hasta el piano de cola que estaba en un rincón y se sentó sencillamente en la banqueta acolchada.

—¿Qué les gustaría oír? —Cathy volvió la cabeza y sonrió a los invitados, que se habían reunido en el salón. Cuando le hubieron asegurado que cualquier cosa que tocara les encantaría, Cathy se lanzó de lleno a tocar los acordes melodiosos y animados de un vals. Gerald Bates se acercó y se apoyó sobre el instrumento, observándola con mal disimulado placer. Cuando Cathy percibió la caricia de sus ojos sobre la blanca piel expuesta por el vestido, empezó a desear fervientemente que se alejara de allí. Si continuaba con su oprobioso examen detenido y evidente, habría problemas. Jon era ferozmente posesivo de todo lo que consideraba suyo y, para él, Cathy era precisamente eso, algo de su propiedad. Si se daba cuenta de lo que estaba ocurriendo —¿y cómo no percatarse de ello?—, a él no le gustaría en absoluto la forma en que Gerald la estaba admirando. Y Jon, si le provocaban, era capaz de derribar a Gerald de un puñetazo, invitado a la casa o no.

Cathy puso fin al vals con un floreo dando gracias a Dios de que hubiese terminado. Pero antes de que pudiera ponerse de pie sintió caer un suave chal de cachemira sobre los hombros. Sorprendida miró en derredor y descubrió a Jon de pie a sus espaldas con la vista clavada en Gerald y una sonrisa en sus labios que solo podía describirse como feroz.

—Pensé que podrías estar sintiendo frío —le dijo

transfiriendo su atención a ella una vez que se aseguró de que Gerald hubiese recibido el mensaje.

—Gracias, querido —respondió ella, sumisa. Se envolvió los hombros con el chal para que cubriera las partes más expuestas del escote y se levantó al tiempo que Gerald, silenciosamente, se esfumaba de la escena—. Estaba sintiendo una pizca de frío.

Tomó el brazo de Jon y le permitió que la llevara de regreso a su asiento, felicitándole mentalmente todo el tiempo por su autodominio. Su marido podía ser violentamente celoso y ella se lo perdonaba porque sabía que esos celos desmedidos eran el producto de una inseguridad profundamente arraigada en él debido a sus anteriores relaciones con mujeres. Pero tenía la esperanza de que él por fin empezara a convencerse de que su amor por él era inquebrantable. Su moderación ante la provocación de esa noche parecía confirmar su esperanza.

Jon permaneció a su lado durante los siguientes cuarenta minutos más o menos. Cathy tuvo que sonreír al ver el despliegue ostentoso que hacía Gerald de quedarse lo más lejos posible de ambos. Pero demostraba ser prudente y juicioso al hacerlo así, tuvo que admitir Cathy. Jon como oponente podía ser más que temible...

—Niña Cathy. —Petersham estaba a su lado. Cathy pestañeó al mirarle. Había estado a kilómetros de distancia de allí.

—¿Qué sucede, Petersham? —Lo que primero pensó era que Cray debía de estar enfermo. Nada menos que eso induciría a Petersham a irrumpir e interrumpir una reunión con invitados.

—Acaba de llegar un hombre con una carta para usted, niña Cathy. Dice que es urgente.

—¿Una carta? —repitió estúpidamente Cathy sintiendo que le daba un vuelco el corazón. Una carta urgente solo podía significar que algo andaba mal. Murmurando una excusa se puso de pie y siguió a Petersham al vestíbulo. Como él había dicho, allí la aguardaba un hombre. Cathy casi no prestó atención a la explicación larga y tediosa al tomar la carta con manos temblorosas. Abrió el sobre apresuradamente y dio un vistazo al contenido. Al ir leyendo, su rostro se volvió tan blanco como el papel que sostenía en las manos.

—¿Qué pasa, querida? —Jon estaba de pie en el vano de la puerta entre el recibidor y el vestíbulo. Estaba frunciendo el entrecejo al escudriñar el rostro pálido de Cathy. Ella alzó la vista y le clavó los ojos que reflejaban toda su tragedia.

—Oh, Jon, es... es papá —dijo con la voz quebrada arrojándose a sus brazos, que se cerraban cariñosamente alrededor de ella como para consolarla—. ¡Dicen que se está muriendo! ¡Debo ir inmediatamente a su lado!

2

Inglaterra era, ciertamente, mucho más fría que Carolina del Sur, pero eso era casi todo lo que Cathy podía decir al respecto. Mientras avanzaban por las calles llovía incesantemente, era esa llovizna fría, monótona e interminable tan característica de Londres a finales de septiembre. Cathy, sentada en el coche de alquiler con Cray en el regazo y Martha ocupando el asiento de enfrente, se estremeció de frío. Se arropó más con la pelliza de lana de color arándano y forro de piel tratando de entrar en calor. El golpeteo regular y rítmico de los cascos del caballo sobre las calles empedradas con guijarros, el chapoteo de las ruedas del coche al cruzar por los incontables charcos, le parecieron los sonidos más tristes y desolados del mundo. «¿El país entero huele a gusanos?», se preguntó Cathy desconsoladamente. El peso del niño adormilado en su regazo le brindó cierto consuelo y le apretó más contra su cuerpo. Añoraba la presencia de Jon con todas las fibras de su ser.

Él había tenido que quedarse en Woodham, por supuesto. Con la cosecha del algodón tan cerca hubiera sido una verdadera tontería dejar el lugar. Cathy lo sabía y hasta se lo había señalado a Jon cuando él había sugerido acompañarla. Pero la verdadera razón, el hecho incontrolable por el cual Cathy casi le había implorado que permaneciera allí era que, en Inglaterra, Jon era un criminal que había logrado escapar después de ser declarado culpable de piratería y asesinato. Si le prendían sería ahorcado sumariamente.

—Nos hemos detenido, niña Cathy. —Martha habló por primera vez desde que habían salido de la zona de los muelles hacía aproximadamente una hora. El sonido de su voz sobresaltó a Cathy y la hizo regresar bruscamente al presente. Se inclinó hacia delante para espiar por la ventanilla lateral y para hacerlo tuvo que limpiar con la mano sin guante el vidrio y marcar un círculo libre de condensación. Desde el exterior la suntuosa mansión de su tía Elizabeth, lady Stanhope, en la elegante Grovesnor Square, se veía exactamente igual como hacía dos años. La construcción de tres pisos de altura de ladrillos rojos con una cerca de hierro delicadamente forjado y pintado de negro que la separaba de la calle era tan imponente como la dama en persona. Y como recordaba Cathy demasiado bien de su única visita previa, la casa era tan estrictamente correcta en el interior como en el exterior. La absoluta formalidad era la regla inflexible no solo en los modales sino también en el mobiliario. Cathy había residido allí casi cerca de tres meses mientras estaba embarazada de Cray y se creía abandonada por su esposo. Esa visita se había distinguido únicamente por la angustia y la desolación que la habían invadido.

—¿Va a bajar del coche, señora? —El tono malhumorado del cochero, que estaba sosteniendo la portezuela abierta del carruaje mientras la lluvia goteaba del ala de su sombrero, sacó a Cathy de su ensimismamiento. Cray, que finalmente había caído rendido de sueño, pasó de sus brazos a los de Martha y Cathy se levantó. Martha estaba visiblemente erizada de furia por la grosería de ese hombre. Cathy, sin embargo, sabiendo que no podría soportar ningún disgusto adicional, la reprimió con una mirada severa.

—Cúbrete la cabeza, amorcito, está lloviendo —le aconsejó Martha cuando Cathy estaba a punto de descender, contentándose con fulminar al cochero con la mirada. Cathy siguió su consejo echándose la capucha de la pelliza sobre la cabeza mientras bajaba airosamente del carruaje. Martha la siguió con Cray en brazos y envueltos ambos con un grueso pañolón de seda que les resguardaba de la lluvia. El cochero, que había exigido que se le pagara el viaje por adelantado, tardó apenas unos minutos en arrojar el equipaje a la acera antes de volver a subir al pescante y alejarse de allí. Cathy miró con cierta consternación la pila de maletas y baúles que había quedado cerca de la puerta y que la llovizna iba empapando lentamente. Luego, con un encogimiento de hombros lleno de resignación, volvió la espalda a la escena que la deprimía y marchó con paso resuelto a la entrada de la mansión.

—Buenas tardes, mi señora —dijo Sims el mayordomo al abrir la puerta respondiendo a la llamada. No pareció sorprenderse en absoluto al verla allí. Cathy supuso que su tía debía de haber previsto que ella se presentaría y seguramente había informado a los sirvientes. Después de recibir esa fatídica carta no había habido tiempo para enviar una respuesta antes de embarcarse.

—Buenas tardes, Sims. —La respuesta de Cathy fue igualmente flemática. Mientras el mayordomo mantenía abierta la puerta principal, Cathy pasó al gran salón de entrada con suelo de mármol seguida de cerca por Martha y Cray. Martha intercambió una mirada fría con el mayordomo al pasar delante de él. Ambos habían estado en pie de guerra y enfrentados la única vez anterior que Cathy había permanecido en esa casa.

—Lady Stanhope se halla en el recibidor, mi señora —le informó Sims con su típico tono lúgubre.

—¿Y mi padre? —preguntó suavemente Cathy.

—Se encuentra arriba, en el dormitorio verde, mi señora. Lamento decirle que su condición no ha tenido mejoría. Permítame expresarle cuánto lamentamos todos que algo así le suceda a sir Thomas, mi señora.

—Gracias, Sims. Subiré a verle de inmediato. Por favor, indíquele a Martha dónde hemos de dormir y envíe a alguien por nuestras pertenencias. Me temo que se están empapando por completo.

—Muy bien, mi señora. —Ni siquiera con un ligero parpadeo traicionó Sims su sorpresa ante la falta de modales que Cathy había demostrado. Lo más correcto habría sido que fuera inmediatamente a saludar a su tía, que era, después de todo, su anfitriona, y quizá beber una taza de té con ella antes de subir al dormitorio donde descansaba su padre. Cathy era plenamente consciente de haber infringido la etiqueta, pero, a decir verdad, no se sentía con ánimo para enfrentarse a su tía en ese momento. No había visto a lady Stanhope desde que Jon la había sacado sigilosamente de esa casa en mitad de una tormenta de nieve una noche de enero de hacía casi dos años, por lo que no creía que su tía estuviera demasiado ansiosa de darle la bienvenida. Abandonada en evidente estado de embarazo luego de su muy sonado rapto llevado a cabo por piratas, la primera aparición de Cathy en la sociedad londinense había causado un verdadero escándalo. La historia que habían hecho circular su padre y su tía que la presentaba como una viuda inconsolable que ya llevaba el hijo póstumo de su difunto marido en el vientre en el momento del secuestro había chocado con la incredulidad de todos. ¡Y después había desaparecido sin dejar rastro exactamente cuando las habladurías estaban empezando a decaer...! La acometió un súbito deseo de echarse a reír. ¿Cómo diablos se las había arreglado lady Stanhope para explicar eso?

—¡Mi querida! —El propósito de Cathy de subir directamente al piso superior sin ver a su tía se frustró cuando la dama en persona entró majestuosamente en el vestíbulo. Antes de que Cathy comprendiera siquiera lo que estaba pasando, se encontró entre los brazos perfumados de su tía. Le devolvió el abrazo con cierta renuencia y mucha estupefacción. ¡La acogida que había esperado de su parte no había sido tan calurosa como esa!

—Hola, tía Elizabeth —murmuró Cathy cortésmente cuando al fin se libró de esos brazos afectuosos besando de mala gana y con cautela la mejilla con carmín que le presentó para ese propósito—. Me alegro de verte.

—¡Oh, mi querida! —La voz de lady Stanhope

rebosaba de emoción. Cathy parpadeó. Su tía siempre había sido tan reservada que hasta se podía decir que era arrogante y soberbia, una dama fría, majestuosa, a quien solo le interesaban dos cosas: su hijo, Harold, que había accedido al título de lord Stanhope a la muerte de su desventurado padre, y su propia posición en la sociedad. Tal vez había estado más encariñada con su único hermano que lo que Cathy había podido suponer. Por cierto, esa fue la única razón que se le ocurrió a Cathy para poder explicar ese cambio de actitud tan desconcertante.

—Por lo que veo has traído a la criatura. —El semblante de lady Stanhope mostró una expresión rara cuando pareció ver por primera vez a Martha cargando al niño en brazos, que seguía profundamente dormido. Desafiante, Cathy alzó la barbilla al oír el tono. Para lady Stanhope y su hijo, Cray siempre sería ni más ni menos que una desgracia. La sola idea le hizo hervir la sangre en las venas.

—¡Por cierto, he traído a mi hijo! Si no lo consideras conveniente, nada nos haría más felices que hospedarnos en alguna posada. —Las palabras fueron de hielo. Lady Stanhope pareció desconcertada. ¡Esta criatura tan segura de sí misma no guardaba semejanza alguna con aquella jovencita tímida y sufrida que una vez había vivido bajo su techo!

—¡No, no, ni hablar de ello! ¡Tú eres bienvenida a esta casa! Además, ¡debes de estar deseando estar cerca del pobre Thomas!

Cathy consideró esto un momento y luego bajó la cabeza. Sin embargo, no se le había escapado el ligero énfasis que lady Stanhope había puesto en la palabra «tú» al decir que eran bienvenidos. Pero por el momento el bienestar de su padre debía pesar más en la balanza que su amor propio.

—Gracias, tía. Ahora, si no te incomoda, me gustaría ver a mi padre. Y si le indicas a Sims que lleve a Martha a un dormitorio, te lo agradecería mucho. Mi hijo, como podrás apreciar, ya está dormido.

—Oh, sí, mi querida, por supuesto —asintió lady Stanhope apresuradamente. Luego pareció vacilar—. Existe un asunto de cierta urgencia que debo discutir contigo, Cathy. Podríamos hablar primero de ello y luego podrías visitar a Thomas. Después de todo, no hay nada que puedas hacer por él.

—Preferiría ver a mi padre primero, si te es igual, tía. Sea lo que fuere creo que seguramente puede esperar hasta entonces.

—Sí, sí, supongo que puede esperar —murmuró lady Stanhope sin mucha convicción—. Pero, Cathy, hay algo que debes conocer...

—Más tarde, tía, si te parece —respondió Cathy con firmeza. Se volvió y empezó a subir la escalera. Martha la siguió con Cray en sus brazos y Sims, luego de lanzar una mirada inquisitiva a su señora, cerró la marcha. Lady Stanhope se quedó sola siguiéndoles con la mirada, arrugado el ceño y enfrascada en sus pensamientos.

—¡Niña Cathy! ¡Oh, niña Cathy! ¡Ha venido! —Mason, el ayuda de cámara de su padre durante muchos, muchos años, le franqueó la entrada al dormitorio verde en respuesta a su llamada. El pulcro hombrecillo estaba radiante de júbilo y con los ojos sospechosamente húmedos al dar la bienvenida a la joven que había conocido desde que estaba en la cuna—. ¡Sir Thomas se pondrá feliz al verla, niña Cathy!

Cathy, sabiendo que Mason sentía una verdadera devoción por su padre y que estaba más que encariñado con ella misma, percibió la misma humedad en sus ojos al devolverle la sonrisa.

—¿Creías que no vendría, Mason? —inquirió ella dulcemente cuando él se hizo a un lado para dejarla pasar.

—Yo sabía que vendría, niña Cathy. Era lord Stanhope quien pensaba que quizá no lo haría.

—Bien, lord Stanhope estaba equivocado, como suele sucederle la mayoría de las veces. —La voz de Cathy sonó áspera. Jamás le había gustado Harold y sabía que el sentimiento era mutuo—. ¿Cómo está mi padre?

—No muy bien, niña Cathy, siento mucho decirlo —le confió Mason tristemente, bajando la voz a un susurro al seguirla para detenerse al lado de la enorme cama de columnas—. Había estado muy deprimido durante algún tiempo... echándola de menos, decía... y después vino a Londres para las carreras. Él... él sufrió el ataque casi enseguida. En esta misma habitación. Todo el lado derecho de su cuerpo está paralizado, niña Cathy, y en muy raras ocasiones se mantiene consciente más de un cuarto de hora por vez. Es una desgracia, realmente lamentable.

Cathy apenas si movió afirmativamente la cabeza como respuesta, pues se le había hecho un nudo tan grande en la garganta que no creyó poder hablar. Al contemplar la frágil figura cuyo contorno era apenas visible debajo del cúmulo de edredones del que una vez fuera su guapo y robusto padre, sintió que se le encogía el corazón. El cabello que había sido tan dorado como el suyo propio cuando le había visto por última vez estaba ahora salpicado de gris y su rostro vuelto hacia abajo en la almohada estaba contraído y blanco. Se le veía terriblemente viejo, pensó Cathy y por primera vez admitió la posibilidad de su muerte. Se había negado a considerarlo durante toda la travesía del Atlántico, consolándose con la idea de que todo lo que necesitaba sir Thomas era el cuidado amoroso de su hija para recuperarse por completo. Ahora veía que el caso era mucho más desesperado que lo que había querido creer.

—¡Oh, papá! —exhaló Cathy con voz embargada por la emoción cayendo de rodillas al lado de la cama y buscando a tientas la mano enflaquecida de su padre—. Papá, soy Cathy. Estoy aquí, papá.

Los párpados que habían estado cerrados se entreabrieron por un instante y los ojos de un azul descolorido parecieron verla. Su aliento escapó en un suspiro áspero, raspante. Cathy le aferró la mano mientras las lágrimas se derramaban de sus ojos.

—Cathy. —Su nombre fue solo un susurro ronco apenas audible por más que ella se esforzaba por oír. La mano que ella sostenía apretó la de ella por un instante y luego quedó laxa. Los ojos volvieron a cerrarse una vez más.

—¡Papá! —Los labios de Cathy besaron con fuerza la mano descarnada de su padre mientras más lágrimas rodaban por sus mejillas. Le resultaba increíble que su padre estuviera a un paso de la muerte, pero temía mucho que fuera verdad. Toda ella se sintió embargada por el dolor y la angustia.

—El doctor Bowen ha dicho que dormir es lo mejor para él, niña Cathy. —Mason se le acercó y le apoyó la mano en el hombro. Ella volvió la cabeza y a través de sus lágrimas vio que las mejillas de Mason estaban tan mojadas como las suyas.

—Sí. —Cathy se tragó las lágrimas y, con la ayuda de Mason, se puso temblorosamente de pie—. ¿Tienes... tienes alguna idea de qué fue lo que provocó este ataque, Mason?

Mason la miró de una manera extraña.

—¿Lady Stanhope no ha hablado aún con usted, niña Cathy?

—Quería hacerlo, pero yo quería ver primero a mi padre. ¿Por qué, Mason?

—Yo apenas sé cómo decírselo, niña Cathy —explicó él mostrándose desdichado.

—¿Decirme qué, Mason? —La voz de Cathy sonó tajante. Un terror vago estaba empezando a roerle el alma. Algo andaba muy mal, eso al menos estaba claro.

—Sir Thomas estaba escribiendo una carta cuando sufrió el ataque, niña Cathy —empezó lentamente Mason—. Yo... yo creo que más vale que usted misma la lea.

Mason cruzó la habitación hasta el escritorio que estaba debajo de las ventanas con cortinas de damasco, abrió un cajón y sacó un trozo de papel. Cerró el cajón y regresó junto a ella, todo esto con movimientos deliberados y lentos. Cathy tomó el papel de la mano extendida sin decir palabra, vio que estaba dirigido a ella en Woodham y lo desdobló con manos trémulas. Al empezar a leer se le secó la garganta.

Hija —empezaba la carta—. Me apena muchísimo ser el portador de noticias que solo puedo describir como nefastas, pero acabo de recibir cierta información que considero debo hacerte llegar sin dilación. Tengo la esperanza de que podrás rectificar lo que ha sucedido sin demasiado perjuicio para tu espíritu o tu posición social, o la de tu hijo o esposo.

Cathy, mi muy querida, cuando yo hice los arreglos para que tu boda se llevara a cabo en el *Lady Chester* por medio del capitán Winslow, naturalmente consideré que estaba, como tales oficiales están, debidamente autorizado para realizar una ceremonia legal. Estoy seguro de que él supuso lo mismo, así que no se le puede echar la culpa de nada. Pero el hecho nada grato que me acaban de confirmar es que la Corona había apartado al capitán Winslow de su puesto antes de solemnizar vuestra boda. La ceremonia, por lo tanto, no fue legal, y tu matrimonio con Jonathan Hale, en realidad, nunca ha existido.

La carta continuaba brevemente aconsejando que Cathy y Jonathan volvieran a casarse sin demora para legitimar el nacimiento de Cray. Cathy estaba tan aturdida por lo que acababa de leer que apenas si podía asimilar algo de todo ello. Al final la escritura se perdía en un largo garabato y Cathy comprendió vagamente que debió de haber sido entonces cuando su padre había sufrido el ataque.

«¡Jon y yo no estamos casados! ¡Cray es —Dios me perdone— un bastardo!» Las palabras daban vueltas y vueltas en su mente entumecida. Cuando finalmente alzó los ojos del papel y miró a Mason, tenía la mirada perdida.

—Mason... —La voz sonó estrangulada—. ¿Mason, estás enterado de lo que dice aquí?

—Sí, niña Cathy —respondió él compasivamente al enfrentar la mirada desolada de Cathy—. Encontramos la carta después de que sir Thomas sufriera el ataque. La noticia debe de haberle producido una conmoción tan grande como a usted.

—Sí, desde luego. —Cathy vio muy claramente lo que debió de haber sucedido. Su padre, al enterarse de esa información, debió de haberse horrorizado más allá de lo imaginable al darse cuenta de que su única hija, en vez de estar felizmente casada como lo había creído, de hecho estaba viviendo con un hombre como su amante, por inconscientemente que fuera. Y Cray... Sir Thomas adoraba a su nieto. Debió de haber sentido una gran tristeza al darse cuenta de que la criatura era ilegítima. Al considerar todas las ramificaciones de este hecho, Cathy palideció aún más. Si alguna vez la noticia llegaba a hacerse pública todos considerarían a Cathy una mujer perdida, una mujer a quien nunca más se recibiría con agrado en los hogares de amigos ni conocidos. Quedaría excluida de la buena sociedad, sería inaceptable, pues la sociedad no le brindaba su perdón a quien se había «extraviado», según se decía. ¡Y Cray ya no sería el hijo legítimo de su propio padre, ya no sería su heredero, sino un bastardo! Cathy se mareó.

—¿Se siente bien, niña Cathy? —preguntó ansiosamente Mason al ver que se tambaleaba.

—Mason, hazme el favor de ir a por Martha. Creo que voy a indisponerme —logró balbucear Cathy con cierta calma. Después, cuando Mason se apresuró a cumplir el mandato, sus temblorosas rodillas se negaron a sostenerla por más tiempo y ella se desplomó sobre la alfombra.

Cathy pasó los siguientes días en una especie de nebulosa. Su instinto la apremiaba a escribir a Jon para advertirle qué había pasado. Solo el miedo de que una carta semejante pudiera traerle a toda prisa a Inglaterra paralizó su mano. Comprendió que debía regresar cuanto antes a su casa en Norteamérica para poner las cosas en orden, pero detestaba la idea de abandonar a su padre que, contra lo que el médico venía esperando, mostraba algunas señales de mejoría. Martha estaba tan alterada como ella y juntas discutían el problema detenidamente. Ambas estaban plenamente de acuerdo en que Jon, en cuanto se enterara de las circunstancias, volvería a casarse con ella de inmediato para luego emprender la tarea de legitimar a Cray. A Cathy no le cabía ninguna duda al respecto. Pero no podía sentirse cómoda hasta no ser la esposa legítima de Jon. Estaba desgarrada entre el temor por la vida de su padre y el irresistible impulso de regresar precipitadamente al amor y seguridad que solo Jon podía ofrecerle.

Para mayor asombro de Cathy, su tía Elizabeth se mostraba con ella, de repente, extremadamente bondadosa y amable. Ella no injuriaba a su sobrina llamándola ramera, ni denunciaba a Cray como algo peor. Quizá la enfermedad de su hermano había ablandado el corazón de esa mujer... ¿Quién lo sabía? Una cosa era segura, dos años antes no habría sido tan comprensiva. Habría considerado a Cathy y a Cray una mancha en el honor de la familia Adley y no se habría esmerado en ocultarlo. Cathy sabía que su tía no sentía un afecto especial por ella, así que no podía explicarse la aparente tolerancia de la mujer. Luego, al correr de los días, lady Stanhope empezó a soltar algunas indirectas sutiles que dieron a Cathy el primer indicio de lo que esa mujer tenía en mente.

—Como he dicho siempre, las cosas tienden a resolverse mejor de lo que podía esperarse y en bien de todos —dijo su tía con un suspiro cuando Cathy tomaba té con ella en una salita privada una tarde monótona y gris.

Cathy la miró vagamente al principio. Lady Stanhope, al ver que su sobrina parecía fastidiosamente obtusa, avanzó un poquito más.

—No me sorprendería que no supieras nada de esto, mi querida niña, pero tu padre y yo siempre hemos compartido una fantasía absurda. Después de nacer Harold y al poco tiempo tú, nosotros solíamos pensar que quizás, algún día, vosotros dos podríais llegar a casaros. En cierto momento fue el deseo más ardiente de Thomas y el mío también.

—Como bien dices, tía, una fantasía absurda —replicó Cathy despabilándose en ese instante. ¿Por qué sacaría a colación una historia semejante en esos momentos? Si efectivamente sir Thomas había acariciado alguna vez esa idea debía de haber sido hacía años. Y ella se inclinaba a dudar de que fuera verdad.

Por lo general su padre desaprobaba el matrimonio entre primos.

—No tan absurda como parece. —Lady Stanhope, molesta, soltó una risita nerviosa—. ¡Después de todo, casi podría decirse que Harold y tú estáis hechos el uno para el otro! Él tiene la edad apropiada para ti, mi querida, ya que solo te lleva siete años... ¡y siempre he opinado que es bueno que el hombre sea bastante mayor que la esposa para que pueda guiarla! Ambos sois de buena familia, habéis sido criados y educados como corresponde a vuestra posición social, ambos sois personas atractivas y realmente encantadoras...

Aquí Cathy la interrumpió maravillándose súbitamente de la ceguera que podía imponer el amor materno. ¡Porque con toda seguridad solo su madre podía describir al rechoncho Harold con una cara mofletuda y pálida como un ser atractivo o encantador!

—En realidad, esta discusión no tiene ningún sentido ahora, ¿no te parece, tía? Después de todo, cualquier esperanza que pudierais haber compartido mi padre y tú debisteis de haberla olvidado cuando me casé con Jon, si no antes.

—¡Pero ese es precisamente el punto, Cathy! —replicó lady Stanhope ansiosamente, olvidando toda cautela—. ¡Tú jamás has estado casada con ese hombre! ¡Nunca has estado verdaderamente casada! ¡Eres libre de rectificar el error detestable que las circunstancias te impusieron! ¡Harold y yo lo hemos discutido y estamos de acuerdo: es la mano de Dios! ¡Él te está brindando una segunda oportunidad, Cathy!

Cathy no sabía si enfurecerse o echarse a reír.

—Pero yo no deseo una segunda oportunidad, tía, si bien se lo agradezco mucho a Él si eso es lo que Él tenía en mente. Tan pronto como regrese a Carolina del Sur me propongo casarme con Jon sin demorar un minuto. Creía que ya lo habías comprendido.

Lady Stanhope poseía la suficiente experiencia en cómo conseguir sus objetivos para saber cuándo debía retroceder.

—Es una verdadera lástima —fue todo lo que dijo, y luego, para alivio de Cathy, se dejó de lado el tema.

Pero no fue sino hasta bastante tiempo después, cuando Cathy estaba velando como todas las noches en una silla junto a la cama de su padre, cuando esa conversación le volvió a la mente. Cuanto más lo pensaba, más se daba cuenta de que su tía Elizabeth había proporcionado una explicación a lo que la había tenido tan perpleja todo el tiempo: ¡los Stanhope, madre e hijo, se estaban mostrando tan tolerantes ante su situación poco convencional porque esperaban persuadirla de que se casara con Harold! Pero ¿por qué? Harold y ella se habían despreciado mutuamente desde la primera vez que se habían visto y si bien Cathy había advertido un ocasional destello ardiente en sus ojos cuando la miraba, el simple deseo carnal de su cuerpo no era, por cierto, una razón suficiente para hacer que Harold deseara casarse con ella. Las ideas que sustentaba Harold eran tales que llegaría a sentirse insultado en su honor si la novia que llevara a la cama no fuera una candorosa virgen de alguna de las mejores familias de Inglaterra. No tenía sentido. Intranquila aún, Cathy trató de rechazar esa idea descabellada como algo fabricado por su mente afiebrada y una pizca de paranoia. Sin embargo, finalmente resolvió interrogar al doctor Bowen sin tardanza al día siguiente sobre la posibilidad de partir con su padre para Estados Unidos en un futuro muy cercano.

El mismísimo Harold era quien daba más pábulo a sus vagas sospechas. Se mostraba demasiado cortés con ella. Parecía desvivirse por ayudarla en todo. Hacía cualquier clase de encargos como un simple recadero y hasta le traía las novelas más recientes para que las leyera mientras velaba junto a la cama de su padre. Había llegado a comprarle juguetes a Cray con la clarísima intención de congraciarse con ambos. Cathy recibía todas sus atenciones con la más fría indiferencia y esto parecía desconcertarle y hasta dejarle sin habla. No podía creer que su prima, en vez de agradecerle efusivamente todas sus atenciones, las atenciones de un linajudo señorito, como Harold evidentemente se consideraba a sí mismo, torciera las narices sin ningún disimulo.

Cuando el doctor Bowen consintió, pero contra su voluntad, que podrían trasladar a sir Thomas a Estados Unidos para que pasara allí su convalecencia, Cathy sintió verdadero júbilo. La fiebre del regreso al hogar lejano la devoraba, solo anhelaba que la estrecharan fuertemente los brazos de su amado Jon y dejar atrás de una vez por todas esta terrible pesadilla. Cray echaba de menos a su padre y Cathy echaba de menos a su esposo, o futuro esposo, como parecía ser. La sensación de alivio que la invadió la aturdió un poco y soltó una risilla tonta. Quizá cuando se casaran esta vez podrían disfrutar de una verdadera luna de miel. Ella actuaría como una novia tímida y pudorosa en extremo mientras que él... Cathy volvió a soltar esa risilla nerviosa una vez más. ¡Esa prolongada separación le incitaría a demostrar un positivo virtuosismo en el papel de novio viril lleno de apetitos no satisfechos!

Martha apoyaba con todas sus fuerzas la decisión de Cathy de volver cuanto antes a Carolina del Sur y no veía la hora de poder hacer los arreglos pertinentes. A diferencia de Cathy, que había estado demasiado absorta en la enfermedad de su padre y preocupada por la invalidación de su matrimonio para ver lo que era más claro que el agua, Martha había advertido muchas cosas que no eran para nada de su agrado. En primer lugar, lord Harold, cuando Cathy no le estaba mirando, observaba a la joven con franca lujuria, a tal extremo que escandalizaba a Martha hasta las raíces de su cabello canoso. Por otra parte, lady Stanhope, de quien Martha sabía por amargas experiencias personales que era una dama arrogante, egoísta y desalmada en el mejor de los casos, era tan dulce con Cathy que le daba miedo. Y, por último, en el cuarto de los sirvientes se rumoreaba que los Stanhope estaban en grandes dificultades económicas. Al sumar estos tres factores, el resultado que se obtenía era igual a grandes problemas, según la opinión de Martha. Sería mucho mejor para todos ellos si pudieran alejar prontamente a la niña Cathy de ese lugar.

Mason, cuando Martha le dijo en confianza a su antiguo aliado todo lo que la inquietaba, estuvo completamente de acuerdo con ella. Juntos tramaron no perder de vista a Cathy, lo más discretamente posible. Según el modo de pensar de Martha, no era necesario preocupar más a la joven de lo que ya estaba, así que ni Mason ni ella le hicieron ningún comentario al respecto. Pero siempre que lord Harold se encontraba en la casa, uno o la otra dejaban bien claro su propósito de permanecer al lado de Cathy.

Cathy, mientras tanto, adquirió pasajes para su padre, Mason, Martha, Cray y ella misma en un barco que saldría de Londres casi cinco semanas después de que Martha, Cray y ella llegaran a la ciudad. Hecho esto se sintió mejor y pudo considerar con cierta ecuanimidad la sugerencia de su tía de que concurriera a una pequeña recepción que lady Stanhope ofrecería esa noche en su casa. Quedándole menos de una semana más de permanencia en Inglaterra, argüía lady Stanhope, sería una vergüenza que Cathy no se divirtiera un poco. Pero, además, le dijo con severidad:

—Esas viejas habladurías sobre estar todavía soltera mientras estabas embarazada no se han acallado completamente. Y tu repentina desaparición de la escena ciertamente no fue de gran ayuda. ¡Toda la situación fue muy violenta para mí! Aun así, no es mi intención reprocharte nada. Pero debes comprender que no le hace ningún bien a tu reputación no alternar un poco con la gente bien cuando todos saben que estás alojada en mi casa. Ojalá pensaras en mí y en mi querido Harold un poco. Harold está realmente ansioso de conseguir un puesto político, como sabrás, y ese viejo escándalo puede perjudicarle. No querrías ser un obstáculo en la carrera de Harold, ¿verdad, Cathy?

A decir verdad, a Cathy le traía sin cuidado ser o no ser un obstáculo en la carrera de Harold, pero hubiera sido rayano en la grosería decirlo. Como esta perorata la había encontrado desprevenida, de improviso no se le ocurrió ninguna excusa para negarse y no tuvo más remedio que convenir en estar presente.

Cathy pasó el resto de la tarde con su padre, que cada vez tenía momentos de lucidez más largos. Aunque todavía estaba increíblemente débil y no podía mover en absoluto el lado derecho de su cuerpo, reconocía a Cathy y se sentía muy complacido en su compañía. Una visita de Cray era un verdadero acontecimiento para él, un rayo de sol en su día, pero Cathy se encargaba de que esas visitas fueran breves. Sir Thomas aún no se encontraba fuera de peligro y, según la opinión del doctor Bowen, la más mínima excitación podría precipitar otro ataque. Por ese motivo, Cathy no mencionaba a Jon ni su matrimonio falso. Al parecer, el ataque había bloqueado la mente de sir Thomas haciéndole olvidar los sucesos inmediatamente anteriores al mismo. No guardaba memoria de la calamidad que le había acontecido a ella, y Cathy estaba contenta de que así fuera.

Cuando Mason entró en el dormitorio llevando la bandeja con la cena para sir Thomas, Cathy se puso de pie y le explicó a su padre que esa noche cenaría con otros invitados. Sir Thomas se mostró encantado con la idea. Farfullando con dificultad le dijo que le haría bien ver a alguien más que a un viejo caballero como él con quien estaba enclaustrada todo el día.

—Te ves pálida, hija, ya lo creo. Eres joven, deberías divertirte. No cuidando a un viejo enfermo como yo...

—Oh, papá, adoro cuidarte —le reprochó cariñosamente Cathy, conmovida por la preocupación que demostraba por ella—. Además, no eres en absoluto un viejo enfermo. Cuando vuelvas a recuperar la salud tendrás a todas las damas de Charlestown derribando a palos las puertas de Woodham. Tendremos que rogarte que te marches para volver a gozar de un poco de paz.

Sir Thomas se rio entre dientes. Era la primera vez que reía desde el ataque y súbitamente renacieron las esperanzas de una pronta mejoría en el alma de Cathy. Tal vez andando el tiempo su padre se recuperaría por completo. Después de todo, los médicos no eran infalibles. Ya estaba muchísimo mejor de lo que estaba cuando ella había llegado. Todo lo que debían hacer en esos momentos era evitarle cualquier conmoción grave...

Cathy se inclinó y besó a su padre en la mejilla, sintiéndose más alegre de lo que se había sentido en días. Pareció tener alas en los pies al cruzar el vestíbulo en dirección a su propio dormitorio. Su rostro lucía una sonrisa radiante cuando saludó a Martha y a Cray, que levantaron la vista cuando ella entró.

—Ayúdame a vestirme, Martha —pidió alegremente Cathy mientras levantaba a su hijo en brazos.

—¡Mamá! —protestó Cray con un chillido al sentir las cosquillas que le hacía su madre, pero luego, cuando ambos rodaron sobre la cama, se confundieron en un estallido de risillas tontas.

—Estás muy feliz, amorcito —observó Martha con una sonrisa y los brazos en jarra al contemplar a los dos seres que más amaba en la vida.

—¿Y por qué no? —replicó Cathy, sonriente—. En menos de una semana ¡estaremos camino a casa! ¡Cada vez que lo pienso, me siento maravillosamente bien!

—Yo también —contestó Martha con verdadero

sentimiento. Cathy la miró con curiosidad. Pero antes de que pudiera preguntar el significado de la intensidad que Martha había volcado en las palabras, Cray la distrajo.

—¡Cray quiere ir a casa! —anunció con la barbilla temblando ominosamente—. ¡Cray echa de menos a papito! ¡Papito, papito!

—Pronto veremos a papito, precioso —prometió Cathy buscando con la mirada algo que pudiera distraer a su hijo. Sus ojos se posaron en el bello perfumero que tenía la delicada forma de un bello pájaro tropical—. Queridito, juega con esto mientras mamá se viste. Después te contaré un cuento antes de que vayas a la cama.

—Bonito —comentó Cray pensativamente al tomar el pájaro de cristal en su manecita regordeta antes de proceder a metérselo en la boca. Cathy le observó un momento considerando si sería más sensato quitárselo al niño. Si llegara a romperse el cristal...

—No le pasará nada, amorcito —le aseguró Martha. Pero Cathy continuó mirándole por encima del hombro mientras Martha le arreglaba el cabello.

La elección del atuendo para esa velada no representaba problema, pues Cathy solo había llevado un único vestido para usar de noche. Era de un intenso color crema con una falda de raso cubierta con metros y metros de encaje de Irlanda. Tenía mangas largas y varias cintas de raso color marfil trenzadas le ceñían la cintura. Era de estilo más severo que la mayoría de los vestidos que había usado últimamente. Al mirarlo, Martha quiso expresar su aprobación pero con reservas.

—Por lo menos te cubre los senos —refunfuñó Martha, y Cathy frunció la nariz.

Martha le había dejado el cabello suelto y se lo había recogido en la coronilla anudándole una cinta de color marfil donde había introducido el tallo de una fragante rosa de color crema como el vestido. Las diestras manos de Martha habían modelado hermosos y largos tirabuzones de cabello rubio rojizo que caían como una cascada por la espalda de Cathy. Las únicas alhajas que llevaba puestas eran sus dos sortijas, la de compromiso y la de bodas, y un delicado collar de diamantes que le había regalado Jon en su último cumpleaños. Martha, al verla caminar presurosa por el cuarto y caer sobre la cama para contarle a Cray el cuento prometido, pensó que no parecía tener la edad suficiente para ser la madre de ese niño.

Para cuando Cathy llegó a la planta baja, los invitados ya habían llegado. Podía oírles reír y conversar en el vasto salón de recepción en la parte posterior de la mansión. Se dirigió apresuradamente hacia las grandes puertas de vidrio que estaban abiertas, saboreando el dulce aroma de los enormes ramos de flores frescas que los sirvientes habían colocado por doquier. Los colores brillantes entre los que se destacaban el carmesí, el rosado y el blanco, lucían muy vistosos en contraste con el tono tan sobrio de los paneles de nogal que recubrían las paredes.

—¡Cathy! ¡Has llegado, mi querida! —Ese recibimiento tan efusivo partió de los labios de lady Stanhope, que se abalanzó sobre su sobrina al verla vacilar en cuanto había dado unos pasos en el gran salón de recepción. De inmediato todos los ojos se clavaron en

Cathy, que devolvió una radiante sonrisa a todos los allí reunidos. Sabía que era objeto de muchas especulaciones. ¡La oveja negra del rebaño de los Adley, una mujer pecaminosa de la vida real en persona!

Una mujer que merecía llevar el estigma de la letra escarlata bordada sobre sus vestidos como cualquier mujer adúltera. Cathy leyó esos pensamientos en sus rostros. Tuvo que hacer grandes esfuerzos para no ponerse bizca y sacarles la lengua como una criatura monstruosa de algún espectáculo secundario en una feria de diversiones.

—Cathy, creo que ya conoces a la condesa de Firth. —Lady Stanhope la había arrastrado hasta el sitio donde se hallaba una horrible bruja vieja con un vestido castaño rojizo. Cathy asintió con la cabeza cortésmente, aunque no tenía ni la más remota idea de dónde podría haber visto a la condesa antes, si alguna vez la había visto. La condesa la saludó con una glacial inclinación de su cabeza emplumada.

—Lady Catherine —logró sacar en tono glacial. Cathy le sonrió con frialdad, decidida a desdeñar a cualquiera que intentara menospreciarla. Lady Stanhope, turbada por ese helado intercambio de cortesías, llevó rápidamente a su sobrina por todo el salón.

El gran salón estaba atestado de gente, demasiada para que Cathy recordara más de la cuarta parte de sus nombres. Lady Stanhope, sin embargo, muy pronto la dejó librada a sus propios recursos. Cathy circuló por el salón del modo apropiado, charlando de nimiedades con toda amabilidad, sonriendo al oír dichos que querían pasar por graciosos, pero que eran terriblemente aburridos, y, en general, comportándose de un modo ejemplar. Fue natural que muy pronto le doliera terriblemente la cabeza; en el salón hacía un calor sofocante ya que se habían cerrado las largas ventanas por respeto a la creencia popular de que el aire nocturno podía introducir emanaciones nocivas. Las velas se fundían goteando y ahumando el ambiente en las majestuosas arañas de luces de cristal que colgaban del techo, el olor del sebo derretido se combinaba asquerosamente con el olor de la comida y las emanaciones de los cuerpos apiñados allí. Se le revolvió el estómago y comprendió que necesitaba hallar un lugar más tranquilo donde sentarse un rato a descansar.

Caminó alrededor del gran salón cerca de las paredes con una sonrisa pegada en sus labios, saludando con una ligera inclinación de cabeza cada vez que alguien la llamaba o la saludaba con la mano. ¡Tenía que escapar de ese amontonamiento de gente! Por fin encontró lo que había estado buscando: una cortina de terciopelo carmesí que ocultaba la entrada a una pequeña antecámara. Cathy la corrió y pasó al interior de la antecámara, la cruzó pisando los baldosones de mármol pulido y se dejó caer en el duro tapizado de crin de un recatado sofá terriblemente incómodo. Sin embargo, la superficie áspera era como la seda para su piel. Cathy esbozó una sonrisa, echó la cabeza atrás y cerró los ojos. «Debo de estar más cansada de lo que imaginaba», pensó, «si este sofá incómodo me parece tan blando como mi colchón de plumas». Después de un momento levantó los pies y los puso sobre el sofá dejando bajar sus pensamientos. Fue así como Harold la encontró. Entró con mucho sigilo por la puerta oculta por la cortina. Se detuvo de inmediato momentáneamente transfigurado. Era una mujer muy hermosa, con esa piel tan blanca y el cabello dorado, con ese cuerpo esbelto y lozano vestido tan recatada y coquetamente de encaje color crema. Tardó unos minutos en recordar que ella había sido la ramera de un pirata y que había dado a luz un hijo bastardo. Los labios fofos se curvaron con disgusto en el mismo momento en que la lujuria brillaba en sus ojos. ¡Su madre debía de estar loca al sugerir que se casara con ella! Aunque deseaba muchísimo ese cuerpo maravilloso, no creía que fuera necesario casarse con ella para conseguirlo. Después de todo, ella había estado lejos de su presunto esposo durante más de dos meses. Su carne debía de escocerle por un hombre... Pero, por otra parte, debía considerar el asunto del dinero. El padre de Cathy era un hombre muy rico y ella era su única hija. Era razonable que le dejara toda su fortuna en herencia. Y mientras tanto, allí estaba todo ese adorable montón de dinero en su fondo fiduciario, esperando que lo gastaran. Había perdido toda su fortuna en las mesas de juego y ahora los acreedores lo acosaban de todos lados. Si no encontraba pronto los fondos para pagarles estaría en la ruina. Quizá debería casarse con ella sin más. Era en verdad muy hermosa, por sus venas corría buena sangre, aunque de algún modo algo había ido mal. Podría desposarla y disciplinarla hasta que fuera una esposa sumisa y obediente, que se contentara con permanecer en la antigua mansión campestre permitiéndole a él pasar el tiempo en la ciudad. Probablemente estaría tan agradecida a él por elevarla a su legítima posición social que haría lo que él le dijera. Sí, quizá debía desposarla...

Cathy se movió y al respirar profundamente se alzaron sus pechos. Harold la observó con la boca abierta mientras esos tentadores montículos embestían la tela del vestido. Su mente quedó en blanco, todos sus pensamientos sobre dinero y matrimonio se desvanecieron inmediatamente. Solo podía pensar en cuánto le excitaba esa mujer. Automáticamente su mano se levantó para alisarse el escaso pelo rojo que le quedaba en la cabeza y que su ayuda de cámara había aceitado y peinado a la última moda. Luego, dando un tirón al chaleco de brocado amarillo que la cena que acababa de devorar parecía haber achicado de modo alarmante, cruzó la pequeña antecámara y se detuvo junto al sofá clavando la mirada en la joven que seguía durmiendo apaciblemente.

Los ojos cerrados de Cathy parecían seguir las agradables imágenes y escenas que aparecían en sus sueños. Soñaba con hermosos campos soleados y se veía junto a Jon riendo alegremente. Soñaba que estaba de regreso a su hogar, en Woodham otra vez, tendida sobre el césped del jardín trasero, oculta de las miradas indiscretas de la casa por el alto y frondoso manzano. Jon venía a sentarse en la hierba junto a ella, sonriéndole amorosamente, con sus ojos grises brillantes y risueños cuando él empezaba, muy despacio y dulcemente, a acariciarla. Sus manos le tocaban levemente los senos, frotándole con suavidad los pezones hasta que pulsaron llenos de vida, antes de deslizarse hacia abajo para abarcar su cintura y luego la curva de las caderas y la grácil línea de sus muslos.

En lo más profundo de su sueño, Cathy sonrió. Jon

le devolvió la sonrisa inclinando más cerca de ella su rostro moreno.

Ella anhelaba que su esposo la besara más que nada en el mundo... Moría de deseos de volver a sentir sus labios sobre la boca. Dejando escapar un gemido ronco por la garganta, levantó las manos para enlazarlas alrededor del cuello viril bajándole la cabeza. Cuando la boca ansiada le rozó los labios, Cathy dejó escapar otro gemido ahogado de satisfacción y devolvió el beso con ardor.

Pero algo no andaba bien. Los labios que se apretaban ávidamente contra los suyos eran fofos y húmedos y sabían a vino añejo y cebollas. Las manos que como garras le apretaban el cuerpo torpemente estaban frías y húmedas. Jon, en todo el tiempo que le había conocido, nunca la había besado así, maltratándole los suaves labios contra los dientes, metiéndole la lengua hasta la garganta con tanta fuerza que hasta la hacía temer ahogarse. Sintiendo una gran repugnancia, Cathy luchó para salir de ese sueño, pero descubrió que la seguían besando con pasión. Entonces abrió los ojos de golpe.

Horrorizada se encontró mirando la cara redonda y sudorosa de Harold. Tenía los ojos cerrados y respiraba ruidosamente por la nariz grande y larga. Sus manos eran dos garras que le hacían daño en sus pechos y fue esto último lo que despabiló completamente a Cathy. Dios mío, ¿qué creía Harold que estaba haciendo?

Antes de que ella pudiera darle un bofetón en esa nariz temblorosa como era su intención, se oyó un ruido que provenía de la cortina. Instintivamente sus ojos se volvieron en esa dirección y lo que vio hizo que su corazón se paralizara.

—¡Qué demonios...! —La furiosa exclamación hirió los oídos de Cathy. Llena de rabia trató desesperadamente de apartar a Harold empujándole por los hombros para que le soltara la boca y poder explicar lo que había pasado. No hubo tiempo. Súbitamente algo arrancó de un tirón a Harold apartándole de ella como si una mano gigante hubiese bajado del cielo y le hubiese agarrado. Él estaba balbuceando mientras su rostro enrojecido por el vino se volvía repentinamente pálido como un papel al adivinar la identidad del hombre ceñudo que le retenía por el cuello, sacudiéndole como lo haría un gran danés con una rata entre los dientes.

—¡Jon! —gritó Cathy. Quería detenerle antes de que la violencia se desmandara. Podría haberse ahorrado saliva ya que Jon ni la miró. Toda su ira estaba centrada en el tembloroso hombrecillo que sujetaba delante de él. Mientras Cathy observaba la escena, impotente, el enorme puño de Jon fue como un ariete al dar de lleno contra el estómago blanco de Harold.

—¡Puufff! —gruñó Harold doblándose en dos. Jon levantó el puño para repetir el golpe.

—¡Jon, no! —chilló Cathy al tiempo que saltaba fuera del sofá y le aferraba el brazo—. ¡No lo lastimes!

Jon volvió sobre ella unos ojos de mirada feroz, ojos realmente encendidos de ira que la observaron por un momento. Cathy retrocedió atemorizada. Estaba más encolerizado que nunca, lo bastante furioso como para matar. Casi sintió alivio cuando él volvió toda su atención a Harold.

—¡Así aprenderás a no ponerle las manos encima a mi esposa, bastardo! —dijo Jon con voz apagada mientras enderezaba a Harold para poder hacer blanco con otro golpe en el vientre gelatinoso.

—¡Ella no es tu esposa! —pudo exhalar Harold antes de que el golpe diera en el blanco, pero luego estuvo demasiado ocupado gimiendo y gruñendo para decir algo más.

Jon le golpeó varias veces más con puñetazos firmes, expertos, que redujeron al llanto impotente a Harold. Finalmente, dejando oír una risotada desdeñosa, soltó el cuello de Harold y dejó que el hombrecillo cayera al suelo. Luego se volvió y miró a Cathy con expresión amenazadora, pero ella lo enfrentó con valentía.

—¿Qué demonios ha querido decir él con eso de que no eres mi esposa? —le preguntó pesadamente. Cathy tragó saliva. Este no era el modo, precisamente, como había planeado decírselo. Pero no había otro remedio que hacerlo y, de todos modos, él no podía culparla. Solo le quedaba la esperanza de que no estuviera tan enojado como para lavarse las manos abandonándola a su suerte como una pobre mercancía después de lo que había sucedido esa noche.

—Es verdad... no estamos casados —empezó a decir nerviosamente. Los ojos de Jon se agrandaron incrédulamente.

—Al demonio que no lo estamos —dijo mordiendo las palabras. Después, su expresión se volvió más amenazadora y estirando la mano tomó el brazo de Cathy con tanta fuerza que le hizo daño—. ¿Por eso le estabas permitiendo que te hiciera el amor? ¿Esperando pescar un lord esta vez, Cathy? ¿Qué has hecho? ¿Has hecho anular nuestro matrimonio? ¡Si lo has hecho, eres una perra mentirosa! Se ha consumado más veces de las que puedo contar.

—Por supuesto que no he hecho anular nuestro matrimonio —replicó Cathy, indignada. Sus ojos empezaban a despedir chispas azules ante esa acusación infundada—. Si solo me dejaras explicarte... si me escucharas.

—Estoy escuchando —gruñó Jon, pero antes de que Cathy pudiera empezar a explicar, Harold empezó a chillar como un demente. Ambos se volvieron para mirarle, sorprendidos. Por un momento habían olvidado su presencia.

—¡Dios mío, socorro! ¡Me está lastimando! ¡Oh, me ha herido! —aullaba Harold a voz en cuello. Casi inmediatamente la gente empezó a asomar la cabeza y a lanzar miradas inquisitivas por el resquicio que dejaba la cortina.

»¡Socorro, ayudadme! ¡Estoy herido! —La habitación se fue llenando de personas ávidas de observar un nuevo escándalo. Jon rápidamente volvió a cruzar la habitación y agarró otra vez a Harold del cuello. Su intención de hacer callar a ese hombre por cualquier medio que fuera necesario era absolutamente obvia. Harold chilló horrorizado.

—¡Por amor de Dios, no permitáis que me lastime! ¡Llamad a los guardias! ¡Este hombre es un convicto que logró escapar, condenado a la horca, buscado por piratería y asesinatos!

3

La prisión de Newgate era exactamente tan horrible como Jon la había guardado en su memoria. La humedad chorreaba por los grises muros de piedra que lucían grandes manchones verdes de moho. El fétido olor de la humedad se mezclaba con el hedor de los excrementos humanos produciendo una atmósfera irrespirable e indescriptible. Menos mal que no había comido otra cosa que una cochina rebanada de pan enmohecido en los últimos tres días, pensaba Jon con humor negro, sentado en el áspero y duro suelo de piedra rodeando las piernas dobladas con los brazos para entrar en calor. Si hubiese tenido el estómago lleno como de costumbre, no hubiera sido responsable de las consecuencias.

La única ropa que le habían dejado puesta eran los calzones, que estaban desgarrados y mugrientos. Le habían confiscado el resto de sus ropas mientras estaba inconsciente debido a los golpes que había recibido cuando trataba de abrirse paso y escapar de sus captores. El pecho y los brazos desnudos y, sí, hasta los pies, estaban cubiertos de protuberancias moradas producto de los golpes que le habían propinado a mansalva. ¡Dios mío, el maldito lugar sí que era helado! Tal vez quienquiera que lo hubiese diseñado había tenido la esperanza, en aras de la economía, de que la inflamación de los pulmones le ahorrara a la Corona el costo de muchos verdugos.

Una de las pocas ventajas de ser un condenado a muerte, reflexionaba Jon con ironía, era que podía contar con una pequeña celda para él solo. Era un agujero húmedo y malsano que no medía más de un metro y medio de ancho por dos metros y medio de largo y estaba ubicado en las entrañas mismas de la prisión. Era un agujero tenebroso donde reinaba la oscuridad más absoluta, excepto cuando al pasar algún carcelero con un farol en la mano se filtraba algún rayo de luz por la mirilla enrejada de la puerta. Conocía el tamaño exacto de la celda porque la había medido a pasos infinitas veces desde que había empezado su confinamiento. Sin embargo, si él hubiese sido un delincuente común, un carterista o ratero, digamos, o un salteador de caminos, habría media docena o más de pobres desgraciados mugrientos apiñados con él. Como estaban las cosas, debido a la condena a la pena de muerte que muy pronto se cumpliría y a su anterior huida de la prisión, le permitían estar en ese magnífico aislamiento. Tenían el propósito firme de asegurarse de que no tuviera la oportunidad de escaparse otra vez.

La celda carecía de todo mobiliario, no había ni un miserable jergón donde tenderse, ni siquiera un viejo orinal donde mear, como decía el refrán. Esto último era la verdad al pie de la letra. Se había visto obligado a convertir un rincón de la celda en letrina, solo una de las muchas indignidades que presenciaban con deleite y sonrisitas burlonas los guardias que le custodiaban. Ese rincón, degradante y embrutecedor del ser humano, era algo en lo que prefería no pensar. Le recordaba vivamente la criatura hambrienta, inmunda y medio loca en que este maldito sitio le había convertido la última vez que había estado allí. Oh, bueno, pensó en un intento de mantener su buen humor, al menos no tendría que preocuparse por ello; esta vez no pasaría mucho tiempo allí.

¡Santo Dios, sí que tenía hambre! No pudo evitar que se le hiciera agua la boca al pensar en un inmenso jamón de Virginia horneado en su punto y con todas las guarniciones: batatas, pan recién horneado con mantequilla... Repentinamente dejó caer la cabeza sobre las rodillas sintiéndose mareado y con náuseas. El estómago, que de tan vacío parecía tener las paredes pegadas, dio un fuerte rezongo seguido de un violento vómito seco. Con un esfuerzo sobrehumano alejó su mente de las tentadoras y peligrosas imágenes de comida.

Cathy; su rostro adorable con esos enormes ojos zafirinos y la trémula boca sonrosada reemplazó al jamón en los pensamientos de Jon. Pero esa imagen era aún más penosa para él. Desde la noche en que una media docena de guardias fornidos le habían arrastrado fuera de la mansión de su tía, no había oído ni una sola palabra de ella. Así que no era su legítima esposa; ese relamido e insignificante primo suyo se había asegurado bien de que él conociera todos los hechos. Sin embargo, ¿qué había del amor que ella había declarado sentir por él? ¿Qué del hijo de ambos, del hogar lejano, de los planes que habían forjado para el futuro? ¿No significaban nada para ella? Por mucho que le hiciera sufrir la idea, estaba empezando a creer que debía de ser verdad. No le había visitado, ni le había escrito, ni siquiera le había mandado un recado con uno de los guardias. Era como si al saber que no estaba más atada a él por los lazos matrimoniales prefiriera olvidar su existencia. En menos de una semana ya, él estaría muerto, a menos que por alguna inverosímil casualidad pudiera arreglárselas para escapar. Pero lo que más le atormentaba era la idea de que Cathy fuera tan insensible como para no preocuparse de ir a verle para darle su último adiós.

Él se había ocupado de ella. ¡Dios era testigo de que se había comportado bien! Había hecho todo lo que estaba a su alcance para brindarle todas las cosas a las que siempre había estado acostumbrada, pero sabía que vivir como la esposa de un oscuro y no demasiado rico dueño de una plantación de algodón no podía compararse con lo que ella podría haber tenido si él no le hubiese trastornado la vida. Si él no la hubiese raptado y la hubiese hecho su amante, Cathy podría haberse casado con cualquiera: habría sido rica y mimada, con entrada a los círculos más elevados de la sociedad. Desde el mismo día de la boda el temor de que algún día ella pudiera lamentar la decisión que había tomado y le abandonara para siempre, le había obsesionado, desvelándole por las noches. Fue ese mismo temor y saber que estaba de regreso en medio del deslumbrante mundo que había sido tan preciado para ella alguna vez, lo que había derribado las últimas barreras que su sentido común había levantado y le había hecho ir a toda prisa a Inglaterra. Jon sonrió con amargura. La amenaza de morir en el cadalso le había parecido una nadería comparada con el riesgo de perder el amor de Cathy. Y ahora él se encontraba recluido en esa hedionda prisión, su esposa irremediablemente perdida ya para él y pronto también su propia vida. ¡Dios, qué necio y ciego había sido!

Con todo, no podía apagar completamente un último destello de esperanza. Quizás algo la mantenía alejada a la fuerza de él, tal vez su padre había empeorado y ella no se sentía con ánimo para dejarle. Jon sabía lo digna de compasión que era esa conjetura endeble y desesperada a la que se aferraba, pero estaba poco dispuesto a soltarla. Su profundo amor por ella le hacía albergar esperanzas mucho después de que hubiese pasado el tiempo de la ilusión. Pero poco a poco resurgió en él el cruel cinismo nacido de una larga vida de trato con los miembros del denominado sexo débil. Por naturaleza las mujeres eran criaturas con dos caras que lo único que les interesaba en un hombre era su habilidad para proporcionarles los perifollos que desearan, como bien sabía él y siempre lo había sabido. No podía culpar a nadie más que a él mismo si había permitido que un rostro adorable y un cuerpo agraciado y suave le nublara el juicio. Bien, muchos hombres mejores que él se habían puesto en ridículo por una mujer. Pero la puñalada encubierta a su amor propio —ya no estaba más dispuesto a admitir que podría haberle atravesado de lado a lado el corazón— era dolorosamente punzante y por más que lo intentaba no la podía desterrar de su mente.

El espectro de Cathy como la había visto la última

vez, en los brazos de otro hombre —un adinerado lord con título de nobleza a pesar de toda su panza redonda y blanda y pelo ralo—, le obsesionaba noche y día. Tenía el poder de mojarle de sudor las palmas de las manos y de hacerle rechinar los dientes de rabia. «¡Cathy es mía!», quería gritar a voz en cuello y llegó a despreciarse por quererlo. Pero todavía seguía sentado hecho un ovillo en el duro suelo de piedra, contemplando la puerta con gruesos barrotes de hierro hora tras hora, esperando contra todas las probabilidades a una mujer que nunca llegó.

Cathy, por su parte, estaba realmente desesperada. Había pasado los últimos días corriendo febrilmente de un juez a otro, de magistrado en magistrado, haciendo un uso desvergonzado de las relaciones de su familia, adulando y prometiendo y por último suplicando con lágrimas en los ojos que conmutaran la pena de Jon. Pero sus pedidos de clemencia caían continuamente en oídos sordos. Todos a una los jueces declararon a Jon pirata y asesino y digno del dogal del verdugo. Decían lamentarlo mucho por ella y el niño, pero tenían las manos atadas. La ejecución de Jon estaba prevista para de ahí a siete días y nadie ni nada podría impedirla.

Su padre, aunque mucho mejor de salud, estaba todavía demasiado enfermo para poder ayudarla en algo. Cathy temía que la noticia del encarcelamiento de Jon y su inminente ejecución en la horca le produjera tal conmoción que le causara la muerte. Martha y Mason estaban horrorizados y le demostraban todo su apoyo, pero horror y apoyo no era lo que necesitaba Cathy en esos momentos. Necesitaba, como finalmente iba comprendiendo, un verdadero milagro para salvar a Jon de la muerte.

Seis días antes de la fecha fijada para la ejecución, Cathy visitó la prisión como lo había hecho todos los días desde que se habían llevado allí a Jon, pero una vez más le prohibieron verle. Se le decía en tono inflexible que el prisionero ya se había escapado una vez y que no correrían ningún riesgo para que eso volviera a suceder. No se permitiría la entrada de ningún visitante; hasta la misma ejecución habría de tener lugar entre los muros de la prisión en un cadalso que se construiría especialmente para ese propósito.

Cathy regresó a la casa de su tía deshecha en lágrimas. Solo el día anterior se había entrevistado con el último de los jueces que tenía alguna competencia en el caso. Durante la entrevista ella había caído prácticamente de rodillas para suplicarle por la vida de Jon. Pero ese hombre no se conmovió. Cathy había salido de allí con una espantosa sensación de impotencia: él había encarnado la última esperanza. Lo único que le quedaba por hacer era intentar efectuar algunos arreglos para que Jon escapara, pero no tenía ni la más remota idea de cómo emprender esa tarea. El pánico amenazaba paralizarla, pero lo rechazó con obstinación. «¡Piensa!», se decía con furia. «¡Piensa!»

Todo su cuerpo se sacudía en la pequeña silla ubicada delante de la lumbre que ardía en el cuarto de costura debido a los atroces y violentos sollozos que amenazaban ahogarla. Santo Dios, ¿qué podía hacer ella?

—¿Problemas, prima? —La voz burlona y el tono insidioso de Harold penetraron a través de su confusión llena de zozobra. Volvió la cabeza y le miró. Cathy parecía un animalito salvaje con ojos relampagueantes y mostrando los dientes. Le culpaba absolutamente de todo lo que había sucedido. Si Jon moría, Harold con toda seguridad sería el verdadero causante de su muerte, como si le hubiese apuntado con una pistola y hubiese apretado el gatillo.

»No estarás llorando por el pirata, ¿verdad? —preguntó con tono zumbón—. Es una pérdida de tiempo, como sabes, mi querida niña. Él es carne muerta. No hay nada en el mundo que pueda salvarle, a menos que...

Cathy, a pesar de saber que él se había propuesto atormentarla y tentarla con promesas casi imposibles de cumplir, se abalanzó ansiosamente a morder el anzuelo.

—¿A menos que qué? —exigió saber clavando los ojos con angustia en la cara de luna de Harold.

—A menos que tuvieras a tu favor a alguien con mucha influencia para tocar resortes y mover palancas. Alguien como sir Thomas...

—Sabes muy bien que la noticia le mataría —respondió Cathy con resentimiento y se hundió más en la silla. Había estado segura de que las palabras de Harold pararían en nada, pero aun así...

—O yo —añadió él. El corazón de Cathy omitió un latido.

—¿Tú? —exhaló ella lentamente—. ¿Podrías ayudarme?

—Oh, sí que podría —contestó Harold al tiempo que negligentemente se quitaba una pelusa de su chaqueta de terciopelo marrón—. Si quisiera hacerlo.

Cathy pensó rápidamente. Harold era, al fin y al cabo, par del reino, y por alguna razón insondable para ella parecía gozar de favor cerca de la Corte. Era posible que pudiera ayudarla; se sorprendió de que no se le hubiera ocurrido antes. Pero ¿por qué lo haría él? No la estimaba particularmente a pesar de los lazos de sangre y ella sospechaba que odiaba a Jon. Entrecerró los ojos. Costara lo que costase, ella le persuadiría.

—¿Qué es lo que deseas, Harold? —Hizo un terrible esfuerzo para que su voz se mantuviera razonablemente fría. No sería conveniente que Harold llegara a adivinar cuán cerca había estado de darse por vencida. Su primo era un sádico por naturaleza; le causaría un enorme placer verla retorcerse y llorar. Hasta podría llegar a negarse por el simple placer de ser testigo de su dolor.

—Bien, veamos, ¿cuánto vale un pirata en la actualidad? Me imagino que costarán un dineral y no precisamente se deben conseguir a penique el par.

—Te pagaré lo que quieras, Harold. Puedes tener toda mi fortuna. Yo... yo poseo bastante dinero y nunca he tocado un penique. —Las palabras brotaron a chorros de su garganta antes de que Cathy pudiera controlarlas. Una vez dichas, se sentó y se mordió los labios sabiendo que había cometido un grueso error. Los ojos de Harold brillaron de satisfacción y su boca fruncida le sonrió.

—Toda tu fortuna... ah, es toda una tentación. Pero no puedes disponer de ella, ya sabes. Ese dinero está invertido para que no puedas regalarlo de ningún modo. Algo desagradable y molesto conocido como fondo fiduciario.

—Yo... encontraré la forma de violarlo, Harold. O tal vez me presten dinero teniéndolo como garantía. —Cathy despreció el tono humilde de su voz, pero no podía remediarlo. Haría cualquier cosa, cualquiera, con tal de salvar a Jon de la horca.

—Bien, veamos, no lo sé. Cada vez que pienso en todos esos hombres y mujeres que seguramente ese pirata ha matado, en los barcos que ha saqueado, se me hiela la sangre en las venas. Podría ser un servicio público dejar que le ahorcaran... y, como bien sabes, yo soy partidario de servir a los súbditos de su Majestad.

—Te complaces mucho en esto, ¿no es así? —le acusó Cathy amargamente. Se puso de pie y le encaró con los puños apretados con impotencia colgando a los costados del cuerpo. Enfundada en un sobrio vestido de chalí azul con mangas largas y abotonado hasta el cuello, era una criatura esbelta y menuda con relampagueantes ojos azules. Harold la miró fijamente y admiró el rubio cabello recogido en un moño, la piel tersa y blanca que el enojo teñía de rosa, hasta el gesto desafiante de la barbilla arrogante. Era muy apetecible y la deseaba, así como a su fortuna. Súbitamente tomó una resolución.

—Voy a hacerte un favor, prima: voy a desposarte. Hasta permitiré que mantengas a tu lado al cachorro bastardo, con tal de que esté siempre fuera de mi vista.

No fue una pregunta sino una afirmación de sus intenciones y Cathy se quedó sin aliento.

—Yo... yo... Tú no quieres desposarte conmigo, Harold —logró decir finalmente mientras se humedecía lo labios con la punta de la lengua rosada. Sintió que la peor pesadilla de todas se estaba cumpliendo—. Yo no soy la esposa ideal para ti. Lo que necesitas es a alguien digna de ti, una joven con una reputación intachable. ¡Si el dinero es la razón por la que deseas desposarme, encontraré algún modo de violar el fideicomiso, lo juro!

—El dinero es el atractivo primordial, lo admito —contestó Harold con presunción—. Pero también te deseo a ti. Me odias, ¿verdad, Cathy? Bueno, me resulta antipática la gente que me odia. Tendrás que pagar por ello... ¡en mi cama!

—No puedo hacerlo —replicó asqueada Cathy por las imágenes que evocaron en su mente las últimas palabras de su primo.

—¿Ni siquiera por tu pirata? —se mofó él—. Y yo que creía que le amabas. Es por lo único que le ayudaré, prima. Si no aceptas, le colgarán.

—Harold, por favor... —Cathy estaba atrapada y lo sabía. Ya había agotado todas las vías accesibles a ella. Jon moriría dentro de seis días si ella no hacía algo y Harold le estaba ofreciendo el modo de salvarle. Pero si se casaba con Harold, excluiría a Jon para siempre de su vida. Él jamás la perdonaría por lo que ella estaba segura que consideraría una traición y, de todos modos, ella sería la esposa de otro hombre.

—Esas son mis condiciones, Cathy. Pero puedo ver que no te interesan. —Harold comenzó a caminar hacia la salida. Cathy le siguió con la mirada atormentada por las dudas.

—¡Harold, aguarda! —le gritó cuando él llegaba a la puerta. Él se volvió lentamente y la miró. En el rostro lucía una sonrisa triunfal.

—Yo... me casaré contigo —dijo Cathy en voz baja. Su corazón parecía a punto de partirse en dos.

Harold regresó rápidamente a su lado.

—Estaba seguro de que lo harías, mi querida —aseguró él. Cathy tuvo que sofocar un agudo ataque de náuseas cuando él la estrechó entre sus brazos.

Su contacto la repugnaba. Podía sentir la humedad pegajosa al manosearle la espalda. Su boca estaba floja y mojada sobre sus labios y la besaba como si quisiera tragarse hasta la última gota de dulzura de su boca. Cathy quedó yerta en sus brazos, con los ojos fuertemente cerrados y los puños apretados mientras trataba de no recordar que al aceptar casarse con él le daba el derecho de besarla así. Después de la ceremonia podría hacer lo que quisiera con ella. Al pensar en las intimidades sexuales que lógicamente insistiría en compartir con ella, se estremeció. «¡Oh, Jon!», clamó su pobre corazón, pero sabía que tenía que soportar a Harold porque, simplemente, no tenía otra alternativa.

—Nos casaremos pasado mañana —le comunicó Harold con voz apagada y levantando la cabeza por fin—. Y después de nuestra boda espero más cooperación de tu parte, mi querida. Después de todo, no eres una niña inexperta en estas lides.

La mofa que encerraban sus últimas palabras hizo que Cathy deseara abofetearle, pero estaba a su merced y ambos lo sabían.

—¿Y Jon? —inquirió ella, insegura, luchando por

mantenerse sosegada bajo la mirada insultante de sus ojos.

—Yo me encargaré de ello... después de que nos hayamos casado —contestó Harold y volviéndose sobre sus talones abandonó la habitación.

El día de su boda —de su segunda boda— fue el más desgraciado de la vida de Cathy. Mientras Martha la ayudaba a vestirse, las lágrimas inundaban sus ojos, ojos que ya estaban hinchados y rojos por el llanto que la había mantenido despierta toda la noche. Todas las fibras de su ser se rebelaban ante lo que ella estaba a punto de hacer. Estar casada con Harold, ser su esposa; la mera idea le revolvía el estómago y le daba ganas de vomitar. Martha, suspirando con fuerza y aflicción a sus espaldas, no le brindaba ninguna ayuda. En lugar de su práctica habitual de buscar la perspectiva consoladora, el sol detrás de la nube más negra, la mujer estaba visiblemente tan acongojada como Cathy. Entre las dos, sin lugar a dudas, formaban la pareja más triste y afligida en sus preparativos para una boda.

Solamente dos cosas mantenían incólume el espíritu de Cathy, impidiendo que se quebrara su resistencia: una era imaginar el largo cuerpo fornido de Jon pendiendo de una soga que lentamente le iba estrangulando, con su hermoso rostro hinchado y de color azul, y las facciones contraídas y deformadas por el sufrimiento; la otra era que, de algún modo, ella pudiera ser capaz de eludir a Harold. Si él mantenía su palabra y disponía la liberación de Jon inmediatamente después de la boda, entonces hasta casi le sería posible no cumplir con la última parte del trato, la entrega de su cuerpo a ese hombre. Si pudiera mantenerlo alejado de su lecho hasta que Jon estuviera libre, entonces su juego habría terminado: ella inmediatamente presentaría una petición de anulación de matrimonio. Que un plan de esa naturaleza era absolutamente deshonroso no le cabía alguna duda. También sabía perfectamente que la tenía sin cuidado.

El vestido que Martha le estaba ayudando a ponerse era de seda gris perla, casi el color que se usaba para guardar luto. El matiz sombrío armonizaba exactamente con su estado de ánimo; si su elección molestaba a Harold bien estaba. No le importaba un ápice lo que él pensara en tanto mantuviera su palabra de liberar a Jon.

Martha peinó hacia atrás el cabello de Cathy despejándole el rostro con un peinado severo que terminaba en un moño sobrio sobre la nuca. El diminuto y delicado rizado de adorno que bordeaba el cuello alto del vestido le enmarcaba el rostro tan pálido y blanco como el mismo encaje. Cathy advirtió con satisfacción que se veía horrible, desencajada y ojerosa y pálida como la muerte, además de tener los ojos hinchados de tanto llorar. Si alguna vez alguna muchacha se había parecido menos a una novia no le gustaría verla a ella en ese momento, pensó Cathy severamente y luego, cuando no pudo demorarse más, se alejó lentamente del espejo.

—Me imagino que regresaremos inmediatamente después de la ceremonia —comentó Cathy en tono apacible—. A menos que Harold desee detenerse en algún lugar para festejar la boda. —Acentuó con amargura la última palabra.

—Oh, amorcito, aborrezco verte pasar por estas vicisitudes. —Martha se ahogó y las lágrimas brotaron de sus ojos.

—No tanto como yo misma. —Cathy se forzó a bromear antes de volver a ponerse seria—. No te preocupes por mí, Martha. Pase lo que pase... todo saldrá bien.

—Así lo espero, amorcito, puedes estar segura. —Martha la abrazó con fuerza y ella le devolvió el abrazo con cierta desesperación. Luego, mientras aún podía reunir el valor suficiente haciendo de tripas corazón, salió de la alcoba y bajó la escalera para reunirse con Harold, que la estaba aguardando.

Cathy se convirtió en lady Stanhope menos de una hora más tarde, en un sombrío registro civil en las afueras del bullicioso barrio comercial de Londres. Su mano temblaba visiblemente al extenderla para que Harold le pusiera la sortija. Cuando bajó la vista a sus dedos blancos y temblorosos, vio con horror que no se había quitado los anillos de oro y diamantes que Jon le había colocado en el dedo muchísimos meses antes. El rostro de Harold se enrojeció de furia al seguir la dirección de su mirada e hizo un amago de arrancarle los anillos del dedo. Cathy se le adelantó quitándole la mano de entre las suyas con un tirón para sacarse ella misma las sortijas que Jon le había regalado. Las mantuvo por un momento fuertemente apretadas en la palma de la mano; luego, echando una mirada desafiante a Harold, las guardó en su bolso.

Una vez finalizada la ceremonia, soportó las felicitaciones llenas de júbilo de su tía antes de aceptar aturdidamente el brazo que le ofrecía Harold y permitirle que la llevara afuera. Era un día gris y brumoso, con jirones de niebla que flotaban sobre las piedras de las calles. Cathy pensó que no había visto jamás un sitio que la deprimiera más que Londres y después dejó de pensar por completo cuando Harold, ceremoniosamente, la ayudó a subir a la muy ornada berlina que les estaba esperando. Cuando él le soltó la mano, Cathy se encogió lo más que pudo en un rincón del asiento de felpa, deseando desesperadamente que Harold no hubiese elegido un coche cerrado. ¡Sería muy propio de él intentar hacerle el amor camino de la mansión de su tía! Y con Jon todavía a merced de los caprichos de Harold, se vería forzada a aceptar cualquier cosa que impusiera.

Cuando Harold trepó por fin al interior del carruaje estaba sonriendo. Cathy observó la piel blanca casi tan bien cuidada y suave como la de ella misma, los mofletes fofos y el ralo pelo rojizo, la boca fruncida y los ojos azules que parecían cuentas de vidrio y sintió un odio tan intenso que casi parecía irradiarlo por todos los poros. La enfermaba la idea de pertenecerle, de que esa misma noche él estuviera planeando violarle el cuerpo para lo cual tenía todo el derecho del mundo. Era su esposo... ¡cómo la atormentaba esa idea! Pero no estaba vencida aún, pensó Cathy, y levantó la barbilla en gesto de desafío.

¡Si Harold creía que iba a tener todo lo que quisiera a su manera, que iba a salirse con la suya siempre, estaba muy equivocado!

Harold separó las colas de su chaqué, una prenda realmente magnífica, al parecer para no sentarse sobre ellas y arrugarlas, después se sentó pesadamente al lado de Cathy. Cathy hizo un mohín de desprecio al ver ese despliegue de cuidados por el estado de la ropa. ¡Con lo deslumbrante y ostentosa que era su vestimenta esa mañana, algo tan insignificante como las colas algo arrugadas pasaría completamente inadvertido! La combinación de calzones amarillo canario, tan apretados alrededor de sus muslos gordinflones, tanto que Cathy esperaba constantemente oírlos rajarse, chaleco de raso blanco con diminutas margaritas amarillas recamadas, camisa de seda blanca cuajada de encajes, zapatos de cuero negro con tacones altos y relucientes hebillas de bronce y ese increíble chaqué, le daban toda la apariencia de una especie particularmente llamativa de pájaro tropical. ¡A su lado, con ese sobrio vestido gris, Cathy sabía perfectamente que quedaba eclipsada!

—¿Sonriendo, mi paloma? —le preguntó él con frialdad. Había interpretado correctamente el gesto de burla que ella no tuvo tiempo de ocultar—. Déjame divertirte un poco más. Estoy segurísimo de que te interesará mucho oír los detalles de nuestra luna de miel.

—¿Luna de miel? —repitió Cathy con un escalofrío de aprensión.

—No habrás creído que le pediría a mi adorable esposa recién casada que renunciara a su viaje de bodas, ¿o sí? Cuando me conozcas mejor, Cathy, caerás en la cuenta de que yo jamás sería tan desconsiderado. Ya he reservado pasajes para nosotros en el *Tamarind*, al que abordaremos esta misma noche en Southampton. Se hace a la vela al día siguiente con rumbo a La Coruña. Pensé que podríamos explorar España por un tiempo, luego regresaremos a Londres por el continente. En total, considero que estaremos fuera alrededor de seis meses.

La mente de Cathy quedó atolondrada bajo el peso de esa información inesperada. Todos sus planes tan prometedores y bien elaborados de eludir a Harold se malograrían si tenía que permanecer a solas con él durante seis interminables meses. Había contado expresamente con las presencias de su padre, y de Martha, y sí, hasta con la de su tía para impedir que Harold recurriera a la violencia física para consumar el matrimonio. ¡Pero ahora...! ¡Y también estaba Cray! Era imposible abandonarle durante seis largos meses. Y su padre...

—Estás bromeando, por supuesto —dijo Cathy con tanta serenidad como pudo mostrar.

—Jamás bromeo, mi paloma —respondió Harold disfrutando visiblemente de su aflicción—. Después de todo, debes admitir que es absolutamente normal que un recién casado quiera tener para él solo a su novia durante un tiempo. El matrimonio tiene demasiados aspectos que se disfrutan mucho mejor en la intimidad, ¿no estás de acuerdo?

La mirada llena de lascivia que le recorrió el cuerpo la hizo encogerse instintivamente. «No puedo seguir con esto», pensó. Todas las células de su cuerpo la urgían a saltar fuera del coche y a echarse a correr antes de que fuera demasiado tarde. El contacto imaginario de las manos de Harold sobre su piel desnuda, de su cuerpo corpulento unido con el de ella, la hizo estremecerse de asco.

—Me resulta completamente imposible dejar a Cray —le comunicó con firmeza y frialdad.

—Tu bastardo no me concierne en absoluto, mi paloma. Agradece que te permita conservar al cachorro a tu lado. Primero me inclinaba por entregarlo al cuidado de una de las excelentes instituciones que abundan en este país. Puedes estar bien segura de que no permitiré que estorbe mis planes. —Harold descartó a Cray con un movimiento negligente de una mano gordinflona y cuajada de anillos.

Cathy sintió que le hervía la sangre en las venas al oír llamar «bastardo» a su hijo tan amado. Por más que desde el punto de vista legal era así, ese niño había sido fecundado con amor y había nacido de un matrimonio que tanto Jon como ella creían legítimo. ¡No permitiría que este gordo sapo pomposo hablara con tanto desprecio de su hijo!

—¡Vaya, tú...! —barboteó ella, rechazando epíteto tras epíteto por ser demasiado leves para el odio que quería expresar.

—Yo me mordería la lengua si estuviera en tu lugar, mi palomita —le aconsejó Harold maliciosamente. Los descoloridos ojos azules brillaban de placer por haber provocado tal reacción en ella—. Aún queda el pirata, recuérdalo. Si te pones violenta conmigo, no levantaré ni un dedo para interceder por él. Y le ahorcarán mientras tú y yo disfrutamos de los deleites de nuestra luna de miel.

Cathy tembló, una rabia de otra especie sustituyó la cólera que había sentido hasta ese momento.

—¡Diste tu palabra! —dijo mordiendo las palabras desdeñosamente—. ¡Me diste tu palabra de que le salvarías si me casaba contigo!

—Y tengo el propósito de mantenerla... siempre

y cuando tú cumplas con tu parte del convenio. Pero creo que deberías recordar que, mientras el pirata permanezca en prisión —cosa que imagino que será por muchos años más— se necesitará solo una palabra de mi parte para que le cuelguen. Te aconsejaría que guardaras ese pensamiento firmemente fijado en tu adorable cabecita mientras te resuelves a considerar con especial cuidado la mejor forma de complacerme.

Cathy tuvo deseos de matarle. Se le cerraron los puños con la fuerza que le transmitía el ansia vehemente de hacerlo, y las largas y bien pulidas uñas se clavaron dolorosamente en las palmas. Si Harold la hubiese conocido mejor habría reconocido el peligro que corría con solo advertir el brillo salvaje de sus ojos. Como estaban las cosas, lo único que vio fue una novia sumisa y debidamente arrepentida y se felicitó por haber hallado un medio excelente para tenerla a raya.

Cathy se quedó mirándole fijamente durante largo rato, con sus ojos azules ardiendo de cólera. Después se dominó y trató de relajarse. Como Harold había señalado con tanto júbilo, él tenía todas las ventajas. Jon era en realidad su rehén y Harold naturalmente se proponía usar su amor por él para asegurarse la sumisión a todos sus caprichos y deseos. Con la amenaza de la ejecución de Jon pendiente sobre su cabeza como una espada de Damocles, Cathy, con verdadero horror, se dio cuenta de que estaría obligada a someterse dócilmente a las exigencias de Harold, posiblemente durante años. Una negra ola de angustia amenazó tragársela. ¿Por qué no se le había ocurrido antes esa posibilidad? Y, aun así, si se le hubiese ocurrido, ¿qué podría haber hecho?

El carruaje se detuvo con una sacudida. Cathy alzó la cabeza, sorprendida. Quizás Harold solo había estado fastidiándola; ¿era posible que hubiesen regresado a la mansión de su tía en Grovesnor Square? ¿Dónde más...?

—¿Ves cómo conservo mi palabra, mi paloma? —preguntó Harold jovialmente. Se levantó cuando el cochero abrió la portezuela del coche de par en par desde la calle. Cathy le miró sin comprender. Luego, a través de la portezuela abierta, vio los lúgubres muros de piedra gris de la prisión de Newgate.

—Estoy seguro de que me disculparás mientras hago los arreglos para salvar a tu pirata de su bien merecido destino —continuó Harold sin alterarse—. Y recuerda, espero que cumplas con tu parte del convenio como yo cumplo con la mía.

Cathy se mantuvo muda mientras Harold descendía. Cuando la portezuela se hubo cerrado detrás de él, ella se deslizó por el asiento, y, levantando la cortina, miró al exterior. La prisión estaba situada en una calle de los barrios más bajos y sórdidos de Londres; por todas partes en derredor del carruaje Cathy podía ver niños harapientos y sucios revolviendo ansiosamente la basura que llenaba las acequias que corrían a lo largo de ambos lados de la calle. Mujeres de aspecto desaliñado y sucio se recostaban contra los altos muros de la prisión como borrachas para no caerse, algunas sosteniendo con fuerza una botella de licor en la mano de la cual bebían un trago de vez en cuando. Todas parecían totalmente olvidadas de la persistente llovizna helada que caía sobre sus cuerpos. El guardia de la puerta prestaba escasa atención a esos pobres habitantes de la calle, excepto para ordenarle a alguno que se había acercado cautelosamente a él que se alejara de inmediato con voz estentórea.

Cathy se sobresaltó cuando volvió a abrirse la portezuela del coche.

—Sal de ahí, mi querida —ordenó Harold con una mueca burlona, alzando la mano para que ella la tomara. Le sonrió diabólicamente a la cara. Cathy no se movió.

»¿No deseas brindarle una cariñosa despedida a tu pirata? Te aseguro que no volverás a verle después de hoy. Realmente no esperarás que permita a mi esposa visitar a un reo encarcelado.

—¿Por qué estás haciendo esto? —La voz de Cathy sonó débil. Deseaba ver a Jon más que nada en el mundo, anhelaba decirle cuánto le amaba y explicarle por qué había actuado como lo había hecho. Pero conocía demasiado bien a Harold para suponer que quisiera satisfacer sus deseos. No, su propósito tenía que ser vil.

—Eres muy lista, ¿verdad, paloma? —comentó Harold en tono de aprobación—. Yo tengo una pequeña cuenta que debo arreglar con tu pirata. Como sabes, me golpeó con mucha rudeza. Durante varios días temí seriamente que pudiera haberme lastimado el bazo. Ahora me propongo causarle un poco de dolor a mi estilo.

—Me niego a tomar parte en algo así —respondió lentamente Cathy, y las manos que habían reposado sobre su regazo volvieron a cerrarse en dos puños impotentes.

—Harás exactamente lo que yo te diga, Cathy,

querida. Recuerda bien esto, una sola palabra tuya, hasta un simple gesto de tu parte que me desagrade y él colgará de una cuerda. Además, no hay por qué inquietarse. —Harold echó una mirada a los puños apretados—. Ni remotamente se me ocurriría maltratar físicamente al pirata, te lo aseguro. Después de todo, yo soy, por más que lamente el hecho, todo un caballero. No, simplemente quiero ofrecerle el espectáculo de nuestra felicidad de recién casados... Yo, lo que te exijo, mi adorable palomita, es que seas el vivo retrato de mi amante esposa. Por el bien del pirata, espero que seas muy convincente. Estoy seguro de que morir en la horca es la forma más desagradable de morir.

Cathy le clavó la mirada y se tragó las palabras que pugnaban por brotar de su pecho. La noticia de su boda con Harold sería una puñalada en el corazón de Jon. Le dejaría anonadado y sufriendo otra clase de agonía. Pero era mucho mejor que sufriera una sangría emocional que la muerte. Además, seguramente comprendería lo que ella había hecho por amor a él.

Harold la estaba observando con placer maligno. Cathy levantó la barbilla súbitamente y endureció la mirada. Participaría en esa horrible farsa porque no le quedaba otra alternativa. ¡Pero algún día ajustarían cuentas! Con dignidad glacial permitió que Harold la ayudara a descender del carruaje.

Dentro, la prisión hedía. Mientras un obsequioso guardia les guiaba por oscuros corredores fríos y húmedos, el fétido olor hacía que Cathy frunciera la nariz. Cuando no pudo soportar más la repugnancia que sentía, sacó un pañuelo perfumado del bolsillo y lo sostuvo presionado sobre la nariz. Harold la imitó; Cathy le observó respirando con fastidio a través de su pañuelo con puntillas. Su aversión por él creció en ese instante.

Pero si el olor era espantoso, mucho peor eran los ruidos que llegaban a sus oídos. Débiles gemidos de dolor mezclados con sollozos de desesperación formaban un coro infernal. Al escucharlos con atención, Cathy se estremeció convulsivamente. La enfermaba pensar que Jon estuviera encerrado en semejante lugar. ¡Con toda seguridad, ni el mismo infierno era peor que esto!

A la luz de la linterna que sostenía el guardia que les escoltaba, Cathy apenas podía vislumbrar docenas de hombres y mujeres medio desnudos y mugrientos apretados unos contra otros en celdas pequeñas y oscuras, obligados a soportar condiciones que eran peores que las que sufrían los animales salvajes en cautiverio. Ojos hundidos brillaban fugaz y misteriosamente desde las profundidades de los rostros cadavéricos; las voces cavernosas les imploraban piedad. «Pobres criaturas», pensó Cathy con lágrimas en los ojos. Harold la hizo marchar entonces más deprisa. Pero al pasar delante de las celdas algunos de los prisioneros se abalanzaban hacia ellos dejando oír vagidos y aullidos infrahumanos al suplicar ayuda, aferrados a las rejas como simios. Cathy se encogió instintivamente. Harold chilló y luego inmediatamente trató de disfrazar su exhibición de cobardía gritando a los guardias, que acudieron corriendo en su ayuda.

—¡Azotadles! ¡Azotadles!

—¡No! —gritó Cathy, horrorizada, pero fue demasiado tarde. Los guardias ya estaban en el interior de las celdas, en medio de ellos, con sus inmensos látigos, vociferando obscenidades a los prisioneros que se escabullían precipitadamente hacia los rincones donde se empequeñecían y se encogían presos del terror. El brazo de Harold rodeó torpemente la cintura de Cathy cuando ella quiso detenerse y la obligó a seguir la marcha.

Todavía le rodeaba la cintura cuando el guardia se detuvo abruptamente momentos más tarde. Luego levantó la linterna más arriba de su cabeza para iluminar el interior de una pequeña celda. Cathy apenas tuvo el tiempo suficiente para advertir el moho verdoso en las paredes, los charcos de humedad en el suelo de piedra y, desde luego, la hediondez, cuando sus ojos se clavaron en el hombre cubierto de suciedad y casi en los huesos que lentamente intentaba ponerse de pie y abandonar el suelo donde había estado sentado hecho un ovillo. Estaba parpadeando como si el débil haz de luz le hubiese cegado momentáneamente, y apoyó pesadamente una mano contra la repugnante pared en busca de estabilidad. Tenía el pelo negro demasiado largo, enmarañado y descuidado, mientras que una barba incipiente y áspera le oscurecía las mejillas y el mentón. Solo los ojos grises, incrédulos al principio y después lentamente llenándose de alegría al verla, no habían cambiado.

«¡Oh, Jon!», gritó el corazón de Cathy, pero un enorme nudo de lágrimas en la garganta le impidió decir una palabra.

—¡Cathy! —dijo él roncamente y se tambaleó al

intentar dar un paso en su dirección—. ¡Oh, Cathy, cariño! Yo pensaba...

Aquí dejó de hablar repentinamente. Sus ojos se endurecieron hasta parecer ágatas de mirada feroz al reconocer a Harold, y abarcar su brazo en actitud posesiva alrededor de la estrecha cintura de Cathy y su aceptación del contacto de ese hombre.

—¿Qué pensabas, Hale? —preguntó Harold con una sonrisa torcida—. Te ruego que continúes. Mi esposa y yo estamos verdaderamente interesados en lo que tengas que decir. ¿No es así, mi querida?

Cathy, con la muerte en el corazón, observó a Jon y le vio encogerse como si hubiese recibido un golpe. Harold, que le observaba con tanta avidez como ella pero por otras razones, también advirtió ese movimiento involuntario y casi dio gritos de triunfo.

—¿No es así, esposa? —preguntó Harold otra vez recalcando la última palabra y con voz cortante mientras le clavaba los dedos en la cintura a modo de aviso cuando Cathy seguía sin responder. Cegada por las lágrimas que temía derramar por el bien de Jon, Cathy no pudo hacer otra cosa que asentir.

—Sí, Harold —dijo en un tono apagado que rogó fuera tomado por Harold como muestra de docilidad. Sus ojos permanecían clavados en Jon, deseando vehementemente que él comprendiera la razón que la había llevado a esto, que tuviera fe en ella y en su amor.

—¿Tú... te casaste con él? —Jon le estaba hablando directamente a ella, mirándola con ojos ferozmente inquisitivos que trataban de escudriñarle el semblante en medio de la semioscuridad que les envolvía.

Los dedos de Harold volvieron a clavarse una vez

más en la cintura de Cathy, causándole dolor, cuando le pareció que ella no iba a responder. En verdad, Cathy no estaba muy segura de poder hacerlo. Se le había cerrado la garganta. Bajó los párpados, pasó la lengua por los labios resecos; luego, odiando más que nunca a Harold, odiándose a sí misma por el dolor que su respuesta causaría al hombre amado, dijo simplemente: «Sí.»

Aun a la débil luz pudo ver cómo se contraían los músculos faciales de Jon.

—Por amor de Dios, ¿por qué? —exigió saber Jon con voz ronca mientras sus ojos inquisitivos se movían rápidamente por todas sus facciones.

Cathy tembló y supo que no podía encontrar una respuesta. Harold, percibiendo los estremecimientos que le sacudían el cuerpo durante esta tortura, respondió por ella.

—Ella tuvo el sentido común de reconocer qué le convenía más, Hale —dijo en tono de mofa—. Seguramente lo puedes ver por ti mismo. Yo soy, después de todo, un par del reino; tú eres un pirata condenado. Además, ella solo se casó contigo en primer lugar por el mocoso, como sabrás. ¿Por qué otro motivo se casaría una dama de su rango con un hombre de tu ralea?

Jon no dijo nada, pero sus ojos se volvieron centelleantes a Cathy. Ella permaneció mirándole fijamente y muda, queriendo obligarle a no creer el fárrago de mentiras de Harold.

—¿Cathy? —dijo con voz áspera.

Ella sentía los dedos de Harold clavados en la cintura y los ojos fijos en su rostro. Si ella perdía ahora el ánimo y fallaba, Harold cumpliría su amenaza y haría ahorcar a Jon. Lo sabía, sabía que Harold se sentiría feliz de encontrar alguna excusa para colgarle. Desenmascarar al farsante de Harold daría como único resultado la ejecución de Jon.

—Está diciendo la verdad, Jon —acotó ella en voz queda, y sintió que Harold casi ronroneaba de satisfacción.

—Bien, debemos marcharnos —dijo Harold con alegría maligna—. Acabamos de casarnos esta mañana. Ansiamos emprender el viaje de nuestra luna de miel. Esta noche partimos para La Coruña... eso queda en España, como sabrás, y después vamos a recorrer tranquilamente el continente.

Hizo un movimiento para volverse, luego pareció vacilar y giró sobre sus talones.

—Oh, una sola cosa más, Hale. Debo agradecerte que iniciaras a mi esposa en sus deberes maritales que cumple tan bien. Como estoy seguro de que recuerdas, ella es realmente deliciosa en la cama.

Los ojos de Jon despidieron dagas cuando Harold se volvió llevándose a Cathy. Él prácticamente la arrastró por el corredor con una sonrisa diabólica en los labios. El desconcertado carcelero les siguió sosteniendo la linterna en alto para que pudieran hallar el camino de regreso.

«Jon, oh, Jon, querido», sollozaba el corazón desgarrado de Cathy mientras avanzaba a tropezones al lado de Harold. Después se hundió completamente en la desesperación cuando al doblar la esquina que la alejaría para siempre del ser más amado por ella, el alarido atormentado y agónico de un hombre muerto en vida rasgó las tinieblas que quedaban a sus espaldas.

4

Jon se retorció miserablemente sobre la larga plataforma de madera y con la lengua hinchada trató de mitigar el dolor de sus labios resecos y agrietados. La bodega del *Cristobel* era un verdadero horno. Los prisioneros se apiñaban allí como sardinas. Habría más de doscientos en esa sección al menos, todos varones. Yacían tendidos de costado y encadenados a las plataformas que estaban dispuestas en capas una encima de la otra, tan juntas que los anchos hombros de Jon casi rozaban la que estaba encima de él. Los grilletes tenían una cadena muy corta entre ellos y ya le habían despellejado los tobillos y las muñecas. Para mayor seguridad también le habían pasado una cadena alrededor de la cintura y de la cintura del hombre que yacía sudoroso a no más de un palmo de distancia delante de él. Cuando les habían encadenado juntos la primera vez en ese agujero infernal, ese pobre hombre le había dicho que su nombre era O'Reilly. Pero últimamente nadie se molestaba en hablar; ahorraban como verdaderos avaros todas sus energías solo para sobrevivir en ese infierno.

El hombre que estaba directamente a sus espaldas había muerto. Jon le había oído ahogarse en su propio vómito hacía algunas horas y los guardias todavía no le habían descubierto. Cuando lo encontraran, arrojarían su cadáver por la borda sin ninguna ceremonia. Después de todo, ¿para qué desperdiciar oraciones fúnebres en un convicto cuyos crímenes ya le habían despojado de toda su humanidad? Jon oyó el ruido de la tapa de la escotilla al abrirse, luego los pasos lentos de los guardias que bajaban a la bodega. Cerró los ojos y musitó una breve plegaria por el hombre muerto. Pero, de pronto, se asombró al pensar que ni siquiera conocía su nombre.

—¡Muy bien, bastardos, a cubierta! ¡Moveos!

Jon oyó una serie de ruidos metálicos cuando empezaron a quitar las largas varas de metal a las que estaban encadenados los prisioneros. De inmediato sintió que se deslizaba la vara que le mantenía los brazos con grilletes por encima de su cabeza y que le quedaban libres. Bajó los brazos quejándose. Un dolor punzante le recorrió los músculos entorpecidos por los calambres cuando los frotó con ambas manos para restablecer la circulación de la sangre. O'Reilly, que estaba más cerca del estrecho pasadizo que corría entre las plataformas insertadas en ambos lados de la bodega, empezó a salir a gatas por el espacio abierto siguiendo al hombre que tenía delante. Jon, forzosamente, tendría que imitarle. A sus espaldas se dejaron oír las voces cansadas de los que le seguían soltando maldiciones al encontrarse con el cuerpo inerte del hombre que les impedía salir y luego oyó el sordo ruido del cuerpo al ser arrastrado delante de ellos.

Después de pasar diez días a bordo, esa rutina que se llevaba a cabo al amanecer consistía en trasladar a los prisioneros en manada como ganado a la cubierta apenas despuntaba el sol para que hicieran ejercicio y repartirles el único plato de comida, en realidad, pura bazofia, que recibían al día. Los guardias apostados por todas partes les apuntaban con sus mosquetes constantemente, pero hasta entonces no se habían presentado problemas. A pesar de mantener esa rígida vigilancia sobre ellos, la tripulación parecía no temer ninguna revuelta. Mientras Jon seguía arrastrando los pies detrás de O'Reilly cuando subían por la estrecha escalerilla, tuvo que admitir que probablemente tuvieran razón para no preocuparse. Después de agonizar hora tras hora en esa bodega sofocante, todo lo que parecían desear ansiosamente los prisioneros era respirar un poco de aire fresco marino, beber su tazón de agua y comer tanto como les permitieran.

Respondiendo al empujón de uno de los guardias, Jon se alineó con los demás prisioneros a lo largo de la barandilla a la espera de la inspección de los grilletes. El segundo oficial, Hinton, un tipo fornido y grande, casi tan alto como Jon, examinaba las cadenas eslabón por eslabón. Él había formado parte del contingente que había ido a buscar a Jon y a otros seis prisioneros a Newgate, donde al parecer le habían informado de todos los detalles de las circunstancias que le habían llevado a la prisión. Jon le odiaba profundamente y mucho más por el hecho de sentirse impotente. Cada vez que ese horrible rostro le mostraba una mueca burlona, cada vez que la boca de labios flojos escupía un chorro de saliva oscura con el jugo del tabaco que masticaba constantemente, y lo hacía por el hueco de un diente que se le había caído, Jon tenía que reprimir el deseo apremiante de destrozarle a puñetazos. Estaba más que seguro de que podría hacerlo sin ninguna ayuda. También estaba igualmente seguro de que una acción semejante le costaría la vida.

—¿Te preguntas qué estará haciendo hoy tu dama amada, pirata? —Hinton le sonrió mostrándole los dientes mientras daba un tirón a la cadena que le amarraba a O'Reilly—. En viaje de luna de miel con algún extravagante lord, ¿no es así? Apuesto a que se hallan en la cama en este mismo momento, bien cómodos y calientes... Zarparon en el *Tamarind*, ¿verdad?, el mismo día en que emprendimos nuestra pequeña travesía. Quizá les pasaremos y tú podrás saludarles con la mano.

Se rio satisfecho. Los músculos de Jon se tensaron al máximo reaccionando violentamente y O'Reilly le lanzó una mirada de advertencia. Si Jon causaba algún problema no tendrían ningún miramiento en dispararle y matarle como un perro.

—¡Encadenadles!

La orden fue un rugido que les llegó desde el alcázar. Los músculos de Jon se fueron aflojando lentamente mientras Hinton se convertía en un torbellino de actividad y deslizaba una larga cadena entre los grilletes de O'Reilly y los de Jon antes de arrojársela a otro guardia que hacía lo mismo con otros prisioneros. De este modo iban encadenando a cincuenta o sesenta hombres. Luego se aseguraba la cadena a un cáncamo fijo en la cubierta del barco. Se suponía que esto les impediría amotinarse o que algún desesperado intentara saltar por la borda. Hasta ese momento habían logrado su propósito admirablemente.

—¡Saltad!

Les llegó la orden como lo hacían todas las mañanas. Penosamente los prisioneros empezaron a saltar sobre la cubierta, agitando los brazos y pisando muy fuerte. Este ejercicio, cuya duración era de aproximadamente cinco minutos, se llevaba a cabo con el propósito de mantener a los hombres aptos para el trabajo, ya que trabajar casi como esclavos era para lo que les habían embarcado. Las factorías abundaban en la costa occidental de África, factorías que abastecían Inglaterra de abundantes materias primas y funcionaban con mano de obra esclava. Cuando el *Cristobel* atracara en algún muelle de la Costa de Marfil, se subastaría a los prisioneros entre los dueños de las factorías donde terminarían sus días. El dinero recaudado en la subasta iría a parar a las arcas de Inglaterra después de deducir una suculenta ganancia para la tripulación. De este modo —excepto, por supuesto los nuevos esclavos— estarían satisfechos y felices.

Cuando terminó el ejercicio por ese día, los guardias amontonaron a los hombres alrededor de media docena o más de enormes calderas negras donde se guisaban las raciones de comida, diariamente, allí mismo sobre cubierta. Con voracidad indescriptible los hombres recogían en los cuencos de las manos el guisado inevitablemente aguado y lo tragaban lo más rápidamente posible hasta terminarlo.

—¡Llevadles abajo!

Jon todavía estaba comiendo cuando sonó la orden. Apresuradamente recogió un último puñado de guiso, lo engulló rápidamente y se lamió los dedos. Apenas tuvo tiempo de tragar su ración de agua antes de que Hinton y otro guardia se pusieran a su lado. El otro hombre se agachó para desatar la larga cadena del cáncamo mientras Hinton caminaba detrás de Jon clavándole dolorosamente la boca del mosquete en la espalda como una orden muda para que avanzara. Jon, junto con el resto de los prisioneros, empezó obedientemente a alinearse para regresar a la bodega. De súbito, resonó un grito ronco; inmediatamente todos los que estaban en cubierta estiraron el cuello para ver qué estaba sucediendo. A un lado de la escotilla abierta dos prisioneros se hallaban trenzados en una lucha feroz agarrados por la garganta. Cuatro guardias corrieron a separarles golpeándoles con saña con las culatas de sus mosquetes. Por encima del hombro Jon pudo oler el fétido aliento de Hinton, que se había acercado demasiado a él para poder ver mejor el incidente divertido. Una vez más Jon sintió el mosquete clavado con fuerza en sus nalgas. Instintivamente, sin siquiera tomarse el tiempo para pensar, Jon reunió sus puños en uno juntando los eslabones de la gruesa cadena entre ellos. Después giró con la velocidad de un relámpago y, usando la cadena como una maza, pegó con todas sus fuerzas sobre la cabeza de Hinton, que estaba completamente desprevenido. El hombre se desplomó sin dejar escapar un solo sonido. Jon miró a su alrededor: solo los ojos saltones de O'Reilly parecían estar observándole. Para su alivio vio que todos los demás estaban demasiado absortos en lo que estaba pasando cerca de la escotilla para haber visto lo que acababa de hacer. No tardó ni un instante en inclinarse sobre Hinton y quitarle el llavero que pendía del cinturón. Con mucha cautela para mantenerse fuera de la vista de los demás, abrió sus grilletes y soltó la cadena que le unía a O'Reilly. Luego le pasó las llaves a O'Reilly, quien rápidamente le imitó antes de pasar las llaves a otro compañero de infortunio. Jon, mientras tanto, recogió el mosquete del guardia caído y empezó a moverse rápida y discretamente hacia la escalerilla que llevaba al alcázar. Cuando alcanzó la parte alta de la misma, con el mosquete listo para disparar, oyó un súbito rugido detrás de él y por encima de ese bramido el grito: «¡Motín!»

—¡Nada de actos extravagantes, caballeros, o todos iréis a parar al mismo infierno! —les dijo serenamente a los oficiales del barco. Cuando todos se volvieron sobre sus talones y le dieron la cara, una sonrisa salvaje pareció partirle el rostro en dos.

Cathy, a bordo del *Tamarind*, lucía una sonrisa igualmente salvaje. Harold acababa de dejarla sola, en lo que, para él, pasaba por un ataque de furia violenta. Cathy dudaba de que pudiera rechazarle y mantenerle a distancia durante mucho más tiempo. Había dicho de modo tajante que esa noche tenía toda la intención de compartir su cama, estuviera enferma o sana. Esa declaración era la causante de la sonrisa torcida de Cathy. Había estado fingiendo estar mareada durante los últimos diez días, gimiendo y agarrándose el estómago cada vez que Harold se acercaba. Harold, a quien los balanceos del barco también le hacían sentir náuseas, empeoraba al ver los sufrimientos de Cathy. Pero esa mañana, a pesar de no presentar ninguna mejoría visible, él la había acusado de estar haciendo puro teatro, lo cual, en cierto modo, había mejorado la opinión que tenía Cathy de la inteligencia de su marido, puesto que lo que ella hacía era una farsa y la representaba muy hábilmente también, si se le permitía decirlo; después de sus experiencias con Jon a bordo del *Margarita*, su estómago era a prueba de cualquier cosa que el mar pudiera hacer.

Si Harold no creía la farsa que representaba, caviló Cathy con determinación, tendría que convencerle de tal modo que no le quedara ninguna duda. Se le ocurrió un plan maquiavélico y sonrió al considerarlo. Hasta aquí, no le había resultado difícil engañar a Harold y tenía la esperanza de que esa noche no fuera una excepción. El matrimonio todavía no se había consumado y, si Cathy podía tramar algo realmente efectivo, jamás se consumaría.

Al caer la noche, Harold regresó al camarote. Detrás de él venía un marinero llevando una bandeja cargada. Mientras el marinero colocaba los platos sobre la mesa en un rincón del camarote, Harold cruzó la habitación en dirección a la cama y se detuvo junto a ella mirando con enojo a Cathy, que seguía tendida allí. Ella le devolvió una mirada insípida.

—Insisto en que me acompañes a cenar. —Su voz fue áspera y dura.

—Pero, Harold, no me siento bien —protestó ella con voz trémula—. El movimiento...

—¡Ya me has oído!

—Sí, Harold —susurró Cathy bajando los ojos

humildemente. A través de las espesas y largas pestañas le vio sonreír triunfante.

Luciendo una encantadora bata de raso color bronce verdoso sobre un camisón que hacía juego y que formaba parte del complejo ajuar que la había estado esperando a bordo del *Tamarind*, Cathy se sentó obedientemente enfrente de Harold mientras él empezaba a comer. Aunque su saludable estómago protestaba, ya que no había probado más que té y algunas tostadas durante todo el día, jugueteó lánguidamente con la comida que tenía en el plato, empujándola con el tenedor. La impresión que deseaba dar era que estaba demasiado enferma para comer; por las miradas ceñudas que le lanzaba Harold, creyó que seguramente empezaba a tener éxito.

En verdad, Harold estaba pensando que ella era una mujer realmente hermosa, con una palidez acentuada por el largo encierro en el camarote (no había salido a cubierta desde que se habían embarcado; quizás estaba verdaderamente enferma). Los ojos zafirinos parecían brillar como estrellas contra la blancura inmaculada de su piel, mientras que el cabello dorado, suelto y ondulado alrededor de los hombros, era más encantador de lo que Harold podría haber soñado. El atuendo de seda que vestía le sentaba perfectamente, como lo hacía el resto de las prendas de vestir que él había escogido para ella. Por un momento, Harold se felicitó por su excelente sentido de la moda y del color. En ese instante Cathy movió la cabeza y sus senos se agitaron cautivadoramente; Harold quedó extasiado. La miró fijamente y sin ningún disimulo mientras se humedecía los labios con la punta de la lengua. Desde que se habían casado había llegado a desearla más furiosamente de lo que jamás había deseado a mujer alguna en toda su vida. Hasta ese momento ella había conseguido mantenerle fuera de su lecho, pero esa misma noche él acabaría con eso. Se proponía poseerla, estuviera dispuesta o no. Y, quién podía decirlo, tal vez cuando regresaran a Inglaterra ella le deseara con tanta intensidad como él la deseaba. Ciertamente era inútil que ella siquiera pensara en el pirata; él personalmente se había encargado de poner a ese hombre para siempre fuera de su alcance, pero manteniendo la palabra dada al pie de la letra.

—No te sentirás indispuesta, ¿verdad? —inquirió Harold severamente al ver que ella no probaba más que un bocado del delicioso helado de frambuesa que les habían servido de postre.

—No... no mucho, Harold —susurró Cathy haciendo un gran esfuerzo de voluntad y representando su papel a fondo.

—Me alegro, porque no pienso que sigas evitándome más tiempo. Esta noche voy a tomar lo que me pertenece según la ley.

Cathy estuvo en un tris de estallar de cólera por la grosería con la que le había hablado, pero logró contenerse y conservar su aparente sumisión.

—Estamos casados, Harold. ¿Cómo podría evitarte? Es que... me he sentido tan mal. —Con toda deliberación Cathy dejó que se le apagara la voz.

Harold asintió, satisfecho.

—Hasta cierto punto, me alegro de que hayas decidido ser sensata, aunque domesticarte no habría carecido de recompensas. Pero estoy seguro de que has adquirido muchísima experiencia como amante del pirata y espero que esta noche la pongas en práctica conmigo. Ya que mi novia no es una virgen candorosa, que al menos me brinde placer. Ven aquí, Cathy, y comienza ya.

Al ver que Harold retiraba la silla de la mesa y poniéndose de pie le hacía señas para que se acercara, Cathy palideció. No había contado con que esto sucediera tan rápidamente. Mientras se ponía de pie, pensaba a toda prisa. Por el momento debía obedecerle. Resistirse a sus requerimientos solo daría por resultado que él la poseyera a la fuerza. No, para ganar esa batalla lo único que necesitaba era astucia, y astucia era lo que utilizaría...

Las caricias de Harold eran tan espantosas y repugnantes como había imaginado. Sus brazos le rodearon el cuerpo como abrazaderas de hierro estrujándole rudamente contra su barriga redonda y saliente, mientras la boca parecía una sanguijuela sobre la de ella. Estaba floja y mojada al moverse sobre sus labios; la lengua se abrió camino a la fuerza entre sus dientes metiéndose casi hasta la garganta, y a Cathy le entraron bascas. Pero se mantuvo firme, sometiéndose con tanta docilidad como podía demostrar a ese abrazo grotesco, sin arredrarse siquiera cuando la mano se metió violentamente dentro del escote de la bata y le apretó dolorosamente el pecho suave y delicado.

Cathy rabiaba por abofetearle al sentir la mano que le manoseaba el seno desnudo con familiaridad brutal, al tiempo que dejaba escapar ruidos obscenos de su garganta como un enorme cerdo al hozar. Consiguió contenerse haciendo un inmenso esfuerzo de voluntad. El rostro moreno de Jon flotó momentáneamente por la pantalla de sus párpados cerrados. Pero el pensar en la reacción que tendría si pudiera verla en ese momento, hizo que lo desterrara apresuradamente. Si su plan había de tener éxito, debía concentrarse únicamente en salvarse.

Cuando Harold comenzaba a intentar quitarle la bata desgarrando el corpiño, Cathy le apartó de un suave empellón y él trastabilló retrocediendo un paso. En lo más hondo de su ser sintió un terrible desprecio por ese hombre al verle el rostro hinchado y moteado de pasión y oír sus jadeos irregulares y fuertes. Por primera vez tenía un vislumbre del poder que ejercía sobre él. Esas reacciones físicas traicionaban su fuerte deseo de ella, y percibió que más tarde podría serle ventajoso. En este pequeño juego él no era el único con ases en la manga.

—Harold, por favor, hagamos esto adecuadamente —le susurró al oído. Luego bajó los ojos tímidamente—. ¿Por qué no das un paseo por cubierta mientras me baño y me meto en la cama? Cuando regreses, te estaré esperando... —su voz se fue desvaneciendo seductoramente. Harold se atragantó y sus desteñidos ojos azules parecieron saltársele de las órbitas al mirarla fijamente.

—No quiero esperar más —dijo él con voz apagada. Y cuando extendió los brazos para volver a sujetarla, Cathy tuvo un verdadero susto. Sonriendo levemente, sacudió la cabeza y todavía logró parecer seductora mientras le ponía ambas manos sobre su pecho de paloma buchona y le impedía avanzar.

—Será mucho mejor después, ¿no lo ves? —le persuadió con una mirada llena de seducción—. He estado descompuesta y necesito un baño. He traído las más deliciosas sales perfumadas para ello... Y entonces compartiremos una botella de buen vino.

—Muy bien —aceptó Harold con voz enronquecida para gran alivio de Cathy. Ella le sonrió deseando interiormente tener una espada para atravesarle. ¡Dios, cómo le despreciaba! Solo imaginarle haciéndole el amor... si podría llamarle así... ¡era suficiente para que le diera vueltas el estómago!

Él le depositó un beso húmedo en los labios y luego, echándole una última mirada lánguida, la dejó a solas. Cathy casi dio gritos de triunfo. ¡Iba a funcionar... iba a funcionar! Empezó a desvestirse con la mayor rapidez posible, se salpicó el cuerpo con agua y un poco de perfume. Luego se puso un delicado camisón de pura seda blanca que obviamente había sido diseñado pensando en una novia. Se cepilló ligeramente el cabello y saltó a la cama. Una vez debajo de las sábanas, las arregló alrededor de la cintura mientras se recostaba provocativamente contra un montón de almohadas. A toda costa tenía que actuar de modo convincente.

Estuvo lista en el momento oportuno. Al oír que Harold trataba torpemente de abrir el cerrojo de la puerta, tomó una gran bocanada de aire. Después, con absoluta determinación, se metió el dedo largo y fino hasta la garganta.

Nadie podría haber mejorado su sentido de la oportunidad. Cuando Harold finalmente logró entrar, se llevó las manos a la boca con la visión de su increíblemente bella esposa, apenas cubierta con un camisón de seda casi transparente, con el cabello suelto y reluciendo como oro bajo la luz de los candelabros de muchos brazos, vomitando de modo grotesco sobre el terciopelo verde jade que debía de haber sido el lecho nupcial. Retrocedió espantado hasta dar contra la jamba de la puerta. Su propio estómago empezó a hacer arcadas ante esa escena horripilante. Con voz trémula y aguda empezó a gritar llamando al médico del barco.

Durante los días que siguieron, Cathy estuvo en grandes apuros para no echarse a reír a carcajadas. Fingía sentir bascas y lo hacía tan bien que Harold no podía dudar de ellas. Cada vez que él entraba en el camarote, ella solo tenía que aferrarse el estómago y gemir para que él emprendiera una fuga precipitada. Su propia digestión era muy delicada hasta en los momentos en que mejor se sentía, le informó, y con solo verla tan indispuesta le había bastado para apartarle completamente de la comida. Se cuidaba mucho de evitar cualquier contacto con ella, hasta tal punto que le pidió a un camarero que le preparara una cama en algún camarote vacío. Como previamente se había encargado de comunicar a todos los que estaban a bordo que estaban de viaje de luna de miel, tanto la tripulación como los caballeros que viajaban y conocían estas circunstancias, recibieron la noticia con grandes muestras de hilaridad.

Ian Smith, el médico de a bordo, estaba realmente desconcertado por la enfermedad de Cathy. La examinó superficialmente (no se consideraba apropiado que un médico hiciera algo más, a menos que la dama estuviera a las puertas de la muerte), y tuvo que admitir que presentaba los síntomas normales de mareo: vómitos, apatía, languidez, absoluto rechazo a la comida y hasta sufrir lo indecible con solo verla. Con todo, algo no parecía concordar con todo esto. Sin embargo, no podía poner el dedo en la llaga, y, cuando le presionaban, decía con cierta renuencia que lady Stanhope parecía sufrir de un caso grave de *mal de mer*.

Cathy tenía plena conciencia de que no podría mantener alejado a Harold para siempre fingiendo estar enferma, pero mientras estuvieran navegando la excusa le servía perfectamente bien. Era absolutamente imposible que él pudiera tomar represalias contra Jon, por la simple razón de que no podía enviar ningún mensaje; además, después de meditarlo largamente, se le había ocurrido que si Harold cumplía su amenaza de mandarle colgar si ella no se mostraba dócil y sumisa en sus deberes de esposa, ya no tendría nada con qué mantenerla a raya. Le abandonaría tan deprisa que él no tendría tiempo de pestañear siquiera. Como su libertad involucraba la muerte de Jon, la sola idea la hacía estremecerse convulsivamente. Todavía no sabía exactamente cómo utilizar esa deducción en su provecho, pero con tiempo estaba segura de poder hallar la respuesta a este dilema. Y eso era lo que estaba haciendo: ganar tiempo.

Cinco días después Cathy empezó a cansarse bastante de su simulación. Permanecer en cama cuando se sentía perfectamente bien era aburrido en extremo; además, le proporcionaba mucho tiempo para cavilar y todos sus pensamientos se centraban en Jon y en el pequeño Cray. Para entonces Jon ya debía saber que no sería ahorcado y Cathy se preguntaba si le habrían dado a conocer cómo se había logrado su indulto. Esperaba con desesperación que así fuera; el recuerdo de su último grito angustiado después de que Harold le había dicho que estaban casados, la torturaba. Al menos, si lo sabía, también sabría que solo su gran amor por él la había movido a esa aparente traición, quizás eso serviría para disminuir en algo su dolor.

Como pensar en Jon le resultaba demasiado doloroso, Cathy trataba de no hacerlo. Pero pensar en Cray también la angustiaba sobremanera. ¡Pobre bebé, cómo debía de echarla de menos! Se le apretó el corazón al imaginarle llorando por ella, sin comprender por qué no estaba a su lado. Tan pronto como había subido a bordo del *Tamarind*, ella había escrito deprisa una carta a Martha en la que le explicaba lo más concisamente posible todo lo que había sucedido. Martha cuidaría a Cray tan bien o mejor que ella misma, pero aun sabiéndolo, no podía consolarse. Sus brazos tenían ansias de abrazarle y sus ojos se llenaban de lágrimas al imaginar el desconcierto de su bebé ante todos los cambios tan súbitos en su vida. Él no podría comprender qué le había pasado a Jon o a ella misma. ¡Pensaría que le habían abandonado!

El *Tamarind* echó anclas en La Coruña un soleado día a principios de noviembre. Cathy se había atrevido a levantarse de la cama solo el tiempo suficiente para espiar el puerto. Desde donde había atracado el barco, detrás de otros navíos pero bastante cerca del muelle, Cathy pudo ver la ciudad a través del ojo de buey de su camarote. Parecía una ciudad muy llena de vida y de color, hombres y mujeres pintorescos y brillantemente vestidos se apiñaban, impacientes, con sus burros y sus carretillas de mano tratando de vender sus mercancías a los pasajeros que desembarcaban. A Cathy le resultó imposible resistirse al atractivo y encanto de la escena y abrió un poco la portilla. De inmediato pudo oler el dulce aroma de las bananas y de los mangos, mientras llegaban a sus oídos las risas y las voces hablando en español. Ya casi era de noche, sin embargo el sol todavía era un enorme disco brillante y amarillo sobre el horizonte.

—¿Así que me has estado engañando todo este tiempo? —La voz ominosamente baja detrás de ella la hizo volverse en redondo con expresión de culpabilidad. Él la estaba mirando de un modo que no presagiaba nada bueno. La ira le había achicado aún más sus ojos y la boca floja, por una vez, se veía apretada en una línea tensa. Cathy no pudo hallar palabras para responderle. La había sorprendido en falta. Solo una hora antes le había dicho entre gemidos que se encontraba demasiado mareada para pensar siquiera en levantarse de la cama y mucho menos salir resueltamente a explorar la ciudad.

»No has estado enferma en absoluto, ¿verdad? —continuó él con esa voz aterradora—. Qué pensabas ganar, no lo sé. Todos esos disimulos no pueden cambiar el hecho de que eres mi esposa, por más que te disguste. Y yo estoy harto de ser el hazmerreír de todos los hombres que navegan en este barco. Me propongo tomar lo que me pertenece y por lo que me he casado contigo, ahora mismo.

—¿Hablas de mi fortuna? —Se mofó Cathy sabiendo que la farsa había llegado a su fin. En cierto modo, era un verdadero alivio poder demostrarle todo lo que le despreciaba. El feo rostro de Harold se afeó más aún al oír su sarcasmo.

—Me refiero a tu cuerpo —la corrigió él con crudeza. Cathy levantó la barbilla al verle avanzar hacia ella y se le tensaron los músculos preparados para pelear o para huir de allí. Si Harold creía que tener relaciones sexuales con su dulce noviecita iba a ser un placer, ¡estaba muy equivocado!

»Voy a hacer que lamentes mucho haber intentado engañarme, mi querida —le prometió en tono gutural mientras seguía avanzando.

—Querrás decir haber conseguido engañarte, ¿no es así? —le desafió ella temerariamente, sin importarle cuánto le enfurecía. Mientras hablaba, su mirada buscaba subrepticiamente algún arma para defenderse.

—¡Vaya, perra salida, me las pagarás! —aulló Harold, encolerizado, y se abalanzó sobre ella. Cathy le esquivó haciéndose a un lado. Los dedos de Harold apresaron la fina tela de seda de la bata color mandarina cuando ella giró rápidamente, desgarrándole la espalda desde el cuello hasta la cintura. Cathy la dejó caer a sus pies y de un puntapié la echó a un lado antes de precipitarse hacia la puerta. Harold, maldiciendo por lo bajo, la siguió.

»Vas a lamentarlo —le dijo al retenerla por los cabellos y retorciéndolos alrededor del puño al tiempo que se los tironeaba dolorosamente atrayéndola hacia él—. Voy a enseñarte una lección de una vez para siempre. Vas a suplicarme piedad...

Soltando un grito inarticulado de pura rabia, Harold tiró perversamente del cabello haciendo que Cathy cayera de rodillas. Ella lo hizo, pues no tuvo otro remedio, pero al levantar su rostro y mirarle a la cara, dejó que su semblante reflejara su desafío constante. Al observarla, a Harold le tembló el mentón. Esa mujer era una criatura frágil y esbelta con un camisón de seda color melocotón que, más que ocultar sus encantos, los revelaba con saña. Sus brillantes ojos zafirinos le fulminaban con su mirada y el desprecio reinaba en ellos. Se dejó oír una blasfemia, Harold levantó la mano y la abofeteó con crueldad. La fuerza del golpe echó atrás la cabeza de Cathy. Lágrimas de rabia y de dolor llenaron los ojos de la joven, pero ella rehusó dejarlas rodar por sus mejillas. ¡Jamás le daría esa satisfacción a ese sapo asqueroso!

—¿Golpear a una mujer te hace sentir más hombre, Harold? —le preguntó suavemente con el mayor sarcasmo, sabiendo que era buscarse más de lo mismo, pero demasiado furiosa para preocuparse.

—¡Eres una ramera dejada de la mano de Dios! —Las palabras no fueron más que un furioso susurro. Instintivamente, los ojos de Cathy siguieron el movimiento de la mano de Harold al ver que la apretaba en un puño y la levantaba al parecer con el propósito de descargarla y dejarla inconsciente. Cuando la vio descender no pudo evitar el movimiento reflejo de encogerse.

El golpe nunca llegó a destino. Un vigoroso golpe en la puerta salvó a Cathy. Maldiciendo, bajó el puño cerrado y se quedó mirándolo ominosamente.

—¿Qué pasa? —gritó al tiempo que advertía a

Cathy que guardara silencio con solo una mirada. Ella sí guardó silencio, simplemente porque no le hubiera servido de nada hacer lo contrario. Como la legítima esposa de Harold, él tenía todo el derecho de hacer lo que quisiera con ella, incluso pegarle si se inclinaba a ello. Ni un solo hombre a bordo del barco levantaría una mano para detenerle. Todo lo que Cathy conseguiría llamando la atención sobre la extrema brutalidad de Harold sería su propia humillación.

—Soy el camarero con la cena, señor —fue la respuesta desde el otro lado de la puerta.

—Llévesela —ordenó Harold ásperamente.

—Pero, señor, el cocinero va a desembarcar con el resto de la tripulación. Si no come ahora, no podrá conseguir ningún alimento hasta mañana.

—¡He dicho que se la lleve! —chilló Harold. Cathy se humedeció los labios al oír la huida precipitada de los pasos.

»Veamos, ramera, ¿dónde estábamos? —musitó Harold. Cathy cerró los ojos esperando que le pegara y no deseando ver cómo caía ese maldito golpe. En cambio, él le soltó el cabello para sujetarla del brazo y tironear de ella para que se pusiera de pie.

Luego la empujó hacia la cama. Cathy dejó su peso muerto con la esperanza de retardar el avance hacia el lecho, pero él la arrastró con rudeza hacia delante. Al acercarse a la cama, él le soltó el brazo y la agarró de la cintura mientras sus dedos cortos y gruesos se le clavaban en la carne. Cathy, al ver cuáles eran sus intenciones, empezó a luchar con todas sus fuerzas; pero a pesar de la gordura de Harold y de su baja estatura pudo vencerla fácilmente.

Levantándola del suelo, la arrojó sobre el colchón. Cathy rebotó contra la pared golpeándose la cabeza con tanta fuerza que vio las estrellas. Quedó aturdida momentáneamente. Harold se aprovechó de ese intervalo en sus defensas para arrancarle la ropa. Cathy solo podía observarle aturdidamente mientras él se desvestía.

Harold, en una suerte de frenesí, arrojó a un lado su chaqueta azul pavo real, su camisa cargada de encajes y la corbata antes de quitarse los calzones azul claro. Cathy clavó la mirada con horrorizada fascinación en ese pálido montón de carne expuesto a su vista. Los músculos de los brazos y los hombros, si podía llamárseles músculos, pendían flojos y laxos; el pecho abultado era tan blanco como el suyo propio y adornaba su centro un único mechón de vello rojizo. Sus pechos eran tan grandes y colgantes como los de muchas mujeres, mientras que la barriga sobresalía grotescamente. Mientras se quitaba sus calzoncillos largos, Cathy solo pudo contemplarle, totalmente pasmada. Instintivamente, Cathy comparó ese cuerpo flácido y pálido con la fortaleza muscular y la dureza del cuerpo de Jon. Por un momento sintió un loco deseo de echarse a reír a carcajadas.

Al menos, eso le devolvió la plena conciencia. Con todo, permaneció tendida boca arriba y sin moverse con la intención de engañar a Harold hasta un exceso de confianza con sus propias fuerzas. Un esbozo de sonrisa desdeñosa le curvó los labios cuando él avanzó pavoneándose hacia ella, haciendo un ostentoso despliegue de su desnudez. Al parecer creía que su cuerpo no carecía de atractivos.

El camarote estaba casi a oscuras excepto por un débil rayo de luz grisácea que se filtraba por la portilla entreabierta. Cathy podía oler el dulce aroma de las frutas, oír el débil chapoteo de los remos de algún bote...

Entonces, los ojos de Cathy, que seguían buscando algo con desesperación, por fin lo hallaron. Sobre la mesita de noche había un pesado busto de metal de la reina. Cathy sonrió y extendió la mano. Victoria, con su propia opinión sobre la sumisión de una esposa a su marido, seguramente habría fruncido el ceño ante el uso que pretendía darle Cathy a su imagen; pero en ese instante a Cathy todo eso la traía sin cuidado.

Al tratar de asir el busto, Cathy apartó momentáneamente los ojos de Harold. Fue un error. Con un gruñido de triunfo él se arrojó sobre ella, golpeándole la cabeza contra la pared mientras que el peso de su cuerpo la mantenía prisionera sobre la cama. Cathy, sorprendida, se transformó en una tigresa. Le pateó y le arañó y le mordió, sin poder pensar en otra cosa que no fuera que esa despreciable criatura estaba haciendo lo posible por violarla. Que él fuera su legítimo esposo no tenía ningún peso para ella. Le odiaba y le despreciaba, y ni todos los votos del mundo podrían alterar esa situación.

Harold le estaba mordiendo los senos al tiempo que dejaba oír ruidos obscenos desde su garganta mientras las manos recorrían el cuerpo tenso de Cathy. Ella renunció a intentar una lucha frontal; en cambio, se estiró lo más que pudo y buscó el busto con tanteos. ¡Si solo pudiera tenerlo en su mano, le daría a su esposo una noche para recordar toda su vida!

Harold aprovechó la aparente conformidad de Cathy y le levantó el ruedo del camisón envolviéndoselo alrededor de la cintura. Cathy sintió la carne desnuda de Harold en contacto con la suya y el asco sacudió todo su cuerpo con violencia. Dejó de buscar el busto a tientas y bajó las manos para bajarse el camisón, tratando desesperadamente de cubrirse el cuerpo. Apretó los muslos con tanta fuerza que le dolieron: ¡no se entregaría! No permitiría...

Él le mordió perversamente el pecho. Cathy jadeó y el dolor hizo que le brotaran las lágrimas. Las manos se transformaron en garras que buscaron los ojos de Harold, pero él las aferró entre las suyas sosteniéndolas de tal modo que le resultaron inútiles. La rodilla inexorable del hombre empezó a separarle los muslos.

—Santo Dios —rogó Cathy estúpidamente—. Ayúdame...

Mientras Harold le separaba brutalmente las piernas y su boca le succionaba y le mordía los pezones, recordó fugazmente la primera vez con Jon; le había acusado de haberla violado y se lo había echado en cara durante meses. Solo en este momento comenzaba a darse cuenta cabal de lo que significaba en realidad una violación. El verdadero horror que eso implicaba.

Con un gruñido, Harold terminó de separarle las piernas. Cathy tensó todos sus músculos con la esperanza de retardar su entrada lo más posible. Sintió cómo le tanteaba la suavidad de su cuerpo y, siguiendo un impulso incontrolable, abrió la boca para morderle cruelmente el cuello. Súbitamente, a través de la oscuridad que envolvía la cabeza de Harold, pudo advertir un relámpago de movimiento. Algo plateado brilló débilmente al descender formando un gran arco. Hubo un golpe sordo; Harold jadeó y luego cayó desmayado sobre ella.

Por un momento, Cathy permaneció inmóvil y aturdida. ¿Qué había sucedido? Luego la sensación de un posible peligro para su persona empezó a penetrar su mente. Empujó a Harold por los hombros en un estado de completo frenesí, tratando de escabullirse de debajo de su cuerpo muerto.

Desde algún lugar por encima de ella llegó el sonido de unas carcajadas duras, ásperas y que no reflejaban alegría. Por encima del hombro de Harold asomó el contorno de una cabeza de hombre. Penetrando la oscuridad, los ojos temerosos de Cathy se clavaron en la aparición; entonces repentinamente se quedó sin aliento al encontrar un par de ojos grises de mirada gélida y terriblemente conocidos.

5

—¡Jon! —jadeó ella, con un hilo de voz.

—¡Vaya, que me cuelguen si no es lady Stanhope! —dijo arrastrando las palabras con espantosa afabilidad—. Te ruego que me perdones por interrumpir tu luna de miel, milady.

El énfasis desapacible que puso en las palabras «luna de miel» enrojeció violentamente las mejillas de Cathy. Jon estaba furioso, podía verlo claramente, aunque hacía lo imposible por ocultarlo. ¡Así que había creído las horribles mentiras de Harold! Ella también debería enfurecerse con él por no confiar en ella. Pero se sentía tan extraordinariamente feliz de verle, vivo y libre en apariencia, que su enojo se diluyó.

—¿Cómo demonios has llegado hasta aquí? —jadeó ella. La pregunta sobresalió por entre las docenas que tenía en la punta de la lengua. Al hablar empujó con impaciencia el cuerpo inerte de Harold. ¡Si solo pudiera ponerse de pie en...!

—¿No me estabas esperando? —Al advertir los intentos frustrados de Cathy para mover a Harold, los labios de Jon se curvaron sarcásticamente. Extendió el brazo y con absoluta facilidad tomó del hombro a Harold echándole sobre la cama de espaldas y lejos de Cathy—. Es obvio que no.

Al oír el sarcasmo glacial en sus últimas palabras, la mirada de Cathy siguió la dirección en la que estaban los ojos de su amado. Estos descansaban, con una mirada fría y dura como el granito, sobre la parte inferior de su cuerpo que estaba desnuda, antes de moverse y posarse sobre la desnudez de Harold. Supo lo que él estaba pensando y no pudo impedir que un rubor culpable le tiñera las mejillas. ¡Pero era completamente absurdo, puesto que no había hecho nada de qué avergonzarse! ¡Maldito hombre por ser tan rápido para sacar conclusiones apresuradas!

—No es lo que piensas —empezó ella, bajándose precipitadamente el ruedo del camisón para estar vestida decentemente mientras se arrodillaba sobre el colchón.

—Desde luego que no —respondió, frío, soltando una cuerda que tenía arrollada a la cintura y empezando a cortarla en secciones más cortas con un cuchillo enorme que había sacado de una vaina que pendía del cinturón.

—¿Qué estás haciendo? —Todo ese accionar de Jon la distrajo por un momento. Miró con ojos desorbitados cómo ponía a Harold, que seguía inconsciente, boca abajo y procedía a amarrarle.

—¿Qué te parece? —Como toque final, Jon extrajo un trapo del bolsillo de sus calzones negros y se lo metió a Harold en la boca. Después le quitó la funda a la almohada que retiró de debajo del cuerpo de Harold y la usó para amordazarle—. Supongo que debería matarle, así quedarías viuda, mi querida, pero he llegado a la conclusión de que ya no vales tanto como para arriesgarme a la pena de muerte, ni siquiera la segunda.

Cathy le contemplaba consternada. ¿Por qué siempre estaba tan dispuesto a pensar lo peor de ella? ¡Sin ninguna duda él había tenido tiempo y ocasiones de sobra para comprobar su amor por él durante estos últimos dos años!

—¡Escúchame, grandísimo patán, ya te he dicho que no es lo que tú piensas! —Le echó miradas feroces alimentadas en el último momento con un súbito arranque de rabia. Él no le hizo caso, se agachó y levantando una manta cubrió el cuerpo de Harold ocultándolo por completo. Al observarle y verle con la camisa blanca abierta hasta casi la mitad de su pecho y dejando a la vista la tupida mata de vello oscuro tan tentadora, los músculos de brazos y muslos desplazándose acompasadamente con cada uno de sus movimientos, Cathy tuvo la extraña sensación de haber vivido antes esta misma escena. Con sus facciones duras y hermosas mostrando una expresión despiadada e implacable y con barba de tres días oscureciéndole la mandíbula, era aterradoramente igual al pirata que la había raptado hacía dos años. ¡Hasta el par de pistolas con cachas de plata que llevaba al cinto acrecentaban la ilusión!

—¿He de suponer que tienes un baúl? —le preguntó secamente. Cathy asintió con la cabeza, perpleja. ¿Qué tenía que ver su baúl con todo esto?

»¿Dónde está?

—¡En el rincón! —El tono de Cathy fue tan seco

y cortante como el de él. Él se volvió para mirar el lugar señalado por Cathy, luego clavó los ojos de acero en ella una vez más—. Pero no veo para qué...

—Nunca nadie te acusó de ser excesivamente brillante, ¿no es así? —Jon rápidamente estaba dejando de lado su fachada de cortesía. Los ojos de la joven se abrieron desmesuradamente de furia por ese insulto gratuito; luego, mientras se sentaba matándole con los dardos que le lanzaban sus ojos, Cathy tuvo que sonreír. Durante semanas había estado añorando verle, haciendo todo lo que estaba a su alcance para que él saliera ileso. Y ahora, cuando un milagro le había traído de nuevo a su lado, ¡lo único que podía hacer era pelear con él! Sacudió la cabeza por su propia perversidad. Sería dulcemente comprensiva...

—¡Jon, querido mío, estoy realmente tan contenta de verte! —Suspiró, gateando sobre el colchón hasta llegar junto a él—. Si solo quisieras escucharme...

Sonriéndole con dulzura, estiró los brazos para rodearle el cuello. Él le sujetó las manos y las apartó de sí. La dulce sonrisa se convirtió en un relámpago de ira. La sonrisa que torció los labios de Jon en respuesta denotó la satisfacción que sentía ante la reacción de Cathy.

—Estás absolutamente convencida de que puedes oír misa y marchar en la procesión, ¿no es verdad? —preguntó él como si le admirara el hecho—. Esta vez no, mi amor. No volverás a engatusarme con tus dulces sonrisas y besos y con tu cuerpo suave y seductor. Por fin te he calado; no eres más que una simple ramera... en venta al mejor postor.

—¿Cómo te atreves a decir eso de mí? —jadeó Cathy con una mezcla de dolor y furia—. ¡Si piensas eso de mí, puedes marcharte ya! ¡Vamos, vete de aquí! ¡Prefiero quedarme con Harold antes que contigo!

Jon esbozó entonces una sonrisa melancólica y triste. Sus dedos apretaron los de Cathy con tanta fuerza que ella estuvo a punto de gritar de dolor.

—Muy buena representación, Cathy —la aplaudió suavemente—. Pero te olvidas de que... te conozco muy bien. Puedes ser una actriz consumada cuando te place. Y hay algo más que olvidas incluir en tus cálculos: lo que es mío, lo conservo.

—¡Creo que eres tú quien olvida algunas cosas! —le lanzó Cathy, indignada—. Estoy casada con Harold, él es mi esposo, ¿recuerdas? No soy tuya, y si continúas con esto, ¡jamás lo seré!

—Oh, sí, eres mía —respondió él en tono muy quedo—. Eres mía durante todo el tiempo que yo quiera. Cuando me canse de ti, caramba, hasta podría devolverte al lado de tu amado Harold. ¡Consuélate con ese pensamiento, mi querida, si puedes!

—¿Qué estás haciendo? —la respuesta salió bruscamente de su garganta cuando vio que Jon le sujetaba las manos en una de las suyas y con la otra le ataba las muñecas con un trozo de cuerda. Cathy intentó liberarlas cuando él anudaba la cuerda y apretaba fuertemente el nudo tirando hábilmente con los dientes—. ¡Estás loco! —gritó ella con más enojo que convicción mientras él la colocaba boca abajo sobre el colchón y procedía a darle el mismo tratamiento en los tobillos. Ella luchó salvajemente, tratando de darle puntapiés, pero él se lo impidió usando el simple recurso de clavarle una de sus rodillas musculosas en el trasero.

—Si es así, tú eres quien me ha enloquecido —dijo en tono severo e inexorable mientras anudaba la cuerda alrededor de los tobillos. Luego le dio vuelta dejándola de espaldas.

—Si no me sueltas ahora mismo, voy a gritar. ¡Ellos te capturarán y esta vez te colgarán sin falta! ¡Lo digo en serio, canalla, gritaré!

—¿De veras? —La inocente pregunta y el tono dulzón debería haberla prevenido. Que no lo hiciera, supuso Cathy, debía atribuirse al hecho de que después de todo lo que Jon había dicho y hecho, no podía creer que él pudiera tratarla así... Pero el trapo que él le metió a la fuerza en la boca abierta la tomó completamente de sorpresa. Mientras ella seguía haciendo arcadas por el sabor horrible del trapo, ¡él lo estaba asegurando en su lugar con su propio pañuelo de cuello!

Cathy, despidiendo fuego por los ojos azules, se meneó desesperadamente cuando Jon la levantó en sus brazos.

—¡Bastardo! —intentó decir, pero la mordaza amortiguó su voz. Jon sonrió sin alegría al oír el sonido estrangulado que ella hizo, como si pudiera leerle el pensamiento.

—No te preocupes, siento por ti exactamente lo mismo —se mofó él duramente y luego la tendió en el suelo. Cathy tuvo solo un momento para evaluar cuáles eran sus intenciones, antes de que fueran tan claras como el agua: él empezó a envolverla en la alfombra china que adornaba el suelo del camarote a un lado de la cama. Cathy pateó con ambas piernas violentamente al comprender cuáles eran sus propósitos, pero todo resultó inútil: él controló sus forcejeos como si ella no fuera más que una criatura. Cathy respiró polvo y estornudó, luego se sofocó con esa horrible mordaza. Inmediatamente Jon aflojó los pliegues de lana que le cubrían la cara.

—Quédate quieta y estarás bien —le dijo con rudeza por la abertura que había dejado en la parte superior de la alfombra. Lo único que pudo hacer Cathy fue levantar la cabeza y fulminarle con la mirada como respuesta.

A través de los gruesos pliegues de la alfombra sintió los brazos de Jon rodeándole el cuerpo y alzándola para colocarla ignominiosamente sobre el hombro, ¡como si de verdad fuera solo una alfombra lo que cargaba! Echando pestes, trató de patear, pero los brazos que la rodeaban eran como bandas de acero y la dejaban impotente. ¿Había perdido completamente el juicio?, pensó con furia. Tenía que ser así para acusarla de cosas semejantes, para atreverse a tratarla de ese modo. Había vivido con él como su esposa durante más de dos años, le había dado un hijo, le había amado, querido y cuidado, y la creía capaz de arrojar todo eso por la borda en la primera oportunidad, ¿solo para casarse con Harold por su posición social? Si hasta le daban ganas de reírse, pensó Cathy furiosa. Pero era extraño que no sintiera el menor deseo de echarse a reír.

Antes de salir del camarote, Jon se detuvo unos segundos para recoger el pequeño baúl de Cathy y ponérselo debajo del brazo libre. El otro estaba ocupado sosteniendo firmemente a Cathy, que seguía retorciéndose, sobre el hombro. Finalmente, mientras subía por la escalerilla que llevaba a la cubierta, ella pareció rendirse y dejó su cuerpo completamente quieto. Jon rogó que la alfombra no la hubiese sofocado. En realidad, menos mal que ella no se debatía contra él como una verdadera arpía, como él había esperado que hiciera. Cuando la había visto en un primer momento, tendida en la cama con las piernas abiertas lascivamente con su esposo, la ira había desgarrado sus entrañas como un lobo hambriento se las desgarraría a un ternero recién cazado. Su primer impulso había sido estrangularles a ambos. Con un autodominio considerable había logrado descargar toda su furia solo dejando inconsciente a Harold y alzándose con su esposa; no, su esposa no, la de Harold. Seguía teniendo problemas con eso. Pero no se necesitaría mucho para atizar esa furia dormida en su interior. Cuando despertara sería demasiado violenta e incontrolable, ¡y ay de Cathy si conseguía atizarla!

Afortunadamente, una barrera de hielo parecía haber descendido bloqueándole las emociones. Jon sabía que esa barrera era demasiado frágil, pero agradecía profundamente su presencia en esos momentos. Le había impedido cometer algo que, hasta en ese mismo momento, sabía que lamentaría más adelante. El impulso irresistible de golpearla, de hacerla sufrir como ella le había hecho sufrir, había sido muy fuerte. En ese primer momento pasmoso, cuando la había sorprendido casi desnuda en la cama con su marido completamente desnudo, la terrible realidad de lo que ella había cometido había sido un hierro al rojo vivo que le había atravesado el cerebro y el corazón, quemándoselos.

Cathy había sido su esposa ante Dios, si bien no legalmente ante los hombres, y le había traicionado. Deliberadamente, sin pudor, como una mera mujerzuela, había vendido su cuerpo que había jurado conservar solo para él, a otro hombre. ¿Y para qué? ¿Acaso la amaba ese hombre, ese repugnante montón de sebo que ella había llevado a su cama? ¿Trabajaría de la mañana a la noche, esforzándose para arrancarle lo justo para vivir a un suelo árido e ingrato para mantenerla a ella y al hijo de ambos? ¿Ofrendaría ese individuo su propia vida para evitar que se dañara un solo centímetro de piel de Cathy? ¡Demonios, no! Cathy había cambiado el oro de su amor por la escoria de la riqueza y la rutilante vida social londinense, precisamente como él siempre había temido que hiciera. Con su comportamiento había probado ser exactamente igual a todas las demás mujeres que él había conocido: gatas salvajes, que amaban a quienquiera que las alimentara con los bocados más exquisitos y escogidos de pescado, que les ofrecieran el cojín más mullido cerca de la lumbre. Sus muchas y variadas declaraciones de cariño no eran más que eso, palabras huecas.

Ese bastardo primo-esposo de Cathy ya conocía indudablemente todos los secretos encantos de su cuerpo menudo y grácil. Mientras Jon avanzaba a grandes zancadas por la cubierta oscura y desierta del *Tamarind*, como un marinero llevando sus pocas pertenencias a tierra para cualquiera que echara un vistazo en esa dirección, cada vez que intentaba desterrar de su mente la imagen de la boca carnosa y fofa de Harold y los dedos gordos y romos reptando por el cuerpo esbelto de Cathy, fracasaba miserablemente. ¿Harold la había hecho gritar de placer, como él, Jon, la había hecho gozar desde tiempo inmemorial? ¿La había hecho jadear, palpitar, suplicar, retorcerse, debatirse y hacerla llegar al éxtasis que ella jamás había soñado que existiera una y otra vez? Jon rechinó los dientes. Sin duda, Harold así lo creía. Probablemente la perra maldita le habría brindado un excelente espectáculo y una actuación de primera, conociendo como conocía la forma de hechizar a los hombres. Él mismo, Jon, le había enseñado demasiado bien los secretos de cómo dar placer a un hombre. La imaginaba utilizando esas enseñanzas para desempeñarse como una ramera en el lecho de su nuevo esposo.

Al llegar a la barandilla en la popa del *Tamarind*, los ojos de Jon eran dos brasas encendidas y tenía las mandíbulas tan apretadas que le dolían. O'Reilly, que le estaba esperando con otro ex prisionero, Tinker, en un esquife sacudido por las olas muy abajo, pensó que nunca había visto un hombre más enojado que Jon cuando hacía bajar al esquife el pequeño baúl con una cuerda.

—¿Has encontrado lo que estabas buscando? —preguntó a gritos O'Reilly cautelosamente después de reunir el valor suficiente para hacerlo. Conocía buena parte de la historia que había impulsado a Jon a perseguir el *Tamarind*. Le había sorprendido, sin embargo, ver que Jon había reaparecido solo. El nuevo capitán del *Cristobel* había venido por una dama; en el corto tiempo que le había conocido, O'Reilly ya había aprendido que Jon Hale no era un hombre que fracasara.

—Sí. —Jon mordió la palabra y no dijo más. Luego se aferró a la cuerda con una sola mano y para mantener el equilibrio la envolvió con sus piernas para descender balanceándose por ella desde la cubierta del *Tamarind* hasta el esquife.

El otro brazo estaba firmemente envuelto alrededor de una alfombra enrollada y atada que colgaba de su hombro. O'Reilly la observó unos momentos con cierta perplejidad. ¿Qué demonios...? Luego, repentinamente, se hizo la luz en su mente y comprendió.

—Marchémonos —dijo Jon sucintamente cuando se enderezó después de pisar el esquife. O'Reilly y Tinker empezaron a remar obedientemente. Cuando el pequeño bote se alejaba del imponente costado del *Tamarind*, Jon bajó delicadamente la alfombra que ahora se meneaba como una culebra y la depositó en el fondo del esquife.

Un sonido inarticulado pero furioso salió de las profundidades de la alfombra. A O'Reilly le hizo gracia ver la mirada de asombro que le lanzó Tinker.

—¡Quédate quieta, he dicho! —ordenó severamente Jon a la alfombra. Se dejó caer de rodillas al lado del envoltorio y arregló la abertura que tenía en uno de los extremos. Tinker se veía aún más asombrado. Volvió su rostro cokney aterido y pálido para ver cómo interpretaba O'Reilly esa súbita excentricidad del capitán. O'Reilly le tranquilizó guiñándole un ojo.

Cuando otro ruido sordo salió de la alfombra, Jon apretó los dientes y no le hizo caso. Se acercó a la borda y clavó su mirada glacial en el horizonte.

El *Cristobel* estaba anclado en la misma boca del puerto de La Coruña y hacia su alta silueta enfiló el esquife. Sobre las aguas soplaba una fresca brisa nocturna que anunciaba lluvia. Las olas oscuras lucían hermosas crestas blancas de espuma. El mar estaba picado y el esquife subía y bajaba bruscamente sobre las olas. O'Reilly supuso que la dama de la alfombra debía de padecer esas sacudidas más que ellos, pero se dijo que no era de su incumbencia. Además, si solo fuera verdad la mitad de lo que le había contado el capitán sobre lo que ella le había hecho, esas sacudidas no eran nada comparadas con lo que se merecía.

Cuando llegaron al costado del *Cristobel*, Tinker subió sobre los hombros el baúl al trepar por la escala de cuerda que le había arrojado desde la borda otro improvisado tripulante. O'Reilly le siguió después de que Jon no aceptara su ofrecimiento para ayudarle a subir la alfombra rebelde. Jon, cargando el bulto con facilidad, cerró la marcha. Después de esto subieron la escala de cuerda a bordo.

La cubierta estaba llena de hombres que hacían todo lo posible para alistar el barco y poder volver a salir al mar abierto. Pocos de los ex prisioneros eran hombres de mar experimentados; solo había suficientes de estos últimos para formar una tripulación mínima. El resto estaban dispuestos a aprender y a trabajar afanosamente. Jon, sin ninguna clase de miramientos, había descartado a aquellos que no lo estaban y les había dejado en tierra junto con el ex capitán del barco y la tripulación además de la mayoría de las prisioneras que no estaban muy dispuestas a acompañarles en la nueva aventura. Jon sabía que solo era cuestión de tiempo antes de que la noticia del amotinamiento llegara a Inglaterra y que se enviaran barcos en su persecución. Pero, para entonces, esperaba con fervor que el *Cristobel* estuviera bien lejos.

Jon caminó a paso vivo a lo largo de la cubierta en dirección al camarote del capitán, que estaba debajo del alcázar. Como era el único hombre a bordo que había capitaneado un barco de ese porte, se había convertido en capitán por no presentarse ningún adversario. Pero desde un principio había dejado bien claro que esperaba una obediencia absoluta. Los hombres habían llegado a respetar sus conocimientos, su equidad y rectitud y su físico imponente, por lo que no se habían presentado demasiados problemas. A todos aquellos que habían parecido estar empeñados en provocar riñas se les había vuelto a encerrar en la bodega; ellos también habían ido a parar a tierra como los demás. Sus largos años como capitán pirata le habían enseñado que el amotinamiento era como el sarampión: altamente contagioso. Había ocurrido una vez en el *Cristobel* y se proponía hacer todo lo posible para que no volviera a repetirse.

El camarote del capitán era pequeño y miserable, al igual que todas las demás cosas en el barco prisión. Aparte de la litera, solo tenía una horrible estufa de carbón que vomitaba humo constantemente, una mesita cuadrada sujeta al entarimado con tornillos y dos sillas con respaldo recto e incómodo por todo mobiliario. La litera no era más que un estante estrecho y duro empotrado en la pared. Por haber pasado ya más de una semana durmiendo en ella, Jon conocía hasta el hartazgo lo terriblemente incómoda que era.

Cuando Jon hubo entrado y cerrado la puerta del camarote, encendió una vela. Luego bajó la alfombra enrollada que aún tenía a Cathy en su interior y que continuaba contorsionándose desesperadamente, depositándola cuidadosamente ante sus pies sobre el polvoriento entarimado de madera. Lentamente desenvolvió la alfombra, que casi la estaba sofocando. Estaba muy desgreñada, el cabello dorado caía desordenadamente sobre sus hombros desde donde se partía cayendo por la espalda y por encima de sus pechos agitados hasta la cintura como una cascada de oro puro. La prenda diáfana de color anaranjado, que era lo único que tenía puesto, apenas velaba sus muchos encantos. La mordaza que aún llevaba sobre la boca le impedía hablar, pero, por otra parte, no necesitaba hacerlo: sus ojos hablaban con suficiente elocuencia. Si las miradas pudieran matar, pensó Jon en ese momento, entonces él estaría muerto a sus pies. Al comprenderlo se sintió invadido por una satisfacción salvaje. Cuando él terminara con ella, ¡Cathy tendría sobrados motivos para sentir de ese modo!

—Ahora voy a quitarte la mordaza, pero te lo advierto: si me causas cualquier problema, volveré a colocártela. ¡Y la dejaré allí! ¿Has entendido?

Esos almendrados ojos color zafiro todavía lanzaban miradas asesinas, pero después de un momento de obvia renuencia, asintió con la cabeza. Haciéndola girar, Jon se dedicó a soltar el nudo y le quitó el pañuelo de cuello que le había atado alrededor de la cabeza. En cuanto se vio libre de esa mordaza, Cathy escupió con asco el trapo que él le había metido en la boca. Entonces, con los tobillos y las muñecas todavía atados, giró torpemente y se le enfrentó. La parte inferior del rostro de la joven estaba enrojecida y la piel irritada debido al roce áspero de la mordaza; los labios se veían resecos y ligeramente hinchados. Todo su cuerpo se estremecía de la cabeza a los pies de cólera apenas contenida.

—¡Esta vez sí que estoy plenamente convencida de que te has vuelto loco de remate, Jonathan Hale! —le espetó mojándose los labios con la punta de la lengua—. ¿Cómo te atreves a maltratarme de esa forma? ¡Eres un vil cerdo despreciable y estúpido y si yo hubiese tenido una pizca de sentido común les habría permitido que te colgaran!

—¿Por qué no lo hiciste? —inquirió él en tono pausado mientras sus ojos se entrecerraban peligrosamente ante semejante actitud insultante—. Debo admitir que esa parte me ha tenido bastante desconcertado. ¿Qué ocurrió, Cathy? ¿Acaso la idea de que me colgaran realmente logró remorderte esa conciencia tan acomodaticia que tienes? ¿Por eso Harold y tú arreglasteis, en cambio, que me deportaran y me vendieran como esclavo en algún remoto lugar de este mundo? Muy ingenioso. De ese modo desterrarías de tu vida para siempre tu pasado pecaminoso sin ostentar ni una sola mancha de sangre en esas manos tan blancas como lirios. Dime, solo para satisfacer mi curiosidad, ¿cómo te proponías deshacerte de Cray?

—¡Lo que acabas de decir es una obscenidad! —La furia que sentía casi no la dejaba hablar—. ¡Sabes perfectamente bien, sinvergüenza desagradecido, que amo a Cray más que a nada en este mundo! ¡Jamás se me pasaría por la cabeza deshacerme de él, como tú has dicho! ¡Y yo te amaba! ¡Toma nota que he dicho «amaba»! ¡Tiempo pasado! Porque después de la forma en que te has comportado conmigo esta noche, ¡empiezo a preguntarme si alguna vez te he conocido!

—Enseguida, supongo, tratarás de decirme que hiciste todo esto por amor a mí —se burló él, pero el músculo que tironeaba convulsivamente de la comisura de su boca desmentía el tono ligero de la pregunta.

—¡Fue así! ¡Fue así! ¡Fue así! —Cathy fue elevando el tono de su voz al gritarle las palabras.

—¡Ni hablar de eso! —Jon desechó brutalmente esa afirmación. Rabia e impotencia ardieron como relámpagos en los ojos azules de Cathy.

—¡Tu mente es un albañal! —exclamó ella con voz trémula—. Me das asco, ¿lo sabías? ¡Te has pervertido sin remedio! Tú...

—¡A callar! —le ordenó él ásperamente con el gesto adusto—. No tengo tiempo para escucharte mientras tejes tu telaraña de mentiras. A menos que ambos deseemos que Harold y sus compinches nos alcancen, tenemos que zarpar con la marea de las diez de la noche. Y nosotros no querríamos que eso sucediera, ¿o sí, amor?

El tono sarcástico con que la llamó «amor» le indicó que él pensaba exactamente lo contrario. Cathy, fulminándole con la mirada mientras él seguía con gesto amenazador sobrepasándola una cabeza, estuvo a punto de escupirle a la cara.

—¡Oh, sí, nos encantaría! —respondió destilando veneno, y en ese momento casi lo sentía así.

—La verdad manda —citó él irónicamente, después la tomó de un brazo y comenzó a empujarla hacia la litera con impaciencia.

—¿Qué crees que estás haciendo ahora? ¡Quítame las manos de encima!

Al ver su resistencia, Jon se inclinó y la levantó fácilmente en sus brazos. Cathy se sintió furiosamente agraviada por la fuerza sobrenatural de Jon que la dejaba impotente como un bebé.

—Oh, no, amorcito. Ya hemos pasado por esto antes, ¿recuerdas? No correré riesgos dejándote suelta en el camarote. No quiero regresar y encontrarme con que mi adorable pajarillo ha volado de su no tan bonita jaula.

—¡No puedes proponerte mantenerme aquí amarrada! —jadeó Cathy, indignada, retorciéndose violentamente entre sus brazos. Él controló sus forcejeos sin mucha dificultad, sonriéndole desagradablemente todo el tiempo.

—¿No puedo? ¡Ponme a prueba! —Dicho esto, la arrojó sobre la litera. El casi inexistente colchón era duro como una tabla y Cathy dio un respingo de dolor al tomar contacto con él. Ya la habían golpeado tanto y tantas veces esa noche que le dolía todo el cuerpo, y ¡este último choque de su cuerpo contra la litera no hizo nada para hacerla sentir mejor! Pero en esos momentos no tenía tiempo para preocuparse por sus malestares y dolores físicos. Haciendo caso omiso de las ataduras en los tobillos y las muñecas, Cathy luchó denodadamente para ponerse en pie.

»¡Oh, no, no lo harás! —Jon la estaba empujando hacia atrás con la mano sobre su pecho. Luego, para inmovilizarla, se sentó a horcajadas sobre ella, sujetándole firmemente con las rodillas el cuerpo que seguía corcoveando como el de un caballo salvaje.

Cathy quedó tendida de espaldas retorciéndose inútilmente. Pero aun así usó las manos que estaban atadas para intentar golpearle hasta que Jon se las agarró y se las llevó por encima de la cabeza. Mientras las aseguraba con un trozo de cuerda al marco de la litera, Cathy le insultaba con cuanta palabrota obscena había oído en toda su existencia. Sin hacerle caso, se dedicó tranquilamente a seguir con lo que estaba haciendo. Cuando las manos quedaron sujetas en la posición que más le convenía a Jon, se puso de pie y se acercó a la parte baja de la litera. Cathy le pateó apuntando malignamente a las ingles. Jon aferró los pies por la cuerda que los mantenía unidos y, a pesar de todos los esfuerzos de Cathy para evitarlo, les otorgó el mismo tratamiento que había dado a las manos. Cathy quedó completamente indefensa con los brazos unidos por las muñecas y extendidos por encima de la cabeza, los tobillos atados y asegurados a la parte baja de la litera. Sus rodillas estaban levantadas y apenas dobladas, el ruedo del camisón se había deslizado hasta los muslos delgados y blancos dejando todo el largo de sus esbeltas piernas al aire, más seductoras que nunca a la tenue luz de la vela. Doradas marañas de cabello se derramaban por la litera y caían al suelo desordenadamente. Toques escarlata de furia ardían en sus mejillas mientras que sus ojos despedían dagas de zafiro contra él. Pareció haberse quedado sin improperios en su haber, pues yacía jadeando y lanzándole miradas feroces en completo silencio. Jon permaneció contemplándola por largo tiempo con una expresión indescifrable en el rostro. Por fin, Jon parpadeó súbitamente. Con una expresión y gesto casi salvajes, se agachó y tiró bruscamente el ruedo del camisón hasta dejarlo en el lugar adecuado sobre los tobillos atados. Después, sin decir una palabra más, se volvió sobre sus talones y cruzó el camarote a grandes trancos en dirección a la puerta, deteniéndose únicamente para apagar la vela antes de salir.

Ya en la cubierta, Jon respiró profundamente el aire nocturno que se iba enfriando rápidamente, con la esperanza de que le aclarara la mente. La belleza delicada y frágil de esa perra y sus lloriqueos lastimeros, indudablemente, estaban empezando a nublar su discernimiento una vez más. ¿Era posible que hubiera hecho lo que había hecho por amor a él, como él le había preguntado con tanto sarcasmo? ¡No! Despiadadamente extinguió esa diminuta llama de esperanza. Si en verdad hubiera querido salvarle de la horca «porque le amaba», se mofó melancólicamente, había muchísimas cosas que podría haber hecho y que no involucraban el casarse con un lord acaudalado y permitir que el lord hiciera uso de su cuerpo. El padre de Cathy la habría ayudado, por el bien de Cray. Ese mayordomo escuálido que le había franqueado la entrada en Grosvenor Square había dicho que sir Thomas estaba mucho mejor de salud, de hecho, fuera de peligro. ¡Así que esa perra mentirosa no podía, bajo ningún concepto, utilizar la enfermedad de su padre como excusa! O podría haber sobornado a algún guardia para que le permitiera escaparse, o... Además, ella se había condenado por su propia boca. Aquel día en que le había visitado en Newgate lo había admitido todo y luego se había marchado tranquilamente dejándole destrozado. Él había aullado su gran pesadumbre como un animal dolorido. No, era solamente en esos momentos, cuando temía que él pudiera vengarse de ella, que volvía a lloriquear y gemir su supuesto amor por él. Jon trató de convencerse de que era su gran deseo de venganza lo que le había hecho perseguirla hasta La Coruña, izando tantas velas en el barco que alguna veces hasta él mismo se había cuestionado su cordura. Ya era hora de que enfrentara los hechos: como mejores hombres antes que él, una ramera falsa e hipócrita que estaba perfectamente preparada para comerciar su cuerpo por cualquier cosa que deseara, le había embaucado. ¡Seguramente él no era un necio presumido como para permitirle que volviera a envolverle en su dedo meñique!

—Hale... quiero decir, capitán... ¿podrías echar un vistazo a esto? Parece que hay algo que no funciona correctamente.

Contento de escapar de sus propios pensamientos, Jon siguió al hombre hasta el palo de mesana donde comprobó que, al soltar la vela cruz, las cuerdas se habían enredado. La vela pendía patéticamente, como una mujer con la enagua a medio arrancar. Jon suspiró, luego trepó por el mástil agarrándose de la jarcia con una mano mientras pacientemente desenredaba las cuerdas con la otra. Más tarde procedió a demostrar por enésima vez el método apropiado para soltar una vela. Bajo su mirada vigilante, los hombres inexpertos que estaban con él en las jarcias se las arreglaron para hacer un trabajo pasable. Él ya se lo había dejado dicho antes de descender a la cubierta y dejarles haciendo su trabajo. ¡Solo Dios podría ayudar a todos los que estaban a bordo del *Cristobel* si llegaban a habérselas con una tormenta! ¡Con esa tripulación de aficionados, solo las plegarias les permitirían sobrevivir!

—¿Tienes frío, Jonny? —La voz deliberadamente aniñada pertenecía a Sarita Jones, como se hacía llamar, una gitana de tez morena, ojos y cabellos negros a la que habían condenado a la deportación por el delito de prostitución. Era una de las pocas prisioneras que habían elegido y a las que se les había permitido permanecer en el barco. O'Reilly tenía los ojos puestos en ella y ya había abogado por su caso. Pero desde entonces, Sarita había dejado en claro que el nuevo capitán del *Cristobel* era mucho más de su agrado. Jon la miró con cierta resignación al verla adoptar una actitud afectada y pavonearse delante de él, con esa blusa campesina con escote profundo que le dejaba los grandes pechos casi desnudos. Las mujeres a bordo, pensó, molesto, no traían más que problemas. Y una cosa segura: ¡ya tenía suficientes problemas con una mujer para añadirles este!

—Las mujeres tienen prohibido andar por cubierta después del anochecer, Sarita. Ya te lo he dicho antes. —Le habló con mucha paciencia, pero quedó claro que lo había dicho muy en serio. Sarita pestañeó coquetamente.

—Pero te he traído una botella de grog, Jonny. Seguramente eso sí está permitido, traerte a cubierta una botella de grog, cuando hace tanto frío, ¿no?

Jon bajó la vista y la observó por un momento, sin decir palabra. Era imposible enfadarse con Sarita por exasperante que fuera su comportamiento. Era ligeramente estúpida, una pobre buscona de los barrios bajos de Londres, pero carecía de toda maldad. Y al menos era lo que era, lo cual era más que lo que él podía decir de algunas otras.

—Gracias, Sarita —le agradeció al tiempo que aceptaba la botella que ella sostenía en la mano extendida. Él pretendió no darse cuenta cuando ella le acarició los dedos al entregarle la botella—. Ahora vete abajo. ¡Largo!

—¡Oh, Jonny! —protestó Sarita, enfurruñada; después, para gran alivio de Jon, ella se alejó contoneando exagerada y provocativamente sus anchas caderas debajo de las amplias faldas negras. Sin duda esperaba que él la viera alejarse, y, al observarla, sintiera apetito carnal por ella.

—Las mujeres son el mismísimo demonio, ¿no te parece, capitán? —O'Reilly habló con más deseos que esperanzas. Era evidente que aquel hombre más bajo, más rechoncho y con un rostro de tez encarnada envidiaba el buen parecer y la elegancia de Jon, que le respondió con una mueca.

—Lo son, O'Reilly, sin duda alguna —le contestó, y el tono en que lo hizo reveló que lo sentía genuina y profundamente así—. Vamos, tómate un trago.

Jon le pasó la botella al otro hombre, que la aceptó, bebió un largo trago y se la devolvió. Presintiendo que necesitaría algún refuerzo adicional antes de afrontar lo que parecía que iba a ser una noche interminable, frotó el pico de la botella en la manga de la camisa y se la llevó a los labios para beber copiosamente. Los dos hombres se quedaron en el alcázar durante casi dos horas, departiendo sin plan ni ilación mientras acababan el contenido de la botella de ron entre los dos. El *Cristobel* ya estaba navegando mar afuera antes de que saliera la luna, una blanca media luna que brillaba tenuemente y parecía jugar al escondite entre las grandes nubes grisáceas que se desplazaban a toda velocidad sobre un campo de terciopelo negro. Jon permanecía con la mirada sombría fija en el blanco sendero que trazaba la luz de la luna sobre el agua oscura del mar, reconociendo que estaba ligeramente ebrio. No borracho como una cuba, había que reconocerlo, pero tampoco completamente sobrio, precisamente.

—Creo que será mejor que vaya a acostarme —le comentó a O'Reilly. Este asintió con la cabeza y después, recordando que Jon tenía una dama esperándole en el camarote, sonrió maliciosamente. Jon advirtió esa sonrisa y la recibió con una punzada de dolor y de fastidio. Era obvio que O'Reilly imaginaba que Jon iba rumbo a una larga noche de pasión, cuando lo más probable era que en su camarote le estuviera esperando un gran berrinche. Jon entregó el mando de la nave a Mick Frazier, uno de los pocos hombres a bordo que conocía el oficio. Le impartió algunas instrucciones sobre el curso a seguir y la cantidad exacta de velas que debía tener desplegadas. Luego se dirigió a su camarote.

Cathy se había dormido de puro agotamiento en medio de sus forcejeos inútiles. Cuando Jon pasó por la puerta ella se despertó abruptamente. Él cerró la puerta a sus espaldas y se apoyó pesadamente contra ella mientras sus ojos se adaptaban a la penumbra. Desde la distancia a que estaba, Cathy pudo oler los vahos de licor que emanaban de los poros y el aliento de Jon. ¿Así que se había pasado todas esas horas bebiendo mientras ella yacía tendida en esa litera, sufriendo las de Caín? Pero cuando él empezó a avanzar y a acercarse a ella, Cathy no pudo detectar ningún síntoma visible de embriaguez en él, aparte de un brillo exagerado en sus helados ojos grises.

—¿Crees que te sería posible desatarme? —preguntó ella en tono ácido al verle junto a la litera y mirándola desde arriba—. ¡Ahora que estás aquí para asegurarte de que no me escape, claro está!

Jon pareció vacilar unos momentos, luego se sentó en el borde del camastro. Sin decir una palabra, sus manos empezaron a desatar el nudo de la cuerda que le amarraba las manos al armazón de la litera. Hecho esto, Cathy bajó los brazos sin siquiera tratar de reprimir un gemido. Si él se sentía culpable por la incomodidad que le había causado, ¡tanto mejor! ¡Merecía algo peor que eso!

Él tardó un poco más en desanudar la cuerda que le aprisionaba las muñecas. Cuando por fin lo logró, Cathy flexionó los dedos y luego los sacudió. Finalmente extendió los brazos lo más que pudo a ambos lados del cuerpo. Un terrible hormigueo le punzó el cuerpo de la cintura para arriba, como si miles de alfileres se estuvieran clavando en su piel y jadeó de dolor.

—¿Se te han dormido los brazos? —inquirió Jon con lo que podría pasar por malhumorada compasión. Pero Cathy no estaba con ánimo para aceptarla.

—Oh, no —respondió ella con voz almibarada—. ¿Por qué habrían de estar dormidos?

Jon le lanzó una mirada hosca. Ella pudo advertir

la mirada colérica que revelaba el disgusto que le había causado su respuesta.

—Será mucho mejor que reprimas tu mal genio, amorcito. Siempre me queda el recurso de volver a amarrarte.

—Eres muy bueno para proferir amenazas, ¿no es así? —se mofó ella a punto de hacer estallar ese mal genio que él acababa de denigrar—. ¡Veamos entonces lo bueno que eres para llevarlas a cabo!

La mano pequeña de Cathy dio de lleno en la mejilla de Jon con una sonora bofetada. La cabeza de Jon saltó hacia atrás por la fuerza del golpe al tiempo que se llevaba rápidamente la mano a la mejilla maltratada.

—¡Eres una maldita arpía! —gruñó él antes de tomarle las manos y aprisionarlas entre las suyas—. ¡Te mereces una buena paliza! Y si me causas muchos más problemas, ¡te la daré sin miramientos!

—¡Oh, miserable, más amenazas! —se burló Cathy temerariamente—. ¡Dios mío, tiemblo de miedo!

Jon rechinó los dientes y la tomó por los hombros con manos como garras. Ella forcejeó y luchó contra él tratando de soltarse los pies y saltar fuera del camastro. Pero con los tobillos todavía atados le resultó imposible.

—¡Suéltame, bruto! —estalló ella cuando pudo volver a hablar. Jon había dejado de sacudirla y le estaba mirando el rostro con una expresión que debería haberla hecho vacilar. Pero estaba demasiado furiosa para prestar alguna atención. ¿Cómo se atrevía a tratarla así? Su mano volvió a dispararse y le abofeteó violentamente la otra mejilla.

—¡Perra salvaje! —rugió él, y le apretó tanto las

manos que tenía prisioneras que Cathy se encogió de dolor—. ¡Esto es lo último que voy a tolerar de ti! ¡Debería golpearte hasta dejarte sin sentido!

—¡Hazlo, ya que eres tan grande y tan valiente, hazlo de una vez! —le retó Cathy, enfurecida. Los ojos grises de Jon ardieron peligrosamente, pero no aceptó la invitación. A pesar de toda su bravata, Cathy no había creído realmente que él lo hiciera. Le conocía demasiado bien, o al menos pensaba que era así...

En cambio él la empujó violentamente hacia atrás tendiéndola de espaldas sobre el colchón, y para retenerla en esa posición y completamente inmóvil apoyó una rodilla sobre su pecho hasta casi romperle las costillas. Cathy se retorció y le maldijo cuando él le ató primero una mano y después la otra al armazón de la litera. Cuando él al fin se puso de pie, ella había quedado tan impotente como una criatura de pecho. Él la contempló entonces con un brillo de satisfacción en sus ojos.

—¡Desátame ahora mismo, Jonathan Hale! ¡O me desatas en este mismo momento o haré que te arrepientas! ¡Te arrancaré los ojos con las uñas en cuanto me libere! ¡Yo te...!

—Qué genio, qué mal genio, chiquilla —la regañó con cierta impaciencia en la voz y se dirigió a la parte inferior de la litera. Le agarró los pies y Cathy quedó muda momentáneamente, pensando con bastante asombro que él tenía la intención de soltarlos después de todo. Pero cuando por fin estuvieron libres, él volvió a atarlos rápidamente; solo que esta vez le ató las piernas por separado, y bien abiertas.

—¿Qué estás haciendo? —jadeó ella.

Jon mostró una sonrisa torcida.

—Se me acaba de ocurrir que te he privado de tu desposado. Pero no dejes que eso te preocupe, cariño. Me propongo reemplazarle.

Cathy se lo quedó mirando boquiabierta al ver súbitamente y con absoluta claridad la verdadera importancia y el significado de la posición en que se hallaba, indefensa y con los brazos y las piernas extendidos.

—¡No te atrevas! —le advirtió con un susurro tembloroso y lleno de furia contenida—. ¡Jon, no te atrevas! ¡Te odiaré si lo haces! ¡Hablo en serio, te odiaré!

—¡Ódiame cuanto quieras, lady Stanhope! —replicó él ofensivamente—. ¡Jamás podrás odiarme más de lo que yo te odio!

Mientras estaba hablando se quitó el horroroso cuchillo que llevaba en el cinto. Cathy lo miró llena de temor y se encogió cuanto pudo contra el colchón cuando el filo se acercaba a su garganta. Pero su blanco era el escote del camisón, como pudo comprobar con cierto alivio. Jon tomó la delicada seda con una mano y deslizó el cuchillo debajo de la tela para luego deslizar la hoja larga y afilada desde el escote hasta el ruedo del camisón. La prenda se abrió de arriba abajo. Cathy sintió el aire frío de la noche sobre la piel mientras él arrancaba de debajo de ella lo que quedaba de esa prenda, la apiñaba con furia y la arrojaba al suelo. Al observar la brutalidad de sus movimientos, se estremeció convulsivamente.

—¡Jon, no hagas esto! ¡Por favor! —exclamó entre sollozos cuando él se inclinaba deliberadamente sobre ella. La ira ya no dominaba sus sentimientos, ahora la había reemplazado una especie de horror indescriptible. No podría soportar que él la tomara así, brutalmente, hasta con ensañamiento y odio de ambas partes donde una vez solo les había unido el amor. Sería sin ninguna duda una violación como la que había intentado cometer Harold poco tiempo antes.

—¡Jon, no! ¡Por favor! —intentó ella una vez más, retorciéndose mientras las manos calientes y grandes con las palmas callosas se deslizaban con lenta familiaridad sobre su cuerpo.

—Ella suplica con tanta gracia —dijo Jon sin dirigirse a nadie en particular—. ¿Es así como le suplicabas a Harold antes de permitirle que te poseyera?

—¡No! —gritó Cathy sacudiendo la cabeza de un lado al otro. Pero Jon ya no la escuchaba. Se había enderezado y la miraba fijamente mientras se quitaba la camisa y los calzones. El cuerpo desnudo de Cathy brillaba tenuemente en la oscuridad semejando una pálida X contra el fondo más oscuro de la colcha. Sus pechos eran suaves y turgentes y muy blancos, picos gemelos coronados con descarados pezones diminutos que se iban sonrojando cada vez más. Cuando él los miró, los pezones temblaron y parecieron crecer de tamaño. La cintura de Cathy era increíblemente estrecha y el vientre que había albergado al hijo de ambos, liso y plano. Las piernas eran largas y bien torneadas y en ese momento tironeaban con fuerza para liberar a los pies de sus ataduras. El sedoso y dorado nido de vello entre los muslos parecía llamarle con promesas de recordados deleites. Ella estaba extendida ante él como un exquisito banquete y Jon súbitamente reconoció que el hambre le corroía las entrañas. No había tenido una mujer durante meses, no la había tenido en su lecho desde que Cathy le dejara para ir a visitar a su padre. (¡Más que tonto por ser fiel a promesas solemnes que ella descartó de su vida sin poder esperar ni un segundo!) Durante la larga travesía del Atlántico hasta Inglaterra, había soñado con ella sin cesar, imaginándose su delicioso cuerpo, imaginándose él mismo haciéndole el amor con todo el ardor y la pasión de que era capaz. Y durante los días y las noches más largas aún de su encarcelamiento, sus fantasías se habían vuelto más eróticas. En su mente él la había poseído de todas las formas posibles en que un hombre podía poseer a una mujer, aunque una seducción mental era un ejercicio muy poco satisfactorio. ¡Pero esta noche, ahhh, esta noche! Ella yacía ante él tan indefensa como una virgen ofrecida en sacrificio, suya para la toma. Y tomarla era lo que haría. Sus ruegos y sus débiles forcejeos no le conmovían en absoluto.

—¡Jon, no lo hagas! —suplicó Cathy otra vez mientras él, desnudo ya, se tendía cuan largo era sobre la litera al lado de ella.

—Imagínate que soy Harold —le susurró ásperamente al oído y Cathy se encogió de miedo al oírle.

Él hizo un gesto como si fuera a besarla y ella volvió la cabeza. La mano viril se cerró dolorosamente sobre el mentón de Cathy y la forzó a volver el rostro hacia él. Le sostuvo la barbilla apretada mientras su boca se cerraba sobre los labios impotentes de la joven. La lengua ávida hizo tanteos entre esos labios, rozó los dientes que ella mantenía fuertemente apretados. ¡Jamás, nunca jamás se sometería a él!

—No te resistas, Cathy, o harás que te lastime —le

advirtió hablándole al oído. Como ella continuó con su inflexible resistencia, Jon la castigó mordiéndole el lóbulo de la oreja. Cathy soltó un quejido de dolor y abrió los ojos y la boca de golpe al mismo tiempo. En ese instante le presionó la mejilla con el dedo pulgar de tal forma que si ella intentaba cerrar la boca se mordería la parte interna de la mejilla. Entonces, una vez que hubo conseguido que ella mantuviera la boca abierta como él quería, sus labios volvieron a cerrarse sobre los de Cathy y la besó con desesperación. La lengua penetró las dulces profundidades de su boca, explorando la oscura y aterciopelada cavidad, haciéndole cosquillas en la lengua con la punta de la suya. Luego le acarició los labios y los dientes y el paladar.

Cathy, odiándole por lo que le estaba haciendo, por usar la fuerza, no gozaba con sus caricias. Cuando él le puso las manos sobre los pechos y comenzó a acariciarle suavemente los pezones, ella trató de apartarse. Amarrada como estaba, solo pudo moverse unos cuantos centímetros. Pero las manos la seguían, continuando con su juego infernal. Para gran vergüenza de Cathy, sintió que los picos tiernos y suaves temblaban y se endurecían de pasión.

La boca insaciable desplazó las manos y empezó a chupar suavemente los pechos. A despecho de ella misma, Cathy sintió que un hierro candente se clavaba en su vientre. Como si él lo presintiera y quisiera calmarle el dolor, sus manos se deslizaron por la sedosa superficie de su vientre y luego descendieron aún más hasta quedar en reposo sobre el lugar oculto entre sus piernas. Poco después los dedos comenzaron a moverse. Cathy oyó un sonido áspero y entrecortado.

Con gran sobresalto y mayor confusión descubrió que era su propia respiración. Jon también lo oyó y, alzando la cabeza, le lanzó una mirada de triunfo.

—Jon, si lo haces, jamás te perdonaré —le susurró ella con voz trémula cuando él levantaba su cuerpo para cubrirla.

Jon soltó una carcajada.

6

Cuando al fin estuvo completamente exhausto, Jon se quedó tendido encima de ella con el enorme cuerpo más pesado y laxo que nunca. Su carne seguía aún dentro de ella mientras su respiración muy lentamente iba volviendo a su ritmo normal. Cathy, sintiéndose violada, deshonrada por esa posesión salvaje y brutal de la que había sido objeto y también amargamente avergonzada por la instintiva respuesta que había dado su cuerpo a los diestros estímulos que él acostumbraba a prodigarle, yacía debajo de él con la inmovilidad de una muerta. El peso de ese otro cuerpo amenazaba aplastarla hasta vaciarle los pulmones, pero casi ni lo advertía. Toda su atención estaba centrada en el horror que había sufrido. Tenía los ojos fuertemente cerrados y hacía lo imposible por no pensar. Pero su mente se negaba obstinadamente a permanecer en blanco. «Jamás se lo perdonaré», pensaba en medio de su aturdimiento. Pero todavía sentía el calor de la semilla viril derramándose gota a gota por entre sus piernas abiertas a la fuerza. «Nunca, jamás.»

La violencia de ese hombre había arrancado la dulce flor de su amor y la había retorcido hasta transformarla en algo sucio, horrible. Comprendía que él podría haber interpretado mal sus acciones y eso podría haberle provocado, pero se negó terminantemente a aceptar eso como una excusa por lo que había hecho. Durante años había batallado con sus celos, con su desconfianza, profundamente arraigada, que abarcaba a todos los miembros del sexo femenino. Esa noche, finalmente, ella había perdido la batalla. Y ya no le importaba nada, había perdido las ganas de levantarse una vez más, sacudirse el polvo de la ropa y reincorporarse a la lucha. Simplemente, él no valía la pena, como veía ahora con demasiada claridad. Jon comparaba el amor con el sexo, los consideraba exactamente iguales y veía a todas las mujeres como objetos sexuales ocultando celosamente su lascivia. Aun cuando esa infortunada serie de incidentes no hubiese ocurrido, tarde o temprano, él la habría acusado de infidelidad. ¡Muy bien, estaba harta de luchar contra sus inseguridades! Legalmente no estaba unida a ese hombre, y él, por este último acto vil, había cortado hasta el último de los lazos emocionales que la ataban a él. Al fin la había dejado en libertad.

Cathy pareció convertirse en un bloque de hielo al rememorar cómo la había poseído. No había ejercido ninguna clase de violencia física... bueno, con ella amarrada de esa forma, no había tenido necesidad de ello. Pero cuando él le había despertado su deseo sexual que no pudo dominar, Jon la había escarnecido insultándola con las palabras más soeces al mismo tiempo que había penetrado la última de sus barreras.

Ni siquiera había sido capaz de cerrar los muslos para impedirle la entrada a su cuerpo yacente...

Con gran estupor sintió que la risa comenzaba a burbujear en su garganta. ¡Una violación abortada y una consumada todo en la misma noche, y por dos hombres diferentes! ¡Esto sí debía de establecer una suerte de récord! Quizá debiera sentirse halagada. Después de todo, no todas las mujeres podían alardear de haber inspirado un salvajismo semejante. Tal vez había algo misterioso en ella que empujaba a los hombres más allá de los límites normales de la decencia y les convertía en animales salvajes. Se imaginó a Jon como un nervudo y delgado lobo pardo y a Harold como un gordinflón cerdo rosado y la risa estalló en trinos cristalinos.

Jon no podía dar crédito a sus oídos. ¡Se estaba riendo! ¡La zorrita realmente se estaba riendo! Se apoyó sobre los codos para escudriñar su rostro con absoluta incredulidad. Después de lo que acababa de pasar entre ellos ese sonido alegre y despreocupado le dejaba pasmado. ¡Ella debía de ser más depravada aún de lo que había pensado!

Tenía los ojos cerrados con fuerza, las largas pestañas tupidas y negras eran dos medialunas contra la asombrosa blancura de su tez. La boca rosada, con los labios hinchados por los besos recibidos, estaba abierta y la risa se desgranaba a chorros largos e irregulares. Mientras la observaba, desconcertado, dos brillantes lágrimas plateadas se abrieron paso debajo de los pálidos párpados cerrados para rodar patéticamente por las sienes y perderse en la maraña de pelo dorado. Contra su voluntad, a Jon le remordió la conciencia.

Quizá no debería haberla tomado como lo había hecho, por mucho que ella lo hubiera buscado y merecido. Pero él había estado furioso y ligeramente achispado, y la imagen de Harold acariciando y besando el cuerpo que le estaba volviendo a él, Jon, completamente loco, le había hecho perder la cabeza. Al recordar cómo la había insultado, mientras su cuerpo le estaba enloqueciendo de deseo, empezó a sentir los primeros ramalazos de vergüenza.

Cathy abrió enormemente sus grandes ojos y fueron dos estrellas de un azul intenso las que por un momento interminable se clavaron en los ojos grises. Jon tuvo la extraña sensación de que ella ni siquiera le veía aun cuando los remordimientos volvían a torturarle la conciencia. Parecía tan indefensa y endemoniadamente joven...

—Sí que te pareces a un lobo —murmuró ella de modo incomprensible, y después, esa risa escalofriante se oyó una vez más.

—Cathy... —dijo Jon, alterado por ese sonido. Luego calló. Las palabras que habían saltado a la punta de su lengua habían sido para expresar una disculpa por la forma en que la había maltratado y ¡que le colgaran del mástil mayor si alguna vez iba a disculparse por ello o tratar de brindarle una explicación! ¿Por qué debía haberlo? ¡Ella había entregado su cuerpo a Harold sin ninguna dificultad y sin, hasta podría apostar su vida por ello, sentir todas estas amarguras!

Jon rodó fuera de la litera y se puso de pie, apoyó los puños cerrados sobre las caderas desnudas y se quedó mirándola con el ceño fruncido. Su esbelto cuerpo brillaba tenuemente con el sudor que él le había dejado y aquí y allá se veían algunos de sus largos cabellos negros adheridos a su piel. Los brazos y las piernas todavía estaban extendidos en la misma posición ignominiosa en que él los había amarrado a la litera.

Cathy le miraba fijamente con la mirada perdida. Jon sintió un escalofrío de alarma correrle por la espalda. ¿Qué demonios le pasaba? Mientras él la seguía contemplando, entre enojado y consternado, risilla tras risilla empezaron a brotar de su garganta. Sus ojos azules sin vida se encontraron con la mirada asombrada de Jon, pero seguía riendo como si no fuera a terminar nunca de hacerlo. Jon sintió que se le erizaban los pelos de la nuca. Era el sonido más aterrador que había oído en su vida.

De pronto, Jon comprendió que estaba histérica y se sintió enormemente aliviado. Por un momento había creído con horror que podría haber perdido el juicio. Se inclinó para desatarla trabajando febrilmente mientras desechaba resueltamente las vocecitas que le increpaban por haberla tratado así. Cuando esa risa espeluznante continuó flotando a su alrededor como hojas secas y crujientes llevadas por intermitentes ráfagas de viento, sus manos se volvieron torpes. Tardó bastante tiempo antes de desatarla por completo. Aun entonces Cathy no se movió, sino que permaneció tendida en la misma posición en que él la había hecho suya, riendo y riendo.

—¡Cathy, basta ya! ¡Cállate! —le gritó en tono cortante al tomarla por los hombros. Ya no podía soportar ni un segundo más ese sonido espantoso. Despiadadamente la incorporó de un tirón y la sacudió hasta que la cabeza de Cathy cayó hacia atrás. Los ojos todavía estaban desorbitados y con la mirada fija y aún esa horrible risa brotaba de su garganta.

»¡Cathy! —Necesitaba callarla con desesperación, y como último recurso Jon levantó la mano y la descargó con deliberada violencia sobre la mejilla de Cathy. La risa cesó instantáneamente. Cuando los ojos volvieron a cobrar vida y se fijaron en él, se alegró al ver que habían recobrado un poco de su vivacidad. Luego, para mayor tormento de Jon, comenzó a llorar a mares.

Los sollozos entrecortados desgarraban el corazón endurecido de Jon. Maldiciendo por dentro, se sentó pesadamente en la litera a su lado e intentó en contra de su sentido común, tomarla entre sus brazos.

—¡No! —gritó ella, y le empujó con tanta fuerza que casi le hizo caer de la litera al suelo—. ¡No me toques! ¡No puedo soportar que me toques!

—Cathy... —Su voz, al decir ese nombre, sonó ronca. Se la aclaró sin saber bien qué hacer. Obedientemente, temeroso de ser el causante de otro estallido de esa risa escalofriante, dejó caer las manos a las rodillas donde quedaron, desmañadas y torpes, sobre los muslos desnudos.

—Jamás te perdonaré lo que me has hecho —le dijo ella en voz apagada y con los ojos casi secos como si hubieran bloqueado las lágrimas—. Nunca mientras viva. En lo que a mí respecta, todo lo que existía entre nosotros ha muerto definitivamente. Es gracioso, pero descubro que ni siquiera te odio más.

Jon la observaba quieto y sin hablar. Se la veía hermosa y excéntrica y un poco alocada sentada allí con solo su largo y enmarañado cabello rubio rojizo velando su desnudez. Por extraño que pareciera, esas palabras le hirieron en lo más vivo de su ser. Después, lentamente y como para cicatrizar esas heridas, sintió resurgir la ira y le dio la bienvenida. Al menos le impediría ponerse en ridículo una vez más.

—Si piensas que puedes convencerme con tus lágrimas, estás muy equivocada —exclamó en tono áspero al tiempo que se ponía bruscamente de pie—. Has dado lo mismo a Harold, a mí, y Dios sabe a cuántos hombres más, lo que yo tomé esta noche. Para eso fue que pusieron a las mujeres como tú en la tierra... para dar placer y satisfacción a los hombres. ¡No siento ni una pizca de remordimiento por aprovecharme del servicio al que estabas destinada!

Mientras hablaba, Jon se estaba poniendo los calzones con furia salvaje. Cathy le observaba con una expresión glacial en su rostro y sin decir una sola palabra. Mientras él tironeaba de la camisa para poder ponérsela, las miradas de ambos chocaron en mudo duelo. Luego, todavía sin decir palabra, él se volvió bruscamente sobre sus talones, cruzó el camarote taconeando y salió dando un portazo. Cathy quedó insensible y como petrificada con la vista clavada en el panel que seguía vibrando por el golpe y luego se desplomó, sollozando, sobre la litera. Pasó mucho tiempo antes de dejarse vencer por el sueño y el agotamiento.

—¡Cathy!

Unas manos ásperas que la sacudían la despertaron de su letargo. Abrió los ojos con resentimiento y se encontró mirando el rostro moreno y sin afeitar de Jon. Los rayos del sol se filtraban por los ojos de buey iluminando el camarote. Por un momento Cathy olvidó dónde estaba, olvidó que ese hombre la había tomado por la fuerza la noche anterior, matando brutalmente el amor que ella había sentido por él. Parpadeó varias veces antes de que sus ojos azules quedaran muy abiertos y bastante nublados por el sueño. Después, soltando un gemido, se volvió de costado dejándole a la vista toda la espalda desnuda mientras que ella quedaba de cara a la pared, tratando de hundirse más en el rígido colchón en un vano intento de encontrar una posición más cómoda.

—¡Vete! —musitó, amodorrada.

—¡Cathy, despierta! —El tono áspero y las manos rudas la arrancaron sin piedad del sueño que estaba a punto de reanudar. Volvió a abrir los ojos, parpadeando sin cesar mientras él la hacía rodar sobre el colchón y la dejaba tendida de espaldas. Le miró con curiosidad, preguntándose por qué parecía tan contrariado. De pronto vio que a Jon se le encendían los ojos cuando le acariciaron toda la longitud de su cuerpo desnudo. Cathy le siguió la mirada con el ceño ligeramente fruncido y descubrió con sorpresa que estaba completamente desnuda, ya que la descolorida colcha se encontraba retorcida y arrugada alrededor de sus pies dejando el cuerpo blanco como la nieve totalmente expuesto a las miradas. Al comprobar esa desacostumbrada desnudez en ella, recordó todos los acontecimientos de la noche anterior. Todos se agolparon súbitamente en su mente y, soltando un grito ahogado de furia, Cathy se incorporó de golpe y sus movimientos precipitados hicieron temblar sus senos. Luego aferró la caprichosa colcha y la envolvió alrededor de su cuello cubriéndose por entero con ella.

—Ese pequeño acto de recato que has representado es verdaderamente encantador, si bien un tanto exagerado —comentó él con sarcasmo. Cathy enfrentó su mirada sonrojándose violentamente y lanzándole dardos con los ojos al mismo tiempo. Descubrió que el bendito bloqueo emocional de la noche anterior había desaparecido. Esa mañana podía sentir otra vez y lo que sentía era rabia.

—¿Has venido por tu diversión matinal? —se burló ella, enojada, y levantó la barbilla, desafiante. Los ojos de Jon se entrecerraron y fueron dos rajas grises que parecieron querer taladrarla por su crudeza al hablar.

—Gracias por la invitación —dijo él arrastrando las palabras y enfureciéndola aún más—. Pero me temo que debo rehusar. Prefiero que mis mercancías estén menos... trilladas.

—¡Vaya, eres...! —jadeó Cathy tan enfurecida como él se había propuesto. Sin detenerse a pensar, Cathy levantó el puño y describiendo un arco en el aire intentó dar con él de lleno en la cara de Jon. Pero esta vez él se le anticipó, le tomó la mano en el aire y se la apretó hasta que ella soltó un quejido de dolor.

—Te lo advierto; si me vuelves a pegar, te devolveré el golpe —dijo él masticando las palabras y con ojos amenazadores—. Ya estoy harto de tus berrinches de mocosa malcriada. ¡Ahora, sal de una vez de esa cama!

Aprovechando que aún tenía la mano de Cathy

fuertemente agarrada, dando un tirón la sacó precipitadamente de la litera. Cathy habría caído al suelo si él no la hubiese sostenido tomándole la cintura desnuda con las manos fuertes y viriles para ayudarla a ponerse de pie por sus propios medios. Cathy se sacudió las manos de encima bufando de rabia e indignación.

—¿Por qué no me dejas en paz? —estalló ella irguiéndose con dignidad y mirándole a la cara—. ¿En este barco no hay nadie más a quien puedas amedrentar?

—Vístete —ordenó Jon, tajante y sarcástico al hacer caso omiso de la provocación. Para castigarla más, dejó que su mirada se paseara sobre su cuerpo con evidente deseo de agraviarla aún más. De pie y desnuda ante él con la dignidad de una diosa, los senos turgentes con sus pezones rosados temblando de cólera, la piel de la estrecha y cimbreante cintura y la de las elásticas piernas largas brillando suavemente a la luz del sol, estaba tan hermosa que casi le dejó sin aliento. Pero disimuló muy bien lo que sentía en ese momento logrando hacer un gesto de burla y desprecio. Los ojos zafirinos, tan brillantes siempre, relumbraron ahora de furia cuando ella advirtió esa expresión despectiva y la dorada nube de cabello pareció chisporrotear.

—¡Vete al diablo! —replicó Cathy con admirable concisión, y le fulminó con una mirada inflexible. Hasta se negó rotundamente a cubrir la desnudez de su cuerpo. ¡Eso precisamente era lo que él estaba esperando, que tuviera vergüenza, ahora lo veía con claridad! ¡Así él podría usar su legítimo pudor como blanco para más ponzoñosas ironías punzantes! Al oír la respuesta concisa y desafiante a la orden impartida, Jon apretó las mandíbulas. Soltando un juramento ahogado, extendió los brazos para asirla por los hombros desnudos y sus ojos de acero la amenazaron con su mirada.

—Hay algo más que harías muy bien en recordar —dijo él rechinando los dientes—, y es que en este barco yo soy el capitán. Además, por serlo, tengo el firme propósito de que todos me obedezcan al pie de la letra. ¡Muéstrame uno solo de tus berrinches allí fuera sobre cubierta y me obligarás a darte un castigo ejemplar que te aseguro que no te gustará!

—Ha sido impresionante ese corto discurso, capitán —dijo Cathy con desprecio—, no era necesario en realidad. ¡No tengo la más mínima intención de pisar tu preciada cubierta!

—¿De veras? —Jon esbozó una lenta sonrisa con el gesto torcido—. Entonces mucho me temo que estás destinada a sufrir una gran desilusión: tú sí saldrás a cubierta y muy pronto, también. Y mientras estés allí fuera harás exactamente todo lo que se te ordene. En contra de tu evidente convencimiento, este no es un barco de lujo como el *Tamarind*. A bordo del *Cristobel* todos trabajan.

—¿Trabajar? —Fue tanta la sorpresa de Cathy que la pregunta surgió casi sin pensar.

—Eso es, trabajar —repitió Jon con evidente gusto—. Algo a lo que no estás acostumbrada, lo sé. Pero seguramente hasta alguien tan inútil como tú puede hacer algo. De hecho, insisto en ello.

Cathy comprendió demasiado bien que él acababa de improvisar esto como una forma de enseñarle una lección. Apretó los labios. ¡No recibiría órdenes de él!

—No lo haré —afirmó Cathy cruzando los brazos sobre los pechos y con expresión obstinada—. ¡Y lo que es más, no puedes obligarme!

Las últimas palabras hicieron que los ojos de Jon despidieran chispas y Cathy tuvo un instante para reflexionar en que quizás el haber lanzado un desafío semejante había sido un poquito imprudente. Entonces él le sonrió con ferocidad y sus ojos grises brillaron como los de un ave de rapiña y Cathy estuvo segura.

—Creo que ambos sabemos bien que eso no es así —dijo él casi afablemente—. Yo puedo obligarte a hacer cualquier cosa que se me antoje, como creí que habías aprendido anoche. Ahora voy a dejarte para que te vistas; como tú, yo también tengo trabajo que hacer. Pero si no estás sobre cubierta dentro de quince minutos, vendré a buscarte. ¡Y si me obligas a tomarme tanta molestia, disfrutaré muchísimo haciendo lo imposible para que lo lamentes!

—¡Ojalá estuvieras muerto! —le gritó Cathy a la cara. Sabía que esa réplica era infantil, pero estaba demasiado furiosa para improvisar de repente algo mejor.

En todo caso, era bastante dudoso que la hubiese oído siquiera. Él ya estaba camino de la puerta antes de que Cathy recobrara el suficiente control sobre sí misma para poder hablar.

No podía decidirse en cuanto a obedecer o no lo que él le había ordenado hacer. Una parte de su ser gritaba que no, pero la otra parte, esa parte más fría y racional, le decía que ya le había presionado e importunado hasta el mismo límite de la paciencia de Jon. Una sola provocación más de su parte y él reaccionaría de inmediato castigándola y humillándola delante de todos. Eso, al menos, hasta que hubiese tenido la oportunidad de calmarse. Finalmente, después de haber pasado cinco de los quince minutos que tenía, la prudencia salió ganando. Le gustara admitirlo o no, Jon era lo bastante fuerte físicamente y lo bastante obstinado en sus decisiones como para obligarla a hacer cualquier cosa que se le antojara. Además, era muy claro que, por el momento al menos, él disfrutaría enormemente obligándola a someterse a su voluntad. Por lo menos, si ella hacía lo que él decía, podría negarle ese gozo.

Con mucho mal humor, Cathy cruzó la habitación hasta el rincón donde había empujado su baúl, se arrodilló y levantó la tapa. Contenía unas pocas prendas de vestir de las que había ordenado Harold que le hicieran antes de la boda para el viaje de luna de miel. Cathy reculó un poco al pensar cuál sería la reacción de Jon cuando descubriera, como lo haría inevitablemente, el origen de su nuevo guardarropa. Luego, resueltamente, sacó pecho. No le tenía miedo a Jon, se dijo valientemente, y si eso ya no era más estrictamente cierto, se juró que él jamás lo sabría.

Los vestidos que tenía en ese baúl presentaban un solo problema: todos ellos estaban confeccionados con las telas más finas y delicadas y los modelos se ajustaban a los últimos dictados de la moda. Por cierto, ninguno de ellos estaba diseñado para trabajar. El trabajo era algo completamente apartado del mundo de las damas y de los caballeros y la modista que había creado esos atuendos quedaría pasmada de conocer el uso al que, al parecer, estarían destinados. Cathy frunció la nariz. Si Jon decía que ella había de trabajar, entonces, indudablemente, lo haría, pero no podía imaginarse en qué. Conociendo a Jon y su mal genio, consideró que probablemente sería en la tarea más repugnante que pudiera inventar, como fregar las cubiertas o ¡vaciar los cubos con desperdicios y aguas servidas!

Cathy eligió un vestido de tarde de seda azul opaco casi al azar. Con el escote en forma de corazón realzado por un delicado volante de encaje blanco y las mangas abullonadas a la moda, era exactamente tan deliciosamente frívolo y hermoso como el resto de sus vestidos. Pero al menos el color era bastante sobrio; en todo caso, era todo lo que podía hacer. ¡Si Jon pretendía que ella trabajara, entonces tendría que suministrarle la ropa apropiada si no le gustaba la que ella tenía!

Al comprobar que casi se había vencido el tiempo que él había establecido, Cathy se lavó rápidamente la cara y el cuerpo con el agua tibia que encontró esperándola en una jofaina de latón y luego empezó a ponerse la ropa interior. Por consideración a lo que sospechaba que sería un día de calor agobiante, se puso solamente una camisa interior de linón fino, pantalones, y una única enagua debajo del vestido. Para estar más fresca (y también, para ser sincera, porque sabía que a Jon no le gustaría) dejó a un lado el corsé y las otras dos enaguas, que eran de rigor para una dama correctamente ataviada. Después de unos instantes de reflexión, también decidió no ponerse las medias de seda. Los únicos zapatos que llevaba consigo tenían delicados tacones altos. Presintió que resultarían absolutamente inadecuados sobre una cubierta de barco.

El cabello también le planteó un problema. Jon, al raptarla con tanta premura del barco en el que viajaba, no había pensado en recoger algunas horquillas y ella no tenía ninguna en el cabello, ni en el baúl. Lo mejor que podía hacer en esas circunstancias era cepillar vigorosamente esa masa rebelde y enmarañada hacia atrás despejándose el rostro y luego atar su cabellera sobre la nuca con una cinta de raso azul claro. Una vez que lo hubo hecho, los cabellos dorados se derramaron por su espalda con vida propia, pero sin horquillas no podía recogerlos en un estilo más circunspecto.

La dama que apareció en cubierta minutos más tarde y que se quedó inmóvil y parpadeando bajo los ardientes rayos del sol, cubriéndose los ojos con una mano mientras trataba de orientarse, era una dama bellísima aunque de apariencia un tanto extraña. Contra todo lo establecido por las rígidas costumbres de la época, los dedos rosados de los pies descalzos asomaban debajo del ruedo de un elegante vestido a la última moda, pero que le quedaba bastante más largo sin los altos tacones con los que debía usarse. Y una colgante cabellera dorada flotando al viento, por más adorable y atractiva que la encontraran algunos, ¡no era precisamente el estilo de peinado recomendado para una hembra de su estirpe! Pero Cathy, manteniéndose en pie con mucha cautela sobre la cubierta, no tenía conciencia de nada de esto. Al ir adaptándose sus ojos al resplandor del sol, no supo cómo se contuvo y no corrió a refugiarse otra vez en la comparativa seguridad que le brindaba el camarote de Jon. ¡La cubierta parecía estar plagada de hombres! Estaban en todas partes donde volvía la mirada, todos parecían estorbarse unos a otros al caminar torpemente y haciendo eses, al parecer, tratando como mejor podían de ocuparse de la tarea de gobernar el barco.

Cathy les observó con curiosidad pensando que no se parecían en nada a lo que había aprendido a esperar que fueran las tripulaciones elegidas por Jon. Cuando había navegado con él la vez anterior, él había exigido a todos sus hombres que trabajaran con la eficiencia de un mecanismo de relojería. Un rictus de ironía tironeó los labios de Cathy. ¡Con toda seguridad que a estos hombres no se les podía acusar de eso!

Mientras Cathy les observaba, también lo hicieron uno por uno todos los hombres. Poco a poco fueron apagándose las voces hasta quedar todo el grupo en absoluto silencio. Todos los hombres se habían quedado como petrificados, mirándola boquiabiertos y con los ojos grandes como platos. Bajo la mirada atónita de tantos pares de ojos masculinos, Cathy de súbito se sintió muy nerviosa. Rápidamente se dirigió a la estrecha escalerilla de madera que llevaba al alcázar. No había tenido la intención de ir allí, puesto que había planeado mantenerse lo más apartada de Jon que le fuera posible, pero siempre obedeciendo la letra si no el espíritu de su orden de presentarse en cubierta. Pero súbitamente sintió la necesidad de su protección. Por más detestable y cruel que pudiera ser con ella, estaba absolutamente segura de que nunca permitiría que alguien más hiciera siquiera el ademán de golpearla o herirla.

El alcázar, según pudo apreciar Cathy al llegar allí, era de pequeñas dimensiones, estaba en completo desorden y necesitaba un buen barrido. Un hombrecillo larguirucho y tan calvo como un águila calva estaba al timón, mientras que Jon estaba con otro hombre más robusto directamente detrás del bauprés. Daba la sensación de estar explicando las complejidades de la navegación a su compañero ya que sostenía el compás en una mano y un sextante en la otra. De pronto, el hombre más robusto se movió apenas de su lugar y Cathy vio, con gran asombro, que ¡una mujer estaba con ellos!

—Ah... capitán. —El hombrecillo larguirucho al timón se aclaró la voz tosiendo fuerte. Cuando los tres que estaban cerca del bauprés le miraron inquisitivamente, él señaló con un movimiento de cabeza y sin decir palabra en dirección a Cathy. Los tres pares de ojos se volvieron para mirarla con expresiones muy diversas.

Cathy no tenía idea de lo adorablemente bella que estaba, como suspendida en lo más alto de la escalerilla, con la mano apenas apoyada en la estrecha barandilla de madera que rodeaba el alcázar. Sobre un fondo de cielo azul y blancos velámenes ondeando al viento, el sol resplandeciendo en el pelo y haciendo que esa larga y abundante masa de rizos pareciera envuelta en llamas doradas, ofrecía a la vista un cuadro de belleza casi irreal. El corpiño del vestido de seda se adhería seductora y provocativamente a la silueta destacando los senos redondeados y turgentes y la cintura cimbreña, mientras la amplísima falda se abría alrededor de ella como la corola de una flor exótica. El gran escote profundo dejaba al descubierto los hombros y el pecho que lucían con un tenue brillo blanco nacarado al sol, en tanto que el azul intenso de la seda realzaba el color del zafiro de los ojos.

Jon oyó que a su lado O'Reilly contenía bruscamente la respiración y quedaba en muda admiración, mientras que del otro lado, Sarita, totalmente eclipsada por la extraordinaria belleza de Cathy y reconociéndolo de inmediato, tensó todo su cuerpo.

—Jonny, ¿quién es esa? —preguntó la mujer con petulancia. El tono posesivo que usó hizo que Cathy levantara la barbilla, desafiante. Cathy alzó altivamente las cejas y lanzó una mirada de frío desdén a Jon. Luego, recogiéndose la amplia falda con delicadeza para que no estorbara el andar de sus pies descalzos, avanzó hacia él.

—Sí, Jon, ¿quién es esa? —preguntó Cathy en tono glacial y acentuando la última palabra, refiriéndose claramente a la provocativa Sarita. Jon sonrió, divertido. A pesar de haberle engañado y de serle terriblemente infiel, era evidente que a Cathy no le gustaba la presencia de Sarita ni la familiaridad de su trato al llamarle Jonny. Con ansia salvaje rogó que la víbora de los celos alzara su horrible cabeza para torturarla como le había estado torturando todas estas semanas.

—Sarita, permíteme que te presente a mi... —esposa estuvo en un tris de decir sin reflexionar, pero se contuvo a tiempo—. A lady Stanhope —terminó masticando las palabras. Sonriéndo provocadoramente a Cathy, añadió—: Lady Stanhope, ella es la señorita Sarita Jones. Aquí, a mi lado, se encuentra Tom O'Reilly y el que está al timón es Mick Frazier. Todos, incluso yo, somos prisioneros recién liberados.

Cathy les iba saludando con una fría inclinación de cabeza a medida que se los iba presentando. Estaba más que furiosa por la forma en que esa mujerzuela aferraba el brazo a Jon ¡sin querer soltarlo por nada del mundo, como si le perteneciera! ¡Por supuesto que él ya no significaba absolutamente nada para ella, Cathy, pero francamente...! Por su parte, Sarita, la miraba duramente y echando chispas por los ojos. Toda su actitud era hostil. Cathy, sin inmutarse, le devolvía las miradas con la misma o mayor hostilidad.

—¿De dónde la sacaste, Jonny? —La voz chillona de Sarita hirió los oídos de Cathy. Jon sonrió fatuamente a la pobre criatura engreída y boba mientras le palmeaba la mano aferrada a su brazo.

—Yo... ah... la adquirí en La Coruña —respondió Jon sin alterarse y lanzando una sonrisa torcido a Cathy. Dominándose para no traicionar ni asomo de ira, que la bestia presumida, sin duda, interpretaría erróneamente, Cathy se la devolvió con la misma maldad.

O'Reilly, que observó atentamente este intercambio y que le recordó más que nada el saludo de dos espadachines antes del duelo propiamente dicho, pensó con gran alivio que ya no tendría que preocuparse más de si el capitán mataba el tiempo con Sarita. No, señor, por más que la ramera de pelo negro y tez morena le gustara tanto a él, O'Reilly, no llegaba a la suela de los zapatos a la dama del capitán y eso era indiscutible. La joven rubia era la criatura más hermosa que había visto en años y podía apostar cualquier cosa a que no era el único que experimentaba esa sensación. El capitán la estaba observando de un modo tan posesivo que parecía gritar «no tocar» y podía entenderse como si lo gritara con palabras y alguien tendría que haber sido sordo, mudo y ciego para no percibir el chisporroteo en el aire cada vez que se cruzaban las miradas de ambos contendientes. Una cosa era segura, con esa dama a bordo y con el capitán sintiendo lo que sentía por ella, tarde o temprano inevitablemente estallaría una verdadera guerra de pasiones. ¡Todo lo que anhelaba el pobre O'Reilly era no estar cerca cuando estallara!

—¿Lista para el trabajo, lady Stanhope? —inquirió Jon con voz tajante.

—Completamente lista —respondió Cathy fríamente, mirándole de hito en hito. Un rictus tensó la boca de Jon y se volvió significativamente a Sarita.

—Lady Stanhope se ha ofrecido voluntariamente y de muy buen grado a ayudaros, a ti y a las otras señoras, en la cocina —explicó él, sardónico. Cathy le fulminó con la mirada, pero él estaba demasiado ocupado sonriéndo a la cara de toscas facciones de Sarita para verlo—. Te agradecería mucho que le enseñaras qué debe hacer.

—Sí, Jonny. —La mirada y la sonrisa empalagosas con que la mujer mayor estaba contemplando a Jon eran repugnantes, pensó Cathy. Eso y su eterno «Jonny» la estaban exasperando. Se dijo que por ese motivo y ningún otro ¡sentía ese irrefrenable impulso de atinar un mamporro en la cara aceitunada a esa ramera y sentarla sobre su redondo y gordo trasero!

Sarita encabezó la marcha por el alcázar, la escalerilla y por toda la cubierta moviendo de un lado al otro las caderas con exageración. Cathy, rechinando los dientes por la evidente provocación de la mujer, tuvo que seguirla forzosamente. Estaba decidida a no mostrar una sola señal de debilidad ante Jon. Estaba segura de que estaría esperando que ella le suplicara clemencia, y entonces, después de escarnecerla más, perdonarla finalmente. ¡Pero Cathy no estaba dispuesta a pedirle una tregua! ¡Fuera lo que fuese que le encargara hacer Sarita, lo haría contra viento y marea!

Mientras Cathy andaba con tiento por la cubierta siempre a la zaga de Sarita, percibió que era el blanco de todas las miradas. Los hombres la observaban desde todos los ángulos, hombres de todos los tamaños, formas y clases. Algunos con miradas de admiración, otros de curiosidad y algunos de franca lascivia. Pero ninguno se atrevió a incomodarla o a faltarle el respeto. Cathy consideró que debía de haber corrido la voz entre los hombres que ella era el botín personal del capitán y, como tal, merecedora del envidioso respeto de la tripulación.

La tarea que Sarita le ordenó que hiciera, buscar agua de los barriles almacenados debajo de la popa para llenar las grandes calderas que se usaban para cocinar, era agotadora, por no decir cosa peor. Cathy sospechaba que la elección de esa tarea realmente agobiante de parte de Sarita había sido inspirada por el despecho. Pero ya no tenía ninguna importancia, Cathy estaba decidida a llevarla a cabo hasta el fin. Y si Jon esperaba que se desplomara rendida a sus pies y sollozando a lágrima viva, ¡se juró solemnemente que sufriría la decepción más grande de su vida!

A pesar del calor cada vez más bochornoso, Cathy seguía trabajando valerosamente. Los cubos que arrastraba y cargaba de aquí para allá eran pesados y se volvían más pesados en cada nuevo trayecto que hacía. Daba la sensación de que tardaría una eternidad en llenar esas malditas calderas. No había pasado mucho tiempo cuando los músculos de sus hombros y brazos empezaron a dolerle como si se los estuvieran desgarrando y, para colmo de males, las manijas de metal de los cubos dejaban terribles cortaduras en la piel delicada de sus palmas. Por último, Cathy se vio obligada a hacer un alto en la tarea para vendarse las manos doloridas y laceradas con la fina tela del volante fruncido de la enagua que arrancó sin miramientos. Mientras lo hacía, retorcía la tela con furia salvaje, deseando fervientemente poder hacer lo mismo con el fornido cuello de Jon.

Cuando por fin —¡gracias a Dios!— no necesitaron más agua, Cathy se dejó caer pesadamente en un rincón sombreado de la cubierta. Recostándose contra la barandilla, usó la falda para abanicarse el rostro sonrojado y acalorado con la esperanza de conseguir un poco de alivio del calor sofocante. Las otras mujeres —serían ocho sin contar a Sarita— estaban ocupadas revolviendo una mezcla infernal de pella salada y legumbres que habría de servir de almuerzo a los hombres. Cathy no sintió ni un solo remordimiento de conciencia por estar sentada cuando el resto de la gente seguía trabajando. Ella había cumplido con su obligación —mejor dicho, había hecho mucho más de lo que le correspondía— y ahora necesitaba un descanso. Sentía que la piel le ardía por haber estado expuesta a los rayos de un sol casi tropical, cosa desacostumbrada en ella; también le dolía la cabeza y empezaba a tener un poco de náuseas.

Los hombres iban a comer por turnos y extendían los platos de latón para que las mujeres los llenaran con grandes cucharones de comida. Cathy observaba lo que sucedía a su alrededor sin demasiado interés. Esa mezcolanza de ingredientes mal cocidos era absolutamente repugnante y Cathy estaba convencida de que no podría probar ni un solo bocado. Pero los hombres no parecían encontrarle ningún defecto y engullían ávidamente todo lo que les ponían en sus platos. La gran mayoría se llevaban la comida a la boca con los dedos y dejaban de lado las cucharas. Después, cuando los platos quedaban vacíos, volvían a formar fila para que las mujeres les sirvieran más. Antes de que descendiera la segunda oleada de langostas y empezaran a devorar todo lo que se les ponía a su alcance, Cathy, de solo observarles, sintió mareos y asco. Finalmente cerró los ojos para no presenciar esa escena degradante. Ardía tanto de calor que su piel ya no sudaba y empezaban a dolerle todos los músculos del cuerpo.

Cuando Jon bajó a comer con la última tanda de hombres, la encontró sentada a la sombra con las amplias faldas extendidas en círculo alrededor de ella, la cabeza apoyada contra la barandilla y los ojos cerrados. Daba toda la impresión de estar durmiendo tranquilamente la siesta. Sin embargo, por las líneas de sudor que le manchaban el rostro y por los desordenados zarcillos de pelo que se ensortijaban alrededor de la cara vuelta al cielo, Jon llegó a la conclusión de que había estado trabajando. Pero en ese momento era evidente que ya no lo estaba haciendo. También era absolutamente obvio que ella creía que podía desafiarle con impunidad. ¡Él le había ordenado que trabajara y lo haría sin descanso de ninguna especie! Apretó los labios con firmeza mientras se acercaba a ella.

—Lady Stanhope —pronunció despacio y con burlona consideración cuando se detuvo delante de ella. Cathy abrió los ojos y tuvo que echar la cabeza más hacia atrás para mirarle a la cara. De pie y cuan alto era, con esa espalda tan ancha, atajaba los rayos del sol dejándola una vez más en la sombra. Estaba con el entrecejo fruncido, por lo que pudo vislumbrar y en respuesta, ella apretó también los labios. Era más claro que el agua que él no estaba de muy buen ánimo, ¡bravo por él! ¡Ella tampoco, a decir verdad!

—¿Deseabas algo? —preguntó ella con displicencia.

—Te ruego que me perdones por turbar tu descanso, milady —murmuró Jon mientras sus ojos desmentían el tono de falso respeto de su voz—. Estoy seguro de que lo necesitas después de las tareas agobiantes que has realizado.

—Tienes razón. Lo necesito —respondió Cathy sin disimular la hostilidad que sentía hacia él.

Jon entrecerró los ojos.

—Dormir la siesta debe de ser muy fatigoso —murmuró él con sorna.

—¿Has venido hasta aquí solo para mostrarte desagradable conmigo o querías algo? —estalló ella.

Un músculo se crispó amenazadoramente en la mandíbula de Jon.

—Oh, sí, quiero algo —dijo—. Mi comida. Puedes traérmela.

Cathy le miró sin poder creer lo que oía.

—Estás bromeando —le contestó por fin.

—En absoluto —replicó él, frío—. Como creo habértelo dicho una vez ya, en el *Cristobel* nadie viaja gratis. Bien, estoy de acuerdo en que no sirves para mucho, pero puedes traerme la comida.

—Mientras tú haces ¿qué?

—Tomarme un buen merecido descanso. Yo, a diferencia de ti, he estado trabajando arduamente toda la mañana.

—¡A diferencia de mí...! —farfulló Cathy, enojada. Luego se mordió los labios para no soltar el largo catálogo de actividades matinales que tenía en la punta de la lengua. ¡Si él quería creer que ella no había hecho otra cosa que estar tendida a la sombra, no iba a ser ella, precisamente, quien le sacara de su error!

—No voy a estar remoloneando e intercambiando palabras contigo toda la tarde —le dijo bruscamente y se le endureció la mirada al ver la indignación de Cathy—. Te he dicho que me traigas la comida. Y agradecería que te dieras prisa.

El semblante expresivo de Cathy registró una enorme gama de emociones encontradas. Primero mostró incredulidad, luego cólera, después desafío, seguido nuevamente por la cólera. Se le encendió más el rostro, y los ojos azules, al encontrarse con los de Jon, dispararon chispas de fuego.

—¿En realidad te has propuesto que yo te sirva?

—le preguntó como si todavía no pudiera creer que le había oído correctamente.

—Así es —le dijo Jon. Cansado de la discusión, se inclinó y tomándola de un brazo la hizo ponerse de pie. Cathy le hizo frente con furia y de un tirón liberó su brazo de la mano que lo mantenía aferrado.

»Ahora —le ordenó Jon severamente. Por un instante Cathy permaneció inmóvil mirándole con toda la furia contenida sin saber a ciencia cierta qué hacer, pero recordó que la prudencia era la mejor parte del valor. Se contentó con soltar un resoplido de indignación y fue a hacer lo que le había ordenado.

Al verla alejarse Jon sonrió un tanto divertido y sus tensas facciones se relajaron algo. Cathy estaba claramente furiosa con él y se alejaba contoneándose airadamente. Sus faldas se balanceaban alrededor de ella como una campana. El efecto era cautivador y Jon se dejó caer en el lugar que ella había dejado libre junto a la barandilla para ver el espectáculo. Podría ser una prostituta, pero era ciertamente agradable a la vista y él no veía ninguna razón para negarse cualquier placer que ella pudiera brindarle. ¡Después de todo, había pagado un precio muy alto por ello!

Los ojos de Cathy brillaban peligrosamente al extender el plato para que lo llenaran de comida. Clara, la robusta mujer de edad madura que estaba a cargo de esa marmita, le echó una mirada penetrante.

—Te trajo con nosotros para ser su sirvienta, ¿verdad? —observó la mujer con aire socarrón al tiempo que indicaba a Jon con un movimiento de la cabeza. Cathy sintió un arrebato de cólera, pero se contuvo ya que no tenía ninguna intención de divertir más a Clara.

—Al parecer —fue todo lo que comentó, pero al regresar al lugar donde la esperaba Jon sus ojos parecían lanzar rayos y centellas.

Él estaba cómodamente sentado con las piernas largas bien abiertas y extendidas delante de él en el mismo lugar que ella había ocupado antes. La leve brisa marina le despeinaba aún más el cabello negro demasiado crecido y el calor y la humedad se lo habían ondulado de la forma que él más detestaba. El rostro y la fuerte columna musculosa del cuello estaban muy oscuros, curtidos hasta parecer de cuero debido a la constante exposición al sol. Las líneas arrogantes de la mandíbula y de la boca estaban parcialmente borradas por una barba negroazulada de varios días. Debajo de la camisa blanca sudada podía ver el débil contorno del vello fino y negro que le cubría el pecho. Los hombros que reposaban ahora contra la barandilla eran portentosos en su anchura, mientras que los antebrazos, desnudos al tener las mangas de la camisa arrolladas hasta los codos, eran del color de la madera de teca y estaban surcados de músculos de acero. Era un hermoso animal, tuvo que admitir Cathy, pero luego pensó con desesperación que «animal» era la palabra clave de todo el asunto.

—Tu esclava ha regresado, amo —dijo despectivamente Cathy cuando se plantó delante de él—. ¿Quieres también que te dé de comer en la boca?

Jon abrió los ojos y los iris grises se oscurecieron hasta tomar el color del bronce de cañón al descansar contemplativamente sobre el rostro enrojecido de ira.

Cathy enfrentó esa mirada inquisitiva con otra desafiante. Curiosamente él no dijo nada, solo extendió la mano para tomar el plato que ella había traído.

Cuando empezó a comer, ella se dio la media vuelta con la intención de alejarse de allí. Una mano tostada por el sol salió disparada y agarró un pliegue de la falda, deteniéndola súbitamente. Ella volvió la cabeza y le miró con ojos helados e inquisitivos.

—Quédate —le ordenó él secamente como si le hablara a su perro. Cathy se encrespó y se cruzó de brazos. Jon observó especulativamente su porte beligerante y después volvió toda su atención al plato de comida sin añadir una sola palabra más.

Cathy le observaba con creciente indignación mientras él devoraba con aparente deleite su ración de comida tan poco apetitosa. No parecía prestarle más atención que a un trozo de madera y ni siquiera había tenido la cortesía de preguntarle si ella ya había comido, lo cual no habría hecho por nada de ese mundo. ¡No, él creía que podía tenerla de pie delante de él como una odalisca del harén de un sultán todo el tiempo que quisiera! Y tampoco se había molestado en darle las gracias por el servicio que le había brindado.

Cuando, por último, él terminó de limpiar el plato, levantó la vista. Al ver la ira brillar en los ojos azules de Cathy, sonrió lentamente. El gesto fue un mero afinamiento de los labios y nada que reflejara diversión.

—Todavía tengo hambre —comentó él y le extendió el plato—. Puedes traerme un poco más de comida.

Cathy farfulló furiosamente y sus ojos despidieron chispas de fuego.

—Recuerda lo que te he dicho sobre los berrinches —le advirtió suavemente Jon y le brillaron los ojos como si él estuviera ansiando tener que sofocar alguno.

Cathy tomó el plato vacío sin decir palabra. Mientras iba de regreso a la cocina para que Clara volviera a llenarlo, su ira iba creciendo a cada paso. Después desanduvo el camino hasta quedar nuevamente de pie delante de Jon con el plato lleno de comida en la mano.

—Así me gusta, eres una niña obediente —se burló Jon al tiempo que extendía la mano para tomar el plato. Cathy le sonrió curvando dulcemente los labios y dejando al descubierto las hileras de brillantes y blancos dientes pequeños. Después levantó el plato hasta dejarlo fuera del alcance de la mano de Jon y procedió gentilmente a derramar el contenido sobre la coronilla de su arrogante cabeza oscura.

7

—¡Maldición! —rugió Jon llevándose la mano a la cabeza para limpiarse la masa pegajosa que le corría por el pelo y el rostro mientras de un salto se ponía de pie.

Cathy no pudo evitar una sonrisa de triunfo. Pero rápidamente desapareció de su rostro cuando se hizo evidente la magnitud de su furia. Tenía el rostro de un color rojo oscuro y todos los músculos crispados mientras que la boca tironeaba espasmódicamente hacia los lados. Era una mole de rabia contenida que parecía abalanzarse sobre ella. Las manos colgaban a los costados de su cuerpo como dos grandes bolas de acero a punto de descargar sus golpes. Cathy tragó saliva súbitamente nerviosa. Tuvo que recurrir a todas sus reservas de valor para no echarse a correr y huir de su lado. Durante años la gente le había estado diciendo que su temperamento vivo iba a meterla en serios problemas alguna vez; Cathy estuvo casi convencida de que había llegado ese día. Luego, a sus espaldas, oyó una risotada rápidamente sofocada de parte de un mirón y estuvo segura de que había llegado su hora.

Se arriesgó a echar un vistazo por encima de su

hombro y descubrió que Jon y ella eran el centro de atención de toda la tripulación, que les miraban con ojos casi salidos de las órbitas. Se había suspendido la actividad en cubierta mientras todos estiraban los cuellos para ver qué pasaría a continuación. ¿Cómo reaccionaría el nuevo capitán, ese hombre que no vacilaba en derribar de un golpe al hombre más fornido por un motivo tan baladí como una sonrisa insolente? ¿Aceptaría sumisamente semejante ultraje de una jovenzuela delgaducha como esa por más bonita que fuera? Y, si no, ¿cómo replicaría?

—¡Apuesto a que la sienta sobre su bonito trasero de un solo golpe! —Cathy alcanzó a oír ese comentario excitado de uno de los espectadores.

—No, la arrojará al mar, estoy seguro —fue la respuesta. Al estudiar temerosamente las facciones de Jon sintió que el segundo hombre podría estar en lo cierto. Jon parecía completamente capaz de arrojarla por la borda a las profundidades del mar. Esos ojos grises brillaban con absoluta impiedad.

—¡Estúpida zorrita! —masculló finalmente él casi a media voz. Luego trató de alcanzarla. Cathy, viéndole en los ojos el deseo de una venganza sangrienta, sintió que el valor la traicionaba abruptamente haciendo honor al tránsfuga cobarde que era. Con un chillido, recogió las faldas demasiado largas y se volvió para echar a correr. No lo logró. Jon la tomó del brazo y sus largos dedos se le clavaron dolorosamente en la carne suave y tibia haciéndola girar en redondo hasta quedar nuevamente de cara a él. Su rostro era una máscara oscura de furia donde solo los brillantes ojos grises eran dos puntos de luz.

—Yo... lo siento —jadeó Cathy con la esperanza de apaciguarle. En presencia de esa furia apenas contenida, el orgullo de Cathy había volado junto a su valor.

—Demasiado tarde —dijo él mordiendo las palabras antes de atraerla contra él de un tirón. Antes de que Cathy comprendiera cuáles eran sus intenciones, se sintió volar por el aire y girar hasta que su estómago dio de lleno contra la rodilla doblada de Jon. Mientras uno de sus brazos se cerraba sobre la espalda para sujetarla, ella empezó a patear salvajemente. Por la posición boca abajo sobre su muslo, el largo cabello rubio barriendo la cubierta polvorienta y su trasero expuesto ignominiosamente a la vista de todos, ¡comprendió que tenía la intención de zurrarla públicamente!

—¡Suéltame! —le gritó sabiendo de antemano que sería inútil.

—¡Oh, no! —replicó él, y las palabras sonaron como si hubieran salido a la fuerza por entre los dientes apretados—. ¡Te lo has estado buscando, pequeña zorra, y lo vas a tener!

Cathy pateó y se retorció como una culebra. Los gritos y las risotadas de los hombres que observaban la escena y que habían saludado con alegría la aparente intención de Jon, alimentaron sus esfuerzos. ¡Entonces se le arrebataron más las mejillas al sentir, para vergüenza y escarnio, que Jon le levantaba las faldas!

Él le alzó la falda y una de las enaguas hasta la cintura, donde las envolvió, dejándole el trasero cubierto solamente con la fina tela de muselina adornada con encaje de los pantalones interiores. Silbidos y maullidos excitados provenientes de la multitud que les rodeaba siguieron a esta acción y Cathy sintió que todo su cuerpo se había convertido en una brasa viva. Se acrecentaron sus esfuerzos; arrojó improperios a los pies calzados con botas de Jon. Después se quedó sin aliento temporalmente cuando la manaza de Jon descendió con dolorosa fuerza sobre la carne tierna y débil de sus nalgas.

Las terribles palmadas se repitieron sin cesar y sin misericordia hasta que los gritos de rabia de Cathy se redujeron a quejidos y sollozos ahogados. Tenía las nalgas ardiendo. Había dejado de patear al aire al comprender que solo alimentaba la llama de la furia de ese hombre maldito y finalmente había quedado tendida sobre su rodilla. Risotadas vulgares y comentarios de admiración asaltaron sus oídos.

—¡Así se hace para enseñarles, capitán! —Cathy oyó respeto en la voz de ese hombre.

—¡Ya, sí, tenemos que mostrarles a las hembras quién es el que manda! —gritó otro hombre.

La mano de Jon aplicó otra palmada fuerte y sonora en el trasero de Cathy, luego el castigo cesó. De inmediato y dándole un tirón brusco, Jon la puso de pie delante de él. Las faldas seguían envueltas alrededor de su cintura y ella las bajó con un movimiento rápido de sus manos. La vergüenza tiñó de rojo su rostro desde el cuello a las orejas. Por un instante su larga cabellera dorada la protegió de las risueñas miradas de la multitud. Luego, con arrogancia, la sacudió hacia atrás, relumbrantes los ojos y la barbilla alzada para enfrentarse a todos. ¡Maldito sea, no se dejaría humillar delante de esa asamblea de presidiarios y carne de horca! ¡Y Jonathan Hale era el principal!

Antes de que Cathy pudiera hacer otra cosa que echarle una mirada llena de veneno, Jon la levantó en sus brazos. Cathy, aturdida por esa actitud, se quedó quieta y en silencio contra su pecho mientras trataba de calcular qué pensaba hacer con ella. Si sus intenciones no eran violentas, no quería arriesgarse a volver a encender la mecha de su furia presentándole una batalla que seguramente sería una pérdida de energía. Pero, por otra parte, si estaba resuelto a llevar a cabo alguna acción cobarde y vil, como arrojarla al mar...

Cathy pudo haber esperado cualquier cosa menos lo que él le tenía programado. Luego de andar un corto trecho por cubierta con ella en brazos, Jon se detuvo bruscamente. Cathy apenas si tuvo tiempo de ver que se encontraba a buena distancia de la barandilla antes de que él la pusiera cabeza abajo sosteniéndola con un brazo debajo de las rodillas dobladas que quedaron en el aire. Soltó un instintivo chillido de terror, cuando sintió que la misma mescolanza viscosa y tibia que había derramado sobre la cabeza de Jon se acercaba peligrosamente a acariciarle las puntas del cabello colgante. ¡El maldito bastardo iba a meterle la cabeza en una de esas calderas que todavía conservaban los restos del almuerzo!

Cuando Jon volvió a levantarla, su hermosa cabellera lucía una capa de esa repugnante sustancia. No le había sumergido la cabeza en ese líquido más allá de la frente, por lo cual supuso que debía de quedarle agradecida. Pero estaba demasiado furiosa para pensar en otra cosa que no fuera en matarle. Cuando él volvió a recogerla en sus brazos, los dedos de Cathy se curvaron como garras afiladas y dejó que ese horrible revoltijo mugriento en que él había convertido su espléndida cabeza descansara con despreocupada indiferencia sobre su limpia camisa blanca que le cubría los anchos hombros.

—Medítalo mejor —le advirtió él secamente al ver el movimiento involuntario de los dedos de Cathy, que, lanzándole una mirada que prometía una retribución terrible, hizo lo que él sugería. No ganaría nada atacándole en ese momento, solo más humillación y dolor. Podía esperar...

Mientras la llevaba en brazos por la cubierta, se reía abiertamente de ella. Los hombres allí reunidos se apartaban haciéndose a un lado y otro para dejarles pasar, como el mar Rojo debió de haberlo hecho antes con Moisés, pensó Cathy con amargura. Ellos también se reían estrepitosamente, algunos con risas ahogadas y profundas, otros con carcajadas estentóreas que hablaban de una gran diversión. «¡Ja, ja!», remedó burlonamente Cathy para sus adentros. «¡Ja, ja, ja!»

—Perkins, será mejor que traigas un poco de agua. ¡Creo que lady Stanhope mejorará mucho su aspecto con un buen baño! —le dijo Jon a un muchacho larguirucho al pasar junto a él. El comentario causó más hilaridad entre los hombres. Cathy se mordió el labio inferior con tanta fuerza que sintió correr la sangre dentro de su boca. Él pagaría por esta humillación, se prometió solemnemente, ¡aunque fuera lo último que hiciera en su vida!

Jon entró en el camarote abriendo la puerta con los hombros. Una sonrisa torcida seguía como pegada a sus labios. Una vez que hubo cerrado la puerta, dejó que Cathy se deslizara al suelo. Ella, por su parte, haciendo gala de un verdadero autodominio heroico, se las arregló para no abalanzarse sobre él y arrancarle las orejas de cuajo. ¡No se divertiría más a su costa! Volviéndole la espalda, se encaminó con afectada dignidad hacia un ojo de buey que estaba abierto y miró hacia el mar. Solo el brillo relampagueante de sus ojos y los movimientos convulsivos de sus dedos traicionaban la furia ciega que sentía.

Pero Jon la había conocido demasiado bien y por mucho tiempo como para dejarse engañar.

—Te advertí que no tuvieras berrinches sobre cubierta —le recordó él con risa en la voz. ¡Eso fue demasiado! Cathy se volvió en redondo con un gruñido y el largo pelo empapado la envolvió en un abrazo chorreante. Esa sensación horrible alimentó más su encono.

Las violentas palabras que burbujeaban en su garganta a punto de salir quedaron como petrificadas allí cuando sonó un ligero golpecito en la puerta. Jon le sonrió burlonamente y luego fue a abrirla. Afuera estaba Perkins abrazando un inmenso barril zunchado. Alguien había colocado una bañera de latón abollada sobre su cabeza. Jon tomó el barril que había traído el muchacho, lo colocó dentro del camarote, luego le quitó la bañera abollada de arriba de la cabeza. Perkins le sonrió tímidamente.

—Gracias, señor. Yo... yo pensé que podría necesitar bastante... —masculló el muchacho.

—Bien pensado, Perkins. Estuviste en lo cierto —dijo Jon secamente; luego, al ver que el muchacho seguía allí sin saber qué hacer, Jon cerró la puerta.

—¡Desnúdate! —le dijo enérgicamente a Cathy. Ella se lo quedó mirando boquiabierta y olvidando su rabia por un momento.

—¿Qué? —preguntó asombrada.

—¡Desnúdate! —le dijo otra vez—. La única forma de quitar toda esa basura de tu pelo es lavándolo. ¡Me propongo ayudarte a limpiarlo!

—¡Puedes irte al infierno! —exclamó Cathy entre dientes. Jon se rio.

—Ya he estado allí, muchísimas gracias, y aunque no me fue tan mal, creo que no me haría gracia volver. Ahora bien, ¿vas a hacer lo que te digo o...?

—Te odio y te desprecio —siseó Cathy, pero reconoció que no tenía otra alternativa que obedecerle. Si no lo hacía, él la desnudaría a la fuerza.

Sabiendo que pedirle que saliera del camarote o que le diera la espalda sería absolutamente inútil, Cathy le dio su propia espalda mientras empezaba a desprenderse del vestido. Jon soltó un bufido.

—Por qué finges continuamente un recato y un pudor que es imposible que sientas delante de mí, es algo que no logro entender —recalcó él lacónicamente—. He visto cada centímetro de tu, debo admitirlo, delicioso cuerpo... más que verlo, de hecho lo he tocado, saboreado, lo he visto cobrar vida palpitante bajo mis manos...

—Oh, cállate la boca —replicó Cathy, enfadada y al mismo tiempo un poco turbada. Todavía la cólera hacía que le temblaran los dedos y tenía serios problemas para desprender la docena de diminutos ganchillos que cerraban el corpiño del vestido en la espalda.

—¿Necesitas ayuda? —La voz acariciadora surgió directamente detrás de ella y por encima de su hombro. Cathy pegó un brinco involuntario de sorpresa. El orgullo le ordenaba rechazarle, pero comprendió que realmente necesitaba ayuda para salir de ese maldito vestido ajado y sucio. Además, como decía Jon, él la había visto desnuda más veces de lo que cualquiera de ellos podía recordar. Era ridículo sentirse turbada en ese momento, pero no podía remediarlo. Tal vez era porque Jon ya no era su esposo, sino un extraño de todos los diablos, burlón y de carácter irascible que parecía pensar que podía usar su cuerpo como se le antojara. Y ya no la amaba —si era que alguna vez la había amado—, de lo cual estaba empezando a dudar seriamente. Si se amaba a alguien, se debía confiar en esa persona, y ciertamente no se debía ser cruel con ella. Además, ella ya no le amaba: ahora le odiaba con toda el alma y esa era la gran diferencia.

—Gracias. —La voz de Cathy sonó fría y como ausente cuando le permitió que se hiciera cargo de la tarea. Él forcejeó por un momento con el terco ganchillo antes de soltar una maldición.

—El problema es que tienes toda esa maldita mescolanza sobre toda la espalda del vestido. Existe una única solución. —Sin más, las manos de Jon la tomaron por la cintura y la levantaron del suelo, llevándola de ese modo a través del camarote. Cuando la soltó, ella se encontró con los pies firmemente plantados en el mismo centro de la bañera de latón—. ¿Tienes jabón? —preguntó él bruscamente mientras ella le miraba con azoramiento y curiosidad.

—Junto al lavabo —asintió Cathy y luego frunció

el entrecejo—. Pero, Jon, no puedo bañarme con el vestido puesto. ¡El agua arruinará la seda!

—Poco más o menos, diría que ya está arruinada —contestó Jon y se alejó en busca del jabón. Cuando regresó junto a ella, Cathy tomó la pastilla de jabón sin decir palabra. Lo que él había dicho era verdad.

—Gracias a ti —dijo ella con cierta amargura y endureciendo su expresión.

—No, gracias a ti —replicó Jon tranquilamente—. Te dije que no tuvieras ningún berrinche sobre cubierta. Merecías mucho más de lo que recibiste. No saliste lastimada... solamente con ese maldito orgullo arrogante que tienes un poco herido. ¿Habrías preferido un encuentro con el azote con nueve ramales? Porque eso cruzó por mi cabeza. Tienes que entender que estos hombres no son marineros. No me obedecen como su capitán porque es algo natural que deben hacer. Obedecen todas mis órdenes porque saben perfectamente que les haría tragar los dientes de un golpe si no lo hicieran. Algunos de ellos están a la expectativa de que yo demuestre un solo indicio de blandura para tratar de cercarme y tomar el mando. Lo que hiciste hoy fue una verdadera estupidez y si yo lo hubiera dejado pasar habría sido la señal que esos chacales están esperando. Además, te lo advertí. Y ahora te lo advierto de nuevo: si vuelves a obrar de ese modo, te las verás con el azote de nueve ramales. Lo juro.

—No te tengo miedo —le replicó perdiendo ligeramente el control sobre su mal genio.

—Entonces deberías tenerlo —comentó Jon blandamente. Sin más e impidiendo cualquier clase de réplica de parte de Cathy, levantó el enorme barril y derramó un cuarto de su contenido sobre la cabeza de la joven. Cuando ella volvió a abrir los ojos, farfullando, descubrió a Jon quitándose la camisa por la cabeza. Mientras ella empezaba a enjabonarse el cabello con bastante malhumor, él se sentó en una silla y se quitó las botas. Después se puso nuevamente de pie y se quitó los calzones.

Cathy abrió tanto los ojos que se le llenaron de jabón.

—¿Qué estás haciendo? —inquirió ella mientras se frotaba los ojos que le ardían enormemente.

—¿Qué te parece? —preguntó él fríamente metiéndose en la bañera junto a ella mientras hablaba. Ahora estaban cara a cara, tan cerca que Cathy podía sentir el calor que emanaba de su cuerpo y el olor acre de su masculinidad. El alto cuerpo atlético descollaba sobre el más menudo y frágil de ella que todavía conservaba el vestido puesto. Su proximidad, por curioso que pareciera, la turbó en demasía.

»Vamos a deshacernos de ese vestido —dijo Jon antes de que ella pudiera decir una palabra. Tomándola por los hombros la hizo volverse y ella, servicialmente, se levantó el cabello cubierto de espuma para que él pudiera luchar como era debido con esos malditos ganchillos.

Ya sin el estorbo del pelo grasiento que entorpecía los movimientos de los dedos, Jon consiguió desprenderle el vestido. Todavía de pie en la bañera, Cathy le permitió que se lo quitara por la cabeza y lo echara a un lado. Permaneció un momento más sin moverse enfundada en la enagua empapada sin poder decidir si se la quitaría o no. Pero estar tan juntos y ambos desnudos solo sería una invitación al peligro.

Él tomó la decisión en sus manos, así como también los lazos que aseguraban en su lugar el corpiño de la enagua, pasando los brazos alrededor de su cuerpo y desatándolos. Una vez que lo hubo hecho, también le quitó la prenda que aún la cubría. Pero cuando las manos empezaron a tantear en busca de las cintas que cerraban los pantalones, Cathy se las apartó de allí y ella misma terminó la tarea en completo silencio. Mientras se los estaba quitando, sintió las manos de Jon sobre su cabello, enjabonándole suavemente los largos mechones.

—Yo puedo hacerlo, gracias —acotó ella con helada cortesía cuando por fin estuvo completamente desnuda. Las manos viriles, obedientemente, abandonaron su cabeza. Cathy continuó dándole la espalda, pero estaban tan cerca uno del otro que podía percibir cada músculo y cada tendón de ese largo cuerpo. Sabía cuando él levantaba las manos para lavarse la cabeza, frotándola vigorosamente para quitar toda la mugre de su pelo. Y también supo cuando el cuerpo de ese hombre empezó a endurecerse de deseo...

Al percibir esa señal inconfundible, Cathy se apartó precipitadamente como si fuera a salir de la bañera. Pero los brazos de Jon, al rodearla por la cintura, se adelantaron a sus designios. Cathy luchó y se resistió en vano contra la fortaleza de acero de sus músculos.

—¿Adónde vas? Aún no has terminado de bañarte. —La voz fue turbadoramente ronca y sensual.

—Déjame salir de aquí. Me estás molestando —replicó Cathy ásperamente y deseó que esos brazos la soltaran antes de que volviera a ponerse en ridículo como la noche anterior.

—¿Es eso lo que te estoy haciendo? ¿Molestarte? —Las palabras fueron indolentes y el tono seductor—. Veamos, yo le habría llamado de otro modo, algo bien diferente...

—Eres muy vanidoso —comentó ella con cierta desesperación en la voz cuando una mano grande y fuerte empezaba a enjabonarle la suave piel de su vientre. Él estaba despertando renuentes temblores de sensaciones dentro de ella, temblores que ella sabía que por el bien de su amor propio y respeto a sí misma, él no debía llegar a sospechar siquiera.

—¿Lo soy? —le murmuró al oído, acercándose más, hasta que el cuerpo caliente y áspero por el vello que lo cubría quedó presionado contra la suave curva de la espalda de Cathy. Una mano se deslizó hacia arriba y comenzó a enjabonarle los pechos suavemente, sosteniéndola aún con firmeza contra su cuerpo. La otra se deslizó hacia abajo entre sus muslos...

Después de recibir estas caricias durante unos momentos, Cathy ya no pudo controlar más los estremecimientos de su traicionero cuerpo. Estaba segura de que él tenía que percibir esos prolongados escalofríos que la atormentaban, así como también la hinchazón y el endurecimiento de sus senos bajo las manos acariciadoras. Hacía apenas unos momentos ella no habría creído que podía desearle de ese modo, especialmente después de la forma en que la había tratado, de las humillaciones que había padecido por su culpa y le habría horrorizado pensar que él fuera consciente de su deseo. Pero ahora, con esas manos hechiceras sobre la carne temblorosa, con su cálido aliento en la oreja y su cuerpo duro y alto tan íntimamente apretado contra sus nalgas, Cathy había dejado de pensar, ya todo la traía sin cuidado. Le deseaba con tanta desesperación que ya era un dolor físico en el centro de su vientre. Dejando escapar un largo suspiro desgarrador, aflojó su cuerpo y se apoyó contra él.

Los brazos de acero se cerraron más alrededor del cuerpo flexible y dócil, los dedos siguieron pellizcando suavemente los endurecidos botones de los pezones. La mano que estaba entre los muslos avanzaba y avanzaba cada vez con mayor osadía... Cathy había cerrado los ojos y su cabeza descansaba en el duro nido del pecho viril. Su propia respiración sonaba forzada y fatigosa a sus oídos.

Jon bajó la cabeza para besarle el cuello; la boca y la lengua caliente recorrieron los tensos tendones mientras los dientes mordisqueaban suavemente la piel. Cathy sintió que se le aflojaban las rodillas hasta casi no poder mantenerse en pie. La gran fortaleza de ese cuerpo varonil era lo único que la sostenía erguida. Si él la hubiese soltado en esos momentos habría caído ignominiosamente a sus pies hecha un ovillo.

—¡Dios mío! —jadeó él roncamente al oído de Cathy y en lo más hondo de su ser; ella se alegró de que él también fuera víctima de la misma pasión que había despertado en ella.

Enseguida él le hizo dar la vuelta entre sus brazos y la apretó contra el calor húmedo de su cuerpo mientras las manos se deslizaban íntimamente hasta cerrarse sobre las nalgas temblorosas y la estrechaban contra él para que pudiera sentir su necesidad palpitante y ardiente de ella.

—Es maravilloso tocarte, sentirte —murmuró él con los ojos oscurecidos de pasión al mirarla a la cara.

Sus manos aún continuaban apretando íntimamente los rosados cachetes del trasero, la frotó contra él como si su único deseo fuera triturar la carne de ambos cuerpos en uno solo. Un temblor increíble la sacudió de la cabeza a los pies. El cuerpo de Jon era duro y velloso y estaba caliente, era todo músculo ondulante y húmeda carne bronceada. Entrecerró los ojos y las manos subieron hasta los hombros fornidos del hombre que la estaba enloqueciendo de pasión. Todo su cuerpo clamaba por él. A despecho de todo, él podía hacer que le deseara tanto que ese deseo era como un dolor físico. La piel de bronce puro seguía cubierta de jabón y la hacía resbaladiza al tacto. Esa nueva sensación enloqueció a Cathy y sus manos se movieron por propia voluntad en pequeños círculos seductores de toda la anchura de los hombros y luego hacia abajo por el ancho pecho. Entonces concentró toda su atención en esa extensión que estaba cubierta de tupido vello negro y sus dedos se deslizaron, acariciadores, entre los suaves rizos mientras las uñas se clavaban suavemente de tanto en tanto. Finalmente, se le cerraron los ojos, se entreabrieron sus labios y presionó la boca contra la humedad jabonosa y caliente del cuerpo varonil. Las manos de Jon se apretaron convulsivamente sobre las nalgas. Gimió y se retorció. De inmediato la levantó con las manos sosteniéndole aún el trasero; luego se deslizaron hacia abajo a lo largo de los muslos y le envolvieron las piernas alrededor de su cintura.

Cathy había dejado de pensar. No tenía conciencia más que para la sensación que le producía sentir el cuerpo de Jon entrelazado con el de ella, estaba inconsciente a todo menos al acre, jabonoso y caliente aroma viril que emanaba de él y al deseo creciente que subía en quemante espiral desde su entrepierna. En los rincones más profundos de su mente, una vocecita le advertía que solo viviría para lamentar ese total abandono a la pasión. Pero Cathy ya no lo oía. El precio no importaba, le deseaba tanto como él la deseaba a ella. Y eso estaba más claro que el agua. Si no la poseía pronto, Cathy creía que se consumiría en las llamas de su propia necesidad palpitante.

—Rodéame el cuello con los brazos —le indicó Jon con voz enronquecida. Cathy le obedeció sin abrir los ojos, aferrándose a él casi con desesperación. Podía sentir los pesados golpes sordos del corazón contra sus pechos tibios, oír la respiración entrecortada y áspera que parecía rasparle la garganta. Su propio corazón estaba latiendo con tanta fuerza que hasta le parecía sentirlo golpearse contra las costillas. ¡Dios, cómo lo deseaba! ¿Nunca la penetraría...?

Las manazas que seguían sosteniéndola por las nalgas la levantaron un poco más. Cathy pudo sentir la dureza de roca de ese hombre tanteándola en busca de la entrada. Cuando la encontró, ella jadeó de placer al sentir toda su masculinidad pulsante embistiendo hacia arriba hasta estar profundamente dentro de ella. Luego, por largo rato, él la sostuvo perfectamente inmóvil en esa posición, con toda la blandura y suavidad femenina presionada a lo largo de los músculos tensos del vientre viril. Cathy no pudo resistirlo más. Empezó entonces a retorcerse y a gemir buscando el placer que él se negaba a brindarle. El cuerpo femenino se onduló contra el de él, mientras las uñas largas se clavaban inconscientemente en la nuca fuerte y en tensión. Jon estaba jadeando y su respiración estertórea le raspaba la garganta como si estuviera a punto de morir. Cathy abrió los ojos vidriosos y los clavó en el rostro moreno que estaba rígido de pasión, con las pestañas oscuras reposando como negros abanicos sobre las mejillas, los músculos del cuello, de los hombros y de los brazos, hinchados mientras él buscaba su propio alivio, su propia liberación del tormento. Ahora estaba embistiendo profundamente dentro de ella y Cathy emulaba sus movimientos con creces. Estaba jadeante, sin aliento, con las piernas fuertemente enroscadas alrededor de la cintura de Jon, la cabeza caída hacia atrás y los ojos cerrados. Dentro de ella el torbellino de pasión giraba y giraba cada vez a mayor velocidad, retorciéndose y enroscándose llevándola al éxtasis total. Cathy lo sintió estremecerse contra ella, temblar su masculinidad dura en el instante en que, después de un esfuerzo supremo, la semilla caliente salía de él en chorro. Cathy gritó con todas sus fuerzas y se dejó caer, girando y girando, dentro del vórtice de su propio éxtasis.

Quedaron así unidos durante unos minutos más, mientras iban recobrando lentamente el sentido. La boca de Jon seguía hundida en la curva del cuello de Cathy y su aliento era cálido al acariciar la piel tibia y tersa. La cabeza dorada descansaba fatigadamente sobre el hombro ancho y fuerte. Todavía tenía las manos entrelazadas con debilidad detrás de la nuca viril y las piernas seguían abrazando su cintura. Él levantó la cabeza después de lo que les pareció toda una eternidad y sus manos deshicieron el nudo de las piernas femeninas. Luego, la ayudó a ponerse de pie con cierta delicadeza. Cathy pareció tambalear y se aferró a los hombros de Jon para no caer. Después, al enfrentar los ojos grises que parecían helarse rápidamente, sintió que la sangre le teñía el rostro de vergüenza y de pudor.

—Esto fue realmente fantástico —dijo él con una sonrisa sardónica en los labios—. ¿Lo aprendiste de Harold?

Fue una bofetada para Cathy. Todo su cuerpo se puso en tensión y empezaron a relampaguearle los ojos de furia contenida.

—Te odio —susurró ella con rencor inconfundible. La sonrisa burlona se acentuó en los labios de Jon.

—Mi querida, adoro la forma en que odias —se mofó él. Ella se apartó rápidamente de su lado con los puños inútilmente apretados y colgando a los costados del cuerpo.

—¡Me das asco! —siseó ella y él se rio sin que la risa rozara siquiera sus ojos duros y helados.

—Tu forma de actuar dio asco —le dijo, sonriendo impúdico mientras sus ojos recorrían todo el cuerpo desnudo de la joven—. Tus gritos eran verdaderos estertores. Apuesto a que se oyeron por todo el barco.

—¡Vaya, tú...! —Cathy embistió contra él con toda la rabia contenida y dirigió las uñas a la cara burlona. Él se lo impidió fácilmente y la apartó de sí con una sola mano.

—Creo que necesitas enfriarte un poco, lady Stanhope —comentó él, y con la mano que tenía libre levantó el barril hasta dejarlo sobre el hombro y vació todo el contenido restante sobre la cabeza de Cathy, que no había esperado semejante acción. Una súbita cascada de agua fría se derramó sobre ella quitándole hasta la última espuma de jabón de su cuerpo y, con ello, liberándola de su momentánea debilidad por él.

—¡Bastardo! —le gritó ferozmente cuando pudo volver a hablar. Él siguió sonriéndole, pero los ojos eran fríos al mirarla.

—No empecemos a insultarnos —le dijo con voz también helada—. Apuesto a que podría insultarte de tantas formas y con tal imaginación que los insultos que tú pudieras soñar para mí llegarían a empalidecer de envidia.

—¡Vete de aquí! —siseó Cathy, furiosa.

—Oh, ya me voy, cariño. Ahora que ya has servido a tu propósito, ¿crees que me pasaría el resto de la tarde encerrado aquí contigo? ¡Ni pensarlo!

Cathy estaba tan furiosa que podría haber mordido clavos y partirlos en dos, pero consiguió preservar un agitado silencio. Gritarle como deseaba hacerlo sería completamente inútil. Arrojarle algo a la cabeza como deseaba con más fervor sería temerario en extremo. Entonces, no dijo una palabra y empezó a secarse con una gran toalla que apenas podían sostener sus manos, que seguían temblando de ira. Al envolver la toalla alrededor de la cabeza y dirigirse al pequeño baúl en busca de algo que ponerse, vio que Jon derramaba la poca cantidad de agua que quedaba en la jofaina de sus abluciones matinales para enjuagarse el pelo. Después le vio salir de la bañera y secarse enérgicamente, ponerse los calzones y una camisa limpia.

Cuando él se dio la vuelta ella ya se había colocado pantalones limpios y una enagua y estaba poniéndose un vestido de crespón de seda color oro por la cabeza. Como todas las ropas que le había comprado Harold, era demasiado fastuoso para cualquier ocasión que no fuera de absoluta etiqueta. Pero todo lo que tenía estaba en ese baúl.

—Bonito vestido —comentó él cuando ella hubo terminado de ponérselo correctamente. Los ojos de Jon se entrecerraron peligrosamente—. No creo habértelo visto antes.

—No has visto la mayoría de mis vestidos —estalló ella diciendo nada más que la verdad. Esperó con fervor que él no adivinara el origen de esas prendas. No estaba con humor para enfrentarse a otra pelea.

—¿Forma parte de tu ajuar, lady Stanhope? —inquirió él, desagradable.

—Si te agrada pensar de ese modo... —La voz de Cathy rezumaba carámbanos. Le volvió la espalda y comenzó a desenredar la maraña de sus largos cabellos mojados.

—Maldita seas, no me des la espalda —estalló él, y dando dos zancadas cruzó la estancia. La tomó por los hombros y la hizo volverse rápidamente. Cathy le fulminó con la mirada al enfrentarle nuevamente.

—¡No me maltrates de ese modo! —le espetó ella, y levantó el mentón, desafiante.

—Te trataré como diablos se me antoje —gruñó

él. Si Cathy había esperado que su enojo pudiera distraerle, se había equivocado, como pronto pudo comprobar—. ¿Te compró Harold ese vestido?

—¿Y qué si lo hizo? —le desafió Cathy mirándole provocativamente.

—¡Dios mío, te compró todo lo que tienes puesto! —murmuró Jon con furia—. Se propuso pagarte bien por los servicios prestados, ¿no es así? Bien, qué pena, lady Stanhope. ¡Prefiero verte en el infierno antes que permitirte cuando estás conmigo que uses la ropa que él pagó de su bolsillo!

Sus labios se estiraron y entreabrieron en una sonrisa cruel y burlona. Antes de que Cathy pudiera adivinar sus intenciones, la mano viril salió disparada, los dedos se engancharon en el escote del vestido y, dando un fuerte tirón hacia abajo, partió la tela de la delantera en dos, desde el escote hasta el ruedo. No había salido aún de su asombro cuando él ya estaba terminando de arrancarle el vestido, rompiéndolo por la espalda para luego continuar con la enagua y los pantalones. Por más que luchó y se debatió contra él, Jon logró dejarla completamente desnuda una vez más. A grandes zancadas cruzó el camarote en dirección al baúl, y, poniendo una rodilla en el suelo, lo abrió y empezó a revolver todo su contenido. Al encontrar el juego de cepillo y peine y todo el juego de tocador de Cathy, los sacó de allí y los arrojó al suelo. Ella estaba tan azorada que no supo qué hacer. Pero en el instante en que vio que Jon metía en el baúl el desgarrado vestido dorado y los andrajos que quedaban de la elegante ropa interior, fue cuando Cathy perdió los estribos. Con un alarido salvaje y dando un salto se lanzó sobre la espalda de Jon y empezó a descargar su furia pegándole con los puños apretados donde podía.

—¡Arpía! —rugió él y levantándose se dio la vuelta y la contuvo. Le aprisionó las muñecas con manos que fueron tenazas hasta que Cathy sintió que la sangre no llegaba a las puntas de sus dedos.

—¡Suéltame, eres...! —bramó Cathy incapaz de encontrar la palabrota más adecuada para insultarle.

—¿Te has quedado sin insultos? —se mofó él al tiempo que sus dedos seguían clavándose dolorosamente en la carne suave. Cathy intentó liberar sus manos de un tirón y, en ese momento, un aislado rayo de sol que se filtró por error por el ojo de buey hizo centellar el enorme diamante del anillo de bodas de Harold.

Cathy quedó petrificada, pero fue demasiado tarde: él lo había visto. Su rostro se transformó en una máscara de granito donde brillaban de furia unos ojos helados.

—Dios mío —dijo él, lentamente. Un escalofrío de horror corrió por el cuerpo de Cathy al oírle. Habría preferido mil veces que él hubiese despotricado, bramado de furia y amenazado de muerte antes que verle así, mudo y con esa mirada de odio implacable clavada en su mano—. ¿Qué ha sucedido con los anillos que yo te di? —preguntó con voz áspera un momento más tarde—. ¿Los tiraste junto con la demás basura?

—¡Sí! —le soltó a la cara, demasiado nerviosa para medir las consecuencias.

—¡Perra maldita! —estalló él, y con movimientos salvajes empezó a quitarle los anillos del dedo. Hecho esto, la alejó de él de un empellón y se volvió para recoger el baúl atestado de ropa.

—¿Adónde vas con todas mis cosas? —gritó Cathy al recobrar el equilibrio antes de caer de bruces al suelo y aferrándose a la litera.

—Las voy a tirar por la borda —respondió Jon sombríamente enfilando hacia la puerta.

—¡No puedes hacerlo! —protestó Cathy, frenética—. ¡Es toda la ropa que tengo para ponerme! ¡No tengo nada más!

—No necesitarás ropa para tu nuevo trabajo. —Se había dado la vuelta para mirarla y sus ojos le recorrieron el cuerpo desnudo con insolencia y descaro. Cathy, súbitamente consciente de su total desnudez, enrojeció de los pies a la raíz del pelo bajo esa mirada mordaz. Instintivamente buscó la manta de la litera para cubrirse. Jon torció los labios—. He decidido que el único valor que tienes radica en tus habilidades como prostituta y para esas tareas estás perfecta así como estás ahora —dijo mordiendo las palabras. Luego, al ver que Cathy contenía la respiración llena de indignación, se volvió sobre sus talones y salió del camarote—. Prepárate para iniciar tus nuevas funciones cuando yo regrese —le lanzó mordazmente por encima del hombro y luego desapareció de su vista.

—¡Cerdo inmundo! —gritó Cathy con la puerta cerrada. Luego cayó sentada en la litera. Le temblaban tanto las rodillas que temía que no pudieran mantenerla más en pie.

Jon le había dicho que sus nuevas tareas serían las de una prostituta a su servicio, y muy pronto descubrió que no había sido una vana amenaza. La mantenía desnuda y encerrada en el camarote y acudía a ella para solazarse con su cuerpo cada vez que le convenía. Pasaban los días y él no mostraba señales de ceder. El odio que sentía Cathy por él iba en aumento día a día hasta llegar a parecer una criatura con vida propia dentro de su ser. Se lo imaginaba como un enorme dragón enardecido que lanzaba llamas y humo por la nariz y la boca abierta y con una cola larga que azotaba a diestra y siniestra. Jon no prestaba ninguna atención a los denuestos e insultos que ella le prodigaba en todas las ocasiones que podía. En cambio, él simplemente la levantaba del suelo en sus brazos, la arrojaba de espaldas en la litera y desahogaba su lujuria entre las piernas abiertas de la joven. Después de estos encuentros, desprovistos de todo sentimiento excepto una furia impotente de parte de Cathy y necesidad física en el caso de Jon, eran tantos sus deseos de matarle que hasta podía paladear la sangre en la boca. La había llamado prostituta y ahora la había hecho sentir como tal. Por ese solo motivo podría odiarle para toda la vida.

Él dormía junto a ella en la litera todas las noches, por supuesto. Ciertamente no era lo bastante caballero como para permitirle el uso exclusivo de la litera. Por lo general llegaba a altas horas de la noche al camarote, se desnudaba, se lavaba, se metía en la cama, la poseía o no según su estado de ánimo, luego prestamente se daba la vuelta y caía profundamente dormido. La mayoría de las veces ni siquiera se molestaba en hablar. Cathy se sentía terriblemente humillada por su trato y al ir creciendo su humillación así fue creciendo su rabia.

Una noche la despertó de un sueño profundo besándola apasionadamente, mientras las manos le separaban las piernas a la fuerza y él embestía entre ellas con su masculinidad antes de que ella estuviera completamente despabilada. Cathy jadeó de dolor ante el hecho de que la penetrara sin que ella estuviera preparada para recibirle y permaneció rígida entre sus brazos mientras él se movía sobre su cuerpo.

—¡Me estás lastimando! —gritó Cathy cuando la boca ávida le lastimó los pechos sensibles.

—¿Y? —gruñó él con insolencia haciendo una ligera pausa en lo que estaba haciendo—. Ser prostituta tiene sus riesgos. ¡Deberías haberlo pensado antes de convertirte en una ramera!

—¡Quítate de encima, cerdo miserable! —Con los puños cerrados golpeó repetidamente contra los anchos hombros, pateó al aire y corcoveó tratando de resistirse y liberarse de él—. Quítate de encima, ¿me oyes?

Jon simplemente soltó una carcajada desapacible. Controló todos sus esfuerzos y forcejeos con humillante facilidad y terminó lo que estaba haciendo cuando le pareció conveniente.

Cuando por fin rodó a la cama al lado de ella, Cathy se quedó tendida echando pestes. Le dolía todo el cuerpo, sentía hormigueo en los pechos donde él los había mordido con verdadera saña y también le dolía terriblemente la parte sensible entre las piernas por esa posesión violenta que había sufrido. Pero peor que todos esos dolores físicos era esa terrible sensación de humillación que padecía cotidianamente. ¡Era intolerable que pudiera tratarla así! Se apoderaba de su cuerpo donde y cuando se le antojaba sin considerar siquiera el placer o el consentimiento de Cathy. Y lo más horrible de todo era que no parecía tener forma de impedírselo. Carecía de fuerza para oponerse a él, y no gritar o chillar era igualmente inútil. Lo que ella necesitaba era un arma para hacerle ver que hablaba en serio.

Cathy se incorporó apoyándose sobre el codo y contempló pensativamente el rostro dormido del hombre que yacía a su lado. Estaba acostado de espaldas (cerdo egoísta, ¡ocupando todo el espacio disponible!) con un brazo doblado por encima de la cabeza y el otro sobre la cintura. Se había cubierto el cuerpo con la sábana que le llegaba hasta las caderas. El rostro, ligeramente vuelto hacia el otro lado, se veía oscuro contra la blancura de la ropa de cama. Tenía los labios entreabiertos y la respiración entrecortada pasaba por ellos en un suave ronquido. Tenía el pelo totalmente enmarañado, debido probablemente a los tirones que ella le había dado al tratar de librarse de él. Una barba cerdosa y oscura endurecía las facciones delgadas de la mandíbula y el mentón. Cathy aún sentía cómo le ardía la piel donde él le había frotado la cara. De pronto, su corazón dejó de latir. Y pensó: «¡Se parece a Cray!», y una ternura indescriptible empezó a apoderarse de ella. Entonces, la forma en que la había tratado, las cosas terribles que le había dicho, volvieron en tropel a su memoria. Su parecido con Cray era solo una semejanza superficial. Las inseguridades habían pervertido su naturaleza y su alma era como una lustrosa manzana que al morderla se descubre que tiene el corazón podrido. Recordó la noche en que él la había amarrado, la forma brutal en que él la había poseído esa misma noche y el corazón de Cathy se endureció aún más. «Necesita una lección», pensó ella inexorable, y mientras sus ojos vagaban por el camarote en penumbra, una vaga idea empezó a germinar en su cabeza.

Estuvo levantada mucho antes que él. Se había envuelto el cuerpo con la descolorida manta escocesa al estilo sarong y se había sentado en una de las sillas con los pies apoyados sobre la otra. Una sonrisa jugueteaba alrededor de su boca. Al ver que Jon se movía en la litera y mascullaba algo al tantear en busca de ella, la sonrisa de Cathy se ensanchó. «Ahora, mi lindo capitán», pensó ella, exultante, «¡es cuando recibes tu merecido!».

Los ojos de Jon parpadearon un par de veces antes de abrirse por completo al no encontrar rastro de lo que estaba buscando y una arruga se formó en su frente. Esos ojos grises no estaban aún del todo alerta mientras escudriñaban el camarote buscándola. Cuando por fin se posaron en ella, tenían una mirada cálida y somnolienta y sin el más leve indicio de sospecha.

—Ven aquí —le ordenó con la voz ronca de sueño.

Al ver que Cathy no le obedecía, sacudió la cabeza como para aclarar sus ideas y luego se incorporó sobre el codo.

—¿Me has oído? —exigió él, desapareciendo todo vestigio de sueño de su voz.

—Oh, sí que te he oído —respondió suavemente Cathy con una radiante sonrisa en el rostro. Jon la contempló por largo rato entrecerrando los ojos.

—Entonces, ven aquí. Me gustaría hacer un poco de ejercicio esta mañana —comentó él.

—No. —Cathy se estaba divirtiendo de verdad. A duras penas pudo contener una risita de triunfo. Sí que se llevaría una gran sorpresa.

Jon abrió enormemente los ojos como si no pudiera creer lo que acababa de oír, luego los volvió a entrecerrar y el brillo acerado que los iluminó fue helado y cruel al posarse en el rostro sonrojado de Cathy.

—¿Qué... has... dicho? —espació deliberada y ominosamente las palabras. Cathy tuvo que contenerse para no sacarle la lengua.

—He dicho que no —replicó ella con estudiada indiferencia. Jon la observó por largo rato frunciendo más el entrecejo. Cathy parecía un gato que se ha tragado un canario; la excitación daba un brillo sobrenatural a sus claros ojos azules y teñía de rosa su carita menuda. La larga cabellera de oro flotaba a su alrededor con vida propia. La mirada penetrante de Jon estudió rápidamente su silueta menuda y grácil envuelta en esa ridícula manta descolorida. Todo parecía estar bien a primera vista, pero hacía mucho tiempo que conocía a Cathy como para no darse cuenta de que estaba tramando algo.

—Si me obligas a que me tome la molestia de levantarme e ir a buscarte, te arrepentirás —la amenazó suavemente mientras mantenía los ojos alerta observando cada uno de sus movimientos.

—Yo no lo haría si estuviera en tu lugar —le dijo ella y una luz de triunfo brilló en sus ojos.

—Pero no estás en mi lugar —le respondió al tiempo que se quitaba la sábana de encima.

—Quédate donde estás —ordenó Cathy cuando él ponía los pies en el suelo para levantarse de la litera.

Cuando Jon la miró otra vez, ella echó hacia atrás el borde de la manta que la cubría y dejó a la vista el reluciente cañón plateado de una de sus propias pistolas para batirse en duelo. La boca del cañón estaba apuntándole directamente al estómago.

Jon no se movió de su lugar y permaneció con la mirada perdida mientras evaluaba mentalmente la situación. ¡Lo tenía merecido por dejar esas malditas pistolas al alcance de Cathy! Conociendo como conocía la forma en que trabajaba la mente de esa joven, tendría que haber adivinado que tarde o temprano trataría de hacer algo así. Pero él había estado enojado, tan enojado que no había podido pensar correctamente. Y este era el resultado. Pero cuando más pensaba en ello, más seguro estaba de una cosa: Cathy no le dispararía. Debajo de todo ese fuego y de todo ese mal genio que desplegaba, Cathy poseía el corazón más blando del mundo y ella alguna vez había sentido algo parecido al amor por él. No, estaba casi convencido de que ella no llevaría a cabo la amenaza. Además, ¿qué otra cosa le quedaba por hacer que no fuera desenmascararla?

Se puso de pie. La mano que sostenía la pistola tembló significativamente y los ojos azules se agrandaron tanto que parecieron dos enormes charcas zafirinas.

—¡Quédate donde estás! —La voz sonó chillona—. Hablo muy en serio, Jon, ¡te dispararé! ¡Te juro que lo haré!

—Me parece que la dama protesta demasiado —habló él con ironía, y dio un paso más. Cathy, con creciente alarma en su pecho, se puso de pie de un salto y al hacerlo volteó la silla a sus espaldas. Cuando esta cayó con gran estrépito al suelo, ella no le prestó ninguna atención pues no apartaba los ojos de la figura de Jon. Sostenía la pistola con ambas manos ahora y su blanco nunca se alteró. «¡Maldito sea ese hombre, no podía pasar por alto, una pistola!, ¿o sí?», pensaba Cathy frenéticamente.

Al parecer así era en verdad. Él seguía avanzando a pasos regulares con la mano extendida para que ella le entregara la pistola. Cathy retrocedió tragando saliva. El sudor le bañaba las manos.

—¡Jon, voy a disparar! —le advirtió desesperadamente otra vez. Siguió retrocediendo hasta que su espalda dio contra el entablado de la pared. Él sonrió provocativamente sin dejar de avanzar.

—Dispara entonces —le indicó con calma al tiempo que intentaba apoderarse de la pistola.

Cathy contuvo la respiración bruscamente y le esquivó. La pistola bailoteó peligrosamente en sus manos. Jon se estaba riendo socarronamente. Cathy asimiló ese hecho con un súbito alzamiento de la barbilla. Cuando él volvió a avanzar hacia ella, Cathy levantó el arma, rezó una oración en silencio, y cerró los ojos con todas sus fuerzas. Después apretó el gatillo.

8

El ruido ensordecedor del disparo retumbó en el pequeño camarote y su fuerza casi tiró de espaldas a Cathy. De golpe y casi a punto de caer, se abrieron desmesuradamente los ojos de Cathy y la pistola humeante cayó de sus dedos súbitamente enervados. El acre olor de la pólvora pareció chamuscarle la mucosa de la nariz.

Con verdadero horror vio que Jon se tambaleaba y que se había llevado la mano a una mancha que estaba creciendo debajo del hombro izquierdo. Brillante sangre rubí brotaba por entre sus largos dedos morenos y tenía el vello negro del pecho salpicado de gotas color carmesí. La expresión de aturdimiento que vio en su rostro habría sido cómica bajo otras circunstancias.

—¡Maldición, te disparé! —gritó y corrió hacia él. Cuando estuvo delante del alto cuerpo desnudo de Jon se detuvo, vacilante e impotente. A decir verdad, no sabía qué hacer.

»¿Te duele? —preguntó neciamente. Jon le lanzó una mirada de furia.

—¡Diablos, sí, duele! ¿Qué esperabas? —gruñó él. Movió el hombro herido con cautela. Cathy vio que el rostro de Jon palidecía debajo del tostado del sol.

—Será mejor que te acuestes —exclamó ella, viendo que aquel enorme cuerpo se balanceaba de un lado a otro—. Pareces a punto de desmayarte.

—Gracias a ti, probablemente me desmayaré —dijo entre dientes. Cuando Cathy le pasó el brazo alrededor de la cintura, Jon intentó apartarla, pero ella se aferró a él con tenacidad. Todo el peso de Jon estaba empezando a descansar sobre ella cuando sonó un golpe en la puerta. De inmediato, la mano sana de Jon le apretó con fuerza el hombro. Ella se horrorizó al ver el agujero enorme que le había abierto en el hombro.

»Mantén quieta esa lengua impaciente y precipitada que tienes, ¿quieres? —le ordenó él suavemente, y luego, elevando el tono de la voz, inquirió con displicencia—: ¿Qué sucede?

—¿Te encuentras bien, capitán? —tronó la voz de O'Reilly—. Oímos un disparo.

—Estaba limpiando mis pistolas y una de ellas se disparó. ¿Qué estabais esperando, una insurrección? —Jon fulminó a Cathy con la mirada cuando ella pareció a punto de objetar.

—¿No deberíamos buscar un médico? —le susurró con los ojos fijos en la sangre que manaba abundantemente de la herida del hombro. Jon tenía el pecho, el vientre y hasta los musculosos muslos desnudos manchados de sangre. Cathy empezaba a temer seriamente haberle herido de gravedad.

—No —respondió él, ferozmente—. Ahora cállate la boca.

Cathy se indignó por su brusquedad, pero hizo lo que le pedía. La voz de O'Reilly volvió a oírse desde el otro lado de la puerta cerrada.

—Solo estaba investigando, capitán. Que se divierta. —La risita que acompañó estas palabras hizo que el comentario sonara obsceno. Cathy estaba demasiado preocupada e inquieta por la herida de Jon como para ofenderse. Al oír que los pasos de O'Reilly se alejaban, se volvió a Jon con enojo.

—¿Por qué no le dijiste lo que había pasado? ¡Necesitas un médico!

—Para empezar, en primer lugar, no hay ningún médico a bordo. Y aunque lo hubiera, no le llamaría. Santo Dios, todavía no tienes idea de cuál es la situación a bordo, ¿verdad? Los hombres que están ahí son convictos, todos ellos, sin excepción. ¡Algunos nos degollarían a ti y a mí por el mero hecho de estar aquí! ¿Qué supones que te sucedería, sin mencionar lo que me sucedería a mí, si esos hombres llegaran a averiguar que me has disparado? Nos cercarían como una manada de lobos, así de simple. Y no creo que te gustara la idea que tienen ellos de la diversión. Aunque podría estar equivocado. Ya me he equivocado antes contigo. —Le lanzó una mirada llena de sorna y Cathy entendió perfectamente a qué se refería.

—¡Eres aborrecible! —siseó ella—. ¡Me alegro mucho de haberte disparado! ¡Te lo merecías!

Le echó una mirada feroz y él se la devolvió con la misma furia contenida, luego cerró los ojos y su rostro palideció aún más.

—Creo... más vale que... me siente —refunfuñó él. Cathy pudo sentir entonces que todo el peso de Jon se desplomaba sobre ella. Le ciñó la cintura con más fuerza y le sostuvo lo mejor posible mientras recorrían los pocos pasos que les separaban de la litera. Jon era demasiado pesado para que ella fuera de alguna ayuda, pero al menos se encontraba a su lado para sostenerle si llegaba a caerse. Cuando él se dejó caer sentado en el duro colchón de la litera, Cathy se sintió como una asesina. En realidad, y Dios era testigo, no había tenido la intención de dispararle, solo quería bajarle un poco los humos. En lo más recóndito de su ser había albergado la vaga pero placentera idea de verle de rodillas ante ella, rogándole que le perdonara la vida. Conociendo a Jon como le conocía, había sabido desde un principio que no podía esperar algo así; con todo, jamás había esperado que se riera de ese modo y tratara de alcanzar el arma...

—¿No sería mejor que te acostaras? —le preguntó ella, inquieta, al ver que continuaba sentado en el borde de la litera con la cabeza gacha y más débil que antes.

—Si me acuesto, no me levantaré más —replicó él abruptamente y con los ojos cerrados—. Hazme un favor, mírame la espalda y dime si hay orificio de salida. Ya sabes, un agujero como el que me hiciste en el pecho.

—Ya sé lo que es un orificio de salida —respondió Cathy con arrogante dignidad. Si él no estuviera sufriendo como era más que evidente, pensó ella, le habría abandonado a su suerte. Entonces, en el instante en que estaba a punto de seguir sus indicaciones, se le ocurrió una idea.

—¿Qué pasa si no hay orificio de salida? —preguntó con cierto recelo. El rostro de Jon se ensombreció.

—Querrá decir que la bala todavía está en mi hombro y que tendrás que sacarla de allí —dijo él rechinando los dientes—. Dios, ¿siempre hablas tanto? ¡Sigue adelante de una vez!

Cathy apretó los dientes, pero no dijo nada más. En cambio, le revisó la espalda. Sintió un gran alivio al ver otro agujero sangrante en el omóplato y ríos de sangre corriendo por los planos de su espalda.

—Hay un orificio de salida. —Cathy tragó saliva. Jon soltó el aliento que había contenido con un suspiro de alivio. Cathy continuó—: Estás... estás sangrando mucho. Yo... buscaré algo con qué vendarte. Supongo que en el barco no hay nada que se parezca a vendas, ¿verdad?

—Haz pedazos una sábana —respondió Jon—. Pero, antes de hacerlo, mira en la caja que está debajo de la litera. Allí hay una botella de whisky, dámela.

Cathy se arrodilló y tanteó debajo de la litera. Efectivamente había una caja y, cuando la sacó arrastrándola por el suelo, vio que contenía, entre otra variedad de artículos, una botella de whisky a medio llenar. Sin decir una sola palabra se la entregó a Jon. Él la agarró con un gruñido, le quitó el corcho con los dientes y procedió a tragar grandes sorbos hasta beber más de un tercio de lo que quedaba en la botella.

Reprimiendo un comentario mordaz sobre lo pernicioso que era beber en demasía, Cathy recogió la sábana que estaba amontonada y arrugada en un rincón de la litera. Se quedó observándola con gesto dubitativo. Por lo que sabía era la única sábana disponible; el *Cristobel* no hacía alarde de un exceso de ropa de cama. Pero aunque la habían lavado varias veces desde que ella había subido a bordo, no podía decirse que aquella sábana estuviera limpia.

—¿No hay nada más que yo pueda usar para vendarte? Esta sábana no está muy limpia.

—Lo lamento, tendrá que servir —respondió Jon, lacónico—. Estoy sangrando como un cerdo degollado. ¿No puedes darte prisa?

—¡Escúchame bien, patán malagradecido, bien merecido lo tendrías si te dejara desangrar hasta morir! —Cathy estaba tan enfadada que desgarró la sábana por la mitad de un extremo al otro de un solo tirón. Después, rápidamente, rasgó las mitades en tiras más manejables y prácticas y se arrodilló delante de él.

—¡Un momento! —le dijo cuando ella iba a presionar la almohadilla de tela que había preparado sobre la herida, que ya sangraba más lentamente—. Primero usa esto. —Le entregó la botella de whisky—. Como desinfectante —le explicó.

Cathy tomó la botella con mucho cuidado y cautela. Había oído que el whisky se usaba como desinfectante, desde luego, pero nunca lo había visto usar de ese modo y jamás lo había hecho ella misma. Jon se colocó de tal forma que le dio la espalda donde se destacaba el negro agujero con su aureola carmesí en la parte superior. Cathy la observó fijamente durante unos segundos y se sintió ligeramente mareada. Era una herida impresionante... Luego, mordiéndose resueltamente el labio inferior, levantó la botella y derramó el contenido sobre el agujero.

Jon jadeó y contuvo la respiración cuando el líquido dorado corrió por la herida. El rostro de Jon se volvió pálido como la muerte.

—Empapa la almohadilla en whisky y presiónala sobre la herida —le indicó Jon con los dientes apretados. A Cathy le temblaban las manos, pero obedeció. Luego, mientras apretaba la almohadilla en el lugar indicado, él volvió a moverse para que ella tuviera acceso a la herida del pecho. Mientras vertía whisky en la segunda herida, Jon permaneció en absoluto silencio esta vez, pero el sudor le perlaba el labio superior y la frente. Estaba tan pálido... Cathy gimió al empapar otra almohadilla y presionarla sobre el agujero donde la sangre empezaba a coagularse.

—¿Por qué estás gimoteando de esa forma? No estás herida que yo sepa. —El sarcasmo de Jon sonó tan natural que Cathy sintió un estremecimiento de alivio al oírlo. Los hermosos ojos grises se abrieron entonces y ella le sostuvo la mirada con ojos llenos de arrepentimiento.

—Siento mucho haberte disparado —le dijo en tono quedo—. Jamás lo habría hecho si no te hubieses reído.

Jon hizo una mueca de dolor, luego un esbozo de sonrisa le curvó los labios.

—Lo sé —admitió él—. No te recrimines demasiado por ello. No me has matado.

—Me alegro —susurró Cathy, y esta declaración la sorprendió tanto a ella como a él. Por lo que había sentido hacia él últimamente, tendría que haber disfrutado viéndole sufrir, tendría que haberle deseado la muerte más espantosa. Pero, de pronto, se le ocu-

rrió, ¿si él moría, qué sería de ella? Quedaría enteramente a merced de unos facinerosos que inquietaban
y amedrentaban al mismo Jon. Así que consiguió
convencerse de que esto y solamente esto le causaba
esa abrumadora sensación de remordimiento, y se
dedicó a vendarle la herida. Jon, por su parte, le lanzó
una mirada penetrante. Ninguno de los dos habló
durante un rato.

Él estaba sentado con la cabeza apoyada contra el
entablado de madera de la pared del camarote y las
largas piernas desnudas extendidas hacia delante sobre
el suelo. Todavía estaba muy pálido y los pelos de la
barba de tres días resaltaban en la mandíbula y el mentón con su color negro azulado. Habitualmente pasaba tres o cuatro sin afeitarse; con toda probabilidad,
pensó Cathy, porque sabía que a ella le gustaba más
cuando estaba perfectamente afeitado y tenía la esperanza de molestarla. El dolor producía un rictus en su
boca y tenía los ojos cerrados. La sangre seca estaba
enmarañada en el vello oscuro del pecho y del vientre.
Una vez que Cathy hubo terminado de vendarle las
heridas, empezó a limpiarle la sangre con un paño húmedo. Él no dijo nada y se sometió dócilmente a sus
cuidados.

Él permaneció quieto como estaba durante unos
minutos después de que Cathy hubiera concluido su
tarea. Ella entonces se sentó sobre los talones y le miró.
Involuntariamente, su mirada recorrió el largo cuerpo
desnudo. Herido o no, era un hombre formidable.
Cathy comprendió entonces que, si hubiera sido un
hombre, estaría en esos momentos temblando de miedo por su propia vida. Ancho de hombros y con un

pecho amplio, con un vientre musculoso y duro y piernas largas y poderosas, no había forma de dudar de sus fuerzas. Y cuando montaba en cólera... Cathy se estremeció. Repentinamente se alegró de no ser un hombre.

Jon abrió los ojos y Cathy, al encontrarse con su mirada, vio con una terrible sensación de inevitabilidad que eran tan duros como el granito.

—Ayúdame a vestirme —le ordenó él sucintamente y se incorporó un poco más. Cathy le miró boquiabierta.

—No puedes hablar en serio —acotó ella.

—Nunca he hablado más en serio en mi vida. Tráeme los calzones. —Su tono no dejaba lugar a dudas de que estaba hablando en serio. Cathy se le quedó mirando un momento, impotente. Él había vuelto a cerrar los ojos y ella pensó que debía estar sufriendo muchísimo. Mientras le observaba, inquieta y con el entrecejo fruncido, los ojos grises volvieron a abrirse y parecieron horadar los de ella.

»Muévete, tráeme los calzones —repitió con impaciencia apenas contenida—. Si me quedo aquí mucho más tiempo, los hombres estarán plenamente seguros de que aquí hay gato encerrado. Ya he tenido tiempo de usar tu cuerpo para satisfacerme más de cincuenta veces.

Cathy sintió que se le enrojecían las mejillas por su crudeza. ¡Así que esa era la opinión que tenía sobre cómo hacían el amor! Le miró con furia, luego se puso de pie y fue en busca de los calzones que estaban en el suelo, junto a la estufa, donde él los había dejado caer descuidadamente la noche anterior.

—Tráeme la camisa, también, si no te molesta —le

indicó. Cathy recogió la prenda de lino toscamente tejido que Jon claramente había logrado conseguir después de haberse hecho cargo del *Cristobel*, y las botas. Luego llevó su carga hasta donde él estaba.

—Los calzones primero —mandó él. Cathy se arrodilló a sus pies apretando los labios. Al levantar la vista le vio mirarla con sorna.

—Jon... —empezó ella, pero él la silenció con un gesto impaciente de la mano.

—Por amor de Dios, no discutas —estalló él—. Acepta el hecho de que sé lo que estoy haciendo. Y puedes levantarte. No te dije que me vistieras como si yo fuera un niño quejoso.

—Si estás decidido a vestirte —replicó Cathy, fría—, te ayudaré. ¿Te molestaría levantar un poco los pies?

Jon la observó con creciente sorna, pero Cathy pasó por alto esto y él obedientemente levantó los pies. Cathy deslizó los calzones de las piernas hasta que aparecieron los pies al final de las perneras. Después trató de subirle los calzones por las rodillas y por los muslos, donde tuvo que detenerse porque él estaba firmemente sentado sobre su muy musculoso trasero.

—Tendrás que levantarte —le dijo ella, molesta al darse cuenta de que la boca de Jon tironeaba de las comisuras. Cuando las manos de Cathy volvieron a ponerse en contacto con la tela negra de los calzones, añadió con repugnancia—: Estos calzones están mugrientos. ¿No tienes unos limpios?

—No, lady Stanhope, no tengo —respondió él al tiempo que se desvanecía su sonrisita socarrona—. A diferencia de ti, yo no estoy realizando un viaje de placer. Era un prisionero condenado a la deportación, como puedes recordar. Tuve suerte de que me permitieran conservar la ropa sobre mi espalda. Desde entonces he logrado adquirir unas cuantas camisas, por inadecuadas que sean, pero calzones de una medida adecuada han estado lejos de mi alcance hasta ahora.

—Bien, pero estos necesitan un lavado —le dijo, bruscamente, y le subió los calzones por las caderas antes de empezar a abotonarlos. Sus manos rozaron la dureza del vientre y la suave mata de vello que rodeaba el ombligo le hizo cosquillas. La sensación le resultó agradable. Cathy frunció el entrecejo, irritada, mientras trataba de desechar la idea.

—Quizá podrías decir a Sarita que lo haga por ti —añadió Cathy en tono colérico.

—Quizá podría —respondió él en el mismo tono. Cathy le prendió el último botón retorciendo los dedos de largas uñas afiladas y él se encogió.

Cathy, cuando terminó, se puso de pie, indecisa.

—Las botas —ordenó Jon. Cathy le miró con ceño, pero se dio la vuelta y recogió las botas. Eran de caña alta y rígida, hechas para brillar suavemente, pero ahora tenían el cuero raído por el uso y manchado con agua de mar. Y eran endiabladamente difíciles de poner. Cathy luchó a brazo partido con ellas durante más de cinco minutos, con el rostro púrpura por el esfuerzo y mordiéndose la lengua para no soltar palabrotas. Que no las dijera se debía pura y exclusivamente a haber nacido y haber sido criada como una dama y, además, Jon se habría reído estrepitosamente, y no tenía ningún deseo de proporcionarle más diversión.

Finalmente, se montó sobre una pierna larga y musculosa recogiéndose la manta que la cubría como un sarong con un gesto de malhumor. Se sentó dándole la espalda a Jon, inclinada hacia delante hasta que consiguió meter el largo pie en la bota. Después agarró al maldito objeto por el borde superior y empezó a tirar de él con todas las fuerzas que pudo reunir. Pero solo consiguió deslizarla unos centímetros. Se estaba inclinando otra vez para realizar otro esfuerzo cuando sintió que una mano se deslizaba subrepticiamente debajo del borde de la manta recogida hasta los muslos para acariciarle la suave piel del trasero desnudo con íntima familiaridad. Cathy se atragantó y casi tropezó con la pierna de Jon al volverse bruscamente. El demonio estaba riéndose, vio con un súbito arranque de cólera, y le levantó la mano amenazadoramente. Él fingió encogerse de miedo y se cubrió la cara con el brazo sano para evitar sus golpes.

—Era un blanco tan tentador —explicó él, sonriente, y entonces, cuando Cathy levantó más la mano amenazadora, añadió en tono persuasivo—: Veamos, no le pegarías a un pobre herido, ¿verdad?

No lo haría. Le echó una mirada feroz y dejó caer la mano de mala gana. Entonces, Jon se quedó estudiándola con detenimiento; los ojos grises observaron la turbulencia que bullía en los grandes ojos azules, repasaron los nudos que enmarañaban la larga cabellera dorada que se arremolinaba y la envolvía como si fuera la melena de un león, contemplaron la beligerante inclinación de la delicada barbilla y advirtieron la tensión de su hermoso cuerpo. Sonrió súbitamente, y lo hizo con una sonrisa tan dulce y encantadora como la que Cathy no le había vuelto a ver en ese rostro amado desde que le había dejado en Woodham.

—Eres una pícara sanguinaria —le dijo él suavemente. Mientras ella aún le miraba atónita, Jon la sentó sobre su rodilla. Cathy se mantuvo cautelosa. Estaba realmente sorprendida y no se atrevía a confiar en su afabilidad y ternura tan repentinas. La mano de Jon la tomó por la barbilla y le levantó el rostro. Cathy se sentía tan desconcertada por su actitud que cuando Jon le cubrió la boca con sus labios no pudo hacer nada más que aceptarlo. El beso fue breve, pero exquisito por su ternura. Por un momento Cathy se mantuvo en actitud pasiva, pero luego empezó a devolver el beso llevada por una loca esperanza. Fue Jon quien lo interrumpió levantando la cabeza y apartándola suavemente hasta que Cathy se deslizó fuera de sus rodillas y quedó sentada a su lado sobre la litera. Aún continuaba aturdida por el beso cuando él se puso de pie bruscamente.

—Ayúdame con la camisa. Tengo que salir a cubierta —comentó él con cierta rudeza en la voz y sin mirarla al recoger la camisa. Cathy se levantó, perpleja. Tomó la camisa de sus manos y con suma delicadeza le ayudó a ponérsela por el brazo y el hombro lastimados. Luego, cuando terminó de pasar el otro brazo, le abotonó la camisa como habría hecho si se tratara de Cray. Un torbellino de emociones encontradas se agitaba en su interior, pero finalmente una idea descolló en la confusión: tenía que hacer otro intento para convencer a Jon de la verdad sobre su matrimonio con Harold. Por el bien del amor que una vez había abrigado por él y por el bien del hijo, ella al menos les debía eso a ambos.

—Jon... —empezó a decir ella aferrándole la pechera de la camisa con ambas manos y mirándole a los ojos. Las grises profundidades se habían vuelto enigmáticas e indescifrables al contemplarla, pero al menos ya no se mostraba activamente hostil. Cathy se humedeció los labios, que se habían secado súbitamente, con la punta rosada de la lengua y vio que su atención se centraba en ese pequeño gesto—. Jon, yo... —volvió a empezar.

—Más tarde —replicó él bruscamente y le apartó las manos que seguían aferrándole la camisa. Cathy se quedó mirándole con impotencia mientras él se volvía sobre sus talones y salía del camarote.

A lo largo de todo el día y hasta bien entrada la noche Cathy le esperó con el nerviosismo de una recién casada. Se arrodillaría ante él si fuera necesario para convencerle de que todo lo que había hecho había sido por él. A pesar de todas sus sospechas y de la ira que le embargaba, la cual, Cathy estaba segura, nacía de su dolor, si Jon razonaba fríamente sobre los acontecimientos, no tendría más remedio que quedar convencido. Después de todo, simplemente tenía que hacer una comparación entre Harold y él mismo. ¿Acaso alguna mujer en su sano juicio cambiaría la masculinidad viril y dura de Jon por ese montón de carne fofa y blanca de Harold? Por cierto que no. Cathy sonrió débilmente ante las imágenes que evocó su imaginación. Persuadir a Jon de la veracidad de sus argumentos podría llegar a ser muy agradable, además.

Cathy canturreó alegremente mientras se lavaba, titubeando solo un poco cuando el agua de la jofaina tomó un tono parduzco por la sangre de Jon que le había salpicado y manchado los hombros y las manos.

Quizá, después de todo, dispararle a Jon no había sido algo tan espantoso. Ciertamente había provocado en él más ternura de la que le había demostrado desde que estaban a bordo del *Cristobel*. Tal vez era necesaria una sacudida emocional de esa naturaleza para volverle a sus cabales. Cathy frunció el entrecejo, preocupada, al considerar la posibilidad de que la herida pudiera llegar a causarle serios problemas. Seguramente se sentiría debilitado, tanto por la conmoción como por la pérdida de sangre, y le dolería mucho el brazo. Pero, aparte de eso, había sido una herida limpia, independiente, y la sangre había manado libremente, depurándola de impurezas. La infección era la preocupación mayor; Cathy recordaba la horrible putrefacción que se había enseñoreado de la pierna de Jon cuando le habían apuñalado tres años atrás, y palideció un poco. Pero esta herida no era nada comparada con aquella espantosa desgarradura dentada. Jon sobreviviría al disparo, se consoló, sin mucho más que unas cuantas punzadas de dolor. ¡Y seguramente se las merecía por haber sospechado de ella!

Cathy limpió fregando la sangre del suelo y de las paredes y después volvió su atención a la litera. La sangre manchaba la tosca sábana blanca y embadurnaba el marco de madera. Un poco de agua y un trapo se encargaron fácilmente de dejar limpio el marco, pero la sábana presentaba algunos problemas. Como había desgarrado la sábana superior para usarla como vendaje, era la única sábana que quedaba. Cathy hizo una mueca de disgusto al pensar que debería dormir sobre ella. ¡Imposible! Solo pensarlo la enfermaba. No, la sábana tendría que lavarse si no había otra a mano y ella misma lo haría. Haciendo muecas, la arrancó de la litera y se puso a trabajar.

Horas más tarde, mucho después de la puesta del sol, fue cuando Cathy ya no pudo esperar más. ¿Dónde estaba Jon? Seguramente estaba tan ansioso como ella misma de resolver los problemas entre ellos. Y debía de haber percibido de que ella tenía algo que decirle. Debería haber regresado hacía mucho tiempo. Cathy se negó a pensar que él no quisiera saber de qué se trataba. Algo relacionado con la marcha del barco debía de haberle demorado, se dijo obstinadamente, o quizás él era simplemente tímido. Cathy sonrió un poco ante la idea de que Jon fuera tímido. A primera vista resultaba ridículo, pero no se podía saber. Tal vez sería mejor ir a buscarle, pensó Cathy. Ya era de noche y si se envolvía convenientemente la manta alrededor del cuerpo no dejaría nada a la vista. Ni siquiera Jon tendría nada que objetar. Tomando la decisión con un movimiento afirmativo de la cabeza, Cathy arregló los pliegues del sarong hasta que se pareció más a una toga y salió del camarote.

Era una noche oscura y aterciopelada; la luna aún no había salido y solo unas pocas estrellas diminutas titilaban contra la oscuridad del cielo. El mar estaba en calma y las olas rodaban siguiéndose unas a las otras suavemente. El silencio era total y solo el golpeteo acompasado del agua contra el casco del barco y los crujidos de las jarcias lo quebraban. Hasta donde se extendía su vista, Cathy pudo comprobar que la cubierta estaba desierta, y, por más que sabía que eso no era verdad, le brindaba una maravillosa sensación de paz. El aire nocturno era cálido y pesado al acariciarle la cara y un brazo que había dejado desnudo. Cathy inspiró profundamente encantada con ese aroma salobre que, combinado con el olor del pescado y el de la brea, le recordaría por siempre el mar. Permaneció inmóvil durante un largo rato, paladeando la noche antes de dirigirse a la escalerilla que la llevaría al alcázar. Podía apostar sobre seguro que hallaría allí arriba a Jon y allí empezaría a buscarle.

Al principio también creyó que el alcázar estaba desierto y frunció el entrecejo, incrédula. Jon se enfurecería si se enteraba. Uno de sus axiomas más firmes y arraigados era que siempre debía haber un hombre de guardia. La arruga que surcaba su frente se hizo más profunda al ver que el timón estaba atado con soga. ¿Dónde estaba todo el mundo? ¿Había sucedido algo que ella debía saber? Entonces, al rodear el timón de suerte que por primera vez la parte de babor del alcázar quedó a su vista, se paró en seco como alcanzada por un rayo. Se entrecerraron sus ojos y apretó con fuerzas los dientes al percibir repentinamente la razón de ese silencio.

Precisamente como había esperado, Jon se encontraba en el alcázar. Estaba muy ocupado besando a esa buena pieza de Sarita, que se adhería a él como una especie particularmente repugnante de enredadera.

Observándoles, Cathy sintió una ira tan feroz que pareció traspasarle los órganos vitales de su ser. Se le curvaron los dedos en garras y las uñas se le clavaron profundamente en las palmas de las manos. Cathy ni siquiera sintió dolor. Toda su atención estaba enfocada en esas dos siluetas recortadas contra el cielo nocturno, tan unidas que podían haber sido una sola. El espectáculo la hería y la humillaba tanto que apenas podía respirar. Quería gritar, llorar, atravesar el alcázar corriendo y apartarles arrancándole de los brazos de esa pérfida mujerzuela. Pero no hizo nada de eso. Estaba clavada en su sitio con los ojos fijos con espantosa fascinación en la fuente de su agonía mientras parecía que cada gota de sangre que aún quedaba en su cuerpo se había convertido en hielo.

Debió de hacer algún leve ruido porque Jon levantó la cabeza. Por encima del negro pelo de Sarita la miró directamente a los ojos. Cathy habría esperado al menos que apartara a la mujerzuela de su lado, que intentara darle alguna suerte de explicación. En cambio, un curioso brillo de triunfo le iluminó esos ojos grises. Cathy casi podía sentir en carne viva que él estaba saboreando con fruición la agonía que la atenazaba. Entonces la mano de Sarita le tomó por la nuca y le bajó la cabeza. Con la mayor indiferencia y sin volverse a mirar a Cathy, Jon se inclinó sobre la mujer una vez más.

Cathy quedó como petrificada durante lo que pareció una eternidad, pero que en realidad debió de haber sido unos pocos segundos, mientras una garra de acero le apretaba la garganta. Luego se dio la vuelta, y, tambaleándose casi a ciegas, bajó la escalerilla y se dirigió al camarote.

Al desplomarse en la litera todavía estaba aturdida. Debía agradecer que sus emociones y sentimientos estuvieran como muertos. Sentía como si le hubiesen destruido una parte vital de su ser; más bien, sospechó, cómo se sentiría si le hubiesen amputado un brazo o una pierna. Cómo podía Jon hacerle una cosa semejante, esa era la pregunta que le taladraba el cerebro: «¿Cómo pudo hacerme semejante cosa... a mí?»

Era una verdadera necedad sentirse tan traicionada, tan engañada por él; lo sabía, pero no lo podía remediar. Recordar que Jon ya no era su esposo... que nunca lo había sido... no le servía en absoluto. Por ilógico que fuera, Cathy todavía le consideraba exclusivamente suyo. Verle en esa actitud con Sarita había sido un golpe mortal a los lazos que aún le ataban a su corazón. Se acurrucó en la litera con los brazos alrededor de las rodillas dobladas y empezó a mecerse de atrás para adelante como una criatura azorada y confundida que de golpe se encuentra sola en medio de la oscuridad. Tenía la esperanza de que en cualquier momento Jon irrumpiera en el camarote, barbotando disculpas y explicaciones. «Esa perra de Sarita me besó, yo no la besé», le diría, y, al ver cuánto la había herido, la tomaría entre sus brazos y la besaría y le repetiría que ella y solo ella era la única mujer en el mundo para él. Cathy rogó para que esto llegara a pasar con una intensidad desconocida para ella. Pero, al pasar las horas y ver que la noche se iba aclarando lentamente hasta romper el alba, tuvo que enfrentar la triste y cruel realidad: Jon no vendría a la cama. Al menos, no a la de ella. Sin duda alguna, Jon había estado cómodamente instalado en el camastro de Sarita todas estas horas pasadas. Por fin, cuando los primeros tentáculos anaranjados comenzaron a tantear su camino por el cielo violeta, la sospecha cristalizó la certidumbre. Las lágrimas, al rodar, habían dejado su huella en el rostro que parecía de mármol cuando el agotamiento la adormeció por fin.

Jon despertó sintiéndose más rastrero que una víbora. El hombro le dolía como mil demonios, la boca parecía rellena de algodón y los músculos protestaban con todas sus fuerzas por haber tenido que pasar la noche tendido sobre los duros tablones de la cubierta. Pero peor que todos los dolores físicos era la terrible sensación de darse asco. Había utilizado a Sarita únicamente para vengarse de Cathy y le había salido el tiro por la culata. El acto carnal no le había brindado ningún goce. Si se supiera la verdad, él apenas había podido funcionar y solo su orgullo machista le había impedido echarse atrás en el último momento. El espectáculo que le ofrecía el cuerpo demasiado maduro de Sarita le había enfermado; cada vez que lo había mirado lo había comparado mentalmente con la perfección delicada y sedosa del de Cathy. ¡Cathy! Gimió al pensar en ella y rodó sobre su espalda cubriéndose los ojos con el brazo para protegerlos de los primeros rayos del sol. La mirada afligida que había visto en sus ojos la noche anterior y que le había brindado tanta satisfacción retornaba a la sobria luz del día para perseguirle y acosarle. En contra de toda lógica, se sentía más culpable que el mismísimo demonio.

Lo cual era estúpido, se recriminó severamente. Él podía actuar libremente, ya no estaba unido a Cathy por los lazos del matrimonio ni por ninguna otra cosa. Era un hombre soltero —Jon saboreó brevemente ese pensamiento que se le había ocurrido en aquel momento— y no había ningún motivo en el mundo entero que le impidiera buscar placer con cualquier mujer que se le antojara. ¡Placer, vamos, vaya palabrita! Ciertamente no había sentido ningún placer con Sarita, a pesar de su casi embarazosa avidez. Cathy era a quien había deseado, Cathy era a quien había poseído a la larga luego de que su mente se negara a permitirle actuar con Sarita de compañera. Finalmente, cuando había vomitado su semen en el cuerpo ávido de Sarita, había imaginado ver el suave cabello dorado sobre el cutis terso y blanco de su rostro angelical, largas pestañas oscuras semejantes a sombras contra las mejillas sonrojadas y una dulce voz gimiendo su nombre... ¡Dios! Fuera lo que fuese que le había hecho esa perra, lo había hecho muy bien. Ella le había entrelazado en sus hebras de seda como una araña aprisiona una mosca. Desde el mismo instante en que la había hecho suya —hacía una eternidad, según parecía— no había deseado a ninguna otra mujer.

Oh, lo había intentado. Al principio, cuando había tratado de escapar de su telaraña, deliberadamente había salido en busca de las mujeres más atractivas que pudiera encontrar con el único propósito de llevarlas a la cama con él. Pero nunca había sido capaz de llevarlo a cabo. Por más seductores y tentadores que fueran sus encantos, al compararlos con el radiante sol que era Cathy habían quedado totalmente eclipsados. Hasta la noche anterior, Jon había sido absolutamente fiel, como un viejo perro que al ser abandonado por su dueño se sienta a la vera del camino y espera y espera que regrese por él, pensó con furia.

El día anterior, ella le había disparado; cualquier hombre con un poco de sentido común se habría enfurecido. Pero ese acto desesperado, y su evidente remordimiento posterior, habían despertado en él una ternura que creía muerta y enterrada hacía mucho tiempo. ¿Quién, si no Cathy, se habría atrevido a hacerlo y quién, si no Cathy, le habría cuidado con tanto cariño y dedicación después? Al observarla mientras ella luchaba denodadamente para vestirle cuando él habría podido hacerlo perfectamente sin su ayuda, había sentido que empezaba a derretirse el helado nudo de rabia que había albergado en su vientre durante tanto tiempo. Cathy le había desarmado, la coqueta, casi le había llevado al punto de dejarse atrapar otra vez y sentirse contento de ello. Pero afortunadamente se había contenido a tiempo. Ella le había traicionado una vez y cuando tuviera la oportunidad probablemente volvería a traicionarle. No estaba en él ofrecer su corazón para sufrir otra repulsa.

La experiencia con Sarita había sido sórdida. Ella había estado completamente desnuda y como un pulpo le había atosigado con sus caricias melosas e insistentes, pero él ni siquiera se había molestado en quitarse los calzones. Solo se los había desprendido. Todo había acabado en menos de cinco minutos y luego había dejado a Sarita, que todavía se aferraba a él, para que pasara el resto de la noche en solitario esplendor sobre cubierta. Jon hizo una mueca de amargura. Si alguna vez llegaba a divulgarse algo de los sucesos de esa noche, como probablemente sucedería, su reputación de amante sufriría un rudo revés. El Conejo Jonny, le llamarían sin lugar a dudas; para su débil sorpresa, la idea no le inquietó en absoluto. La única mujer cuyo amor deseaba, en la fortuna como en la adversidad, no era tan tonta como para creerlo. ¡Y él se encargaría de que ella, al menos, no tuviera dudas de su destreza sexual!

Jon reconoció que ella estaría furiosa, pero estaba seguro de que podría vencer la cólera de esa mujer. La noche anterior, después de haber abandonado a Sarita, casi había ido directamente al camarote para enfrentar su enojo, pero el sentido de culpa que ya era demasiado intenso en él le había detenido.

Pero ¿por qué debía sentirse culpable?, pensó recordando súbitamente todos los agravios que había sufrido por ella. Lo que le había hecho había sido mil veces peor que su único y fugaz encuentro con Sarita. Cathy se había vendido a otro hombre sabiendo que él, Jon, la amaba, sabiendo que todavía la consideraba su esposa. Y además había permitido que ese hombre la llevara a la cama cuantas veces se le había antojado... los dientes de Jon rechinaron de furia al pensar en ello. Esperaba que estuviera realmente furiosa. ¡Tenía la esperanza de que sufriera al menos la décima parte del infierno que le había hecho pasar!

Jon se levantó de un salto con el semblante transfigurado. Iría a su camarote y se lavaría, y si esa ramera tenía el descaro de recriminarle haberse acostado con Sarita, tanto mejor. Porque él también tenía muchas cosas que quería decirle a la cara.

El sonido de voces femeninas que hablaban casi a gritos frenó brevemente el avance de Jon hacia su camarote. Una mujer estaba chillando algo y luego oyó el sonido inconfundible de una bofetada. El ruido provenía del interior de su propio camarote, Jon tuvo conciencia de ello con un presentimiento nefasto y estaba pronto a jurar que la voz que había oído chillar era la de Sarita. ¡Santo Dios!, ¿y ahora qué? Luego, al ocurrírsele una posibilidad espantosa, apretó el paso.

Cathy se había despertado de un sueño inquieto y agitado al sentir dos manos que trataban de sacarla brutalmente de la litera. Por un momento pensó que Jon había regresado finalmente. Al abrir los ojos, lista para petrificarle con una mirada de glacial indiferencia, se encontró, desconcertada, con que el rostro inclinado sobre el de ella no era el de Jon en absoluto: los ojos eran grandes y negros, el cutis áspero, la nariz y la boca gruesas y todo muy femenino. ¡Sarita! Al mismo tiempo que la identidad de su atacante surgió en la mente de Cathy, también lo hizo el quemante recuerdo de cómo la había visto la última vez. Restregándose el sueño de los ojos con una mano, Cathy se sacudió de encima los dedos que se clavaban dolorosamente en sus hombros.

—¡Sal de aquí! —bramó Sarita antes de que Cathy tuviera una oportunidad de hablar—. ¡Yo me mudo aquí! ¡Jonny es mi hombre ahora, no el tuyo!

—Te lo regalo —estalló Cathy echándole una mirada de desdén al ver el desaliño de la mujer. ¡Al parecer Sarita también acababa de levantarse de la cama!—. Pero saldré de este camarote cuando Jon me lo diga, no tú.

—Sales de aquí cuando yo te lo ordeno: ¡ahora! ¡Jon ya no te desea más! ¡Anoche me ha hecho su mujer y de ahora en adelante yo voy a dormir en su lecho!

—¡Claro que sí! —Cathy arrastró las palabras al mejor estilo de Gran Dama mientras sus ojos recorrían el cuerpo de Sarita con una mirada altiva y llena de soberbia—. ¡Qué satisfactorio para ti!

—¡No me hables así! ¡Como si fueras toda una

dama y yo no! ¡Jonny me lo contó todo sobre ti: no eres mejor que yo!

—¿Una prostituta, quieres decir? —preguntó Cathy en tono desagradable.

—¡No me llames así! ¡No tienes ningún derecho de llamarme de ese modo, tú con tus faldas livianas y tus modales de reina! ¡Eres una ramera! —Sarita acompañó esto con una larga sarta de insultos que Cathy no había oído nunca antes. Escuchó los insultos con absoluta calma y enarcando una ceja con aire desdeñoso y altanero. Hacía tiempo que había aprendido que el mejor modo de habérselas con las injurias de una persona que secretamente se consideraba inferior y subalterna era actuar como una dama de alta alcurnia hasta la saciedad.

»¡Vas a salir de aquí cueste lo que cueste! —Con esto Sarita finalmente puso fin a la diatriba. Cathy la miró de arriba abajo como si la mujer fuera una alimaña particularmente repugnante que acabara de salir reptando de debajo de una roca.

—No. —Lo dijo en tono suave y Cathy sonrió al decirlo. Solo sus ojos traicionaban su creciente ira. Cuanto más pensaba cómo había pasado la noche Sarita, más difícil le resultaba controlar el impulso arrollador de ¡arrancarle esos ojos saltones con las uñas!

—¡Eeeh! —chilló Sarita, furiosa, y su mano resonó contra la mejilla de Cathy con una sorprendente bofetada. Cathy, tomada por sorpresa, se llevó automáticamente la mano a la mejilla dolorida. Sus ojos comenzaron a brillar peligrosamente. Entonces, cuando Sarita trató de alcanzarla nuevamente, con la evidente intención de echarla del camarote de Jon por la fuerza, Cathy echó la mano atrás y le devolvió la cachetada con más fuerza.

Cuando Jon irrumpió en el camarote, las dos mujeres estaban rodando por el suelo como luchadoras japonesas. Sarita tenía un mechón de pelo rubio envuelto en el puño y tiraba de él a más no poder. Las manos de Cathy se habían cerrado alrededor del cuello de Sarita tratando de estrangularla. Jon permaneció paralizado por un momento, mirándolas con una mezcla de consternación y diversión. Había corrido al camarote temiendo que Sarita pudiera herir a Cathy. Sarita debía exceder en veinte kilos el peso de la mujer más joven; era mucho más alta y musculosa. Además, se había criado en las calles más sórdidas de Londres; era una verdadera experta en riñas, mientras que Cathy había tenido la más cuidada de las crianzas. Había nacido y se había formado como una dama y pelear no era una de las asignaturas incluidas en la educación recibida. Jon habría apostado dinero a que Sarita podía haber despedazado a Cathy sin problemas. Y lo que le divertía ahora era que habría perdido: mientras las observaba, Cathy se las arregló para rodar encima de Sarita, se sentó a horcajadas sobre ella y la sujetó al suelo. Cuando las largas uñas de Sarita trataron de alcanzar el rostro de Cathy, ella levantó el puño y lo descargó con todas sus fuerzas contra la barbilla de Sarita en un golpe magistral que habría sido la delicia de cualquier pugilista. Sarita gritó y el ruido puso en acción a Jon. Se apresuró a separarlas antes de que Cathy lastimara seriamente a la otra mujer.

—¡Basta ya! —La voz sonó como un latigazo al tiempo que, rodeando con el brazo la cintura de Cathy, la alzaba en el aire y la quitaba de encima de Sarita. Cathy quedó colgando de su brazo como una gatita furiosa y Sarita rápidamente aprovechó la situación de su rival para ponerse de pie de un salto. Se acercó a Cathy con las uñas como garras. Jon, al ver lo que intentaba Sarita, reaccionó tardíamente, poniendo a Cathy a sus espaldas solo después de que la mujer le arañara el cuello. Cathy contuvo la respiración y enseguida, cuando Jon la soltó para agarrar a Sarita, por detrás de él se abalanzó sobre Sarita y le arañó los hombros rollizos que el amplio escote de la blusa campesina dejaba al descubierto. Jon soltó una maldición, con una mano aferró el brazo de Cathy y con la otra el de Sarita. Era todo lo que podía hacer para mantenerlas separadas, pero casi estuvo por hacer chocar las cabezas de las dos mujeres impetuosas y terminar de una vez y para siempre. En cambio, llevado por la desesperación, bramó llamando a O'Reilly en su ayuda.

O'Reilly, en cuanto llegó al camarote, se hizo cargo de la situación de un vistazo. De inmediato envolvió la cintura de Sarita con brazos de acero y levantándola la arrastró fuera del camarote. Mientras O'Reilly la sacaba de allí y antes de transponer la puerta, Sarita se desató en improperios contra Cathy.

Cathy, por su parte, estaba temblando en los brazos de Jon. Cuando él la hizo volverse sobre sí misma para verle el rostro, pensó que ella podría estar sufriendo una reacción retardada. Pero sus ojos llameantes le desengañaron rápidamente: estaba hecha una furia, y, ahora que Sarita había desaparecido de allí, todo ese temple de fuego y azufre estaba dirigido a él.

—¡Cómo te atreves a enviar a tu... tu querida a decirme que me mude aquí! —se exaltó Cathy mientras sus ojos claros enviaban señales de tormenta y la dulce boca rosada temblaba de ira. Al parecer había dormido usando una de las camisas desechadas de Jon; la prenda era demasiado grande para ella y los faldones le llegaban hasta las rodillas, mientras que las mangas habían sido arrolladas hasta los codos. Vestida de ese modo, con la larga cabellera dorada suelta y los pechos turgentes moviéndose al compás de la respiración agitada claramente visibles a través de la fina tela de lino, parecía pequeña y frágil y enteramente, inconfundiblemente femenina.

—¿Celosa, Cathy? —la provocó Jon, suavemente. No le agradaba la forma en que ella le hacía sentir. Los labios de Cathy se estiraron en una mueca desdeñosa; sacudió la cabeza como un toro salvaje antes de lanzarse a la carga y Jon casi pudo sentir el calor de su ira.

—¿De ella? ¡No me hagas reír! —exclamó con desprecio. Jon, que seguía sosteniéndole los brazos con firmeza, sonrió burlonamente.

—Yo creo que sí —le dijo en tono quedo—. Creo que estás tan celosa que esos mismos celos te están royendo las entrañas. Creo que por eso mismo has atacado a Sarita...

—¿Yo atacar a Sarita? —jadeó Cathy—. ¡Es evidente que tienes en altísimo concepto tus habilidades en la cama! ¡Francamente, querido, no te lo mereces!

—¿Es verdad eso? —La voz de Jon sonó suave como la seda, solo los ojos entrecerrados revelaron que el dardo de Cathy había dado en el blanco—. Eso no es lo que dices cuando te tengo desnuda entre mis brazos: «Jon», suspiras, y luego jadeas y suplicas por más...

—¡Eres un cerdo presumido! —siseó Cathy, pero le ardieron las mejillas ante esa descripción tan exacta de la forma en que él la afectaba—. ¡Jamás permitiré que vuelvas a acercarte a mí! ¡Tendrías que matarme antes de que te permitiera ponerme una mano encima!

—No me lo parece, no te creo —respiró Jon significativamente, y un destello perverso brilló en los ojos grises. Y luego procedió a probar que tenía razón.

9

La Navidad llegó y pasó y lo mismo sucedió con Año Nuevo. Debido a las intermitentes turbonadas que tuvieron a los hombres completamente ocupados en mantener el barco a flote y con el rumbo fijo, Cathy pensó que debía de haber sido la única en notar su paso. Recordó las festividades del año anterior, cuando Jon y Cray y ella las habían celebrado en familia en Woodham. Pero las imágenes evocadas eran demasiado penosas y se forzó a desecharlas de su mente. Ese fugaz período de felicidad empezaba a parecerse más y más a un sueño; la cruda realidad era el interminable balanceo del *Cristobel*, la frialdad creciente de Jon y el hecho de que su hijo estaba a cientos de kilómetros de distancia.

El *Cristobel* navegaba rumbo al sur. El tiempo era sofocante y húmedo con probabilidades de lluvia en cualquier momento. Jon le había dicho de mala gana en respuesta a su pregunta formulada también de mala gana, que se dirigían a Tenerife. En la isla tenía muchos amigos de sus días de pirata y necesitaría su ayuda para asegurarse de que el *Cristobel* fuera un consumado barco marinero antes de hacerse a la vela a través del Atlántico rumbo a Estados Unidos.

Cathy finalmente había conseguido algunas prendas de vestir, por cortesía de otra de las ex prisioneras, Angie Harrow. A Cathy le agradaba Angie, que era pequeña como ella misma pero mucho, mucho más delgada y tan descolorida y pálida como un trozo de papel de estraza. Angie había sido doncella al servicio de una dama hasta que la habían acusado de robar los pendientes de diamantes de su señora. La muchacha sostenía su inocencia con obstinación y Cathy estaba dispuesta a creerla. Aunque esto no tenía demasiada importancia. Angie parecía haber adoptado a Cathy como su nueva señora y a esta le agradaba sobremanera, pues le resultaba conveniente tener cerca a alguien que sentía verdadero placer en realizar aquellas tareas que Cathy jamás había esperado tener que hacer ella misma.

Jon miraba con desconfianza esta nueva amistad, pero no decía nada. Para Cathy era tan natural tener a alguien que la sirviera y mimara como lo era para las flores abrirse al sol. El único requisito que había impuesto era que Angie se quedara fuera del camarote cuando él estaba dentro y que no descuidara sus otras obligaciones. Por otra parte, ya que ambas muchachas parecían contentas con el acuerdo al que habían llegado, toleró que continuase.

La ropa que Angie le había dado de su propia reserva verdaderamente mezquina era de la misma clase de blusa y falda sencillas que se les había entregado a todas las prisioneras. A Cathy solo le había quedado una enagua para usar debajo de ese sencillo atuendo, pero esto no la disuadió de ponérselo y subir a cubierta siempre que encontraba una oportunidad. En los días más calurosos era mucho más placentero permanecer en cubierta, donde al menos casi siempre soplaba una ligera brisa, que sofocarse y chorrear de sudor en el reducido espacio del camarote. Para sufrir menos el calor se acostumbró a recogerse el cabello en una gruesa trenza que le caía por la espalda hasta la cintura. Con los pies descalzos asomando por debajo del ruedo de la falda amplia y bastante corta y las caricias del sol en la nariz y las mejillas, parecía toda una jovencita pirata. Jon, observándola mientras Cathy echaba una mano en las tareas de cubierta, consideró que jamás había estado más hermosa, y se maldijo por el deseo que crecía en él como una cizaña que se negaba a que la extirparan de raíz.

Jon era el único que seguía con la mirada a Cathy por la cubierta. Muchos de los hombres la codiciaban abiertamente, pero no tanto como para dejar que Jon lo advirtiera. Y Sarita observaba a la muchacha más joven con rencorosa malevolencia. Desde aquella única noche, Jon no había vuelto a su camastro, y esa dama zorra continuaba aún en el camarote del capitán. El odio y la envidia corroían las entrañas de Sarita, que seguía esperando su oportunidad.

Mientras tanto, Cathy y Jon mantenían una relación que bien podría describirse como un estado de neutralidad hostil. Cuando Jon no podía resistir más, buscaba placer y solaz en el cuerpo de Cathy y ella no ofrecía resistencia. Aquella memorable mañana, cuando Jon, con toda razón, la había acusado de estar celosa, le había hecho comprender de una vez por todas que él y solo él tenía el dominio absoluto de las reacciones físicas de su cuerpo. Antes que exponerse a nuevas humillaciones ofreciéndole resistencia para terminar finalmente entre sus brazos suplicándole caricias y llegar al éxtasis que solamente él podía brindarle, Cathy prefería someterse desde el principio. Al menos al actuar así solo ella tenía plena conciencia de su rotunda derrota.

Apenas se hablaban; convivían como amables extraños que se trataban con aparente cordialidad, con excepción del tiempo que pasaban en esa litera demasiado estrecha saciando el apetito carnal que sentían uno por el otro. Reaccionar y gozar tan íntegramente con un hombre que la había engañado en público con otra mujer, con un hombre que no se andaba con rodeos y la trataba como la prostituta que él creía que era, la avergonzaba sobremanera. Pero no podía remediarlo. Su pérfido cuerpo solo tenía que sentir el roce de las manos o de los labios de Jon para derretirse como mantequilla junto al fuego. Ella le deseaba, y bien lo sabía Dios, y él también la deseaba. En eso, aunque más no fuera, estaban completamente de acuerdo.

La herida que le había causado en el hombro casi había cicatrizado por completo. Jon mismo se la había cuidado, rechazándola con una mirada de hielo cada vez que ella le había ofrecido su ayuda. Era como si quisiera mantenerla a prudente distancia por todos los medios a su disposición. Para mediados de enero solo quedaban dos rugosos círculos rojos donde habían estado los orificios de la bala y Jon casi había recobrado completamente la fuerza en el brazo y el hombro. Por esto, Cathy estaba profundamente, si bien en secreto, contenta y feliz. La total falta de experiencia de la tripulación del *Cristobel* obligaba a Jon a pasar mucho tiempo desplegando y arriando el velamen y asegurando los cabos. Cada vez que lo veía subir por una cuerda pasando una mano sobre la otra hasta lo más alto de un mástil, el corazón se le subía a la garganta. Si se caía... Pero Jon era increíblemente fuerte. En la plenitud de sus fuerzas era casi imposible que pudiera cometer una equivocación semejante, y él casi estaba nuevamente en su mejor estado físico.

Desde hacía algún tiempo Cathy había notado que se le revolvía el estómago si el barco cabeceaba demasiado o si ella se quedaba mucho tiempo al sol sufriendo el calor sofocante. Al principio había achacado la culpa de esos síntomas a la comida deplorable, que era la única disponible en el barco y no le había dado más importancia al asunto. Pero poco a poco comenzó a darse cuenta de un hecho que la llenó de consternación: no había tenido sus reglas desde... oh, desde hacía mucho tiempo. Solo pensar en ello la horrorizaba, pero lo más probable era que estuviera embarazada.

Cuando ella misma pudo admitir esa posibilidad, una tarde, mientras se encontraba en el coronamiento del barco bajo un sol que era una enorme bola de fuego cuyos rayos ardientes daban de lleno sobre su cabeza descubierta, no pudo creer que no se hubiera dado cuenta antes. Mientras repasaba mentalmente lo sucedido en los últimos meses, entendió por qué había tenido el estómago tan débil todo ese tiempo. Y en cuanto al período de la regla... Cathy se concentró. No la había tenido desde antes de dejar Woodham. Eso

significaba que su embarazo... ¡Santo Dios, su embarazo era de casi cinco meses!

Cathy quedó completamente aturdida y su mano
voló instintivamente a curvarse sobre su vientre. Ahora que lo pensaba, podía sentir allí una ligera redondez, pero seguramente no tan pronunciada como co-
rrespondería a un embarazo tan avanzado. Tal vez
había calculado mal las fechas o quizá la criatura era
excesivamente pequeña. De pronto se le ocurrió pensar cómo tomaría Jon la noticia de que sería padre otra
vez. Al hacerlo sintió que se le demudaba el rostro.
Estaría muy lejos de sentirse feliz, lo sabía. La culparía
de todo... con gesto desafiante levantó la barbilla. Para
procrear una criatura hacían falta dos personas y él era
tan culpable como ella. Además, tendría muy poco
que ver con él. Desde el punto de vista legal, Jon ni
siquiera sería el padre de ese niño. Lo sería Harold,
porque Cathy estaba legalmente casada con él. Tuvo
que reprimir el ardiente deseo de echarse a reír histé-
ricamente. Jon se volvería cruel y sanguinario cuando
ese aspecto de la cuestión se le ocurriera. ¡Su propio
hijo reclamado legalmente por Harold! Si era varón,
heredaría el título y todos los dudosos honores y bie-
nes de Harold. Cathy imaginó la indignación que sentiría Harold si se le informaba que la esposa con quien
ni siquiera se había acostado estaba a punto de obse-
quiarle con un heredero y esta vez sí se rio. ¡Dios! ¿Se
había visto alguna vez un lío semejante?

—¿Qué es lo que te causa tanta gracia? —gruñó
una voz grave en su oído. Cathy se sobresaltó y al
echar un vistazo por encima del hombro descubrió la
alta figura de Jon detrás de ella.

—Nada —respondió apresuradamente. Tenía que tener tiempo para considerar la situación antes de darle la noticia—. Solo me estaba... me estaba riendo.

—Me gustaría que compartieras el chiste conmigo —dijo él secamente—. No me vendría mal reírme un poco.

Cathy le echó otra mirada más inquisitiva esta vez. Jon parecía cansado o bajo una gran tensión. Se le habían marcado más las líneas que iban de la nariz a las comisuras de la boca y los ojos grises estaban encapotados. Le había crecido tanto el pelo negro que ahora se rizaba sobre el cuello de la camisa y Cathy pensó: «Debo persuadirle de que me deje cortárselo», antes de volver su atención a asuntos más serios.

—¿Pasa algo? —preguntó ella en tono quedo, volviéndose ligeramente para mirarle. Jon hizo una mueca.

—Nada fuera de lo común —respondió él sin mirarla a la cara, pero dejando que su vista se perdiera en el cielo azul—. Lo que he venido a decirte es que creo que nos estamos preparando para enfrentar una tormenta. Una muy violenta. Ya se perciben todas las señales. Voy a tener que deslomarme para mantener a flote este cascajo y no tendré tiempo para preocuparme por ti. Quiero que me prometas que, no importa lo que pase, permanecerás encerrada en el camarote hasta que yo te diga que puedes salir sin correr peligro. ¿De acuerdo?

Cathy le echó otra mirada inquisitiva por entre sus espesas pestañas.

—Si no te conociera mejor, capitán, diría que te inquietas por mí —murmuró ella provocativa. Jon resopló.

—Digamos simplemente que no estoy listo para ver que los tiburones se hagan un banquete con ese cuerpecito delicioso que tienes... al menos, todavía no. Por ahora puedo imaginar muchísimas cosas más divertidas y placenteras para hacer con él. —Cathy se puso rígida de indignación al oírle.

—Puedes irte al mismísimo infierno —le dijo en tono glacial y le volvió la espalda con la intención de alejarse airadamente. Jon la tomó del brazo reteniéndola en su sitio. Cathy le fulminó con la mirada.

—Prométemelo —le exigió dulcemente—. O te juro que te encerraré bajo llave. Y si algo llegara a pasarme y el barco llegara a hundirse...

Al concebir una eventualidad semejante, Cathy tragó saliva, temerosa.

—Oh, muy bien, lo prometo —aceptó de mala gana y él solo entonces le permitió que ella escapara de su mano y se alejara.

Permaneció fuera sobre cubierta hasta bien entrada la noche, sentada con la espalda contra el palo de mesana y los brazos alrededor de las piernas recogidas contra el pecho. Jon estaba ocupado en el alcázar y Angie había desaparecido en las entrañas del barco. Nadie más la molestaba y Cathy quedó sola con sus pensamientos. Estos se centraban casi con exclusividad en su futuro bebé. Tendría que comunicárselo a Jon; no le quedaba otro remedio. Un embarazo era algo que una mujer no podía ocultar indefinidamente. Al principio la idea de traer un hijo al mundo en ese momento de su vida hizo que se sintiera ferozmente resentida contra su destino. No era justo que el bebé llegara precisamente cuando su mundo se había derrumbado casi de la noche a la mañana. Ni siquiera estaba casada con el padre del bebé y eso era lo que hacía que la situación se volviera intolerable. Pero peor que la ausencia de algunas palabras escritas en un trozo de papel era la carencia absoluta de lazos afectivos que debían haberla unido a Jon. Él no la amaba y se lo había hecho entender a fuerza de repetirlo. La deseaba, y eso era una cuestión enteramente diferente... y para Cathy, insultante. Y ella... ¿le amaba? Sus sentimientos eran tan encontrados que no podía estar segura de nada. A veces sí le amaba, cuando él era el Jon que había conocido y amado en Woodham, su amante considerado y gentil, el padre de Cray. Pero otras veces, cuando se transformaba en el bruto sádico, burlón y despreciativo cuyo único interés era castigarla por una infidelidad que jamás había cometido, le odiaba y despreciaba con toda su alma. Y cada vez que recordaba la noche que él había pasado con Sarita, el odio crecía como una niebla gris y espesa ante sus ojos. Ese incidente encabezaba la lista de agravios por los que jamás podría perdonarle; otras vejaciones imperdonables incluían su falta de confianza en ella, su obstinada negativa a creer en la inocencia de Cathy sin importarle sus protestas de fidelidad y el modo canallesco con que se apoderaba de su cuerpo y gozaba con él todas las veces que le daba la gana. Era difícil entonces encontrar una respuesta a ese gran interrogante de si le amaba o no. Cathy tuvo que ser sincera consigo misma y admitir que no lo sabía. Si en verdad le amaba todavía, el suyo era una clase de amor extraño y retorcido, un fantasma deformado de la alegre y floreciente pasión que alguna vez había existido entre ellos.

La agitación del mar iba en constante aumento y ya empezaba a insinuarse un fuerte ventarrón. El *Cristobel* seguía su avance cabeceando violentamente al surcar las olas enormes que lo azotaban. El cielo mostraba un espeso dosel de negros nubarrones que había reunido el viento y que ya cubría por completo el pálido jirón de luna plateada. Un helado rocío salado que el viento había arrojado sobre la cubierta dio de lleno en el rostro de Cathy, quien empezó a farfullar arrancada de pronto de sus pensamientos por el impacto. Mientras se secaba el rostro, una ráfaga de viento soltó una de las velas que empezó a chasquear y a restallar en el aire como un látigo enloquecido.

—¡Recoged esa vela! —oyó rugir a Jon con evidente autoridad en la voz. Cathy torció la cabeza en la dirección de donde había venido buscando con la mirada y encontrando por fin su oscura silueta mientras recorría todo el largo de la cubierta. Se detuvo al pie del palo mayor y repitió las instrucciones a un hombre que estaba en lo más alto del velamen con una voz que rivalizaba en potencia con el trueno que empezaba a resonar.

»¡Qué diablos! ¡Maldición! —exclamó Jon y a Cathy le pareció que el hombre no estaba siguiendo adecuadamente las instrucciones de Jon. Con ojos desorbitados vio que Jon se abrazaba desesperadamente al mástil y comenzaba a trepar por él fácilmente pero bamboleado por el viento. Antes de que él llegara a subir la tercera parte de la altura del palo mayor, Cathy estaba al pie del mismo con la cabeza tan echada hacia atrás como podía mientras clavaba en él una mirada llena de temores. Jon no se encontraba solo allá arriba; debía de haber una docena más de hombres con él, algunos colgando precariamente de los palos, otros aferrándose a las sogas como si en ello les fuera la vida. La misión que debían cumplir era obvia hasta para un marinero de agua dulce o alguien que solo deseaba vivir en tierra firme como ella: recoger y aferrar las velas antes de que estallara la tormenta en todo su furor.

Jon permaneció allí más de un cuarto de hora y Cathy creyó que se le rompería el cuello antes de que él bajara deslizándose por el mástil. El rostro de Jon reflejaba una mezcla de exasperación por la inexperiencia de sus hombres y una inflexible determinación de que terminaran el trabajo emprendido. Al ver que Cathy le estaba esperando al pie del mástil, totalmente inconsciente, al parecer, de los goterones que acababan de empezar a salpicar la cubierta, triunfó la exasperación.

—¡Maldita sea, creía que me habías prometido permanecer en el camarote durante la tormenta! —le gritó a voz en cuello. Cathy, disgustada por el tono, le hizo una mueca.

—¿Qué tormenta? —le preguntó descaradamente—. Todo lo que veo son unas cuantas gotas de lluvia.

Jon rechinó los dientes y estirándose le agarró un brazo con tanta fuerza que le dolió.

—Lo que yo veo es la cola de un huracán —acotó él con los dientes apretados—. Y dentro de diez minutos se desatará el mismísimo infierno sobre el mar. No tengo tiempo para jugar contigo. Irás al camarote, y por Dios que permanecerás allí, ¡o te amarraré a la litera hasta que hayamos salvado la tormenta!

—¿Un huracán? —exhaló Cathy, consternada. El solo nombre evocaba imágenes aterradoras. Sería bastante desastroso afrontar una tormenta tan formidable en tierra firme, pero en medio del océano con solo un barco pequeño y no demasiados marineros entre las pobres almas que se debatían en el *Cristobel* y las profundidades del océano como tumba, era una perspectiva que le erizó la piel.

—Sí, un huracán —gruñó Jon clavándole más los dedos en el brazo y con tanta fuerza que casi le durmió el miembro.

—No me había dado cuenta... me quedaré encerrada en el camarote —respondió Cathy, pero Jon ya no quiso correr más riesgos confiando en su palabra.

—¡O'Reilly! —bramó él, y cuando el otro hombre apareció a su lado, le ordenó—: Acompaña a lady Stanhope a mi camarote. ¡Y maldita sea, encárgate de que se quede allí! Nada de escapaditas aparte, ¿entendido?

—De acuerdo. —O'Reilly asintió con un movimiento de cabeza en respuesta a la orden de Jon.

Enseguida y en un aparte a Cathy, Jon añadió ferozmente:

—¡Y si vuelvo a verte en cubierta otra vez, te zurraré con mi cinturón! ¡Y eso es una promesa!

Cathy estaba demasiado alterada por la perspectiva de un huracán inminente para ofenderse por esa amenaza. Obedientemente permitió que O'Reilly la tomara del brazo. Apenas se habían alejado unos pasos cuando Jon llamó nuevamente a O'Reilly.

—Lleva también a las otras mujeres a mi camarote —le ordenó—. Estarán más seguras allí y me parece mejor saber dónde están todas ellas. ¡No me extrañaría en absoluto que a una de esas criaturas descabelladas hasta se le ocurriera salir a dar un paseo en medio de esta tormenta de todos los diablos!

—Sí, señor —contestó O'Reilly sonriendo por la vehemencia que había impreso Jon a las últimas palabras. Cathy se encrespó, pero O'Reilly ya la estaba llevando apresuradamente en dirección al camarote y ella veía con demasiado temor cómo iba cobrando velocidad y potencia el viento para desear demorarse sobre cubierta. En cuanto O'Reilly la dejó segura en el interior del camarote, partió para cumplir con el resto de la orden. Cathy encendió una vela y esperó que aparecieran las otras mujeres.

—El capitán dice que nada de velas... demasiado peligro de incendio —le comunicó O'Reilly al regresar con Angie, Sarita y las demás mujeres. Ellas pasaron una por una delante de él y se acurrucaron en apretado grupo en un rincón del camarote.

—¡En cuanto a vosotras, quedaos quietas! —añadió él enérgicamente y sus ojos singularizaron en Sarita en particular. Apagó la vela de un soplo y, cuando el camarote se sumió en la oscuridad, partió dejándolas a su suerte.

Si Cathy había pensado que Sarita y ella no podían estar en un mismo cuarto más de cinco minutos sin llegar a las manos, muy pronto quedó demostrado que estaba equivocada. Encerradas en la más absoluta oscuridad mientras el viento zarandeaba el barco de aquí para allá, con el sonido apagado pero aun así aterrador de ese mismo viento aullando y la madera crujiendo con fuerza en sus oídos, fueron aliadas en el miedo.

Las diez mujeres permanecían abrazadas y muy juntas, a veces sentadas en la litera y otras veces en el suelo si el barco se sacudía inesperadamente. Se olvidaron todos los pensamientos de clase o de rivalidad entre ellas: todas, sin excepción, tan solo anhelaban sobrevivir.

La tormenta rugió durante cuarenta y ocho horas y muchas veces durante esos dos días interminables Cathy creyó que una hora determinada podría ser la última de su vida. Cuando más arreciaba la tormenta, el *Cristobel* pareció ponerse de proa al fondo del mar y quedó en posición vertical durante unos segundos interminables, atrapado en el profundo seno de una ola inmensa. Cathy, al ver las negras aguas del océano enloquecido precipitarse y cubrir los ojos de buey del barco, rezó una ferviente plegaria. Por la rapidez con que se movían los labios de las que estaban en torno a ella, se dio cuenta de que las otras mujeres también estaban rezando. En otra ocasión, una ola rompió sobre la cubierta y un torrente de agua salobre se filtró por debajo de la puerta del camarote. El terror hizo que varias mujeres chillaran y la única razón por la que Cathy no se unió a ellas fue porque ese mismo terror le había estrangulado la garganta.

Jon no regresó al camarote en ningún momento. Solo había hombres ineptos para respaldarle y allí fuera sobre cubierta estaba expuesto a toda la furia del huracán. Cathy estaba mucho más preocupada por él que por ella misma. Debía de estar congelado hasta los huesos, completamente mojado, hambriento y exhausto y aun así seguía luchando valientemente para capear el temporal y ponerles fuera de peligro. Cathy rezó por su seguridad. Ya fuera por amor o por odio, le quería vivo.

Mientras la tempestad seguía bramando con toda su furia, la oscuridad era total y por lo tanto resultaba imposible distinguir el día de la noche. Cathy no tenía idea si era el mediodía o la medianoche cuando el viento empezó a mermar por fin, pero acogió esa calma súbita con profundo agradecimiento. Tuvo la sensación de que se habían escuchado todas las plegarias que había elevado al cielo y que el *Cristobel* no naufragaría.

Cuando por fin Jon apareció en la puerta del camarote, estaba calado hasta los huesos y tan exhausto que se tambaleaba sin poder evitarlo. Olvidando sus discrepancias y la gente que les rodeaba, Cathy corrió a su lado. Por encima del hombro de Jon pudo ver que la lluvia había disminuido hasta convertirse en una ligera llovizna y que el cielo, a pesar de seguir gris, estaba claro en comparación con la negrura que tenía antes.

—¿Te encuentras bien? —le preguntó mientras sus manos, inconscientemente, iban a descansar sobre el pecho empapado. Él la miró por un momento con ojos indescifrables mientras se sostenía con ambas manos apoyadas contra las jambas de la puerta.

—Estoy bien —respondió y luego les habló a las demás mujeres por encima de la cabeza de Cathy—. Ahora todas vosotras podéis retornar a vuestros puestos. El peligro ha pasado.

—¡Gracias a Dios! ¡Y gracias a ti, capitán! —suspiró Angie y cerró los ojos, aliviada.

—¡Sí, Jonny, es gracias a ti! ¡Eres maravilloso, yo

lo sé! —exclamó Sarita dramáticamente y se habría lanzado a sus brazos si Cathy no se hubiera dado la vuelta con una mirada tan feroz en los ojos que habría parado en seco a un ejército en marcha.

Sarita le devolvió la mirada feroz, pero, cuando Jon se apartó de la puerta, pasó delante de él sin intentar tocarle siquiera. Furiosa aún, Cathy consideró que Sarita era prudente: ¡a la más mínima provocación, Cathy le habría arrancado los ojos con las uñas!

Una vez que estuvieron solos y cerrada la puerta del camarote, Jon se encaminó a la litera y cuando Cathy intentó sostenerle, no se lo permitió. Ella le siguió, ansiosa.

—Dios, estoy rendido —suspiró él sentándose pesadamente en la litera. Cathy le observó con preocupación. Se le veía terriblemente pálido y su piel tenía un color gris debido al agua y a la fatiga.

—¿Cuándo comiste por última vez? —le preguntó ella suavemente, apartándole las manos cuando él empezaba a desprenderse el primer botón de la camisa y haciéndolo ella en su lugar. Él echó la cabeza atrás contra la pared sometiéndose a sus cuidados con cautelosa docilidad.

—Ayer en algún momento... creo —contestó cerrando los ojos—. Tinker nos llevó a todos unos trozos de tasajo.

—Y tampoco has dormido ni un minuto en estos dos días.

Cathy lo afirmó antes que preguntárselo. Jon no respondió y Cathy consideró que el callar era otorgar.

—Ahora, enderézate un poco. —Cuando él la obedeció, Cathy le quitó la camisa mojada. Luego él se inclinó para quitarse las botas antes de ponerse de pie y desabrocharse los calzones que chorreaban agua. Cuando se los quitó y quedó completamente desnudo empezó a tiritar. Entonces Cathy vio que tenía la carne de gallina. Rápidamente tomó una toalla áspera y le frotó todo el cuerpo enérgicamente hasta secarlo por completo. Luego arrancó la colcha de la litera y se la envolvió alrededor del cuerpo. Automáticamente, la mano de Jon la aferró para que no se cayera. Cathy, al verle envuelto en la descolorida tela escocesa, pensó que parecía un verdadero indio gigante.

—No te agites, no es para tanto. No me pasa nada que no se cure con una siesta y un poco de comida —dijo él, irritado, mientras Cathy le empujaba para que volviera a sentarse en la litera—. Además, apuesto a que tú tampoco has comido... o dormido mucho.

—No —concedió Cathy—. Pero al menos nosotras estábamos aquí a resguardo de la tempestad y nos las arreglamos para comer algo regularmente y hasta dormitar un poco. Ahora voy a encender la estufa y te traeré un poco de comida. Luego podrás dormir. Y nada de una simple siesta tampoco.

—Bueno, bueno, sí que te has vuelto mandona, ¿no es verdad? —preguntó él con una débil sonrisa, pero Cathy advirtió que no había intentado discutir. Ella se volvió para sonreírle, pero a él se le cerraron nuevamente los ojos. Cathy salió del camarote sin hacer ruido y fue en busca de carbón y comida.

Mientras avanzaba cuidadosamente por la cubierta, la destrucción que encontraba a su paso la llenó de consternación. La punta del palo de trinquete se había roto y pendía ahora, oscilando de un lado a otro, contra la pared del alcázar como un árbol de Navidad que se ha descartado por viejo e inservible. Lo poco que aún quedaba del velamen colgaba hecho jirones de las vergas. Por todas partes se veían cuerdas y cabos colgantes. Trozos de madera y lona de distintos tamaños, además de otra clase de escombros, estaban esparcidos por toda la cubierta, que, al seguir casi a flor de agua, seguía lavada por las olas. En la cubierta de popa se había improvisado una enfermería de emergencia donde yacían en ese momento unos seis o siete hombres al abrigo del voladizo de tablones. Ninguno de ellos parecía gravemente herido, aunque uno no dejaba de sujetarse una pierna que se había hinchado hasta casi tres veces su tamaño normal. Era el único que gemía y se quejaba de dolor. Otro hombre, callado y con todo el aspecto de un erudito, conocido por el nombre de Dougan, iba y venía entre los caídos, ya que parecía haber asumido el papel de médico.

—¿Necesita alguna ayuda? —le preguntó Cathy en voz baja. Él miró en derredor, vio quién le había hablado y la sangre fluyó a su rostro enjuto.

—Oh, no, señora... digo milady —tartamudeó, sobresaltado—. Otra de las damas... quiero decir, mujeres... se ha ofrecido a ayudarme. Angie, ya la conoce. Es una buena chica. Y ninguno de estos tíos está mal herido. Salvo Croomer que se ha roto una pierna. El imbécil fue tan torpe que tropezó con un rollo de cuerda.

Croomer, obviamente el hombre que se estaba sosteniendo la pierna y gemía, renegó rotundamente contra Dougan por su desfachatez. Dougan se escandalizó al oírle.

—Ten cuidado con lo que dices, maldito necio, hay una dama presente —le amonestó Dougan, irritado, luego él mismo quedó turbado al preguntarse si «maldito» era una palabra demasiado fuerte con la que se pudiera mancillar los oídos de Cathy. Ella apenas pudo reprimir la risa. Si Dougan supiera que ella había oído palabrotas mucho peores que esa, no solo de boca de Jon, de quien se podía esperar algo así, sino de varias de las más finas damas que agraciaban con su presencia muchísimos salones de la más rancia aristocracia londinense.

—¿Está cuidando al capitán, señora? —preguntó Dougan. Cathy asintió con la cabeza y él hizo un gesto de aprobación—. Es un hombre muy valiente, milady. Estaba en todas partes al mismo tiempo y haciendo de todo. Luchando con el timón, arriba de los mástiles, tronchando el palo cuando cayó sobre Grouse. Él, casi sin ayuda de nadie, fue quien nos salvó del desastre y es la pura verdad.

—Lo sé —respondió Cathy en tono muy quedo antes de alejarse de allí. Pero mientras buscaba las provisiones que necesitaba y luego volvía sobre sus pasos en dirección al camarote, la invadió un sentimiento de vivo placer y de orgullo por ese hombre que alguna vez había amado con toda su alma.

Tan pronto como entró en el camarote vio que Jon se había quedado profundamente dormido. Todavía estaba sentado con la cabeza y los anchos hombros apoyados contra la pared y los labios entreabiertos por donde escapaban ligeros ronquidos. Cathy contempló el rostro pálido con negra barba cerdosa, el pelo completamente despeinado sin nada de su brillo natural debido a la lluvia y al agua del mar, el largo cuerpo fornido acurrucado dentro de la colcha andrajosa y los fuertes pies morenos que sobresalían debajo del borde inferior y una extraña ternura se apoderó de su ser. Se le veía tan vulnerable, tan absolutamente indefenso, que Cathy anheló cuidarle y protegerle como lo haría con Cray. En ese preciso momento estaba preparada para olvidar todo lo que había pasado entre ellos. Él estaba fatigado, tenía frío y hambre. La necesitaba y ella haría todo lo que estuviera a su alcance por él.

Amontonó el carbón en la estufa, lo encendió y esperó hasta que empezó a arder uniformemente. Entonces cerró el pequeño hogar y se dirigió a donde estaba Jon. Pensó que le vendría bien un baño al ver la sal reseca que le marcaba el rostro y las manos. Pero consideró que lo que más necesitaba era dormir. Con todo cuidado le tomó por los hombros y trató de acostarle. Pero resultó ser una tarea mucho más difícil de lo que había previsto; Jon era pesado y dormido como estaba era peso muerto. Cuando finalmente logró que la cabeza reposara sobre la almohada chata y dura, Cathy estaba jadeando. Afortunadamente los pies fueron más fáciles de manejar. Simplemente los agarró por los tobillos y los subió a la litera. Le hizo mucha gracia ver que los pies sobresalían varios centímetros fuera del borde. Jon medía bastante más de un metro ochenta y era evidente que habían diseñado la litera para un hombre mucho más bajo.

Todavía cómodamente arropado con la colcha, Jon continuó profundamente dormido durante toda la operación. Como esos débiles ronquidos siguieron brotando de su boca con inalterada regularidad, Cathy tuvo que sonreír. Él siempre había dormido como un muerto y Cray había heredado esa tendencia de su padre. ¡Que Dios les ayudara si alguna vez surgía algún problema mientras los Hale, padre e hijo, estaban durmiendo! ¡A menos que les golpeara la cabeza con un palo de escoba, la dejarían sola para enfrentarse a cualquier peligro! Y súbitamente se preguntó si el nuevo bebé, el que aún dormitaba en sus entrañas, sería igual. Este pensamiento hizo que la criatura pareciera más real, una persona en vez de una cosa, y súbitamente sintió crecer su amor por él. ¡No importaban los problemas que pudiera ocasionar, era su hijo, y lo deseaba aun cuando nadie más lo hiciera! Otro muchachito como Cray o tal vez una niña...

Cathy se preparó una taza de té y se sentó en una de las sillas duras e incómodas contemplando distraída el cuerpo dormido de Jon. Ella también estaba agotada, pero no quería tenderse en la litera por miedo de molestar a Jon. Él necesitaba dormir mucho más que ella, porque ella podía dormitar en otro momento, mientras que él, por fuerza, debía aprovechar cualquier oportunidad que tuviera para descansar entre las diversas tareas que debía realizar para hacer navegar el barco. Se le veía sumamente sereno a despecho de su desaliño. Cathy volvió a sonreír al observarle.

Reflexionó que debería comentarle lo del niño muy pronto. Aunque él había permanecido ausente durante casi todo el embarazo de Cray, no desconocía la forma en que funcionaba el cuerpo de una mujer. Tarde o temprano, inevitablemente, notaría la llamativa ausencia de su flujo menstrual o la casi imperceptible pero inconfundible redondez de su vientre. Él estaba más íntimamente familiarizado con el cuerpo de Cathy que ella misma. Pero, por otro lado, Cathy se asombró de que la creciente turgencia de sus senos y el abultamiento de su vientre no hubiesen atraído su atención antes de ahora. Probablemente había estado muy ocupado aplacando su ira como para prestar toda su atención a los contornos de su cuerpo.

Por el bien del futuro hijo y por consideración a Cray, Cathy comprendió con una sensación de inevitabilidad que Jon y ella tendrían que hacer las paces y tratar de empezar una nueva vida. El hijo de ambos... los hijos, se corrigió Cathy con un estremecimiento, merecían una verdadera familia llena de amor, como la que habían formado Jon, Cray y ella antes de que Harold y sus intrigas hubiesen entrado en sus vidas. Su matrimonio con Harold era un problema, pero estaba plenamente convencida de que no era insoluble. Después de todo, la unión jamás había llegado a consumarse. Una anulación, aunque difícil de obtener, no debía de ser algo imposible. Ella no era precisamente una don nadie y su padre, si todavía estaba vivo y su salud recobrada cuando volviera a ponerse en contacto con él, debería ser capaz de usar todas sus influencias, que eran considerables, a favor de ella. Cathy sabía que era muy probable que Harold pusiera objeciones o hasta que mintiera sobre la consumación del matrimonio. Pero, de algún modo, Cathy estaba segura de que en la mente de Harold pesaría mucho más que vengarse de ella la idea de tener un hijo bastardo concebido por un pirata convicto heredando su título nobiliario. Era demasiado orgulloso y fatuo para eso.

Durante la tormenta el camarote se había vuelto húmedo y frío. Hasta en ese momento, con la redondeada parte central de la estufa de hierro ardiendo vivamente y desprendiendo bastante calor, Cathy podía sentir ese frío penetrante. Un escalofrío le recorrió el cuerpo; recogió las piernas y las rodeó con los brazos en busca de un poco de calor. Aparte del charco de luz alrededor de la estufa, el camarote estaba sumido en la más absoluta oscuridad.

Un bostezo imprevisto sorprendió a Cathy. ¡Tenía tanto sueño! Se quedó un rato más sentada allí, luchando contra los efectos de la fatiga, y por fin se rindió. Poniéndose de pie, cruzó el espacio que la separaba de la litera arrastrando los pies y rápidamente se despojó de toda la ropa. Aún no se sentía muy cómoda durmiendo desnuda, pero cuando se tenía un solo conjunto de prendas de vestir, no había otra alternativa.

Permaneció unos momentos de pie junto a la litera contemplando fijamente a Jon. Estaba cómodamente tumbado boca abajo con el rostro hundido en la almohada y los brazos y piernas extendidos cuan largos eran. El cuerpo continuaba arropado con la colcha que había quedado aprisionada debajo de todo su peso. Se le veía bronceado y muy vigoroso tendido sobre la sábana blanca. También parecía imposible moverle de su lugar. Cathy suspiró y empezó a empujarle para poder acostarse en la litera. Él, como una estatua de puro granito, permaneció inmóvil en la misma posición y en el mismo sitio hasta que Cathy tuvo la feliz idea de soplar en su oreja. Al principio él no hizo caso, luego arrugó la frente y trató de apartar la molestia con un movimiento instintivo de la mano. Finalmente, gruñendo, se volvió de costado y de cara a la pared para esconder la oreja maltratada de su atormentador. Rápidamente Cathy se deslizó en la litera junto a él y, aprovechando que al moverse había dejado parte de la colcha libre, se tapó con ella. De inmediato se acurrucó tanto como pudo contra la espalda ancha de Jon en busca de un poco de calor. Luego pasó el brazo cómodamente alrededor de su cintura musculosa y, dejando escapar un corto suspiro, se quedó dormida.

La despertó una mano caliente acariciándole tiernamente el pecho. Cathy permaneció quieta por un momento, demasiado dormida todavía. La mano continuó sus movimientos eróticos, cubriendo y frotando el pezón que se endurecía y parecía pedir más. Después, como si la mano estuviera satisfecha de haber excitado uno de los pechos hasta convertirlo en un botón ardiente, fue en busca de su gemelo y repitió el procedimiento hasta dejarlo tan tembloroso y excitado como a su compañero. Cathy jadeó y contuvo la respiración. Al abrir los ojos encontró a Jon tendido de costado al lado de ella con la cabeza apoyada sobre un brazo doblado, mientras la otra mano jugueteaba con su cuerpo complaciente y dócil. Los acerados ojos grises también mostraban rastros de sueño. En medio de su aturdimiento notó que las tinieblas que envolvían sus cuerpos eran más negras que la brea. Debía de ser bien avanzada la noche.

—Vuelve a dormirte —susurró Jon a su oído y la voz narcotizó sus sentidos. Aquella mano acariciadora se deslizó hacia abajo y comenzó a frotarle suavemente el vientre y Cathy, obediente, cerró los ojos. Sería más fácil fingir que todo esto era parte de sus sueños...

Los dedos viriles trazaron un sendero de fuego desde el vientre hasta los sedosos muslos blancos para luego volver al punto de origen, dibujando pequeños círculos provocativos, contrastando la aspereza de las yemas con la suave tersura de su piel. Deliberadamente él evitó el único lugar, el lugar secreto, que clamaba por sus caricias. Cathy empezó a gemir, fue un sonido grave que nació en lo más profundo de la garganta y movió la cabeza de un lado a otro sobre la almohada. Silenciosamente, solo con sus movimientos, ella le imploró...

Manteniendo aún los ojos cerrados, se negó a pensar que, no mucho tiempo atrás, él había estado acariciando a Sarita de la misma forma. El demonio de los celos pugnaba por asomar su cabeza dentro de ella, pero, resueltamente, Cathy le negó la entrada a su mente y no se dejó influir por él. Era tan agradable y maravilloso permanecer tendida allí, aceptar el excitante contacto de sus manos sin protestar, saber que pronto él le cubriría el cuerpo con el suyo para poseerla... La boca de Jon empezó a mordisquearle seductoramente la blanca columna del cuello y luego la lengua salió y tanteó su camino a lo largo de la clavícula hasta llegar a la suavidad excelsa de su pecho turgente y ansioso. Mientras él pasaba repetidamente la punta mojada de su lengua sobre el pico sensible y endurecido, Cathy soltó algunos gemidos de puro placer. El pecho se hinchó al percibir el contacto estimulante y erótico de la lengua. Luego, con suavidad irritante pero provocadora al mismo tiempo, la lengua trazó diminutos círculos concéntricos alrededor del pezón impaciente y expectante, hasta que Cathy no pudo soportarlo más. Casi sollozante, levantó los brazos, y, tomándole la cabeza morena, la guio directamente al botón pulsante y afiebrado que parecía ser el mismo centro de su deseo.

—Cielos, me vuelves loco —le susurró Jon al oído. La boca ya había dejado de atormentar deliciosamente el pezón para explorar ardientemente los diminutos recovecos de la caracola nacarada. Cathy solo pudo gemir como única respuesta, porque la mano, después de casi una eternidad, por fin había llegado al sitio donde ella más la quería: el cálido nido dorado entre sus muslos. Por un instante, los muslos se cerraron con fuerza, queriendo privarla del encantamiento y el éxtasis que solo Jon sabía cómo hacerle alcanzar, pero cuando su dedo, infaliblemente, fue encontrando todos los puntos clave, las piernas empezaron a separarse y a abrirse para él. Aun así, él no la poseyó todavía, aunque las violentas y febriles sacudidas de todo el cuerpo de Cathy imploraban que lo hiciera.

Jon depositó besos fugaces sobre los párpados cerrados, las sienes, los pómulos y hasta sobre la boca entreabierta y suplicante, pero no quiso prolongarlos en besos apasionados. Las manos de Cathy se curvaron nerviosamente sobre los hombros anchos y fornidos, luego se deslizaron hacia abajo y acariciaron inconscientemente el espeso vello negro que le cubría el pecho. Su aspereza le hizo cosquillas en las palmas suaves de las manos. A Cathy le encantó la sensación. Instintivamente, los dedos siguieron el oscuro rastro por los músculos tensos del vientre de Jon hasta la mata espesa que rodeaba su dureza caliente y pulsante. Cathy, jadeando y revolviéndose por los tormentos que le prodigaban las caricias de sus manos incansables, decidió torturarle por su cuenta. Los dedos gráciles y delicados se cerraron suavemente alrededor del miembro viril y luego lo apretaron.

—¡Oh, cielos! ¡Oh, Cathy! —gruñó él mientras la mano empezaba a moverse rítmicamente hacia arriba y hacia abajo. Su respiración se hizo más profunda y entrecortada hasta quedar jadeante. A pesar de ello, Cathy no le demostró ninguna compasión. Jugó con él como él mismo había hecho con ella, hasta que Jon quedó postrado de espaldas, gimiendo y suplicando mientras Cathy se inclinaba sobre él.

—¿Soy mejor que Sarita? —exigió saber ferozmente. Finalmente el demonio de los celos había logrado romper el cerco que ella había levantado a su alrededor. Jon parpadeó y abrió los ojos. Entreabrió los labios para responder, pero Cathy no le dio oportunidad de hablar. En cambio, impulsada por una rabia sorda que no se lo hacía ver todo rojo, sino de un fulgurante verde bilioso, se inclinó repentina y velozmente hasta que su boca ocupó el lugar que había ocupado antes su mano; estaba decidida a hacerle total y completamente suyo, a dejarle su marca para toda la vida.

—Cielos, no te detengas —gimió él cuando ella levantó finalmente la cabeza. Cathy permaneció aplomada y serena por encima de él con los ojos azules brillando en la penumbra como si fueran los de un gato salvaje.

—¿Soy mejor que Sarita? —preguntó una vez

más. Jon tragó una bocanada de aire con un agónico estertor.

—¡Dios mío, sí! —refunfuñó en voz apagada.

Victoriosa y exultante, Cathy bajó la cabeza una vez más. Cuando Jon llegó al paroxismo y vomitó su simiente saliente con violencia, Cathy sintió que había ganado un premio. Con un regocijo perverso, le soltó, y cayendo hacia atrás se hundió en las almohadas. Junto a ella podía sentir los esfuerzos desesperados de Jon para respirar, cómo se sacudía el cuerpo mientras luchaba para que la respiración recobrara su ritmo normal. Un esbozo de sonrisa le curvó los labios sensuales y cerró los ojos para dormir.

—No tan deprisa —le dijo una voz suavemente al oído. El impacto del roce de unas manos separándole los muslos despertó a Cathy, sobresaltada.

—¿Qué...? —tartamudeó ella. Pudo sentir entonces que su rostro se enrojecía violentamente al ver que él se colocaba de rodillas entre sus piernas separadas mientras las manos de Jon las levantaba y con fuerza de acero se las ponía sobre los hombros. ¡Cielos, él no podía tener la intención de...! Nunca antes le había permitido hacer algo semejante, y él, empeñado en complacerla, jamás había forzado su decisión. Era algo indecente, obsceno...

También era entrar en el paraíso. Cathy jadeó y tembló de pies a cabeza bajo la ardiente tutela de su boca. Retorciéndose y gritando de placer, Cathy pronto olvidó toda vergüenza. Cada vez que Jon intentaba levantar la cabeza, las manos de Cathy, desesperadas, le aferraban los negros cabellos apretándola contra su carne caliente.

—¿Soy mejor que Harold? —preguntó él roncamente a su vez. Cathy, medio loca de anhelo, sollozó su respuesta.

—Sí, oh, sí. ¡Cielos, sí!

La boca regresó a su tarea con creces y la tomó casi con salvajismo. Cathy llegó al orgasmo una y otra y otra vez. «Si parara», pensó ella una vez, extenuada por las violentas reacciones de su cuerpo; luego, al volver a intensificarse las vibraciones y estremecimientos que recorrían su cuerpo, cambió ese ruego por: «Si nunca parara, si este éxtasis pudiera seguir indefinidamente...»

Por último, Jon se quedó inmóvil entre sus piernas. Cathy, con los ojos cerrados y la piel todavía estremecida, se sintió como si se hubiese muerto. Cuando él se levantó y se acostó en la litera junto a ella, Cathy percibió el movimiento desde una gran distancia. En realidad, ella estaba flotando, flotando... Apenas reparó en que Jon ni siquiera se había molestado en darle las buenas noches.

De pronto, Cathy tuvo la extraña sensación de estar nadando en oscuras e impenetrables aguas tropicales. Se hallaba a gran distancia de la superficie y sabía que tenía que subir hasta allí cuanto antes o resignarse a morir ahogada. Intentó subir con todas sus fuerzas y en el preciso momento en que pensaba que los pulmones estallarían por falta de aire, la alcanzó; boqueando con desesperación, tragó grandes bocanadas de aire y abrió los ojos.

Aturdida, por un momento no reconoció dónde estaba. En vez del chapaleo de las olas, estaba rodeada de suaves rayos de sol que se filtraban por los vidrios embadurnados de los ojos de buey. Junto a ella respiraba rítmicamente un cuerpo caliente que se encontraba profundamente dormido. Cathy movió la cabeza hasta que pudo ver ese cuerpo e inmediatamente reconoció a Jon. Y pisándo los talones a ese reconocimiento llegaron recuerdos humillantes que la llenaban de vergüenza. Su mente revivió todo lo sucedido durante el transcurso de esa noche espantosa. Recordó lo que ella había hecho y enrojeció furiosamente desde la punta de los pies a la cabeza. Después recordó lo que él había hecho y deseó acurrucarse y morir.

Después de intentarlo por un rato, se dio cuenta de que no se podía morir por voluntad propia. Iba a vivir y a vivir con esa noche como una parte imborrable de su pasado. Pensó que debería enfrentarse a Jon y sintió mariposas revoloteando locamente en el estómago. En toda su vida no se había sentido tan avergonzada como en ese momento.

Y pegajosa. Sentía todo el cuerpo pegajoso, de la cabeza a los pies. Su piel parecía adherirse a la sábana, a la carne tibia de Jon que descansaba a su lado, a sí misma. Casi sin hacer ruido rodó sobre la litera y se levantó. Deseaba retrasar lo más posible el momento en que Jon se despertara. Hasta que realmente ella pudiera leer en los ojos grises el recuerdo que él tenía de la noche que ambos acababan de pasar, podía negarse a pensar en ella. Podía, simplemente, expulsarla de su mente.

El agua del cántaro estaba fría, pero eso a Cathy no le importó. De pie en el centro de la tina de latón, la vertió lentamente sobre su cuerpo. Luego, tomando la pastilla de jabón del palanganero, empezó a hacerlo penetrar en su piel frotándola con sumo cuidado. Se dedicó a esa tarea con una concentración total, obligándose a no pensar en nada que no fuera cumplir la misión impuesta de limpiarse por completo.

Cathy nunca supo cuánto tiempo había pasado Jon observándola antes de que ella tomara conciencia de que lo hacía. Su cuerpo desnudo, de perfil, se destacaba contra la luz que se derramaba por los ojos de buey; simplemente volvió la cabeza y encontró los ojos grises fijos en ella. La expresión que vio en el rostro moreno la desconcertó y, con ceño, le interrogó con la mirada. Dos líneas duras parecían paréntesis a los costados de la boca de Jon y los labios fijos en un gesto cruel eran dos cortes derechos y apretados. Sus ojos la miraban con dureza y tenían un brillo terrible al encontrarse con la mirada inocente de Cathy.

—¿Cuánto tiempo más pensabas mantenerme en la ignorancia de ese hecho evidente de tu embarazo, lady Stanhope? —inquirió él haciendo rechinar los dientes. Con la sensación del desastre inminente, Cathy comprendió que Jon estaba encendido de ira irreprimible.

10

—Yo... yo... —balbuceó Cathy. La pregunta la había tomado por completo desprevenida.

—Hazme el favor de continuar, *lady Stanhope* —se mofó blandamente Jon poniendo tanto énfasis en el título nobiliario que sonó como un insulto.

Cathy tragó saliva y reconoció que era demasiado tarde para darle una explicación. Debió haberle hecho partícipe de la noticia mucho antes, no esperar que él se enterara por sus propios medios. Rápidamente vertió el agua restante sobre su cuerpo hasta dejarlo libre de jabón, agarró la toalla y la envolvió alrededor de su cuerpo antes de salir de la tina. El trozo de tela apenas le cubría las partes más íntimas dejando al descubierto las largas piernas esbeltas y los hombros redondos y mórbidos. Cathy ni siquiera tomó en cuenta lo breve que era su atuendo mientras se pasaba los dedos distraídamente por entre los largos cabellos todavía húmedos, dejándolos caer pesadamente por la espalda en una espesa masa dorada. Todos sus pensamientos estaban concentrados en encontrar la mejor forma de aplacar la furia hirviente de Jon. Seguramente, una vez que ella se lo señalara, él vería con claridad que, por el bien de sus hijos, ya era tiempo de enterrar los odios y rencores del pasado y congeniar para vivir todos juntos de ahí en adelante. El futuro podría depararles la felicidad tan deseada.

—Estoy esperando —gruñó Jon ominosamente. Cathy se mordió el labio, pues la voz la había arrancado abruptamente de la ensoñación en la que había caído sin advertirlo—. Y no trates de negarlo —añadió él con voz áspera—. Es tan evidente como la nariz en tu rostro.

—No se me ocurriría nunca negarlo —dijo Cathy dulcemente. Los ojos azules enfrentaron los tormentosos ojos acerados con aparente serenidad—. Estoy orgullosa de ello. Deseo este hijo.

—¡Tú... zorra! —exclamó Jon mordiendo las palabras. La furia le demudó el semblante y haciendo un gran esfuerzo se incorporó. Se quedó sentado allí, en el borde de la litera, desnudo, con el negro cabello completamente revuelto y el rostro enjuto oscurecido por una barba de tres días—. ¡Eres una estúpida prostituta lasciva!

Ese insulto gratuito hizo que se agrandaran los ojos de Cathy, que relumbraron de cólera. Le hincó una mirada feroz y mantuvo la boca apretada al tiempo que levantaba la barbilla en gesto de desafío. Cuando él le devolvió la mirada llena de furia, Cathy casi pudo oír cómo rechinaron sus dientes.

—¡No puedes hablarme en esa forma! —le informó Cathy con altanería cada vez más enojada—. ¡Estoy harta de las obscenidades que salen de tu boca! ¿Por qué no he de sentirme dichosa de tener este hijo? ¡Es mío!

—Eso es lo único que no está en duda —masculló Jon, enfadado. Luego, clavándole la mirada en los ojos, añadió en tono más alto—: ¿Conocía Harold que estabas encinta antes de que tú... ah, le abandonaras tan abruptamente?

—No, claro que no —contestó Cathy, impaciente, un poco más calmada. Después de todo, era hasta natural que la noticia le causara conmoción y por regla general las primeras reacciones no eran dignas de confianza. Caramba, ella misma había quedado anonadada cuando se había dado cuenta de que estaba encinta. Cuando Jon tuviera tiempo para reflexionar, seguramente consideraría la perspectiva de su segunda paternidad con más ecuanimidad. Con solo pensar cómo mimaba a Cray...—. Ni yo misma lo sabía entonces —añadió ella.

—Pobre Harold —recalcó Jon en tono desagradable y con un brillo de cuchillos en los ojos grises—. Tendrás que escribirle y hacérselo saber. Estará encantado.

Cathy se quedó mirándole boquiabierta por un momento, sin habla, mientras asimilaba su insinuación.

—¿No estarás sugiriendo —chilló cuando volvió a encontrar las palabras— que este hijo es... es de Harold? —Su voz subió al pronunciar ese nombre demostrando su incredulidad.

—Tienes razón... no lo estoy sugiriendo. Lo afirmo.

—¡Eres un cerdo! —exhaló Cathy echando llamaradas por los ojos azules al clavarlos en él—. ¡Harold nunca me tocó! ¡Este es nuestro hijo, maldito seas!

Jon se puso súbitamente de pie con movimientos

elásticos. Se quedó lanzándole miradas feroces con los puños apretados colgando a los costados del cuerpo.

—No esperarás que te crea, ¿verdad? —preguntó él, mordaz—. Creo que debes de estar olvidándote que vi con mis propios ojos a Harold... ah, no tocándote.

—Estaba tratando de consumar nuestro matrimonio —siseó ella—. Pero jamás se lo permití. Todo el tiempo fingí mareos y descompostura de estómago... mareada, ¿me oyes?... desde la primera noche de nuestra boda hasta que llegaste y ¡me arrancaste de allí como el bruto que eres! Solo que la noche de tu llegada él había descubierto que yo no sufría de mareos en absoluto. Estaba intentando forzarme, pero llegaste antes de que lograra su cometido. ¡Créeme, es absolutamente imposible que sea hijo de Harold! —Subrayó la última frase. Jon torció los labios.

—¡No te creería aunque lo juraras sobre una pila de Biblias! —gruñó él—. Si... y advierte que digo si... lo que dices es cierto, ¿por qué diablos no me lo dijiste antes? ¿Por qué esperar hasta que yo averiguara que estabas encinta? Muy conveniente, eso.

—Me enfureces —le dijo Cathy procurando controlar su mal genio. Jamás le había pasado por la imaginación que Jon pudiera negarse a reconocer la paternidad de su futuro hijo. Si no fuera por esa criatura y por Cray, ¡le diría que se fuera de paseo al mismísimo infierno y se divirtiera caminando entre las llamas! ¿Cómo se atrevía a pensar continuamente cosas tan horribles de ella?

»Estabas tan dispuesto a dar por sentado que yo te había traicionado —continuó ella con rencor y amargura—. ¿Por qué debía yo tranquilizar tu ánimo? Si no me conocías bastante bien y no me tenías suficiente confianza como para saber que no te haría semejante cosa, entonces no valía la pena intentar convencerte de lo contrario. Dijiste que me amabas: ¡qué gracioso! Cuando se ama, se confía en la persona amada, ¡no se cree lo peor de ella inmediatamente, como lo has hecho conmigo! Desde la primera vez que me hiciste tuya... yo era virgen, podría recordártelo y también que lo hiciste contra mi voluntad... ¡He estado bajo sospechas de infidelidad si tan solo le sonreía a otro hombre! ¡Estoy harta de discutir contigo! ¡Puedes creer lo que demonios te plazca!

—Oh, así será —replicó él, ofensivo—. ¡He escuchado tus mentiras durante demasiado tiempo y sé que las vomitas con la misma naturalidad con la que respiras! Jamás me convencerás de que Harold no se acostó contigo. ¡Cielos, hasta dudo de que hayas opuesto una resistencia simbólica! Olvidas que sé cuánto gozas cuando un hombre te hace suya: ¡eres más ardiente y apasionada que cualquiera de las prostitutas que he conocido en toda mi vida! No puedes pasar dos días seguidos sin abrirte de piernas. Me sorprende que Harold se haya molestado en casarse contigo: apuesto lo que quieras a que él ni siquiera tuvo que esperar a ponerte la alianza en el dedo antes de probar tus encantos. ¡Lo sé porque yo lo hice!

—¡Tú... sucio bastardo vil! —gritó Cathy, exasperada—. ¡El único motivo por el que no tuviste que esperar es porque me violaste, canalla, y lo sabes! ¡De otro modo jamás me habría acercado a ti... un pirata y un criminal! No eras... no eres... digno de sostener

la puerta de mi carruaje. ¡No eres más que una escoria!
—Se había encolerizado tanto que temblaba visiblemente.

—¡Y tú no eres más que una prostituta de alta
alcurnia que se da aires de gran dama! —vociferó él;
dos oscuros manchones rojos teñían sus pómulos.
Mientras hablaba recogió sus calzones, metió las piernas en ellos y los levantó de un tirón. Era tanta la rabia
de Cathy que tenía los cabellos erizados.

—Si eso es lo que piensas de mí, ¿por qué no me
dejas ir? —replicó ella controlando apenas el impulso
de abalanzarse sobre él y clavarle las uñas en el rostro
moreno y burlón.

—¿Y devolverte a Harold? —se mofó, pero la mirada dura de sus ojos al clavarse en ella desmintió su
tono burlón—. Veamos, podría hacer precisamente
eso. Por cierto, ya no me sirves más. Ese es el problema con las prostitutas, ya sabes: ¡un hombre se cansa
muy pronto de ellas!

—¡Sucio bastardo! —susurró Cathy, y, olvidando
toda cautela, se abalanzó sobre él. Jon la vio venir y la
tomó por los brazos clavándole los largos dedos profundamente en la carne tibia y blanca. Sonrió despiadadamente mientras la inmovilizaba y dio la sensación
de disfrutar con el dolor que le infligía. Cathy echó la
cabeza hacia atrás fulminándole con una mirada de
furia impotente. ¡Dios, cuánto le odiaba! ¡Lo que no
daría por ser un hombre fuerte y grande por solo cinco minutos para poder borrarle esa sonrisa presuntuo-
sa del rostro!

—Yo no lo intentaría —le advirtió él suavemente
al leer su sed de sangre en los ojos azules—. Porque

nada me daría más gusto que golpearte hasta que pidieras clemencia. Es lo que debería haber hecho hace años: ¡entonces tal vez no tendrías el sentido moral de una gata callejera!

Los ojos de Cathy relumbraron y la ira desfiguró sus facciones.

—¡Me das asco! —siseó ella, y, sin considerar las consecuencias, le escupió de lleno a la cara.

En los ojos de Jon estalló una cólera siniestra que pareció fulminarla. Cathy sabía que debía temerle, que debía encogerse de miedo ante la espantosa amenaza que leía en su semblante, pero estaba demasiado fuera de quicio. ¡Quería matar y si él sentía lo mismo, tanto mejor! ¡Prefería morir antes que encogerse de miedo delante de él! ¡Podía devolver golpe por golpe!

—Vaya, eso no ha sido muy inteligente de tu parte —dijo arrastrando las palabras luego de unos momentos apretando con más fuerza los brazos de Cathy hasta que ella tuvo ganas de llorar de dolor—. Debería atontarte a bofetadas... y si osas repetir esto alguna vez, lo haré. Y es una promesa. ¡Solo porque nunca te he puesto la mano encima hasta ahora, no significa que no lo haré!

Sus ojos brillaron cruelmente cuando levantó a Cathy del suelo por los brazos, haciéndola girar en el aire hasta dejarla de espaldas a la litera mientras él se quedaba entre ella y la puerta. Todo su cuerpo parecía irradiar oleadas perceptibles de mal temple. Cathy no pudo evitar que un escalofrío de terror corriera por su espalda. Él era tan grande, casi la doblaba en tamaño, y podía partirla en dos con las manos vacías si quería.

Y según el humor que tenía en esos momentos, no necesitaría mucho para hacerle desear realizar exactamente eso.

Casi con gentileza la empujó hacia abajo hasta sentarla en la litera.

—¡Siéntate! —le ordenó clavándole los dedos una vez más como advertencia antes de soltarla lentamente. Cathy, negándose a admitirlo, estaba acobardada. Se sentó, ardiendo de ira.

Mientras se abrochaba los calzones y se ponía la camisa, Jon la atravesó con esos ojos de fuego. Cathy, que todavía solo tenía la toalla para cubrirse, leyó en sus ojos un desafío salvaje: muévete, parecían decir, y haré que lo lamentes. Aún le quedaba a Cathy suficiente sentido común como para no poner a prueba esa muda amenaza.

—Eres una chica lista, ¿no es verdad? —la provocó él irónicamente. Cathy, sin atreverse todavía a ponerse de pie, sintió que un odio profundo corroía sus entrañas. En ese momento quiso hacerle sufrir un verdadero infierno.

—Oh, sí, pero ni la mitad de lista de lo que eres tú —ronroneó ella con los dientes apretados, y, haciendo un esfuerzo supremo, logró fingir una dulce sonrisa—. ¡Qué astuto has sido al darte cuenta de que el hijo que llevo en mi vientre es de Harold! Debería haber sabido que sería absolutamente imposible mentir...

Por un instante, Cathy temió haberse excedido presionándole más allá de lo previsto: los ojos de Jon cobraron nueva vida y brillaron con una violencia implacable. Después, de modo harto evidente, tuvo que contenerse para no pegarle. A pesar de eso, Cathy le hizo frente con orgullo y arrogancia, rehusando echarse atrás. Después de un momento electrizante, Jon pareció que había conseguido dominar su ira.

—Sí, deberías haberlo sabido —acotó él rechinando los dientes y, volviéndose sobre sus talones, salió del camarote cerrando de un portazo. En cuanto lo hubo hecho, Cathy se puso de pie de un salto. Sus manos encontraron el cántaro de porcelana en su camino y, alzándolo, lo arrojó violentamente contra la puerta que seguía vibrando. Con rabiosa satisfacción oyó el estallido al chocar y caer con estrépito hecho añicos a sus pies.

Esa noche Jon no regresó al camarote y tampoco lo hizo las noches siguientes. En cambio, envió a Perkins a retirar de allí sus escasas pertenencias. En cuanto oyó los balbuceos de Perkins tratando de explicar la misión que le había encomendado Jon, Cathy, sin decir una palabra, recogió la navaja, la taza y la brocha de afeitar de Jon, la única camisa de repuesto que tenía y la botella de whisky con lo poco que quedaba dentro, hizo un lío con todo ello y lo puso en los brazos temblorosos del azorado muchachito. Perkins todavía estaba tartamudeando excusas cuando Cathy le cerró la puerta en las narices.

Abandonada a su suerte para disfrutar de las escasas comodidades del camarote del capitán en solitario esplendor, día a día fueron creciendo en ella el encono y la rabia. Cuando se encontraba con Jon en cubierta se negaba a dirigirle la palabra y él parecía desvivirse por evitarla. Desconocía el lugar donde él podía estar durmiendo por las noches, pero si tuviera que apostar, se jugaría todas sus pertenencias a que Jon no carecía de compañía femenina. ¡La perversa satisfacción llena de vanidad de Sarita era tan obvia que daba asco!

La tripulación veía ese evidente distanciamiento entre el capitán y su amante con una combinación de regocijo, curiosidad y especulación. Nadie sabía bien por qué habían reñido, pero estaban seguros de que debía de ser por algo bien gordo. Pero lo que les resultaba más extraño aún, era que el capitán permitiera que la dama permaneciera en su camarote, mientras que él se echaba a dormir en alguna otra parte. Normalmente y de acuerdo con una costumbre inveterada habrían esperado que el capitán pusiera a la dama de patitas en la calle si se inclinaba a cambiar de pareja. Algo raro pasaba, decidieron entre ellos, pero no lograron consenso en cuanto a qué era en realidad. Una tarde Cathy acertó a oírles haciendo apuestas a diferentes causas de la desavenencia y prácticamente hizo crujir los dientes de rabia. ¡La suposición que aventajaba a las demás dos a uno era que ella resultaba un témpano de hielo en la cama!

Mientras ocurría todo esto, el *Cristobel* seguía avanzando con muchas dificultades hacia el puerto más cercano. La borrasca lo había desviado muchísimo de su curso. Según los cálculos de Jon, en esos momentos se hallaban demasiado lejos y al este de Tenerife y teniendo en cuenta el estado en que se encontraba la nave sería una verdadera locura dirigirla hacia cualquier puerto que no fuera el más cercano. Con las velas hechas jirones y el casco estropeado, era un milagro que todavía se mantuviera a flote. Si tropezaban con otra tormenta o hasta con una ola de tamaño exagerado, lo más probable era que se fuera a pique como una piedra sin dejar rastros.

El tiempo seguía muy caluroso y sofocante. El sol caía a plomo sobre sus cabezas y aun cuando hubiera quedado alguna vela sana, la brisa que corría no serviría ni para propulsar un molinete. El *Cristobel* parecía registrar el avance de cada jornada en centímetros en lugar de hacerlo en nudos y Jon, supliendo los pocos metros de lona que quedaban relativamente sanos con cuanto trozo de tela sobrante pudo recoger entre los de la tripulación, solo podía musitar una plegaria al cielo pidiendo llegar a tierra antes de que se acabaran las provisiones.

Al correr los días se fueron alterando los ánimos. Jon había ordenado que se racionara cuidadosamente la comida y había puesto a O'Reilly a cargo de esa tarea. El calor incesante y los estómagos vacíos preparaban el terreno para arrebatos de cólera entre los hombres que terminaban en riñas, pero las mujeres tampoco estaban exentas de ello. Los principales responsables de esas disputas daban con sus huesos en un calabozo improvisado en las entrañas mismas de la bodega con la mayor imparcialidad. Después de pasar unas cuantas horas en ese sitio estrecho y con una atmósfera sofocante, por lo general se podía confiar en que se comportarían como era debido. De no ser así, Jon encontraba un inmenso placer rompiéndoles la cabeza dando una contra otra. Su humor se había vuelto tan errático que hasta O'Reilly procuraba evitar cualquier contacto con él.

Si Jon estaba hosco y malhumorado, Cathy estaba enfadada e irascible. Más de una vez su lengua mordaz había provocado que la fiel Angie se deshiciera en lágrimas. Al poco rato Cathy siempre se disculpaba, pero el recuerdo de su remordimiento nunca era suficiente para contener su brusquedad antes de que escapara. Entre el intenso calor, los malestares crecientes debidos al embarazo y la furia que sentía contra Jon, era tan gruñona y cascarrabias como una osa con su osezno. Y cuando Angie caminaba casi de puntillas a su alrededor solo conseguía empeorar las cosas. Cathy comprendía que su actitud no era razonable ni justa, pero la misma fidelidad incondicional de la muchacha era suficiente ¡para darle dentera!

Al menos tenía suficiente comida. Discretamente Jon había dado órdenes de que había de colmársele el plato, como había averiguado Cathy al interrogar a Clara sobre la cantidad de comida que la mujer le estaba sirviendo con tanta generosidad para su consumo. Cathy, convencida de que ese trato preferencial se debía exclusivamente a su embarazo, suponía que Jon esperaba que estuviera agradecida. ¡Bueno, no era así! ¡En ningún momento había pedido ni esperado favores de él, y si no fuera por el bienestar del hijo por nacer, nada la haría más feliz que arrojarle el plato a la cara!

El agua se acaparaba y se racionaba con mucho más celo aún que la comida. Por cierto, que no se podía derrochar ni una gota para bañarse. Cathy, así como también las demás mujeres, tenía que conformarse con usar agua de mar para lavarse y por consiguiente nunca se sentía completamente limpia. La sal del agua endurecía la ropa al secarse y el uso cotidiano de esas prendas duras y ásperas le producía escoriaciones en la piel delicada que le resultaban dolorosas e inaguantables. Cathy se rascaba, sudaba y ardía por dentro mientras no se cansaba de rogar que ese viaje espantoso terminara pronto.

El hecho de que Jon se marchara de su propio camarote y se lo dejara a Cathy trajo varias consecuencias, pero la más grave era que algunos hombres empezaron a mirar a Cathy de un modo que a ella no le gustaba. «¿Está disponible?», era obvio que se estaban preguntando, y, sin la protección de Jon, los problemas eran previsibles para ella. Tarde o temprano uno de ellos forzosamente intentaría probar su suerte. Por supuesto que a ella siempre le quedaba el recurso de gritar llamando a Jon en su ayuda, y no le cabía duda que él encontraría un deleite burlón en defenderla, probándole de ese modo cuánto dependía de él. Cathy suponía que llegado el caso, si realmente se producía, podría verse obligada a hacer precisamente eso, por más que le disgustara la idea. Pero albergaba la esperanza de que no se llegara a esos extremos...

Pero hacerse ilusiones fue en vano. Una tarde cerca del crepúsculo, cuando el sol aún pendía sobre el horizonte como un rojo adorno de fuego, Cathy estaba sentada en la cubierta de popa donde acostumbraba a pasar la mayor parte de su tiempo. Había elegido la cubierta de popa por dos motivos: uno, le proporcionaba un poco de sombra y de protección contra el sol, y dos, estaba en el extremo opuesto de la nave y allí se encontraba el alcázar donde Jon pasaba la mayor parte de los días. Sentada sobre un barril volcado y que había empujado hasta colocarlo muy cerca del pasamano de la borda a popa, Cathy tenía la mirada perdida en el mar brillantemente azul y calmo deseando fervientemente que lloviera. No deseaba una tormenta, por supuesto, sino una suave llovizna refrescante como la que había despreciado tanto en Londres. ¡Lo que no daría por estar en medio de aquella llovizna menospreciada entonces! Cathy cerró los ojos y la imaginó. Casi podía sentir la bendita humedad sobre la piel...

—¿Muy sola y triste, señora? —preguntó una voz bronca bastante cerca de su oreja. Cathy abrió los ojos lentamente, pues estaba poco dispuesta a abandonar sus ensoñaciones. Miró con enfado al hombre que le sonreía neciamente. Se llamaba Grogan y habría sido muy difícil encontrar un tipo más repulsivo. Grande y peludo con brazos tan largos como los de un mono, sin embargo, Clara y algunas de las otras mujeres le consideraban muy guapo. Cathy encontraba sus toscas facciones y el hábito que tenía de hacer burbujas con la saliva por un hueco entre los dientes delanteros repugnantes en extremo. Con todo, siempre se había mostrado cortés con ella.

—En absoluto —le respondió con fría amabilidad. Su mirada apenas le rozó el rostro antes de volver a perderse en la contemplación del mar—. Disfrutando de la soledad.

Si había esperado que él tomara esto como una indirecta, se equivocaba. Las palabras volaron directamente por encima de su cabeza. Le sonrió y se acercó un poco más.

—Los muchachos y yo pensamos que podría estar deseando un poco de compañía —insistió él—. Viendo lo solita que se ha quedado ahora.

El significado siniestro del improvisado discurso no pasó inadvertido por ella, pero pensó que sería mejor pasarlo por alto. Con deliberada dignidad y altanería, Cathy se puso de pie y miró a Grogan con gesto adusto.

—Os agradezco la preocupación que demostráis por mí, pero prefiero estar sola —dijo ella, y, sin volver a mirarle, se volvió y se dirigió a su camarote. Pudo percibir que la seguía al bajar la escalerilla y caminar por la cubierta principal, pero se negó a apretar el paso o a hacer cualquier otra cosa que delatara su creciente inquietud. Los hombres eran como los perros, pensó con disgusto y no poca aprensión. Si llegaban a concebir la idea de que se les temía, atacarían sin piedad inmediatamente.

—Oiga, espere un momento, señora —dijo Grogan detrás de ella e intentó agarrarle un brazo. Cathy, decidiendo que su mejor táctica sería ir a la ofensiva, giró en redondo para encararle con ojos brillantes de indignación.

—Por favor, quíteme la mano del brazo —le exigió glacialmente. La vehemencia de Cathy sorprendió a Grogan, pero luego empezó a sonreír.

—Bueno, vaya, no es tan fría después de todo —replicó con sarcasmo sin quitar ni un dedo del brazo. Cathy se puso rígida y le midió con ojos fríos y calculadores.

—Por favor, quíteme la mano del brazo —volvió a decir. Grogan le guiñó un ojo.

—Muy bien, señora, lo haré... si me lo pide muy amablemente. Como con un beso. —Un grupo de marineros que iba en aumento empezó a apiñarse alrededor de ellos y varias risitas tontas saludaron la sugerencia ultrajante de Grogan.

—Le pediré una sola vez más que me suelte —dijo ella crujiendo los dientes y tratando de controlar su mal genio con gran esfuerzo. Sabía que lo más conveniente era permanecer en una actitud de fría dignidad y majestuosidad.

—Uh-uh. —Grogan movió lentamente la cabeza de un lado a otro—. De todos modos, no hasta que reciba ese beso.

—Cuando se congele el infierno —siseó Cathy ferozmente, a un tris de abandonar su dignidad glacial en favor de la furia incontrolada—. Será mejor que me suelte si sabe lo que le conviene. O yo...

—Tú, ¿qué? —se burló él empezando a mostrar señales de enojo a su vez—. ¿Gritarás pidiéndole ayuda al capitán? Señora, ya no le interesas. Se ha buscado una nueva mujer y calculo que eso te deja a mi disposición.

Dando un fuerte tirón al brazo, la obligó a dar un paso al frente y la abrazó con todas sus fuerzas. Cathy, apretada contra el cuerpo gigantesco y obligada a soportar el asqueroso ataque de sus labios, había tenido suficiente: estaba dispuesta a gritar llamando a Jon y ver cómo le reducía a una masa informe y sanguinolenta a puñetazos. Las risotadas de aprobación que oía por todos lados echaban más leña al fuego de su ira. Apoyando las manos en los hombros de Grogan, le dio un violento empujón tratando de que le dejara libre la boca para poder pedir ayuda. Mientras luchaba con el gigante tenía los ojos muy abiertos; súbitamente, por encima del hombro de Grogan, vio que

Jon se unía al corro de espectadores. Entonces casi lagrimeó y se aflojó de alivio. Los brazos del gigantón la ciñeron más y con gran entusiasmo por lo que él consideraba su sumisión.

En cualquier instante esperaba que Jon aullara de furia, que de un tirón arrancara a ese hombre de su lado y le dejara tendido de espaldas en el suelo de un puñetazo. Para asombro y consternación de Cathy, él no hizo ninguna de esas cosas. En cambio, se quedó de pie detrás de la última fila de hombres con los brazos cruzados sobre el pecho, una sonrisa irónica curvándole los labios mientras observaba el apuro en que ella estaba. Cuando los ojos casi desorbitados de Cathy se clavaron en los de Jon duros y fríos como el granito, él lentamente bajó un párpado en un guiño burlón.

«Bastardo», gritó una voz interior en la cabeza de Cathy. En ese momento supo que él no movería un dedo para rescatarla hasta que ella le pidiera de rodillas que la salvara. Al caer en la cuenta de que él efectivamente se quedaría inmóvil mientras otro hombre la maltrataba y abusaba de ella bajo sus propias narices, la calentura de Cathy subió vertiginosamente. Pudo sentir el flujo de calor escarlata inundándole el cuerpo. Pensaba darle una lección, seguramente, demostrarle que sin su fuerza para protegerla ella era tan indefensa como un niño recién nacido, ¿sería eso? ¡Ajá! ¡Ya vería lo que ella era capaz de hacer!

Grogan estaba devorando ávidamente la boca de Cathy, apretándola contra su cuerpo macizo cuanto podía con la ligera protuberancia del vientre de Cathy entre ellos. Las manos de la joven se aferraron a los hombros de Grogan para no perder el equilibrio y entonces, con un rápido movimiento lleno de saña feroz, levantó la pierna flexionada y la rodilla golpeó de lleno en la carne blanda entre las ingles del torturador.

—¡Ay! —aulló Grogan soltándola como si ella fuera una brasa encendida. Inesperadamente libre de las manos que la habían sostenido hasta ese momento, Cathy se tambaleó hacia delante mientras Grogan se doblaba en dos, agarrándose la parte dolorida con ambas manos rojas y carnosas. Cathy recobró el equilibrio irguiéndose con altivez ante los espectadores reunidos que se reían estrepitosamente a costa de Grogan.

—¡Por todos los diablos, Grogan! ¿No eres lo bastante hombre para manejar una jovenzuela delgaducha? —le gritó un hombre entre risitas burlonas y ahogadas.

—¿Jovenzuela delgaducha? ¡Ni hablar! ¡Es un demonio con faldas! —profirió entre gemidos Grogan en defensa propia, encorvado aún como un viejo artrítico mientras se frotaba las ingles tratando de calmar los dolores punzantes que le estaban martirizando.

Cathy levantó orgullosamente la cabeza con un movimiento brusco y la gruesa trenza de oro se balanceó airosamente como la cola de un caballo brioso. Con las mejillas arreboladas y los ojos azul cobalto brillando de indignación, Cathy miró fijamente a todos aquellos hombres de arriba abajo. Se la veía bellísima con esa blusa paisana blanca suelta y la amplia falda negra que ocultaban su embarazo... y también un tanto peligrosa... mientras echaba miradas feroces con la mayor imparcialidad a todos sin excepción.

—Y que esto sirva de lección para todos vosotros —exclamó ella claramente, sosteniendo la mirada entre aturdida y absorta de los ojos grises de Jon con aire triunfal—. Exactamente lo mismo le pasará a cualquier hombre que se atreva a ponerme un dedo encima, ¡lo prometo solemnemente!

Con un último gesto de desafío de la barbilla, se volvió sobre sus talones y se alejó de allí dejando a sus espaldas a todos los espectadores boquiabiertos mientras que sus rostros mostraban una mezcla de humor y respeto por la jovencita valiente y arriesgada. Jon no era el menos sorprendido de todos ellos; había pensado humillarla haciéndola clamar por su ayuda, pero, por todos los diablos, ella sola y con sorprendente habilidad había logrado salirse de una situación que habría hecho que la gran mayoría de las mujeres, sin hablar de las damas de su educación y crianza, cayeran redondas al suelo, desmayadas. La admiró espontáneamente. ¡Maldición, era una mujer en un millón! Al menos, en algunos aspectos.

Se abrió paso entre la multitud a fuerza de codazos. Al encontrarse con la mirada estupefacta de Grogan apretó las mandíbulas. Sus instintos le pedían derribarle de un puñetazo, pero se había demorado demasiado. Tenía que haberlo hecho en cuanto el hombre había puesto las manos encima de Cathy, reaccionar ahora sería una redundancia y, lo que era peor, le haría parecer un tonto celoso, lo cual, probablemente era, reconoció con enfado para sus adentros, pero ¡antes morir que permitir que alguien más, y muy especialmente Cathy, llegara a averiguarlo!

—Cualquier hombre que moleste a lady Stanhope

se las verá conmigo —les dijo a los hombres que seguían riéndose por lo bajo—. Y podéis hacer correr la voz. Ahora, volved al trabajo, todos vosotros.

Jon se dio la vuelta y se dirigió al alcázar a grandes zancadas. Los hombres cambiaron miradas especulativas y obedeciendo las órdenes del capitán volvieron al trabajo rutinario.

En los días siguientes Cathy se sorprendía cada vez más por el renovado respeto con que la trataba la tripulación. Esos hombres toscos y groseros se desvelaban por atender a su bienestar y comodidades físicas sin fastidiarla en absoluto. Un tanto perpleja por este nuevo comportamiento, consideró el cambio de actitud tan repentino: seguramente el haber vencido a Grogan no podía haber tenido un efecto tan impresionante. El mismo Grogan la miraba con latente resentimiento, pero no daba un paso para acercarse a ella otra vez y Cathy se cuidaba muy bien de no cruzarse en su camino. También evitaba un encuentro con Jon. ¡Se empeñaba en demostrarle que no le necesitaba para nada!

Angie descubrió su embarazo poco después del incidente y Cathy se resignó al hecho de que la muchacha, que parecía incapaz de guardar un secreto, divulgaría muy pronto la noticia por todo el barco. Lo más incómodo de todo fue que Angie automáticamente dio por sentado que Jon era el padre. Como la muchacha desconocía la larga y tortuosa relación que les unía, creyendo en cambio, como casi todos a bordo, que Jon y ella se habían conocido en La Coruña, pasaba la mayor parte del tiempo compadeciéndola por lo que estaba segura debía de ser el sentimiento de vergüenza de Cathy. Por su parte, a Cathy no la avergonzaba en absoluto llevar el hijo de Jon en sus entrañas, a pesar del hecho de haber llegado a despreciarle con toda su alma, pero no estaba como para explicar todo esto, con las consiguientes ramificaciones del caso, a Angie. Por lo tanto, se preparó para enfrentar miradas perspicaces y risitas disimuladas de los miembros de la tripulación. No se había equivocado, ya que a solo veinticuatro horas del descubrimiento de Angie, todos sin excepción a bordo de la nave seguían sus pasos como un gato a un ratón.

Jon tardó un poco más de tiempo en darse cuenta de que todo el mundo a bordo estaba en el secreto de la condición de Cathy, por la simple razón de que nadie osaba hacerle ningún comentario al respecto. Todos presumían, correctamente aunque por motivos equivocados, que el embarazo de Cathy era la causa del continuo estado en pie de guerra que existía entre Jon y ella. Al parecer de todos ellos, por supuesto, el capitán estaba furioso porque su amante había quedado «encinta» y por ese mismo motivo ya no estaba más disponible para los juegos y la diversión. Hasta O'Reilly, que conocía buena parte de la historia pasada de Jon, creyó que ese debía de ser el caso. Y hasta se atrevió a felicitarle por su futura incursión en la paternidad. Jon no le sacó de su error, pero aceptó los comentarios joviales y las palmadas en la espalda del otro hombre con los dientes apretados. Sería completamente en vano ventilar lo que él pensaba que era la verdad: que Harold, lord Stanford, el esposo legal de Cathy, era quien había engendrado ese niño.

Desde el incidente con Grogan, apenas había visto a Cathy. Era obvio que ella le evitaba deliberadamente y cuando por casualidad se cruzaban en cubierta, la mirada de Cathy parecía atravesarle el cuerpo como si él no existiera. Al verla, floreciente con su inminente maternidad a pesar de las penurias del viaje, sentía dagas muy afiladas que le atravesaban el corazón cada vez que posaba sus ojos en ella, así que él también se cuidaba de apartarse de su camino. La idea de que ella daría a luz al hijo de otro hombre le torturaba noche y día, haciendo que su malhumor empeorara cada día más mientras el *Cristobel* se acercaba a tierra. Por más que se esforzase no podía desterrar de su mente la concepción de la criatura.

Las provisiones del *Cristobel* se habían reducido a medio barril de agua potable y las últimas raciones de comida rancia cuando los tripulantes finalmente avistaron tierra. El jubiloso grito de «¡Tierra a la vista!» hizo que todos los que estaban a bordo corrieran a la barandilla. Al principio no era más que una mancha borrosa y más oscura contra el azul claro del horizonte, pero al pasar las horas se transformó en una deslumbrante playa de arenas muy blancas que se metían en la centelleante bahía. El contorno de una ciudad era lo único que estropeaba ese arenal aparentemente interminable.

—¿Dónde estamos? —preguntó ansiosamente Cathy. Se volvió y encontró a O'Reilly junto a ella en la barandilla. Era tan maravilloso volver a ver tierra, saber que muy pronto podrían tener alimentos y agua fresca y, milagro de todos los milagros, un baño con agua dulce, que podría haber saltado de alegría.

—El capitán dice que es muy probable que sea

Rabat, en Marruecos —respondió O'Reilly. Se quedó mirando a la muchacha menuda y tan rubia que estaba a su lado y casi se sintió arrollado por la sonrisa radiante que le iluminaba el rostro. A pesar de su amistad con Jon, no podía menos que admirarla. ¡Era una verdadera belleza sin duda alguna!

—Rabat —repitió Cathy con admiración y curiosidad. Jamás había oído nombrar ese lugar. Después volvió la mirada a tierra. Cuanto más se acercaban, más increíble parecía.

El puerto estaba atestado de barcos, lo mismo que habrían estado los puertos de Charleston y de Londres. ¡Pero qué barcos! No se parecían a nada que hubiese visto antes: pintados de colores brillantes, eran embarcaciones casi planas con proas talladas de modo intrincado y popas que se elevaban al cielo orgullosamente para hacerle frente al brillante sol. Los mástiles eran cortos, gruesos y romos y las velas casi cuadradas. Alrededor de media docena de remos muy largos sobresalían de ambas bandas de los cascos. Hombres de piel muy oscura con blancos pantalones abombados y altos turbantes también blancos pululaban sobre las cubiertas y se apiñaban contra las barandillas para mirarles con la boca abierta cuando el *Cristobel* pasaba lentamente delante de ellos. Súbitamente a Cathy se le ocurrió preguntarse si, quizá, los nativos podrían no ser tan amistosos como ellos esperaban.

—No parecen muy contentos de vernos —remarcó ella con cierto temor a O'Reilly.

—No lo están. El jeque Ali Ben-Kazar, que gobierna aquí, no tiene demasiada simpatía por los visitantes. Afortunadamente, él y yo nos conocemos —observó la voz de Jon por encima del hombro de Cathy.

Ella se volvió y le miró a la cara. Era la primera vez que le miraba, que le miraba realmente, en semanas. Se le había oscurecido tanto la piel que casi era del color de la de los nativos que les estaban observando. Su cabello negro, brillante y con reflejos azules bajo el sol implacable y moviéndose suavemente con la brisa, aumentaba su parecido con los árabes. Solo los ojos grises, fríos y penetrantes, y su extraordinaria estatura revelaban la verdad de su ascendencia.

—¿Ya has estado aquí antes? —La revelación que él había hecho de haber conocido al soberano de este sitio exótico la intrigaba lo suficiente como para estar lista y declarar una tregua transitoria en la guerra privada que mantenían.

—Sí. —La respuesta fue concisa, pero fue una respuesta. Al parecer, él también estaba decidido a mandar hacer alto a las hostilidades por un rato.

—¿Cuándo? —preguntó Cathy.

—Mucho antes de conocerte —fue todo lo que dijo, pero de ello, Cathy dedujo quc la vez anterior que había hecho escala en ese puerto había sido bajo la bandera pirata. Nerviosa, tragó saliva. No sabía si eso era bueno o no. Quizás este jeque Ali, quienquiera que fuese, no tenía predilección por los piratas.

—Ali es amigo mío —le dijo Jon interpretando correctamente su expresión de duda—. Al menos, hasta cierto punto. En tanto no le causemos ningún problema, se mostrará muy contento de recibirnos con agrado. Que es por lo que quería verte; durante todo el tiempo que estemos en Rabat, has de permanecer oculta. Todas las demás mujeres también estarán confinadas en el barco, pero tú en particular, con ese cabello tan rubio que tienes, atraerás la clase de atención que no necesitamos. ¿Me has entendido bien?

—¿No puedo bajar a tierra? —gritó Cathy, más horrorizada que enojada. Se había ilusionado tanto con volver a pisar tierra seca y firme...

—No. —Jon debió leer su desilusión en los ojos azules, porque suavizó levemente el severo y tajante monosílabo—. Al menos no al principio. Más adelante, cuando yo esté seguro del cariz que toman las cosas, podría llevarte conmigo. ¡Pero bajo ninguna circunstancia has de ir sin mí!

Dio mayor énfasis a sus últimas palabras con una terrible mirada iracunda. Cathy se la devolvió con resentimiento.

—Te divierte mucho chasquear el látigo, ¿verdad? —preguntó con amargura en la voz. A Jon se le crisparon los labios y se le endureció el gesto.

—A ti te divierte provocarme —replicó sombríamente—. Y uno de estos días lo volverás a hacer por encima de lo prudente. Ahora, regresa inmediatamente al camarote. Desde este mismo instante, quedarás recluida en tu habitación.

Cathy le lanzó una mirada llena de rebeldía. ¡Él estaba haciendo esto solo para castigarla!

—No me obligues a encerrarte allí con llave —le advirtió Jon suavemente y solo para sus oídos. Cathy echó una mirada fugaz a O'Reilly, que discretamente les había vuelto la espalda durante este intercambio de palabras. Por el bien de su amor propio, supo que ese no era el momento oportuno para desafiar la orden de Jon. Pero más tarde...

Con la punta de su naricita apuntando al cielo, Cathy se dignó a lanzarle una larga mirada llena de desprecio. Luego, manteniendo su cuerpo orgullosamente erguido, se alejó con paso majestuoso.

Hacía mucho calor en el camarote. Cathy rabiaba y se enfurruñaba alternativamente y finalmente hizo trizas un plato para desahogar su mal humor, después de lo cual se sintió ligeramente mejor... hasta que tuvo que empezar a recoger los pedazos. Un fragmento largo y puntiagudo se le hincó en un dedo; cuando se sentó chupando con resentimiento la gota de sangre que brotaba de la herida, volvió a enfurecerse.

Atardecía ya cuando el *Cristobel* finalmente echó anclas. Cathy observaba la actividad que se desarrollaba en el muelle por un ojo de buey. Si no lo estuviera viendo con sus propios ojos, no lo hubiese creído. El sol seguía irradiando tanto fuego como a mediodía y de las arenas blanquísimas se elevaban trémulas oleadas de calor. La ciudad, al parecer enteramente compuesta de blancos edificios bajos y largos, parecía tan incorpórea como un espejismo a través del aire enrarecido por el intenso calor. En la playa, los habitantes del lugar —no podía distinguir si eran hombres o mujeres— se paseaban ociosamente, enteramente cubiertos con largas y holgadas túnicas blancas semejantes a sudarios. ¡Hasta sus cabezas estaban cubiertas! De vez en cuando se veía pasar un camello con su paso lento y rítmico y el jinete sentado cómodamente sobre el lomo de esa bestia estrafalaria sintiéndose tan seguro como si estuviera montando la más pura y bella yegua de silla de Rotten Row. Poco después, desde su posición ventajosa, Cathy vio uno de los esquifes del *Cristobel* dirigirse hacia la costa con Jon en la proa y quizá seis hombres más manejando los remos. La pequeña barca se perdió de vista al poco tiempo y Cathy se sintió ofendida. ¡Seguramente Jon no tenía pensado privarse de los placeres que se encontraban en tierra firme!

«Mientras el gato duerme, los ratones bailan.» Cathy le había oído decir esto a Martha desde tiempo inmemorial. Por primera vez entendió exactamente lo que quería decir: ciertamente se sentía como un rechoncho ratón gris al salir sigilosamente del camarote. Y no se consideraba culpable bajo ningún concepto, se dijo irguiendo la cabeza con desdén. Después de todo, ¿por qué debía hacerlo? Jon se había comportado con el mismo despotismo de siempre al haberle ordenado que se recluyera en el camarote. Con toda seguridad no tenía por qué hacer caso de sus palabras.

Los hombres, sin duda, estaban muy excitados por encontrarse tan cerca de la primera tierra firme que habían visto en semanas y no prestaron mucha atención a Cathy cuando ella se paseó a lo largo de la barandilla. Por las conversaciones que oyó al pasar, entendió que se les permitiría bajar a tierra en grupos reducidos a condición de que habían de mantenerse apartados de los nativos y no causar problemas. De pronto, Cathy alcanzó a oír los comentarios de un viejo canoso. Este les explicaba a los demás que, según el capitán, eran bereberes y esas gentes no se debían confundir con los árabes, que eran totalmente diferentes, y tenían leyes muy estrictas respecto de la bebida y de las mujeres. Si alguien bebía aunque solo fuera una gota de alcohol, se le castigaba con pena de azotes en la plaza pública, mientras que cualquiera que se atreviera a tocar a una mujer ajena podía esperar la pena de muerte sin más. Al escuchar esto, Cathy se preguntó si estos hombres querrían bajar a tierra bajo esas condiciones. Por regla general, al menos según su experiencia, las mujeres y el licor, en ese orden, eran las dos cosas por las que suspiraban los marineros al desembarcar. A ella le encantaría bajar a tierra aunque solo fuera para poder poner los pies una vez más sobre algo que no se balanceara en las olas, pero los hombres —aquí torció la boca— ... los hombres eran como los animales: sus necesidades y deseos predominaban haciéndoles olvidar hasta la cautela. Apostó a que la tripulación del *Cristobel* no sería capaz de resistir la tentación y entonces habría una reyerta de todos los diablos. Jon en persona haría que les costara muy caro el haberle desobedecido. El sol empezaba a cernirse sobre el horizonte como una paloma sobre su nido. Cathy calculó que debían de ser las primeras horas de la noche. Ya estaba refrescando perceptiblemente. Recordó vagamente haber leído alguna vez que las noches en el desierto a menudo eran extremadamente frías. Aun así, consideró que le agradaría mucho más sentir algunos escalofríos después de las temperaturas sofocantes que había tenido que aguantar a bordo del *Cristobel* últimamente. Se sentó distraída en el pasamano de la borda a popa y respiró el aire fresco a pleno pulmón.

—Te sientes pletórica de orgullo, ¿verdad? —siseó una voz burlona a su oído. Cathy se puso tensa al reconocer los tonos nada melodiosos de Sarita. Apenas había intercambiado una palabra con esa mujer desde que habían compartido el camarote durante el vendaval, pero no le habían pasado inadvertidas las miradas llenas de veneno que Sarita le lanzaba de vez en cuando. La mujer, seguramente, no podía estar celosa. Después de todo, la posesión era nueve décimos de la ley, y, según ese cálculo, ¡Jon le pertenecía a Sarita por completo!

—Te creíste muy lista permitiéndole dejarte encinta, ¿no es así? —continuó Sarita cuando Cathy se negó a responder a su primera provocación—. Pero el tiro te salió por la culata, ¿no? ¡Ahora estás gorda como un cerdo y él me prefiere a mí! ¡Y la gran dama quedará abandonada para parir un niño bastardo sin hombre que lo reclame como suyo!

Cathy pudo sentir cómo se le empezaba a erizar el pelo en la nuca. Sarita, lo supiera o no, estaba pisando terreno peligroso. La sola mención de la palabra «bastardo» con respecto a Cray había sido más que suficiente para que Cathy montara en cólera y lo viera todo rojo. Ahora descubría que protegería a su nuevo hijo de la misma forma.

—Si no cuidas lo que dices, te arrancaré la lengua —afirmó ella con una sonrisa azucarada mientras volvía la cabeza y miraba a la mujer mayor por primera vez desde que había empezado su monólogo. Sarita se desconcertó visiblemente. Luego, cuando sus ojos se pasearon por la figura menuda de Cathy, con el vientre hinchado con el hijo de Jon, su expresión se volvió amenazadora.

—Oh, ¿de verdad? —bufó Sarita y extendió la

mano para agarrar la gruesa trenza de Cathy que colgaba descuidadamente sobre el hombro y tirar de ella con todas sus fuerzas. Cathy, enfurecida, se puso de pie de un salto y dándole un fuerte empujón la hizo tambalearse sobre sus pies. Cuando la mujer cayó pesadamente sobre su gordo trasero, Cathy le lanzó una larga mirada gélida, y, volviéndose en redondo, se alejó de allí. Con la cabeza bien erguida, todavía hirviendo de furia, marchó majestuosamente por la cubierta en dirección al camarote.

Estaba tan enfurecida que no vio el pequeño grupo de hombres que estaba detenido a la izquierda de su camino hasta que casi estuvo junto a ellos. Pasándose los dedos por el cabello, parcialmente suelto por el tirón de Sarita, buscaba separar las largas hebras mientras mascullaba maldiciones por lo bajo. Cuando sintió la fuerza de varios pares de ojos interesados se le ocurrió echar un vistazo a su alrededor.

Tres bereberes vestidos de blanco la estaban observando minuciosamente, pero Cathy casi no les vio. Toda su atención estaba enfocada en un par de furiosos ojos grises. Al sostenerles la mirada tragó saliva convulsivamente. Por su apariencia, era más que obvio que Jon estaba dominado por una ira incontenible. ¡Y no tenía que ser adivina para saber que estaba dirigida a ella!

11

El sol poniente, enviando una última reserva de rayos antes de recogerse, dio de lleno sobre Cathy. El brillo anaranjado quedó atrapado en el cabello lustroso, haciéndolo relumbrar y chispear como fuego vivo. Los bereberes, acostumbrados únicamente a mujeres de cabello negro y piel oscura, quedaron boquiabiertos. Jon, atravesando con la mirada a Cathy, a pesar de todo, tuvo conciencia de las reacciones de sus acompañantes. En el más completo silencio, rechinó los dientes.

—¿Quién es ella? —susurró el hombre de blanco a la izquierda de Jon. Mustafá Kemal era su nombre y era el sirviente de confianza del jeque. Jon fulminó a Cathy con la mirada una vez más, luego se volvió cortésmente a su interlocutor. Necesitando tan desesperadamente la ayuda del jeque como la necesitaban, no convenía en absoluto ofender a su hombre de confianza y a través de él al jeque en persona.

—Ella es mi mujer —dijo él clavando la mirada en los ojos de Cathy como si la retara a que lo negara. Ella se había detenido, vacilante, a varios pasos de distancia. Al oír sus palabras, se le agrandaron los ojos, pero por una vez en su vida se mantuvo en prudente silencio.

—Muy hermosa —aprobó Kemal mientras los otros dos bereberes asentían vigorosamente con sus cabezas sin apartar ni un segundo los ojos de Cathy. Uno de ellos dijo algo en árabe a Kemal y el otro al parecer le secundó. Kemal les respondió en la misma lengua, después se volvió a Jon.

—¿Se nos permite que la toquemos? —preguntó mientras le brillaban oscuramente los ojos debajo del tocado blanco acordonado. Jon quedó perplejo y mudo por un momento, luego, al seguir la dirección de la mirada del hombre, se dio cuenta de que se refería al cabello de Cathy. Siempre había sabido que si los bereberes alguna vez llegaban a vislumbrar esa gloria dorada quedarían hechizados, por eso mismo le había ordenado a Cathy que se quedara encerrada en su camarote. ¡Maldita sea por perra desobediente y maldito él por necio! ¡Debió de haber sabido que ella le desafiaría en cuanto le diera la espalda! La próxima vez la encerraría bajo llave. Pero ahora lo único que cabía era afrontar los hechos descaradamente.

—Claro está. Le diré cuál es vuestro deseo para que no se asuste. —Con un cortés movimiento de cabeza en dirección a Kemal, Jon se apartó de los hombres junto a la barandilla y dio los pasos suficientes para quedar delante de Cathy. Dándoles la espalda a los bereberes, la ocultó por completo de su vista. Cathy, con remordimientos de conciencia, levantó la vista y le miró. Entonces no le quedó ninguna duda de la ira que le carcomía.

—Ellos desean tocar tu pelo —siseó él con los labios apretados—. Y tú lo vas a permitir. Vas a bajar los ojos humildemente al suelo y no les mirarás. Y no has de hablar. Están acostumbrados a una clase de mujer muy distinta a ti, y que me cuelguen si vas a ofenderles. ¿Has comprendido?

A Cathy no le gustaba mucho el tono de su voz, ni la cólera que había en sus ojos, pero sabía que en esta instancia Jon tenía que saber lo que les convenía. Ya la había turbado demasiado la intensidad con que esos extraños la estudiaban. Humedeciéndose los labios con la punta de la lengua, asintió con la cabeza.

—Muy bien. Permanece a mis espaldas. —Con una última mirada de advertencia se volvió sobre sus talones y regresó junto a los tres hombres. Cathy le siguió los pasos dócilmente.

Él se detuvo y se quedó ligeramente a un lado de los hombres. Movió luego la mano buscando a Cathy para que se adelantara. Mientras los bereberes, uno detrás del otro, manoseaban su cabello, ella se sintió muy agradecida por la firme seguridad que le daba el roce de la mano de Jon.

Como Jon le había indicado que hiciera, ella mantuvo los ojos clavados en el suelo y no dijo ni una palabra mientras soportaba esa extraña inspección. Los hombres hablaban entre ellos al tocar con reverencia sus largos cabellos rubios como si temieran que desaparecieran ante sus propios ojos. Luego, al ver que nada de eso pasaba, empezaron a pasar los dedos por entre las sedosas hebras y tironeando dolorosamente del cuero cabelludo de Cathy. Ella se encogió de dolor, pero consciente de la mano de Jon que le apretaba el brazo en señal de advertencia, permaneció inmóvil. Finalmente ellos tocaron el terso cutis blanco con sus dedos oscuros y dieron la sensación de encontrar maravillosa su suave palidez.

—Ella es extraordinaria, sumamente hermosa —le dijo Kemal a Jon al fin, haciendo una señal a los otros para que pusieran coto a sus dedos inquisitivos. Cathy se estremeció de alivio cuando los hombres se apartaron ligeramente de ella. Por un rato se había sentido casi aterrorizada y nerviosa, sin saber adónde podría conducir todo eso. En ese momento comprendió claramente por qué Jon le había ordenado que se encerrara en el camarote.

Uno de los bereberes le dijo algo a Kemal en árabe, este frunció los labios, luego asintió lentamente. Kemal enfrentó entonces a Jon y le brillaron los dientes blancos en el rostro oscuro al sonreírle.

—El jeque estaría muy complacido con una mujer semejante. La compraremos para él —declaró. Cathy, horrorizada por ese frío anuncio, levantó los ojos del suelo. Jon enfrentó su mirada de consternación con firme resolución por unos instantes antes de sonreír cortésmente al hombre que había hablado. La mano apretó con fuerza el brazo de Cathy y tiró de ella hasta que la dejó justo delante de él. Un brazo fornido se deslizó alrededor de la cintura de la joven atrayéndola hasta que su espalda quedó firmemente apoyada contra el pecho de Jon. La mano de dedos largos se abrió posesivamente sobre la redondez de su vientre.

—Me sentiría muy honrado de regalársela al jeque —le contestó Jon a Kemal con toda cortesía—, si no fuera por el hecho de que esta mujer lleva mi hijo en su vientre. Estoy seguro de que tanto él como vosotros comprenderéis por qué soy renuente a separarme de ella bajo estas circunstancias. Por favor, aceptad mis más sinceras excusas, y creed que, si fuera de otro modo, ella adornaría el serrallo del jeque esta misma noche.

Kemal lanzó una mirada inquisitiva a Jon y este le contestó con un ligero movimiento afirmativo de su cabeza. El berebere extendió la mano y palmeó el vientre de Cathy como si quisiera cerciorarse de la veracidad de la afirmación de Jon. Lo que sintió pareció satisfacerle. Apenado, retiró la mano y Cathy se encogió contra Jon lo más posible. Que la manosearan como a una esclava en la plataforma para subastas no solo era humillante, sino también aterrador.

—Ella está encinta, como tú dices —suspiró él, luego comentó algo con sus acompañantes. Todos se mostraron pesarosos.

—Regresa al camarote y quédate allí —dijo Jon al oído de Cathy y su brazo lentamente la fue soltando. Cathy le echó una rápida mirada de agradecimiento y se alejó a paso vivo. Para salvarla había reconocido como suyo al hijo que creía ser de Harold. Lo había hecho a costa de su orgullo y ella lo sabía, sin embargo, no había vacilado. Tal vez estaba empezando a creerlo él mismo, o quizás, a despecho de todo, le tenía más cariño del que admitía. Fuera cual fuese el motivo, lo había hecho y Cathy resolvió que aceptaría sin protestar las durísimas críticas que indudablemente lloverían sobre su cabeza por ese acto de desobediencia. Debía admitir que las merecía sobradamente. Si Jon no hubiese tenido la astucia de usar como excusa su embarazo, lo más probable era que en ese mismo momento estuviese en camino de ser un miembro más del harén del jeque. Al pensarlo, se estremeció de miedo. Por más desilusionada y enojada que estuviera con Jon, al menos le conocía.

Cathy, alterada y consternada por lo que había ocurrido, aguardó dócilmente en el camarote hasta que Jon fue a verla. Habían pasado bastantes horas y ella había comenzado a ponerse muy nerviosa. ¿Qué sucedería si los bereberes, después de pensarlo bien, decidían que su jeque la querría a pesar de su embarazo? Excedidos en número en una proporción de cien a uno, sin ninguna garantía de que la tripulación del *Cristobel* estuviera siquiera dispuesta a mover un dedo en su defensa, ¿qué otra cosa podría hacer Jon sino entregarla? Cientos de mariposas le revolotearon locamente en el estómago al darse cuenta de que estaban completamente a la merced de esos bárbaros. El *Cristobel*, en el estado lastimoso en que se encontraba, no resistiría ni una semana en alta mar. Si Jon se viera enfrentado a una elección entre las vidas de más de ochenta personas a su cuidado y ella misma, ¿qué podía hacer sino acceder a los deseos del jeque?

Estaba tan inquieta antes de que Jon entrara en el camarote que la encontró temblando de pies a cabeza. Con los ojos muy abiertos, le miró y él vio la súplica sin palabras que había en ellos. La estaba observando de un modo extraño, pero, a pesar de todo, no parecía estar demasiado enfadado con ella.

—¿Qué... qué ha sucedido? —inquirió ella en tono trémulo cuando le pareció que él no iba a hablar. Jon torció la boca.

—Los bereberes quedaron muy impresionados —respondió, tajante—. Los emisarios del jeque le llevaron noticias de tu extraordinaria belleza, quien, asimismo, quedó maravillado ante la idea de una mujer con el cabello del color del sol y la piel tan blanca como la leche de cabra. Cuando se enteró de que estabas embarazada... con un hijo que me vi obligado a reconocer como mío, podría agregar, por miedo de que decidieran que eras una adúltera y te mataran a pedradas, como es su costumbre... expresó un interés excesivo por tu bienestar. De hecho, me ofreció una de las casas en su complejo para que viviéramos allí mientras se repara el *Cristobel*, por lo tanto, ya no tendrás que soportar las incomodidades de la vida a bordo de un barco.

—¿Una casa? —jadeó Cathy, entresacando de toda la información la parte que más la atraía—. ¡Qué maravilloso!

—¿No es así? —Jon hizo una mueca—. La última vez que estuve aquí no me mostraron tanta gentileza. Parece que después de todo sirves para algo.

Cathy le sonrió. El alivio y el gozo bailotearon en sus ojos como diablillos gemelos. Sería tan maravilloso vivir en una verdadera casa por un tiempo, ¡aun cuando no fuera más que cuatro paredes de barro y un techo! ¡Estaba harta por demás de ese miserable barco mugriento!

El gozo evidente de Cathy afectó a Jon, aunque había jurado que jamás se volvería a permitir que ella le conmoviera otra vez. En consecuencia, al hablar lo hizo con voz áspera.

—No será tan divertido como pareces pensar —le

advirtió clavando la mirada de sus ojos entrecerrados en el rostro ruborizado por la excitación—. Tendrás que vivir recluida la mayor parte del tiempo, sin siquiera asomar la nariz fuera de la casa sin mi compañía. Y aun entonces tendrás que comportarte como lo hacen sus mujeres: cubriéndote de pies a cabeza todo el tiempo; caminando a un respetuoso paso de distancia detrás de mí cuando salgamos fuera; y jamás mirarás a un hombre... considerado un ser superior... a la cara. ¿Está claro?

Cathy le miró, incrédula, y su alegría se apagó perceptiblemente.

—¿Lo dices en serio? —le preguntó mordisqueándose el labio inferior. Tal servilismo era humillante de verdad. De solo pensar en ello sintió náuseas.

—Absolutamente en serio —le respondió Jon, y el tono de su voz disipó cualquier duda sobre la veracidad de sus palabras—. Y te lo advierto, sus leyes son muy severas: si juzgan que una mujer es inmoral... y burlar cualquiera de sus reglas convencionales podría llevarles a pensar así... se la ejecuta inmediatamente.

—Creo que estás tratando de asustarme —le acusó Cathy al cabo de unos momentos.

—Piensa lo que quieras —le respondió fríamente volviendo la cabeza—. Pero harás lo que yo diga.

La casa que el jeque les puso a su disposición no era, como Cathy había imaginado, cuatro paredes de barro y un techo. Por el contrario, era un verdadero palacio de gruesas piedras blancas con inmensos salones bien ventilados y suelos de mármol. Era fresco aun en medio del calor abrasador de mediodía y no le resultaba demasiado penoso a Cathy permanecer en su interior. La casa se había construido con la forma de una caja hueca donde todas las cuatro paredes interiores se abrían a un pequeño patio. Allí podía sentarse en la más absoluta intimidad cuando sentía la necesidad de respirar aire fresco, que era casi siempre al anochecer. Era en ese patio, rodeada de los dulces aromas de flores exóticas y lujuriante follaje que florecían y mantenían su lozanía en virtud de los riegos constantes, donde pasaba sus horas más felices. Sentada en un banco de piedra magníficamente esculpido cerca de la fuente cantarina que era el adorno central del jardín, todas las molestias y tribulaciones del mundo exterior se le antojaban remotas.

Les habían asignado varios sirvientes por rutina. Eran pequeños, de piel oscura y discretos y manejaban tan bien la casa que Cathy se quedó sin nada que hacer, lo cual le resultaba muy conveniente, ya que había entrado en el séptimo mes de embarazo y estaba cansada la mayor parte del tiempo. Todas las tardes sucumbía a una abrumadora necesidad de echarse a dormir la siesta. Al despertar, se bañaba y vestía y cuando terminaba ya era la hora de cenar. Por lo general comía sola o con Angie, que de vez en cuando bajaba del barco para hacerle compañía. Cathy habría invitado a la muchacha a quedarse con ellos, pero Jon se había opuesto firmemente a ello. Cuantas más personas del *Cristobel* vivieran en tierra firme, tanto más numerosas serían las posibilidades de contratiempos y dificultades, le recalcó a Cathy, inflexible. Ya era bastante malo que su necedad les hubiese forzado a una posición donde debían estar en contacto diario con los nativos bereberes que eran devotos musulmanes.

Jon estaba ausente todos los días y hasta altas horas de la noche. La supervisión de las reparaciones que se llevaban a cabo en el *Cristobel* ocupaba gran parte de su tiempo y, por añadidura, se ocupaba de enseñar las mejores estratagemas del arte de la navegación a algunos de los marineros del jeque. Se había comprometido a ello a cambio de los materiales necesarios para poner a su barco en condiciones para la navegación en alta mar y de las vituallas que necesitarían antes de que pudieran zarpar para un viaje transoceánico. Ambas partes consideraban que habían cerrado un excelente trato. Cathy también lo suponía.

Para guardar las apariencias, Jon y ella compartían la misma cama. Los sirvientes, aunque eran exageradamente atentos y amables, indudablemente informaban de todos sus movimientos al jeque por rutina, como le comunicó secamente Jon a Cathy cuando ella puso objeciones a ese arreglo. A menos que ella tuviera el antojo de ser una de las muchas concubinas del jeque, más valía que fingiera a la perfección pertenecer a Jon y probarlo de modo concluyente. Y aun cuando la idea de ingresar en el harén no la inquietara, añadió Jon ofensivamente, sería mejor que meditara un poco sobre la probable reacción del jeque si descubría que ambos le habían mentido. Estaría disgustado, si no algo peor, y mientras el *Cristobel* estuviera tan indefenso como una ballena varada en la playa, el disgusto del jeque era un lujo que difícilmente podrían darse.

Desde que había descubierto que estaba encinta,

Jon no había intentado hacerle el amor. Cathy, ofendida por ese descuido, no quería admitirlo ni siquiera ante sí misma. Estaba profundamente agradecida de que Jon encontrara repulsivo su cuerpo, que crecía día a día, se decía con ferocidad, y trataba de no pasar la mayor parte de las horas que estaba despierta especulando si Jon se llevaba o no a Sarita a la cama en su lugar.

Con el correr de las semanas, el inminente alumbramiento empezó a ocupar todos los pensamientos de Cathy con exclusión de todo lo demás. Esta criatura no era tan activa como había sido Cray y ella no estaba ni de lejos tan enorme y torpe, pero aun así podía anticipar el nacimiento únicamente con temor. Dar a luz una criatura en una tierra extraña y sin un médico para asistirla no iba a ser cosa fácil, barruntaba. Sin embargo, era muchísimo mejor que dar a luz en un barco en medio del océano. Anhelaba fervientemente que Jon tuviera la intención de permanecer en Rabat hasta después de que la criatura hiciera acto de presencia. Una noche, cuando ambos estaban compartiendo en absoluto silencio el enorme lecho con colgaduras de tul como mosquiteros, ella se aventuró a abordar el tema y él le respondió con brusquedad.

—Lo tenía en mente —fue todo lo que dijo, pero Cathy se sintió excesivamente aliviada.

De noche, la criatura entraba en febril actividad, pateaba y se retorcía hasta que Cathy apenas lograba conciliar el sueño o descansar un poco. Lo cual, suponía sonriendo para sus adentros, era la causa de su gran sonnolencia durante el día. Sabía que Jon tenía forzosamente que sentir las inconfundibles señales de vida dentro de ella cada vez que se acurrucaba contra su ancha espalda para calentarse en las heladas noches del desierto, pero él no hacía ningún comentario al respecto. En efecto, era como si él estuviera resuelto a fingir que la criatura a punto de nacer no existía. Se refería a ella solo cuando lo imponía la necesidad, y, cuando la miraba, Cathy advirtió que tenía mucho cuidado de mantener los ojos por encima de su cintura. Esa actitud arrogante y sin miramientos enfurecía a Cathy, aunque le sobraba amor propio para demostrar su enfado. Lo reconociera o no, ella pasaba por todas estas incomodidades y penurias para dar a luz a su hijo. Lo menos que él podía hacer, a su parecer, era demostrar un poco de interés.

Las escasas veces que él se vio obligado a mencionar al hijo por nacer, puso en claro que su opinión respecto de la paternidad del niño no había cambiado. Todavía lo consideraba hijo de Harold, lo cual la encolerizaba aún más. «Si eso es lo que piensa, entonces ¡bravo!», exclamó para sus adentros más de una vez. «Él no tiene ningún derecho sobre mí o la criatura y tan pronto como lleguemos a algún lugar civilizado, él podrá irse por su camino y nosotros por el nuestro. Y el de Cray.»

En las raras ocasiones en que Cathy sí aparecía en público, lo hacía en la compañía de Jon. Después de lo que había pasado el primer día al entrar a puerto, no era tan necia como para desobedecerle. Vestida como una mejor berebere, con un amplio y suelto albornoz blanco que disimulaba su embarazo y ocultaba su cabello rubio, no atraía demasiada atención. Conforme a las palabras de Jon, descubrió que las mujeres acostumbraban a caminar humildemente detrás de sus hombres, con las cabezas discretamente cubiertas y con el borde de sus envolventes albornoces en alto cubriéndose la parte inferior de sus rostros. Accediendo a la orden concisa de Jon, a regañadientes, Cathy obraba de acuerdo con lo que se esperaba de ella. Pero encontraba tan mortificante tener que seguir como un perrito faldero los pasos de Jon que la alegraba más quedarse encerrada en la casa.

Su situación no mejoraba en absoluto cuando recibían invitados. Se le permitía reunirse con ellos —«como a una niñita buena», pensaba con resentimiento—, pero no podía sentarse a comer con los hombres y debía sentarse respetuosamente detrás de Jon todo el tiempo, embozada con ese ubicuo albornoz blanco mientras miraba fijamente el suelo de mármol y guardando un profundo silencio. Después de su primera experiencia como anfitriona, trató por todos los medios de declinar cualquier repetición del episodio. Pero Jon le comunicó sin ambages que su ausencia de tales reuniones solo se vería como un insulto, así que tuvo que tragarse su mal humor y hacer lo que se le ordenaba.

Uno de los visitantes más asiduos era Mustafá Kemal y en cada una de sus visitas dejaba a Cathy con la absoluta certeza de que él todavía la veía como una potencial integrante del harén de su jeque. En una ocasión hasta osó preguntarle a Jon con una segunda intención bien marcada qué pensaba hacer con ella después de que hubiera dado a luz a su hijo. Jon disimuló esa pregunta embarazosa con una carcajada, pero, a pesar de todo, Cathy se inquietó bastante. Súbitamente ya no le pareció una idea muy brillante permanecer en tierra firme para el parto.

En una oportunidad Jon la llevó de visita al barco y pudo comprobar que las reparaciones estaban progresando. El *Cristobel* estaría en perfectas condiciones de navegar antes que ella misma y esto le proporcionó un poquito de consuelo. Muy pronto, si se veían obligados a escapar, contarían con el medio apropiado para hacerlo.

Mientras Jon se detenía unos momentos para conversar con O'Reilly sobre algunos detalles de la reconstrucción del barco, Cathy se encontró cara a cara con Sarita. El odio que brillaba sin tapujos en los ojos negros de esa mujer desconcertó a Cathy.

—¡Puta! —le siseó Sarita a la cara. Antes de que Cathy pudiera responderle, Jon estaba regresando a su lado y, al verle, Sarita se escabulló rápidamente. A pesar de la brevedad de ese encuentro, el episodio la heló hasta los huesos.

Alrededor de una semana después, Cathy cenó sola y se acostó temprano como hacía habitualmente en los últimos días cuando Jon no estaba presente. Se despojó con alivio del albornoz blanco que era su única vestimenta durante el día. Recogió su largo cabello en la coronilla y empezó a descender los escalones de la pequeña piscina recubierta de azulejos que estaba en la antecámara contigua al dormitorio que compartían Jon y ella. Este baño era tan opulento como el resto de la mansión y Cathy estaba segura de que sería una de las cosas que echaría de menos cuando se fueran. Con sirvientes que llenaban la ancha y profunda bañera con agua caliente, que le proporcionaban toallas y jabón perfumado y desaparecían luego discretamente, todas esas comodidades se le antojaba que eran hasta pecaminosamente sibaríticas.

Mientras descendía vislumbró su cuerpo en un enorme espejo que adornaba una de las paredes. Era la primera vez en mucho tiempo que se veía completamente desnuda y lo que vio no le agradó. Con el vientre tan hinchado y los pechos pesados y cargados de leche, pensó que podía comprender perfectamente por qué Jon prefería a Sarita en su lecho. Solo podía describir su figura actual como grotesca, consideró ella con pesar, sin ver el suave brillo de su piel y de su cabello y la luminosidad de sus grandes ojos azules. Se sentó rápidamente en el agua tibia para ocultar su cuerpo deforme de la mirada indiscreta del espejo. Verse reflejada en él solo conseguía deprimirla más.

Mientras se bañaba, sus pensamientos, por voluntad propia, volvieron a Jon. Desde que se habían mudado a la casa la había tratado, por lo general, con fría cortesía, como si él fuera un perfecto desconocido muy atento y cordial, pero sin ningún interés de fomentar la familiaridad entre ellos. Hasta en la cama le volvía la espalda y esa indiferencia irritaba muchísimo a Cathy. Si él trataba de demostrarle sin palabras que ella ya no significaba nada para él, salvo como una responsabilidad inoportuna y no deseada, entonces estaba logrando su cometido a la perfección. Para su asombro, la idea le dolió profundamente. Alguna vez le había amado de todo corazón y tampoco hacía mucho tiempo de ello. Pero, se recordó, «alguna vez» eran las palabras a las que había de aferrarse. Si él ya no la amaba —y estaba muy segura de ello, ya que sus acciones así lo demostraban— entonces a ella la llenaba de una alegría feroz que su amor por él estuviera igualmente muerto. Y si las cosas no eran tan simples como eso, se juró que al menos él no se enteraría jamás.

Cuando finalmente Cathy salió de la bañera sumergida, se secó y se puso por la cabeza la sencilla camisa suelta de algodón blanco que una de las sirvientas le había conseguido para usar como camisón, estaba muy cerca del llanto. Echó la culpa de su mal humor a los caprichos y rarezas que tendían a acosar a las mujeres en los últimos meses del embarazo, aunque secretamente sabía que no era solamente eso. Pero se negó a considerar siquiera la otra causa probable y, en cambio, se dirigió resueltamente a la cama.

No podía dormir. Se revolvía en la cama y aporreaba la almohada y deseaba, llevada por el rencor, que Jon estuviera presente para verse obligado a sufrir las molestias que ella padecía. ¡Era injusto que ella tuviera que pasar por todos los sufrimientos y dolores asociados con el alumbramiento de un hijo, mientras que él gozaba de todas las diversiones y luego se negaba a reconocer el hijo como suyo! Mientras pensaba en esto, Cathy se encolerizó más de lo que había estado en semanas. «Cerdo asqueroso», le insultó para sus adentros y se hundió más en el colchón demasiado mullido y blando. Enojada todavía, se cruzó de brazos sobre los pechos doloridos. Cuando él llegara le estaría esperando despierta, pensó con odio. ¡Y en cuanto él atravesara el umbral de la puerta se las vería con ella!

Fue bastante tiempo después cuando por fin escuchó los ruidos inequívocos que hacía Jon al tratar de entrar en la casa silenciosamente. Su arrebato de cólera se había calmado un tanto, pero todavía estaba decidida a darle a conocer la indignación que sentía. Sentirse completamente abandonada durante una infinidad de horas era demasiado, ¡y se lo diría claramente! Eso no quería decir que deseara su compañía en particular —¡de hecho, todo lo contrario!—, pero no veía ningún motivo que impidiera a Angie hacerle compañía. Después de todo, era sumamente improbable que la muchacha causara algún problema con esos inescrutables bereberes y además...

La puerta del dormitorio, al abrirse, interrumpió sus pensamientos. Cathy se incorporó rápidamente en la cama con los brazos cruzados sobre el pecho y abriendo los ojos agresivamente. Ya había abierto la boca para lanzar la primera andanada cuando percibió, para su sorpresa y consternación, que no era Jon, sino Sarita, la que pasaba cautelosamente por la puerta. ¡Era Sarita!

—¿Qué estás haciendo aquí? —la increpó en cuanto la sorpresa le permitió hablar. Realmente, si Jon había osado traer a su querida a esa casa, ¡le desollaría vivo! ¡Cómo se atrevía a...!

Sarita le sonrió y sus ojos negros brillaron con malevolencia en la oscuridad del cuarto.

—Te traigo una pequeña sorpresa —murmuró ella, y después, por encima de su hombro y dirigiendo la voz al corredor en sombras, llamó en voz baja—: ¡Deprisa! ¡Ella está aquí, necios!

Para entonces, Cathy había empezado a alarmarse. Con quienquiera que hablaba Sarita, no era Jon seguramente. Se había dirigido a esas personas invisibles hablando en plural y, además, ¡esa mujer jamás osaría llamar necio a Jon! Fuera lo que fuese que hubiese planeado Sarita, Cathy estaba convencida de que no sería nada bueno para ella. De repente, Cathy empezó a temer por su vida y el corazón le dio un vuelco. Si su hijo y ella morían, ¡Sarita podía imaginar que le quedaría el campo libre para conquistar a Jon!

No bien se le cruzó el pensamiento por la cabeza cuando ya estaba abriendo la boca para gritar pidiendo ayuda mientras, al mismo tiempo, se esforzaba penosamente para acurrucarse en medio de la enorme cama. Lucharía, se resistiría... Pero no hubo tiempo. Apenas habían salido los primeros chillidos de su garganta cuando dos hombres irrumpieron violentamente por la puerta y saltaron sobre ella. Cathy reconoció a uno de ellos como al repulsivo Grogan cuando estuvieron sobre ella. Una manaza le cubrió la boca con brutalidad mientras alguien le llevaba los brazos a la espalda y los sujetaba con una suerte de cuerda de seda. Antes que pudiera oponer una resistencia simbólica dando una patada al aire, sus piernas habían sufrido el mismo trato. Yacía, indefensa, en la cama, mirando con ojos aprensivos por el borde superior de la mordaza que le habían metido en la boca. ¡Santo Dios! ¿Qué pensaban hacer con ella? Tal vez arrojarla a las aguas de la bahía para que se ahogara atada y amordazada como estaba.

—¿Asustada, milady? —Grogan se había inclinado para susurrar provocativamente a su cara mientras Sarita reía maliciosamente en el fondo—. No es necesario. No tenemos intención de lastimarla, en absoluto. Es solo que Sarita ha hecho un trato con ese hombre del jeque.

—Te encantará vivir en el harén, ¿no es así, queridita? —Sarita se unió a Grogan para provocarla con sus siseos malvados—. ¡El sitio apropiado para una puta como tú! Jonny ni siquiera sabrá qué te ha sucedido... ¡no es que a él le importe mucho tampoco! ¡Me propongo mantenerle demasiado ocupado para recordar tu nombre siquiera!

Cathy palideció debajo de la mordaza que la sofocaba al comenzar a comprender lo que Sarita había hecho. ¡De algún modo lo había arreglado para entregarla al jeque!

—Ese hombre, Kemal, me prometió un cofre lleno de joyas cuando le dije que podría entregarte. Parece que al jeque le fascina la idea de llevar a su cama a una mujer de cabello del color del sol... ¡no es que yo crea que es algo especial! Pero puedo asegurarte que esa es la única razón por la que te desea. No tienes nada más que haga arder de deseo a un hombre. ¡Estás gorda como un cerdo!

Cathy se habría enfurecido al oír esas palabras provocativas y burlonas si no hubiese estado tan asustada. Una vez que estuviera encerrada en el harén del jeque, no habría forma de escapar de allí. Las mujeres del jeque permanecían aisladas del mundo exterior, nadie podía verlas jamás y estaban siempre muy bien vigiladas. Aun cuando Jon llegara a descubrir qué había sucedido y quisiera liberarla, no veía cómo podría hacerlo. En cuanto se convirtiera en propiedad del jeque, podría darse por muerta no solo para Jon sino también para el mundo. Jamás le permitirían verla siquiera...

—El camino está libre. —Grogan regresó de donde

había estado vigilando el vestíbulo. Inclinándose como un ave rapaz sobre ella, que seguía tendida en la cama, la tomó y la cargó en sus brazos. Sus movimientos eran bruscos y torpes, como si disfrutara lastimándola. Con toda seguridad, no desperdiciaba tiempo pensando en la fragilidad y el carácter delicado de su estado. Cathy sintió que el enorme montículo de su vientre se aplastaba contra el pecho de gorila de Grogan y gimió de miedo y de dolor.

Se retorció y pateó también como pudo mientras la llevaban fuera de la casa, pero mientras lo hacía sabía que todo era inútil. Lo más que podía esperar era atraer la atención de los sirvientes quienes podrían pedir ayuda. O quizá no. Eran, después de todo, los esbirros del jeque antes que nada, y para ellos, seguramente, ella no era nada más que una mujer que deseaba su jeque. Aun cuando oyeran sus gritos apagados, probablemente harían oídos sordos. En Rabat, el jeque era todopoderoso y ofenderle sería desencadenar la ira de un dios sobre la cabeza del desventurado.

La casa era una de las tantas que componían el complejo que rodeaba el inmenso palacio del jeque. No tenían que andar mutho. Con las grandes zancadas de Grogan devorando la distancia, pasaron solo algunos minutos antes de que llegaran a una puerta lateral que se abría en uno de los muros del palacio, una puerta que se abrió al acercarse ellos. En el otro lado la aguardaban tres hombres. Cathy reconoció a Mustafá Kemal y se estremeció. Estaba escoltado por dos enormes eunucos lampiños.

—La trajimos —anunció Sarita sin necesidad mientras entraban y la puerta se cerraba tras ellos.

Cathy vio que se hallaban en un estrecho pasaje cavado en la roca. De trecho en trecho se veían antorchas que pendían de las paredes y que alumbraban el camino.

—Habéis cumplido vuestra palabra —dijo Kemal en tono severo. Su mano acarició los rubios cabellos de Cathy antes de retirarla precipitadamente—. ¿No habéis tenido ninguna dificultad con el capitán Hale?

—Ninguna —respondió Grogan, breve. Sarita, sacudiendo la cabeza, añadió—: Os dije que no la tendríamos. Ya se había cansado de ella. Ahora que ha desaparecido, él estará agradecido.

—Espero que estéis en lo cierto. No deseo ningún problema —dijo Kemal, y, haciendo una indicación con la cabeza en dirección al eunuco que estaba junto a él, agregó—: Podéis entregarla a Muhammed. Ya no es de vuestra incumbencia.

Cathy pasó como un paquete no deseado de los enormes brazos de Grogan a los no menos enormes y fuertes del eunuco.

—Pero ¿qué hay de nuestra recompensa? Nos habías prometido... —gimoteó Sarita.

—No lo he olvidado —respondió Kemal con un ligero toque de desdén en la voz. Por encima del hombro le ordenó al otro eunuco—: Llévala a los aposentos de las mujeres. Salina-Segum la está esperando.

Mientras se llevaban de allí a Cathy, que seguía retorciéndose inútilmente en los fornidos brazos del eunuco, oyó las exclamaciones de éxtasis de Sarita cuando le entregaron el prometido cofrecito de joyas.

Para los ojos nublados de terror de Cathy, el palacio tenía toda la apariencia de una laberíntica conejera de salas y salones y pasillos, todos atestados de alfombras orientales de brillantes colores, polvorientos tapices y enjoyados adornos de oro y plata batidos y martillados a mano. Un tesoro solamente en muebles debe de haber entre estas paredes, pensó ella distraídamente mientras se concentraba para memorizar el camino que habían seguido, por si acaso llegara a tener la remota posibilidad de escaparse. Era una esperanza lejana, lo sabía. El hombre que la llevaba en sus brazos podría alcanzarla sin esfuerzo alguno, y, aun cuando pudiera burlarle, sirvientes tiesos y silenciosos se alineaban a lo largo de todas las paredes. No tendría forma de escapar.

El eunuco se detuvo delante de una gran puerta de madera artísticamente tallada y situada debajo de un arco. A ambos lados montaban guardia dos más de esos hombres inmensos y lampiños.

Él les habló algo en árabe y los dos se apartaron obedientemente para dejarles. El eunuco que la llevaba entró y cruzó la habitación débilmente iluminada para dejarla cuidadosamente sobre un diván acolchado. Haciendo un ligero movimiento de cabeza en señal de respeto a alguien que se encontraba fuera de la línea de visión de Cathy, se volvió sobre sus talones y desapareció silenciosamente.

—Ahh, ellos han sido brutales contigo —canturreó una vieja en un inglés anticuado. Cathy, observándola con miedo, vio que estaba ataviada con un burka, la prenda que según había aprendido era la que debían vestir las sirvientas del jeque cuando ocupaban una posición en la que podían alternar con hombres. ¿Se consideraba hombres a los eunucos?, se preguntó

Cathy absurdamente. Después, la sorpresa ahuyentó todo otro pensamiento de su mente. Porque, cuando la mujer comenzó a aflojarle las cuerdas, vio que sus ojos apenas visibles a través del espeso velo eran de un azul descolorido.

—¿Quién eres? —jadeó Cathy cuando la mujer le quitó la mordaza.

—Soy Salina —contestó la mujer simplemente. Ya le había soltado las manos y estaba haciendo lo mismo con la cuerda que sujetaba sus piernas.

—¡Tú... tú eres inglesa! —exclamó Cathy sin poder creer todavía lo que sus ojos y oídos le indicaban como verdad.

—Hace mucho, mucho tiempo, yo sí era inglesa —dijo Salina con pesar—. Ahora soy berebere. Como lo serás tú.

—¡No! —protestó Cathy instintivamente, estremeciéndose al pensarlo. Salina sonrió.

—Esa fue mi reacción, también, pero como puedes ver no me sirvió de nada —comentó al tiempo que frotaba suavemente los tobillos de Cathy donde la cuerda había dejado su marca. Cathy se incorporó con un gran esfuerzo. La curiosidad desterró hasta el miedo de su mente.

—¿Cómo viniste a parar aquí? —inquirió Cathy.

—Como tú, el jeque me compró. Pero mi vida ha sido muy diferente de lo que será la tuya. Hasta de muchacha yo carecía de todo atractivo, comprendes, y él no me deseaba como su concubina. Entonces me convertí en la *dai*, comadrona, para todas sus mujeres. Y por eso me han enviado a cuidarte. No se te permitirá reunirte con las otras hasta que haya nacido tu hijo, ni el jeque te honrará con su presencia hasta entonces. Pero yo te cuidaré y todo saldrá muy bien. Ya verás. No tienes por qué temer.

—¡Por favor... debes ayudarme! ¡No quiero ser la concubina del jeque! —suplicó Cathy con desesperación, pensando que, como su compatriota, Salina quizá podría llegar a apiadarse de ella—. Tengo otro hijo, un niñito que me está esperando en Inglaterra. Y hay un hombre...

—El capitán norteamericano, ¿no es así? —preguntó Salina, bien informada y sorprendiendo a Cathy. Al ver cuánto la asombraba que ella hubiera siquiera oído hablar de Jon en el estricto aislamiento en que se mantenía a todas las mujeres de palacio, volvió a sonreír—. Oh, nosotras nos enteramos de muchas cosas, aun en el *purdah*. Y se dice que el capitán norteamericano... muy guapo y todo un hombre... tiene por mujer a alguien con el cabello del color del oro en polvo, a quien el jeque desea muchísimo. Hemos estado esperando tu llegada desde hace algún tiempo, pequeña.

—Mi nombre es Cathy —dijo automáticamente con su mente ocupada con las revelaciones de Salina.

—Y el mío alguna vez fue Sarah —le contó la mujer mayor—. Pero desde que vine a vivir al palacio del jeque me han conocido bajo el nombre de Salina según su voluntad. Estoy segura de que encontrará otro nombre para ti también... un nombre suave y bello, como tú.

—¡Debo escaparme! —gimió Cathy. El horror se apoderó de ella al imaginarse prisionera para toda la vida en el harén del jeque, viviendo solo para complacerle en todo y hasta con otro nombre a su capricho.

—Jamás podrás escapar de aquí. —Salina era paciente pero inexorable, como si estuviera señalándole a una criatura un hecho incontrovertible pero un poco desagradable—. Nadie lo hace... o lo desea siquiera... después de un tiempo. Estarás muy bien tratada y serás muy respetada entre las mujeres. No cabe duda que tu belleza ganará el favor del jeque y él te reclamará a menudo para su lecho.

—¡Oh, santo Dios! —Cathy se sintió mal al considerar esa posibilidad—. ¡Por favor... por favor, déjame ir! Podría escabullirme...

—Lo siento mucho, pequeña, pero si llegaras a desaparecer me castigarían severamente... probablemente me dejarían ciega. No puedo correr ese riesgo. Y tu vida entre nosotras no será desgraciada. Confía en mí. —Salina, viendo la agitación de Cathy, le palmeó el brazo para calmarla. Cathy le apartó la mano bruscamente.

—¡No me quedaré aquí! —exclamó entre sollozos. Salina se inclinó sobre ella para consolarla y Cathy vio su oportunidad. Dio un fuerte empujón a la mujer, que cruzó la habitación tambaleándose. En un instante, Cathy se puso de pie y echó a correr hacia la puerta. Forcejeó con desesperación y sintió que cedía bajo sus manos. Dando un fuerte tirón la abrió de par en par... y se le heló la sangre en las venas. Los dos gigantescos eunucos le cerraban el paso y la miraban con maldad.

—Ahmad, Radi, la pequeña está trastornada como una tonta. Traédmela aquí de inmediato y le daré algo de beber que la ayudará a sentirse mejor. Mañana, esperemos, actuará con más sensatez.

Ahmad y Radi la tomaron cada uno de un brazo y la llevaron de regreso al interior de la habitación. Cathy no desperdició energías tratando de resistirse. Pero era en vano, como advirtió con toda claridad. Aun cuando pudiera escabullirse más allá de ese cuarto no avanzaría más que unos pasos por el pasillo antes de que docenas de esbirros del jeque cayeran sobre ella.

Mientras los eunucos la empujaban suavemente para que se recostara en el diván, Cathy volvió sus ojos desesperados en dirección a Salina.

—Por favor...

Salina chasqueó la lengua compasivamente.

—Pobre pequeña, no debes asustarte de ese modo. Considera a tu hijo. Todo saldrá bien, ya verás. Ahora, debes beber esto...

Llevó a los labios de Cathy lo que parecía ser una copa de oro macizo. Cathy, con los dos eunucos sujetándole los brazos, no tuvo alternativa. Mientras tragaba pensaba que el líquido era ligeramente amargo, como vino rancio. Enseguida, la habitación empezó a dar vueltas y vueltas sin parar hasta marearla. Un escalofrío de horror le corrió por la espalda cuando comprendió que la habían drogado.

Todo lo que sucedió durante las veinticuatro horas que siguieron quedaría para siempre borroso en su mente. Salina volvió a administrarle la droga a intervalos regulares asegurándole que solo era una poción inofensiva, destinada a impedirle hacerse daño o hacérselo a su criatura. Cathy durmió la mayor parte del tiempo, despertándose solamente para comer. Al parecer, Salina estaba constantemente pendiente de ella, bañándola y cepillándole el cabello hasta cuando estaba dormida. Cathy, angustiada por recurrentes pesadillas de negras mazmorras y hombres siniestros con largos albornoces blancos, sintió que las lágrimas corrían gota a gota por las mejillas.

Fue durante uno de sus breves períodos de semilucidez cuando Cathy oyó un tumulto en el pasillo. Embotada por la droga, ni siquiera se molestó en preguntarse qué estaría ocurriendo. Solo advirtió sin preocupación alguna que Salina se había alejado de su lado y estaba escuchando con la oreja pegada a la puerta.

Los párpados de Cathy volvían a pesarle demasiado y estaban cayendo otra vez cuando oyó, como a través de una espesa niebla, que la puerta se abría y luego el grito destemplado de Salina. Pero el chillido se cortó abruptamente. Cathy se alarmó un poco y con gran esfuerzo obligó a sus párpados a abrirse. Al ver el rostro moreno inclinado sobre ella pensó que era una quimera, pero lo le sonrió soñolientamente.

—¡Cathy, despierta! —le ordenó una voz áspera y autoritaria mientras una mano despiadada le agarraba un brazo y empezaba a sacudirla. Cathy parpadeó mientras su cabeza, como la de una muñeca de trapo, rodaba flojamente de atrás para adelante. Si no fuera tan sagaz como era, juraría que esa visión demasiado violenta era Jon en persona...

—¿Jon...? —murmuró como para comprobarlo y se le cruzaron los ojos cuando enfocó el rostro.

—Santo Dios, la han drogado —le oyó murmurar con furia y luego se estaba inclinando más sobre ella. Sintió sus fornidos brazos deslizándose debajo de su cuerpo y levantándola con sumo cuidado. Después le pareció que la estaba llevando fuera de allí, por el interminable laberinto de salones y pasillos del palacio. Como en sueños, Cathy seguía viendo la figura de Salina boca abajo, tendida junto a la puerta de la habitación donde la habían tenido prisionera y luego, más adelante, los cuerpos ensangrentados y despatarrados de los dos eunucos, Ahmad y Radi. Pero una gran confusión reinaba en su cabeza como para poder dar algún crédito a esas visiones. Cuando el frío cortante del aire nocturno le golpeó la cara empezó a comprender que Jon, milagrosamente, la había encontrado y la había liberado.

—¿Cómo... cómo...? —tartamudeó cuando él la sentaba a horcajadas sobre el lomo de un caballo y luego montaba apresuradamente detrás de ella.

—¿Así que te estás despabilando, Bella Durmiente? —preguntó él en un tono entre severo y divertido—. ¡Dios, me has dado las peores veinticuatro horas de toda mi vida! Pero no tenemos tiempo para conversar ahora. Ya te contaré todo cuando estemos lejos y a salvo.

Clavó los talones al caballo para que galopara lo más deprisa posible mientras hablaba, las riendas en una mano y la otra sosteniendo firmemente a Cathy contra su cuerpo. Fatigada, se recostó contra la pared de hierro de su pecho, pues estaba todavía demasiado drogada para hacer algo más que sentirse vagamente agradecida por su rescate. Momentos después, el caballo trotaba por el muelle. Al detenerse, Jon saltó al suelo y luego le extendió los brazos para ayudarla a bajarse, cargándola nuevamente en sus brazos. En ese momento, Cathy vio para su desconcierto que el cielo sobre la parte norte del palacio del jeque parecía curiosamente iluminado.

—Mira... —le dijo a Jon, perpleja, y alzando el brazo le señaló el extraño resplandor anaranjado. Jon se rio ásperamente.

—Temo que está ardiendo el palacio del jeque, mi amor, y si no nos vamos rápidamente de aquí, dentro de poco, podríamos quemarnos con él —le respondió, dando zancadas por el muelle hasta donde les esperaba una pequeña barca. O'Reilly estaba allí y Jon le pasó a Cathy antes de saltar al interior de la barca.

»Está drogada —le comentó muy brevemente a O'Reilly. Luego, dirigiéndose a los remeros que aguardaban sus órdenes, agregó—: ¡Por amor de Dios, daos prisa! ¡En marcha! No tardarán mucho en darse cuenta de lo que ha pasado.

Como si hubieran oído un conjuro, los hombres le obedecieron remando con frenesí según le pareció a Cathy. La pequeña barca prácticamente voló sobre las olas. En menos tiempo de lo que se tarda en contarlo, se encontraron junto a la banda del *Cristobel* y los hombres estaban trepando precipitadamente por la escala de cuerdas.

—Esto puede dolerte, pero no tengo tiempo para pensar cómo hacerlo de otro modo —le dijo Jon a Cathy apresuradamente, y, mientras ella estaba tratando todavía de entender el comentario, él la subió sobre su espalda y le ató las manos alrededor de su cuello.

—Resiste y no te sueltes —le dijo por encima del hombro y luego, mientras Cathy seguía tratando de descifrar el significado de sus palabras, él trepó por la escalera con ella colgando del cuello.

Cuando casi habían llegado a la cubierta, surgieron varias manos para sostener el peso de Cathy y al mismo tiempo ayudándoles a ambos a pasar por encima de la barandilla.

—¿Cómo está ella, capitán? —Cathy reconoció la voz angustiada de Angie mientras Jon le desataba rápidamente las manos.

—Bastante bien, creo —respondió, lacónico. Después, volviéndose a los hombres que les rodeaban, añadió—: ¡Por amor de Dios, no os quedéis mirando! ¡A toda vela!

12

Jon reconocía abiertamente que sus sentimientos eran contradictorios, pero no podía remediarlo. Por una parte, aborrecía a Cathy con odio implacable y corrosivo no solo por haber traicionado al hombre que la amaba sino también al amor que les había unido. Pero por otra parte... había estado a punto de perder el juicio cuando Cathy había desaparecido sin dejar rastros en esa misteriosa ciudad de Rabat. No cabía ninguna duda de que habían sido las peores y más angustiosas veinticuatro horas de su vida. Los sirvientes bereberes con sus tortuosos rodeos al hablar habían insinuado que quizá la Begum, en uno de sus ataques de depresión, tan comunes a las mujeres encintas, se había arrojado a las aguas de la bahía y se había ahogado. Por cierto parecían plenamente convencidos de que sería una pérdida de tiempo buscarla puesto que no habría de encontrársela en ninguna parte. Algo en sus semblantes, la misma renuencia que mostraban para tratar el tema, había despertado las sospechas de Jon. Sabían más de lo que estaban dispuestos a decir. En ningún momento, jamás, había creído que Cathy podría haberse suicidado. ¡No su Cathy con su espíritu tan batallador! (Aquí Jon torció el gesto al advertir el uso del posesivo, a pesar de todo.) Y mucho menos estando embarazada. Era una madre excelente, amante y dedicada, que siempre había protegido a Cray hasta con ferocidad y que haría lo mismo con ese niño por nacer. No podía imaginar un estado depresivo tan profundo como para inducirla a provocarse un daño o provocárselo a su hijo. Si se sentía desatendida, olvidada o maltratada, entonces lo más probable sería que ¡le hiciera daño a él!

Había recorrido toda la ciudad buscándola con la loca esperanza de que esa coqueta incorregible se hubiese escondido para darle un susto. Pero se había encontrado con obstáculos insalvables a la vuelta de cada esquina y, desesperado, había regresado al *Cristobel*. Quizás Angie sabía algo... Pero aun antes de tener la oportunidad de hablar con ella, se había topado cara a cara con Sarita. La sonrisa maliciosa de esa mujer había llamado poderosamente su atención. Poco después, cuando le había preguntado lacónicamente si conocía el paradero de Cathy, Sarita se había llenado de confusión y se había mostrado aterrorizada. No había necesitado más para convencerse de que, fuera lo que fuese que le hubiese pasado a Cathy, había sido con la intervención directa de esa mujer. Al ver la ira salvaje de Jon, Sarita se había encogido de miedo y lo había negado todo. A Jon jamás se le había pasado por la imaginación que pudiera disfrutar golpeando a una mujer, pero había estado equivocado. Se había deleitado ferozmente abofeteando a Sarita hasta dejarla tendida en el suelo del camarote como un montón de carne sacudida por sollozos cuando, por fin, había logrado arrancarle la confesión de lo que había hecho. Pero, a pesar de todo, había tenido suerte. Si hubiese sido un hombre, Jon le habría matado. Como habría matado a Grogan y Meade, sus cómplices, si no le hubiese apremiado el tiempo.

Rescatar a Cathy tomando por asalto el palacio del jeque, como había sido su primera intención llevado por la furia, evidentemente era imposible. El palacio era una verdadera fortaleza protegida por cientos de guardias. No, la única posibilidad de entrar allí y volver a salir con vida llevándose a Cathy había sido parar una trampa. Lo cual él había llevado a cabo primorosamente, colocando bombas toscas contra el muro opuesto del palacio. Como había esperado, las explosiones hicieron que todos echaran a correr en esa dirección para ver qué había sucedido, y se habían quedado allí para combatir el fuego que se propagaba velozmente. Jon solo había tenido que luchar contra unos pocos eunucos.

Estaba seguro de que el jeque montaría en cólera cuando descubriera lo que había sucedido. Quizá su cólera llegaría a tales extremos como para enviar barcos en persecución de los que él llamaría «esos asesinos perros infieles». Motivo por el cual Jon consideró prudente descartar su plan original de hacer una escala en Tenerife. Era mucho mejor regresar directamente a Norteamérica donde estarían fuera del alcance tanto de los esbirros del jeque como de la Marina Real Británica.

El único defecto en este plan era Cathy. Su embarazo estaba demasiado avanzado, al menos en el séptimo mes, según los cálculos de Jon y más si creía lo que ella decía que era la verdad, cosa que no se tragaba en absoluto, por cierto. Recordaba con toda claridad lo enorme que Cathy había estado poco antes de dar a luz a Cray y por el momento, al menos, ella se encofraba lejos de estar tan pesada. Su propio cuerpo, entre otras cosas, daba un rotundo mentís a su patraña. Con todo, siete meses ya era bastante cercano al alumbramiento y él no volvería a respirar libremente hasta tenerla a salvo en tierra firme con un médico para asistirla. No podía concebir nada más horrible que permitir que ella estuviera de parto en el *Cristobel*, en medio del océano, con una de las pocas mujeres que habían quedado a bordo actuando como parteras. El solo hecho de pensarlo le hacía correr un sudor frío por todo el cuerpo. Su propia madre había muerto de parto y siempre le había infundido temor. Y Cathy había sufrido terriblemente con Cray...

Pero a lo sumo tardarían cuatro semanas en cruzar el Atlántico, menos si aumentaba la cantidad de velas y se dirigía directamente a Newfoundland, pasando por las Azores. Si Cathy mostraba señales de estar cerca del momento del alumbramiento, podrían atracar en las Azores hasta que naciera la criatura. Después de tomar esa decisión, Jon se sintió muy aliviado. No se detuvo a considerar por qué tenía que preocuparle tanto la idea de que Cathy pudiera sufrir o hasta morir de parto. Después de todo era lo único que se merecía por dar a luz al hijo de otro hombre.

Cathy, por su parte, estaba muy preocupada, aunque trataba de no hacérselo saber a Jon. Estaba mucho más cerca del noveno que del séptimo mes de embarazo, contra todo lo que pensaba Jon. Parecía más que probable que tuviera su hijo en medio del océano Atlántico. Pero estaba Angie para atenderla y Clara, que le aseguraba que había traído muchos niños al mundo, como ex encargada de un prostíbulo. Lo cual, no obstante la naturaleza escandalosa de su experiencia, era un consuelo.

Cathy sabía que Jon todavía creía que el hijo por nacer era de Harold y que la despreciaba por ello. Aun así, era amable y considerado con ella desde que habían regresado a bordo del barco y siempre le preguntaba solícitamente sobre su salud. Ella todavía gozaba del uso exclusivo del camarote, pero ya no tenía que preguntarse, angustiada, dónde pasaba él sus noches. Sarita, junto con Grogan y el otro hombre, habían quedado abandonados a su suerte en Rabat. Esto la llenaba de alegría.

Pero algo más la regocijaba y era saber que muy pronto Jon se convencería de que él era el verdadero padre de ese niño que ella llevaba en su vientre. Cuando su hijo hiciera acto de presencia, todo lo que tendría que hacer Jon para cerciorarse sería contar nueve meses hacia atrás. La criatura se había concebido antes de que ella partiera de Woodham, y, cuando naciera, Jon forzosamente tendría que admitir que era totalmente imposible que Harold fuera el padre. Cathy imaginaba sus disculpas rastreras con intensa satisfacción. No le haría mal pedirle humildemente perdón y después sudar durante un tiempo para ver si ella estaba dispuesta a perdonarle. Lo cual ella podría hacer o no. Lo que más le dolía a Cathy era que él hubiera pensado tan mal de ella y no estaba segura de querer pasar el resto de su vida junto a un hombre que la consideraba capaz de semejante comportamiento. ¿Estaba preparada para soportar con resignación sus celos eternamente? Tendría que pensarlo... Además, siempre existía la posibilidad de que aun después de reconocer que el niño era su hijo, Jon podría no quererla.

Los días se convirtieron en una semana y el *Cristobel* se hallaba a gran distancia de Rabat, navegando con rumbo noroeste. El tiempo era bueno, pero caluroso. Jon había dispuesto que algunos hombres de la tripulación improvisaran un resguardo para Cathy en el alcázar, para que pudiera estar al aire libre donde corría a veces una brisa fresca y al mismo tiempo protegida del sol abrasador. Pero lo más importante de todo, para tenerla bajo sus ojos. Cathy pasaba la mayor parte del tiempo debajo de ese dosel improvisado con las velas, demasiado aletargada para hacer algo más que reclinarse, soñolienta, en el coy que habían colgado por orden de Jon y contemplar el mar con sus incesantes cambios. De vez en cuando Cathy atraía la atención de Jon mientras él se ocupaba de manejar el barco. Casi con renuencia, él le sonreía y, algunas veces, hasta se acercaba para charlar. Hablaban principalmente del tiempo y de los hechos cotidianos a bordo del barco, evitando con sumo cuidado rozar siquiera cualquier tema que pudiera precipitar una pelea. Ambos estaban satisfechos con dejar que la relación entre ellos se mantuviera dentro de los límites de una cordialidad cautelosa por el momento.

Una mañana Cathy se despertó y salió a cubierta como de costumbre, pero encontró que un espeso manto de niebla cubría el mundo. Largas y encrespadas olas de bruma más oscura llegaban del este y envolvían el *Cristobel* como un capullo. Al principio fue un verdadero alivio olvidarse del sol por un tiempo, pero después de un par de horas la humedad se volvió insoportable. Cathy, cómodamente instalada en el coy, empezó a tiritar. Jon, al ver el movimiento involuntario y al notar que tenía el rostro y el cabello humedecidos, le ordenó que fuera al camarote. Cathy le obedeció sin poner ningún reparo.

Cuando volvió a salir por la tarde, la bruma parecía que se estaba levantando un poco. También hacía más calor, pero cuando Cathy respiraba a fondo en medio de esa niebla grisácea le parecía estar inhalando vapor. Mientras subía por los peldaños de la escalerilla que la llevaba al alcázar, nubes de vapor se arremolinaban alrededor de su amplia falda negra.

En vez de dirigirse directamente al coy como era su costumbre, siguiendo un impulso fue a reunirse con Jon junto a la barandilla. Él estaba ocupado tratando de ubicar la posición del barco en un enorme mapa. Primero observaba el compás que sostenía en una mano y luego trataba en vano de ubicar la posición del sol a través de la espesa niebla. Después trazaba líneas en el mapa con una regla y un lápiz. Mientras iba a reunirse con él cruzando el alcázar, saludó al pasar a Mick Frazier que estaba al timón. En semejante niebla ella habría pensado que era inútil gobernar un barco ya que no se podía ver hacia dónde iban. Sin embargo, comprendió que Jon, como siempre, sabía lo que estaba haciendo. En ningún momento temió que él hiciera perder el rumbo al *Cristobel* o hacer que encallara.

—¿Es conveniente que estés aquí fuera? —le preguntó él frunciendo con ligereza el entrecejo cuando finalmente tuvo conciencia de su presencia junto a él. Cathy le sonrió y pensó que se veía muy guapo con el rostro moreno bien afeitado una vez siquiera dejando ver los rasgos enérgicos de la mandíbula y el mentón y sus ojos acerados como la niebla que les envolvía. La humedad le había ondulado el cabello y un mechón rebelde se ensortijaba sobre su frente. Cathy, impulsivamente, se puso de puntillas y se lo alisó echándolo hacia atrás. Los ojos de Jon se entrecerraron y luego, él también, sonrió.

»¿Ablandándome por algo? —preguntó él en broma. Cathy negó con la cabeza, y dos hoyuelos se formaron en las mejillas. Era maravilloso bromear de esa forma como habían hecho tantas veces en el pasado.

—No me atrevería —respondió con frescura—. Le infundes miedo a cualquiera.

—Y tú tiemblas de pies a cabeza cada vez que me acerco —respondió él, seco—. Me tienes tanto miedo como un pez al agua.

Cathy se rio admitiendo que así era sin duda.

—¿Debo temerte? —inquirió ella, provocativa, y al mirarle sus ojos brillaron maliciosamente.

—Dímelo tú —respondió él en tono enigmático y volvió toda su atención al mapa.

—¿Dónde estamos? —le preguntó ella ociosamente después de un rato al ver que él estaba decidido a no prestarle más atención.

—Por lo que he podido calcular, casi a mitad de camino de las Azores. Diez días más y deberíamos tenerlas a la vista. ¿Crees que puedes esperar hasta entonces? —Acompañó la pregunta con una mirada de soslayo al vientre muy abultado de Cathy, y su tono fue mitad sarcástico y mitad preocupado. Cathy prefirió pasar por alto la parte sarcástica. No tenía ganas de empezar una pelea.

—Haré todo lo posible —respondió en tono grave y la frente de Jon se arrugó más.

—¿No te has estado sintiendo... uh... mal? —La voz sonó áspera y ella supo que le estaba exigiendo que le tranquilizara. Al recordar el terror que él sentía por los partos, Cathy suspiró para sí. Si no podía resistir otros diez días más hasta que avistaran tierra —y podría ser incapaz de hacerlo, si la primera de las fechas posibles que había calculado para el alumbramiento era la correcta— era muy probable que Jon sufriera mucho más que ella misma. Rememoró el minucioso relato de Petersham describiéndole lo acongojado y perturbado que había estado Jon mientras ella había estado de parto con Gray y deseó poder ahorrarle esos sufrimientos esta vez. Pero no podía y de todos modos no sabía bien por qué quería hacerlo. Un poco de sufrimiento, después de todo lo que le había hecho pasar a ella, ¡no le vendría nada mal! Además, tal vez no estaría demasiado preocupado por lo que ella tenía que sufrir para traer al mundo a este niño. Después de todo, no creía que fuera suyo.

—¿Te importa? —le preguntó y sus palabras tuvieron un dejo de amargura. Deseó no haberlas dicho en cuanto escaparon de sus labios, pero era demasiado tarde. Las facciones de Jon se endurecieron y una pátina de hielo brilló en sus ojos.

—Me afligiría si te pasara algo malo estando bajo mi cuidado —respondió groseramente—. Harold podría disgustarse si su heredero llegara a nacer muerto.

—¡Lo que acabas de decir es espantoso! —jadeó Cathy y su mano automáticamente voló a cubrir el vientre abultado como para proteger al niño. Jon advirtió el movimiento con los ojos entrecerrados y sus rasgos se endurecieron más.

—¿Qué... que Harold podría disgustarse? —le preguntó fríamente.

—Que el bebé podría nacer muerto —le corrigió Cathy con ojos llameantes—. ¡Como sabes perfectamente, canalla! ¿Cómo puedes sugerir semejante cosa de tu propio hijo?

—De lo cual jamás podrás convencerme —cortó Jon con voz dura.

—¿Te parece? —Cathy había erguido orgullosamente la cabeza para mirarle a la cara con ojos llenos de furia. El largo cabello le caía por la espalda como una ondulante cascada de oro y su piel pálida brillaba tenuamente con el viso que había puesto allí la niebla. El arranque de cólera había iluminado sus ojos, que se habían oscurecido hasta tomar el color del cobalto y se estaba enfrentando a él con los brazos en jarras, desafiante. Jon, cada vez más enfadado, la admiró a pesar de todo. Embarazada, vestida casi de harapos, con la nariz lustrosa y el brillante cabello, opaco por la humedad del día, estaba más bella que nunca. Súbitamente su corazón latió más deprisa y lo maldijo en su fuero íntimo. ¿Siempre le afectaría de esta forma? ¿Nunca se libraría del dominio que ejercía ella sobre sus sentidos?

—No, no lo conseguirás —gruñó él, más furioso consigo mismo que con ella—. Tú...

Lo que había estado a punto de decir jamás salió de sus labios. Quedaría para siempre enterrado debajo de un grito sonoro y enérgico que había surgido de alguna parte en lo alto de las jarcias.

—¡Vela a la vista!

—¿Por dónde y a qué distancia? —vociferó instantáneamente Jon olvidando por completo su discusión con Cathy. Cualquier velamen era motivo de inquietud. Si no era el jeque, podría ser la marina real o hasta un barco pirata, aunque Dios bien sabía que el *Cristobel* les proporcionaría un botín muy escaso.

—¡A estribor!

Inmediatamente, Jon se dio la vuelta para mirar hacia la derecha, como hicieron todos los que estaban sobre cubierta. Tanto él como los demás no pudieron ver nada salvo una interminable extensión de agua gris plata solo interrumpida de vez en cuando por densos parches más oscuros que semejaban enormes borlas de algodón tiznado. El barco, o los barcos, si realmente existían, estaban completamente protegidos por la niebla.

—¿Adónde vas? —exigió saber Cathy tratando de agarrarle un brazo cuando él intentó alejarse de ella. Jon bajó la mirada ceñuda para clavarla en el rostro de Cathy, pero sin prestarle mucha atención.

—A lo más alto de la obencadura. Tengo que ver... —se le apagó la voz, pero Cathy le dejó ir. Súbitamente se dio cuenta de la difícil situación en que se encontraban. No sabía qué sería peor, que los alcanzara un barco del jeque o uno de la marina real. Al menos, en el último caso, a ella le perdonarían la vida y podría pedir clemencia para Jon y los demás... Pero lo más probable era que estuviera inquietándose sin necesidad, se consoló. Si existía algún barco, probablemente era algún inofensivo buque de carga.

Jon trepó velozmente por el palo mayor hasta su parte más alta y desde allí oteó el horizonte por la banda de estribor. Se hallaba por encima de la bruma y pudo ver... Allí estaba... uno no, dos naves, ambas eran fragatas, a menos de tres horas de distancia, según pudo calcular a poco más o menos. La niebla les había permitido acercarse. Y lo peor de todo era que en el palo mayor de ambas flameaba el inconfundible emblema azul, blanco y rojo de la marina de Su Majestad Británica.

Mientras descendía por el palo, Jon pensaba con furia. No cabía ninguna duda de que habían descubierto al *Cristobel*. Los marineros de *Victoria* eran unos de los mejores del mundo, no como su propia tripulación desganada y torpe. Y estarían equipados con los más modernos catalejos... por no hablar de cañones. La siguiente pregunta era si reconocerían al *Cristobel* como un barco de prisioneros amotinados. Era posible, después de todo, que la presencia de esas fragatas en esa parte del mundo fuera una mera casualidad. Pero no era probable. Jon admitió el hecho para sí mismo con un endurecimiento de todos los músculos. No, era mejor reconocerlo: por la forma en que esas fragatas enfilaban directamente hacia ellos, era más que probable que el *Cristobel* fuera su presa.

Muy bien, en ese caso, ¿cuál era el mejor camino a seguir? Según su opinión, tenían tres opciones: rendirse, darse a la fuga o pelear. Con los pocos cañones del *Cristobel* y la tripulación inexperta, luchar contra esas fragatas fuertemente armadas sería equivalente a un suicidio y con Cathy a bordo era algo que no podía proponerse hacer de ninguna manera. Si las fragatas se lo proponían, podrían borrar de la superficie del agua al *Cristobel* con una salva y morirían todos los que estaban a bordo. Luchar era inaceptable. Pero rendirse tampoco le resultaba muy atractivo, no solo por sí mismo sino también por los hombres. Les ahorcarían junto con él y no por los delitos por los que les habían condenado. El motín se castigaba con la muerte y Jon no creía que el capitán de las fragatas se contentase con esperar hasta estar de regreso en Inglaterra para que se cumpliera la condena. No, era mucho más probable que les hiciera ahorcar de inmediato, colgándoles de la arboladura, valiéndose de la ley del mar para convertirse en juez y jurado.

Era evidente que lo único que podían hacer era eludir primero y luego dejar atrás a sus perseguidores. Si podían. Jon, recordando las líneas abultadas y poco manejables del *Cristobel*, sintió un nudo en el estómago. No creía que pudieran lograrlo.

Pero lo intentaría. Con palabras concisas y tono tajante, explicó a sus hombres el peligro que corrían y cómo deberían afrontarlo. Luego mandó desplegar todas las velas disponibles e improvisaron algunas más, tantas como pudiera llevar el barco. Utilizando todos los conocimientos de navegación que poseía, lanzó al *Cristobel* en una fuga precipitada con viento en popa. La niebla, espesa y cerrada, les resultaba una bendición, pensó, ya que ocultaba a los perseguidores el paradero de la nave. Pero no había acabado de agradecer esto a Dios cuando la niebla empezó a levantarse.

Cathy, más blanca que un papel, permaneció en el alcázar toda la tarde, por más que Jon intentara más de una vez que bajara al camarote. Los movimientos desesperados de los hombres en el mayor silencio le indicaron que las posibilidades de escapar que tenía el *Cristobel* eran muy pocas. Jon se había abstenido de contarle el triste destino que seguramente correrían sus hombres y él mismo si llegaban a capturarles, así que Cathy se ahorraba esa terrible inquietud por ignorancia. Por su parte, ella se consolaba pensando que era una dama inglesa de noble alcurnia después de todo, y si llegaban a capturarles lo único que le quedaba era tratar de hacer más llevadera la prisión de Jon hasta que llegara a Inglaterra. Entonces podría recurrir a su padre —o hasta el mismo Harold si fuera necesario— para que les ayudara.

La bruma se disipó tan rápidamente como había aparecido. En un momento estaban envueltos en una densa niebla gris y al siguiente el sol brillaba en todo su esplendor sobre el agua, velado apenas por solo unos pocos jirones de niebla. Cathy, al seguir la mirada ceñuda de Jon, tuvo la espantosa sorpresa de ver las fragatas muy cerca. Repentinamente, Cathy llegó a la triste conclusión de que el *Cristobel* no podría escapar.

—Vete a mi camarote y no te muevas de allí —le ordenó Jon en tono inflexible y los ojos sin expresión—. No salgas por ningún motivo. Si es necesario, te iré a buscar yo mismo.

—Jon... —empezó a decir Cathy dulcemente. Quería que él supiera que podía contar con ella si les capturaban, pero él la hizo callar con una feroz mirada ceñuda.

—¡He dicho que vayas al camarote! —le ordenó severamente. Cathy le perdonó el tono debido a la desolación que vio en su rostro. Jon estaba inquieto. Empezó a hacer lo que le había ordenado, pero, luego vaciló. Impulsivamente se puso de puntillas, llevó la mano a la mejilla barbuda y le acarició mientras apretaba sus labios contra la boca tensa de Jon. Él quedó inmóvil bajo sus tiernas caricias solo un segundo, luego sus brazos la rodearon estrujándola contra su cuerpo en un abrazo desesperado. La boca viril se movió con ardor sobre los labios sensuales de Cathy como si quisiera dejar su impronta para toda la vida. Ella le devolvió el beso con todo fervor, reconociendo de súbito que le amaba a pesar de todo. Después, repentinamente, él la empujó para separarla casi con brutalidad.

»¡Vete al camarote! —repitió una vez más con mirada glacial, luego se volvió sobre sus talones y se alejó a grandes zancadas.

Cathy le obedeció... por un rato. Puesto que no pasó mucho tiempo antes que la espera, sin saber qué estaba sucediendo, se volviera inaguantable para ella. Tenía que verlo. Abandonó el camarote furtivamente cuidándose muy bien de estar a la sombra de un saliente para que Jon no pudiera verla desde el alcázar. Estaría fuera solo un momento y regresaría inmediatamente al camarote.

Las fragatas estabas directamente a popa en ese instante y acercándose rápidamente. Cathy clavó la mirada en esos inmensos buques de fondo plano y se le agrandaron los ojos al ver y reconocer las docenas de cañones que tenían en ambas bandas. ¡El *Cristobel* estaría indefenso contra tales adversarios! Pensó en la inevitable captura de Jon y de los demás hombres y quiso llorar.

Jon, desde el alcázar, observaba el rápido avance de los buques de guerra con un rostro sin expresión que podría haber sido tallado en granito. No era la primera vez que veía al enemigo en un barco más veloz y mejor armado acercándose cada vez más como un tiburón para dar el golpe final, pero, con Cathy a bordo y con todos aquellos más cuyas vidas dependían de lo que él decidiera hacer, era lo peor que le había pasado en su vida. Aunque apenas se podía hablar de decisiones: si luchaban, todos los que estaban a bordo morirían inexorablemente, mientras que si se rendían, al menos Cathy y las demás mujeres sobrevivirían.

Nunca en su vida Jon se había rendido sin presentar batalla y se le hacía cuesta arriba doblegarse en esos momentos. Sin embargo, con tres cañones antiguos y solo dos hombres más, aparte de él, que sabían cómo dispararlos, la causa estaba perdida antes de empezar. Sabía que los hombres discreparían, ya que, como él mismo, se exponían a una muerte segura si eran capturados. Pero como capitán del barco le correspondía a él tomar una decisión y sabía que ya la había tomado: por el bien de Cathy, el *Cristobel* no lucharía.

Una de las fragatas, la que estaba a un cuarto de milla marina, comenzó a acortar la distancia con la intención de abordar al *Cristobel*. Jon leyó el nombre *Four Winds* escrito de modo llamativo en su costado.

Estaba lo bastante cerca como para que él pudiera ver hombres corriendo como hormigas por la cubierta. Vio lo que parecían preparativos para disparar un cañón y frunció el entrecejo. Probablemente solo tenían la intención de disparar un cañonazo de advertencia al *Cristobel* para que se rindiera sin pelear. Pero, aun así, tomar precauciones no hizo nunca daño a nadie...

—O'Reilly, diles a Logan y Berry que preparen esos cañones para dispararlos. Deprisa y tan discretamente como sea posible.

—¡Sí, mi capitán!

Los hombres ignoraban que él había decidido rendirse y no era probable que se alegraran en demasía, reflexionó Jon sombríamente, al tiempo que se levantaba y se preparaba para dispararle a cualquiera que intentara tomar el alcázar por asalto. Estaba fuera de toda duda de que habría un intento de motín a bordo, lo cual no significaba que tuviera alguna posibilidad de tener éxito. Ya se había encontrado en situaciones similares en el pasado y sabía cómo enfrentarlas.

Jon cebó sus dos pistolas y las metió en su cinturón. Puso dos más, cargadas y listas, sobre un barril al alcance de sus manos. No tendrían ningún escrúpulo de disparar contra esos hombres, estuvieran o no bajo su mando. De un modo u otro, ya estaban prácticamente muertos. Él tenía que pensar en Cathy. Y sí que pensaba en ella mientras observaba con mirada severa y firme las naves que se acercaban resueltamente.

Una fragata ya se había ubicado a popa del *Cristobel* cuando la otra se colocaba directamente al costado. Había llegado el momento decisivo de luchar o darse a la fuga y Jon se preparó para ordenar que izaran una bandera blanca al tope del palo mayor.

Se oyó el retumbo de un cañón. Jon observó la trayectoria arqueada del proyectil que había sido disparado para demostrarles que era inútil resistir y pensó que se le acababa el tiempo. Abrió la boca para lanzar la orden de rendición a gritos, y se le quedó abierta de pura sorpresa. Porque esa negra esfera mortal no seguía un arco inofensivo por encima de la proa del *Cristobel* como él había esperado, no era un cañonazo de advertencia: ¡se dirigía directamente a la borda atestada de hombres!

Hizo blanco en el barco y estalló el fuego. El estruendo de la explosión se mezcló con los gritos desesperados de los hombres de la tripulación del *Cristobel*. Jon, maldiciendo sin cesar por lo bajo, echó a correr hacia la cubierta principal. Parecía que las fragatas no iban a darles la oportunidad de escoger: ¡sin ninguna duda se proponían volar al *Cristobel* en pedazos!

—¡Logan, Berry, servid esos cañones! —rugió Jon y enfiló directamente al cañón de proa—. ¡Frazier, al timón! ¡O'Reilly, toma la mitad de los hombres y preparaos para extinguir los incendios! ¡El resto de vosotros dedicaos a recoger toda clase de hierros que podáis encontrar... clavos, todo absolutamente... que podamos usar para cargar estos cañones! ¡Deprisa! ¡Por vuestras vidas!

Sudando y maldiciendo, Jon estaba cargando el cañón de proa, introduciendo una carga a fondo, cuando el costado de la *Four Winds* pareció estallar en medio de una nube de humo negro al dispararse media docena de cañones. Las balas hicieron blanco a estribor del *Cristobel*. Cuando los proyectiles desgarraron la carne del viejo barco prisión con el retumbo de un trueno, pareció lanzar alaridos de dolor. Los hombres que habían quedado atrapados en sus entrañas también chillaron.

Jon hizo oídos sordos a los ayes desgarradores de los heridos y prendió fuego a su propio cañón. La antigua pieza de artillería tosió y vomitó humo al arrojar la bala, pero su retroceso fue tan violento sobre la montura de cuero que casi le derribó. Sin cejar en su empeño, Jon volvió a acomodarlo en la posición debida, reparando apenas en que su proyectil casi no había dañado la proa del *Four Winds*. Una vez más introdujo una carga a fondo y prendió fuego al cañón. Volvió a disparar.

A sus espaldas los hombres estaban dando alaridos, algunos gritaban de dolor corriendo de un lado a otro por la cubierta mientras trataban de apagar las llamas causadas por la descarga cerrada del buque de guerra. Estaba seguro de que la escena que se desarrollaba a sus espaldas era de total confusión, un verdadero caos, pero resueltamente excluyó esos pensamientos de su mente. En ese momento su puesto estaba al pie del cañón como artillero, no como capitán del barco. O'Reilly tendría que dirigir a los hombres. Él debía concentrarse en hundir el *Four Winds* hasta el mismo infierno.

La descomunal fragata estaba haciendo maniobras para mejorar la posición y lanzar otra andanada con todos sus cañones. Jon barruntó su objetivo e hizo señales a Logan y Berry, que seguían al pie de los otros cañones. Tenían que coordinar sus disparos. Cargó su cañón, miró en dirección a los otros y vio que los dos hombres estaban listos; entonces bajó la mano. Los tres cañones tronaron al unísono. Jon observó el efecto de las balas con el rabillo del ojo mientras luchaba denodadamente para aprestar su cañón y volver a disparar; vio que una bala erraba el blanco, otra lo alcanzaba pero causaba muy poco daño y que la última horadaba el costado de la *Four Winds*.

La fragata no tardó en contestar. El *Cristobel* recibió la descarga cerrada en el costado. Una bala derribó la mesana. Jon pudo oír el estruendo que hizo al estrellarse contra la cubierta y también los gritos agudos de los hombres aplastados bajo su peso. Jon recogió rápidamente la chatarra que le habían traído sus hombres y la metió apretadamente en la boca del cañón. ¡Maldita sea, si ellos querían una carnicería, él sería el carnicero más feroz que hubiesen conocido!

Una sonrisa salvaje le curvó la boca cuando prendió fuego a la mecha del cañón. Él ya había visto los efectos de ese ardid utilizado por los piratas más astutos que hayan surcado los mares: acribillar la cubierta de un barco enemigo con metralla, teniendo cada esquirla de metal la fuerza y penetración de una bala. Él mismo lo había utilizado una o dos veces y en ese momento la chatarra valía su peso en oro.

El cañón detonó con estruendo. Ni siquiera se tomó la molestia de comprobar los posibles daños que podría haberle causado a la fragata, sino que inmediatamente volvió a poner el cañón en posición de disparar y lo recargó. En el preciso momento en que estaba por encender la mecha, echó un vistazo a su alrededor y no pudo creer lo que veían sus ojos. ¡Allí, paseando por la cubierta y a cielo abierto, al parecer empeñada en socorrer a los heridos, estaba Cathy!

—¡Santo Dios! —aulló él indignado y aterrorizado al mismo tiempo. Estúpida, testaruda, perra insolente. ¿No sabía que podían matarla? El grito hizo que Cathy levantara la cabeza y le mirara a los ojos. Jon pudo verle entonces el rostro bañado en lágrimas.

En ese instante el cañón detonó a sus espaldas. La terrible fuerza de la explosión le hizo volar por el aire cruzando la cubierta hasta dar contra el suelo del otro lado de la proa. Sintió un horrible escozor en el lado derecho del rostro y el cuello. Quiso rascarse sin dejar de gritar de dolor. ¡Estaba en llamas!

—¡Jon! —oyó a Cathy gritando su nombre desde muy lejos. Estaba palmeándose la ropa instintivamente ya que no podía ver debido a la pólvora negra que le había entrado en los ojos por la explosión.

Súbitamente una cascada de agua fría se derramó sobre él como una bendición del cielo y apagó las llamas que habían tratado de comerle la carne. Descansó un momento cuando hubo pasado la sensación de horror con el cuerpo flojo, sin fuerzas, sobre las tablas duras de la cubierta. Sintió que le levantaban la cabeza y la acomodaban sobre algo suave y perfumado...

Podría haber pasado un instante o una eternidad antes de que volviera a abrir los ojos. Todavía tenía la vista borrosa a consecuencia de la pólvora, pero gracias a Dios estaba entero. Hizo caso omiso de los dolores que estaba sufriendo. De pronto vio a Cathy inclinada sobre él con su adorable rostro menudo tiznado de negro y con huellas de lágrimas en las mejillas.

—Estoy... bien —gruñó él y de inmediato se iluminó el semblante de Cathy. Jon se dio cuenta de que su cabeza reposaba sobre el regazo de la joven. Después se acordó del cañón abandonado y haciendo un gran esfuerzo logró incorporarse. Tenía que regresar junto al cañón...

—Estalló hecho pedazos —dijo Cathy con calma como si le hubiera leído el pensamiento. Jon, siguiendo la dirección de su mirada, comprendió finalmente lo que había pasado. El viejo cañón, en vez de disparar como debía hacer, había sido incapaz de soportar la fuerza de la carga. Había hecho explosión y estaba partido en dos sobre la cubierta. Podía considerarse afortunado de estar con vida.

Tronaron los cañones y el *Cristobel* retembló por los impactos. Jon se puso de pie con poca firmeza, casi tambaleante. Mientras le quedaran fuerzas, por pocas que fueran, lucharía hasta la muerte. ¿Le quedaba otra alternativa acaso?

—¿Adónde vas? —Cathy se levantó con él y su voz sonó al borde de la histeria. Sus manos se aferraron a él como si no fueran nunca a soltarle. Era como si estuvieran solos, abandonados en algún tranquilo remanso mientras rugían los cañones y los hombres gritaban alrededor de ellos.

—Regresa al camarote y, por amor de Dios, quédate allí —le ordenó con un gruñido y haciendo caso omiso de la pregunta. Trataba de no pensar que esta podría ser la última vez que la veía en este mundo.

—¡No! —Cathy levantó la voz al decirlo y se aferró a él con más fuerza. Las manos de Jon se cerraron sobre los dedos que se hundían en su carne y delicadamente los fue desprendiendo. Se quedó inmóvil un momento sosteniéndole las manos entre las suyas y mirándole la carita desconsolada.

—Cathy... —empezó a decir él y se alarmó al oír su propia voz estrangulada por la emoción. Pero no quedaba tiempo para palabras afables, ni tampoco para sentimentalismos. Con firmeza y apretando los dientes, Jon la apartó de sí—. Regresa al camarote.

Iba a darse la vuelta cuando Cathy volvió a extender sus brazos para asirle nuevamente. En ese preciso instante se oyó un estruendo más ensordecedor que el que producirían las compuertas de la ira al abrirse el día del Juicio Final. Enormes y brillantes llamaradas surgieron de las mismas entrañas del *Cristobel* por la escotilla abierta. El barco dio un brinco en el aire con el impacto de la explosión. Luego siguió estremeciéndose en medio de su agonía.

¡La pólvora! ¡Una bala de cañón del buque de guerra había alcanzado la pólvora! En el mismo instante en que Jon asimilaba la idea, el barco quedó envuelto en llamas. Furiosas lenguas de fuego subían precipitadamente por los dos únicos mástiles que quedaban en pie, lamiendo la madera con rabia y convirtiendo las velas que se agitaban al viento en inmensos estandartes carmesí. Horrorizado, se quedó mirando fijamente lo que le rodeaba mientras el *Cristobel* en un instante se transformaba en una verdadera hoguera. Los gritos y alaridos de los aterrorizados heridos, atrapados por el incendio que se propagaba rápidamente, asaltaron sus oídos; el olor de carne quemada chamuscó sus narices.

—¡Vamos! —vociferó y tomando a Cathy de la

mano la llevó a rastras detrás de él. Actuando más por instinto que por raciocinio, sabiendo solamente que tenían que salir de ese infierno que amenazaba rodearles y consumirles en cualquier momento, tomó el único camino abierto ante él. Una barrera de fuego separaba la proa del resto del barco; era imposible pasarla. Agazapándose junto a la escasa protección del macarrón de babor, corrió hasta el lugar donde sabía que había un esquife amarrado. Al encontrarlo, soltó la mano a Cathy para desamarrarlo. Luego, con fuerza demoníaca lo levantó y lo lanzó por encima de la borda al mar. Lo hizo a tiempo, pues el intenso calor ya había empezado a ampollar la pintura del esquife.

El humo era cada vez más espeso y negro y le subía por la nariz y le bajaba por la garganta. Cathy estaba tosiendo cuando él se dio la vuelta buscándola con la mirada.

—¡Agáchate! —le ordenó con voz enroquecida y la empujó para que se encogiera más. Había más aire cerca del suelo de la cubierta y así corrían menos riesgos de que les alcanzaran las astillas y los trozos de madera que volaban por el aire. Cenizas calientes de las velas incendiadas estaban empezando a caer flotando en el aire como grandes escamas que ardían sin llamas quemando la piel que tocaban. Tenían que bajar del barco. De inmediato, mientras aún pudieran hacerlo. El esquife les esperaba abajo, balanceándose pacientemente en el agua. De haber estado solo, se habría lanzado al agua y nadado hasta estar a salvo. Pero debía considerar a Cathy y el avanzado estado de su embarazo. Ciertamente era una experta nadadora, pero la caída hasta el agua en su estado podría resultarle muy perjudicial.

Otra explosión que sacudió violentamente el barco resolvió el problema. Se les acababa el tiempo. A menos que quisieran quemarse vivos como mártires, tenían que salir de allí de inmediato. Jon se puso de pie y tomó la mano de Cathy en la suya, la ayudó a levantarse y la llevó consigo hasta quedar casi encima y a la derecha del esquife. Estaban a babor del *Cristobel*, ocultos a la vista de las fragatas enemigas por una envolvente capa de humo denso y negro.

—¿Qué estás haciendo? —le preguntó ella a gritos cuando él le arrancó la falda de un tirón. Apremiaba el tiempo y no podía perderlo explicándole que tenía miedo de que los pesados pliegues, cuando se humedecieran, la arrastraran al fondo del mar.

—¡Vamos a saltar! —le respondió también a gritos. La tomó por la cintura con ambas manos por detrás y la levantó hasta dejarla de pie sobre el macarrón de babor que se sacudía violentamente—. ¡Y nada hacia el esquife! ¡Salta! ¡Yo te sigo!

Cathy se volvió para mirarle con los ojos agrandados de terror y la cara pálida debajo de la máscara de hollín. Después, saltó. Jon la observaba mientras caía por el costado del barco con la fina falda blanca de la enagua hinchada y flotando por encima de la cabeza. Quería tomar nota de su posición para no caer encima de ella. Cuando la vio dar contra el agua y desaparecer bajo las olas, él se lanzó al agua.

La zambullida fue rudimentaria pero efectiva, y sintió con fuerza el impacto del agua al dar contra su pecho y su vientre. No le quedó ni una gota de aire en los pulmones después de exhalar un grito sofocado manoteó desesperadamente para subir a la superficie. Tenía que encontrar a Cathy... encontrar a Cathy... tenía que...

Pero ella estaba junto a él cuando salió a la superficie, pedaleando en el agua, con el cabello flotando alrededor de ella como largas hebras de algas marinas. Sacudió la cabeza para quitarse el agua de los ojos y podría haberse echado a reír de alivio si la necesidad de moverse de allí no hubiese sido tan perentoria.

—¡Deprisa! —jadeó él y le señaló el esquife que flotaba en medio de un mar de escombros a unos diez metros de distancia. El *Cristobel* podría irse a pique como una piedra en cualquier momento y crearía un remolino espantoso que los tragaría a ambos sin que pudieran hacer nada. ¡Antes de que eso sucediera, tenían que largarse de allí!

A despecho de su embarazo, Cathy nadó vigorosamente, yendo al mismo ritmo que él cuando empezó a nadar resueltamente hacia el esquife. Al cabo de poco tiempo, él se agarró del costado del bote, dio un empujón y subió a él. Sin decir palabra, se inclinó y alargó la mano para agarrar la que le tendía Cathy para ir levantándola y subirla también. Ella estaba empapada hasta los huesos, tiritando de frío y medio desnuda, pero él no tenía tiempo para preocuparse por ello en esos momentos. Volviéndose, vio con alivio que los remos todavía estaban sujetos en el sitio apropiado en el fondo del esquife a lo largo de los costados. Los soltó, se apoderó de un par de ellos y se sentó en medio de una barca remando con todas sus fuerzas.

No se detuvo hasta que se encontraron a una distancia prudencial y a salvo. Por fin, cuando calculó que ya estaban fuera del alcance tanto de la marea mortal que provocaría el hundimiento del *Cristobel* como de la vista de las fragatas, desarmó los remos para darse el respiro que tanto necesitaba. Tragando grandes bocanadas de aire, se volvió y miró a Cathy, que estaba acurrucada en la popa. Tenía las esbeltas piernas, envueltas en los empapados pliegues de la enagua casi transparente, recogidas contra el pecho rodeándolas con sus brazos para mantener el calor de su cuerpo. El agua que se escurría de sus cabellos se ensortijaba desordenadamente alrededor de su rostro de facciones delicadas y muy pálidas. Lágrimas redondas y grandes rodaban por las mejillas cubiertas de sal y mugre. Los enormes ojos azules, ensombrecidos de tristeza, estaban clavados en un punto lejano más allá de él, en las llamaradas que subían al cielo del casco del *Cristobel*.

—Cathy —exclamó con voz ronca, sufriendo por la pena que ella sentía. Ella volvió aquellos ojos hundidos y le miró.

—Angie —dijo en voz ronca—. Los demás...

Le temblaron los labios mientras pensaba en la muerte casi segura que les aguardaba.

Se tensó la mandíbula de Jon. Su instinto le urgía más que nada en el mundo a acortar distancia entre ellos, a tomarla entre sus brazos y dejarla desahogar el dolor llorando sobre su hombro.

Pero todavía no había tiempo para desperdiciarlo en semejante debilidad. Aún no se encontraban fuera del peligro.

—Las fragatas recogerán a los sobrevivientes —le

dijo flemático—. Si nosotros pudimos escapar del barco, también lo han hecho los otros.

—Sí —respondió Cathy, serena, y él sintió un gran alivio al ver que sus palabras parecían haberla consolado un poco. Advirtió entonces que Cathy tenía los labios morados de frío y que le castañeteaban los dientes. Anochecía rápidamente, lo cual les ayudaría en gran medida para escapar sin ser vistos, pero por la noche haría mucho frío y ella estaba todavía empapada e insensible a lo que la rodeaba. Lo que había pasado le había causado una gran conmoción.

Se arrastró por el fondo de la barca hasta el cajón con llave empotrado en la proa, lo abrió y para su alivio encontró que estaba provisto de los elementos indispensables de supervivencia. Al parecer los antiguos capitanes del *Cristobel* habían dudado tanto de sus condiciones de navegabilidad en alta mar como él mismo y se habían preparado por si acaso las circunstancias les dejaban a la deriva. Entre otros artículos, encontró una manta, varios rollos de tasajo, un par de cantimploras llenas de agua y una botella de whisky. Sonrió con ironía al sacarla. Quienquiera que hubiese aprovisionado el bote, se había propuesto divertirse mientras estuviera en el mar. Entonces, un objeto duro y redondo quedó bajo su mano. Al identificarlo, se le ensanchó la sonrisa. ¡Un compás! No estarían completamente perdidos en la inmensidad del océano.

—Toma, cúbrete con esto —le dijo a Cathy pasándole la manta. Ella la tomó sin mostrar interés alguno y con los ojos todavía clavados en la roja y anaranjada pira funeraria detrás de ellos.

»No la mires —le aconsejó dulcemente, detestando el horror que le ensombrecía el semblante—. No podemos hacer nada por ellos. Debemos pensar en nosotros... y en el bebé. ¿Comprendes?

Para su alivio ella asintió con la cabeza y empezó a desvestirse. Mientras se secaba con la manta antes de envolverla alrededor de su cuerpo para protegerse del frío, él empezó a remar otra vez.

La noche, como había pronosticado, era fría. Pero el mar estaba relativamente en calma y la luna llena, blanca y radiante, les iluminaba el camino. Cathy se acercó y se acurrucó a los pies de Jon y cuando se durmió lo hizo apoyando la cabeza sobre sus rodillas. Mientras continuaba remando, contemplaba el rostro dormido con una ternura que le hizo doler la garganta. Ese día casi la había perdido para siempre...

Amanecía cuando ella se despertó y se incorporó. El cielo sobre el horizonte oriental apenas estaba empezando a tomar un tinte rosado. Jon, muerto de fatiga, tieso y con todo el cuerpo dolorido por haber remado durante toda la noche que le pareció interminable, estaba a punto de pedirle que le alcanzara la botella de whisky cuando advirtió que el rostro de Cathy estaba anormalmente desencajado.

—¿Qué te pasa? ¿Te sientes mal? —preguntó en tono cortante mientras un miedo vago empezaba a correrle por las venas. Contra sus piernas pudo sentir que ella se tensaba súbitamente. Cathy se quejó exhalando un gemido bajo que pareció surgir desde sus mismas entrañas. Su mano se alzó y apretó el vientre abultado con todas sus fuerzas.

13

Cathy estaba de parto, tendría a su hijo. ¡Dolía, oh, Dios, sí que dolía! Trataba desesperadamente de contener los gritos de dolor, consciente del rostro pálido y desencajado de Jon inclinado sobre ella, pero no podía. El tormento se había prolongado demasiado... Un día, ¿era uno o dos? Estaba desorientada, no tenía la menor noción del tiempo transcurrido, consumida como estaba por el tormento que padecía su propio cuerpo. En lugar de minutos ella contaba puñaladas de dolor. Apenas si era consciente del balanceo de la pequeña embarcación, del toldo que Jon había improvisado con su camisa hecha jirones para protegerla del sol cegador. Todo su ser se concentraba en el bulto palpitante y ondulante que era su vientre, en esa nueva vida que amenazaba partirla en dos al embestir tratando de abrirse paso por la fuerza para entrar en el mundo.

—¡Empuja una vez más, cariño, por favor!

La voz apremiante y enronquecida de Jon pareció flotar hasta ella desde una gran distancia. «Empuja», le repetía una y otra vez sin cesar. Ella quería gritarle que empujar era doloroso, que hacía más atroces e insoportables esos espantosos dolores del alumbramiento. Pero le faltaban las fuerzas para ello.

—¡Cathy, empuja!

Fue una orden esta vez. Cathy le obedeció, pero con resentimiento. Ese dolor punzante, abrumador, serpenteó atropelladamente subiendo por sus órganos vitales mientras todos sus músculos se tensaban en un esfuerzo angustioso para expulsar la carga. Las uñas de Cathy se hincaron profundamente en la pierna de Jon hasta hacerla sangrar. Ninguno de los dos lo advirtió. Jon, con el rostro ceniciento y sudando copiosamente, estaba atento a alguna señal que indicara con certeza que la criatura estaba pronta a venir al mundo. Cathy se retorció de dolor dejando escapar gemidos y quejidos lastimeros. Tenía la garganta tan inflamada y dolorida de gritar que hasta estos sonidos casi inaudibles eran una verdadera tortura.

No pasó nada. Cathy, sollozando, revolviéndose de un lado a otro, rogaba que calmara el dolor. Jon asistía a esa tortura que padecía en silencio y también se puso a rezar. ¡Dios, esto era mil veces peor que cualquier pesadilla! Cathy había estado con los dolores de parto durante casi veinticuatro horas seguidas en esa barcaza abierta con él para ayudarla, basándose en los recuerdos que conservaba de haber asistido al alumbramiento de potrillos y terneros como única experiencia previa. Sentía pavor de solo pensar que pudiera morirse. Había hecho todo lo que estaba a su alcance para que estuviera más cómoda, pero Cathy seguía sufriendo unos dolores horrorosos. Con los dientes apretados, en vano deseó ser él quien soportara esos dolores. ¡Cualquier cosa con tal de no verla sufrir así! Pero era imposible. Solo podía velar por ella y ayudarla lo mejor que pudiera. ¡El resto dependía de ella... y de Dios!

Cuando otro espasmo demudó la cara de Cathy, arrancándole otro gemido, a Jon se le contrajeron los músculos del rostro haciéndose eco de sus sufrimientos. ¡Ella era tan valiente! Sabía que estaba haciendo lo indecible para ahogar sus gritos deseando evitarle el pleno conocimiento de lo que ella estaba pasando. Su corazón sangraba de dolor por ella.

—¡Grita, Cathy! —le había dicho un rato antes, cuando se había dado cuenta de que ella estaba tratando de reprimir los sonidos que querían salir de su garganta—. Grita a todo pulmón, cariño, si eso te hace sentir mejor.

Finalmente, ella lo había hecho, simplemente porque, según pensaba Jon, no podía aguantar por más tiempo. Cada grito le había atravesado como la hoja de una espada. Sobresaltado y temeroso, le había sostenido las manos, impotente, sin siquiera sentir cuando las uñas de Cathy dejaban surcos sangrantes a lo largo de sus muñecas y antebrazos.

—Descansa ahora —le aconsejó cuando hubo pasado el último espasmo. Ella se quedó jadeando con el rostro pálido como la muerte y su lustroso pelo enmarañado y oscurecido por el sudor, desparramado en abanico alrededor de su rostro. Jon se arrodilló entre sus piernas recogidas, observando, esperando las primeras señales del niño. Hasta entonces no había habido ninguna. Su mayor temor era que si los trabajos de parto duraban mucho más, Cathy estaría demasiado débil para luchar por su vida. Rechinó los dientes al sentir crecer el odio por esa cosa que la estaba matando ante sus mismos ojos. Si provenía de su propia simiente, entonces él también era un asesino. Si de la simiente de Harold... los ojos de Jon relampaguearon de rencor. Si Cathy moría, mataría a Harold.

—¡Oh, Dios! —gimió Cathy cuando otro espasmo contrajo su cuerpo. Jon observó las convulsiones del vientre enorme y tenso y con un vago recuerdo de haber visto a Petersham cuando ayudaba a una yegua en un parto difícil, colocó la mano sobre el montículo trémulo y presionó hacia abajo. Cathy sacudía la cabreza de un lado a otro y se quejaba plañideramente. Al oírla, Jon se encogió. El único rayo de esperanza era el hecho de que los espasmos se sucedían cada vez con más frecuencia y que duraban más. ¿Significaría esto que la criatura estaba a punto de salir? Rogó que así fuera. Lágrimas de dolor y debilidad rodaron por las pálidas mejillas de Cathy. Al verlas, Jon sintió que se le humedecían los ojos a él también.

—Inténtalo una vez más, querida —la alentó él cuando ella estaba al borde de rendirse—. Solo una vez más. ¡Cathy, tienes que intentarlo!

Cathy, obnubilada por el dolor, sin embargo oyó esa voz con un rinconcito de su mente que aún funcionaba racionalmente. ¿Por qué se empecinaba en acosarla?, pensó rencorosa. Cuando todo lo que ella quería hacer era permanecer tendida ahí y quedarse profundamente dormida...

Sin embargo, su propio cuerpo le negaba ese descanso. Se convulsionaba atrozmente y gritó antes de poder contenerse. El grito desgarró la paz de la luminosa tarde en medio del mar, rebotó en las olas y se perdió por falta de auditorio. En todo ese vasto océano infinito no parecía haber nadie más que Jon y ella... y el dolor desgarrador. La estaba devorando como una enorme serpiente marina y ella se hallaba muy fatigada, no quería luchar más, estaba dispuesta a abandonarse a sus fauces y permitirle que la arrastrara al fondo del mar. Solamente Jon, con sus manos fuertes y su voz mimosa y apremiante, la retenía contra su voluntad. ¿No veía acaso que ella estaba agotada...?

Otro ramalazo de dolor le quitó la respiración. Cathy se puso tensa, gritó creyendo que la partiría en dos. Entre las piernas abiertas de Cathy Jon soltó un ronco grito de triunfo.

—¡Ya viene! ¡Cathy, está naciendo! ¡Sigue pujando, querida, ya casi terminamos!

Sintió las manos fuertes y calientes sobre ella, tratando de ayudarla y ya no tuvo que preocuparse por tener que obedecer las órdenes. Su propio cuerpo lo hacía por ella. Sin que interviniera para nada su voluntad, se contraía y dilataba para expulsar del útero al pequeño intruso. Jadeando, sollozando y con lágrimas rodando por sus mejillas, Cathy pujó con todas sus fuerzas. Súbitamente, la criatura salió violentamente como sale el corcho de una botella de champán. Se aflojó, aliviada, y el cuerpo perdió toda su rigidez. De inmediato sintió algo pegajoso y caliente entre las piernas.

—¡Cathy, lo lograste! ¡Dios mío, lo lograste! —Jon estaba exultante y una sonrisa radiante le iluminaba el rostro curtido por el sol al tomar a la criatura en sus manos. Vio que Cathy estaba pálida y como muerta, totalmente inconsciente de lo que él estaba haciendo. Su corazón dejó de latir por un momento. Después advirtió los rápidos movimientos del pecho de Cathy subiendo y bajando y se tranquilizó. Se dijo que debía haber sufrido un ligero desmayo después de los últimos dolores atroces antes del alumbramiento. Y era mejor dejarla descansar hasta que él hubiera terminado su labor. Pensando en ello, bajó los ojos ansiosamente al diminuto cuerpecito que sostenía en sus brazos y que aún seguía ligado a su madre por el cordón umbilical. ¿Qué se hacía con un bebé recién nacido?, se preguntó frenéticamente. Retornaron a él vagos recuerdos de él mismo irrumpiendo en la habitación segundos después del nacimiento de Cray. El médico había levantado al niño en el aire sosteniéndole por los talones y le había palmeado el pequeño trasero. De inmediato, Cray había gritado a más no poder. Eso era lo que debía hacerle ahora... a esta pequeñita. Jon se dio cuenta de que era una niña al mirar por primera vez con detenimiento al pequeño ser que había ayudado a venir al mundo. Pero primero debía cortar el cordón umbilical. Dejando desmañadamente a la criatura sobre sus piernas, buscó el cuchillo y lo sacó de la vaina que colgaba del cinturón. Al sacarlo lo miró con el entrecejo fruncido. Tendría que esterilizarlo lo mejor posible... Con mucho cuidado vertió un poco de whisky sobre la hoja, y, cuando terminó de hacerlo, miró anhelosamente la botella. No le habría venido mal un buen trago de licor, pero no quedaba mucho y podría necesitarlo para Cathy. Dejó la botella a un lado y, sin pensarlo dos veces, cortó de un tajo el cordón umbilical. Ató ambos extremos con fuertes nudos marineros y levantando a la criatura por los talones le dio una sonora cachetada en las diminutas nalgas sintiéndose casi un monstruo al hacerlo. Para su alivio y asombro, la criatura abrió la boquita arrugada y lloró a gritos.

Cuando Cathy abrió los ojos mucho después, el sol estaba a punto de esconderse en el horizonte. La enorme bola de fuego despedía fuegos de artificio de intensos tonos púrpura y anaranjado. La superficie del mar lucía extrañas tonalidades violáceas y solferinas, quebradas en largas y rítmicas líneas por pinceladas de blanco. La pequeña barca se mecía suavemente, subiendo y bajando al compás de las olas. Cathy, débil todavía, se sintió acunada y arrullada por el suave golpeteo del agua contra el casco. Se revolvió y levantó la cabeza. No lejos de ella pudo ver a Jon con su enorme cuerpo doblado en lo que debía de ser una posición muy incómoda, sentado con las piernas cruzadas en el fondo de la barca. Se estaba meciendo de atrás para adelante y un ronco canturreo parecía salir de su garganta. Se quedó mirándole fijamente. ¿Qué diablos estaba haciendo? Entonces, vio el pequeño bulto envuelto de negro que sostenía en las manos y los recuerdos se agolparon en su mente. ¡Su hijo! Con un murmullo de júbilo incontenible, alargó las manos para tomar a su hijo.

Jon la oyó y levantó los ojos. Una sonrisa ancha le torcía la boca.

—Has tenido una hija —le dijo y le entregó la criatura colocándosela en los brazos. Cathy contempló la carita arrugada con deleite.

—Una hija —suspiró. Entonces, al recordar las

palabras de Jon cuando le comunicó la noticia, le miró ceñuda a los ojos acerados—. Tenemos una hija —le corrigió.

Jon enfrentó los ojos azules que todavía mostraban las huellas del sufrimiento que ella había padecido, con una mirada inescrutable.

—Nosotros tenemos una hija —convino él, inexpresivo.

Más tranquila, Cathy volvió a contemplar, extasiada, a la criatura que tenía en los brazos. Jon la había lavado, y la carita roja y arrugada se veía limpia y con una expresión dulce y serena mientras dormía, inconsciente de la inspección de su madre. Estaba envuelta en un trozo de tela arrancada de una pernera de los calzones de Jon, y Cathy sonrió al desenvolverla para observar el cuerpecito de su niña. A ese paso, Jon muy pronto quedaría desnudo... Su hijita era perfecta hasta en los menores detalles, con diez deditos en las manos y diez en sus piececitos... contó Cathy. Una pelusa aterciopelada y rojiza le cubría la cabecita. A los ojos de Cathy, que la adoraba con la mirada, su hija era bellísima y sonrió al levantar la vista y comunicar la novedad a Jon.

—Es perfecta —exclamó alegremente y Jon le devolvió la sonrisa.

—Lo sé —comentó.

Se quedaron largo tiempo sentados, sonriéndose tontamente mientras se miraban a los ojos. Cathy sintió resurgir su amor por él. Jon tenía sus fallas, y ¿quién no? Él era como una roca en la cual podía apoyarse en los momentos difíciles. ¿Cuántos hombres podrían haberla salvado de un barco en llamas y asistirla en el parto de su hija, todo en el lapso de cuarenta y ocho horas? No muchos, en realidad. La mayoría de los que ella conocía habrían sido tan inútiles e incapaces como ella misma. Jon era un hombre en el que se podía confiar.

Abrió la boca para decírselo, pero la interrumpió el vagido de su hija. Cathy la miró, embelesada, a los ojos, que eran tan azules como los de ella.

—Tiene hambre —dijo Jon innecesariamente cuando el débil vagido se hizo más fuerte y prolongado hasta ser un berrido.

—Sí —reconoció ella y se ruborizó al abrirse la manta, que, al parecer, Jon había envuelto alrededor de su cuerpo después del parto. Debajo, estaba desnuda. Era ridículo sentir vergüenza, se regañó mientras ponía a su hijita en su pecho. Pero al levantar la cabeza encontró los ojos de Jon, oscurecidos como el peltre por alguna emoción que no pudo descifrar, fijos en ella con su hija al pecho, y sintió que le ardían las mejillas. Él lo advirtió y desvió la mirada discretamente.

Mientras Cathy le daba de mamar a su hija, Jon reanudó la tarea de remar largamente descuidada. Había dejado que el esquife fuera a la deriva mientras Cathy estaba de parto. De algún modo habían dado con una corriente que les había llevado rumbo al sur, que era tan buena para él como cualquier otra dirección que hubiese tomado. Pero ahora que la criatura había nacido sin dificultades, tenía que remar con todas sus fuerzas para llegar a tierra. Las provisiones, incluso el agua, mermaban a ojos vista. Estaba seguro de que la difícil situación en que se hallaban no se le había ocurrido aún a Cathy. Quería estar muy cerca de alguna playa antes de que ella cayera en la cuenta del peligro que corrían.

Cuando volvió la cabeza y miró en derredor, Cathy y la niña dormían plácidamente. La pequeña se hallaba abrigada y protegida entre los brazos de su madre. La manta las cubría a ambas. Jon, sin camisa, tiritó al sentir el viento frío de la noche. Ojalá la manta fuera suficiente para protegerlas a ambas del frío nocturno.

Remó y remó durante toda la noche haciendo esfuerzos sobrehumanos y sin dejarse vencer por el agotamiento. No era el momento de sucumbir a las limitaciones físicas de su cuerpo. Si tenía frío, hambre y sufría de agotamiento extremo, no tenía ninguna importancia. Cathy y su hijita —todavía tenía grandes reservas sobre su propia paternidad, ya que el cabello anaranjado no había escapado a su observación— dependían de él para seguir con vida. Se proponía ponerlas a salvo o morir en el intento.

El alba estaba empezando a clarear en el horizonte cuando no pudo más mantener a raya el agotamiento que le hacía doler todo el cuerpo y vencía sus ojos. Los párpados le pesaban como si fueran de plomo. Bostezó largamente y desarmó los remos acomodándolos en el fondo del esquife con el menor ruido posible para no despertar ni a Cathy ni a la niña. Después extendió los brazos para desentumecer los músculos agarrotados. El esquife había entrado en otra corriente fuerte en dirección al sur, que, según calculó, podría llevarles a tierra. Si recordaba correctamente este trecho del océano, tenía que haber una cadena de pequeñas islas e islotes en las inmediaciones. Con suerte, las avistarían al día siguiente. O tal vez no. Durante el tiempo que duró el sufrimiento de Cathy para traer su hija al mundo, él había estado tan ocupado asistiéndola que podrían haber navegado a la deriva a cien millas de distancia de donde él creía que se encontraban sin que lo hubiera advertido.

Se movió con el mayor cuidado para no mecer el bote más de lo necesario y se acostó cerca de Cathy y de la niña, pensando que podría compartir el calor de su cuerpo con ellas y quizá recibir un poco de ellas a cambio. Hacía un frío cortante.

Al tenderse de espaldas, miró con sentimiento la manta que aislaba a Cathy y a la niña del viento que soplaba en esos momentos. Con los calzones desgarrados como única vestimenta, ya que al nadar hacia el esquife se había quitado las botas, no tenía nada aparte del tupido vello del cuerpo para calentarle y eso no era suficiente en absoluto. Pero había padecido más por motivos de menor importancia. Cerró los ojos decidido a hacer caso omiso de los temblores que le sacudían el cuerpo y enseguida cayó profundamente dormido.

Un débil vagido y una boquita hambrienta que buscaba algo con enojo contra su pecho despertaron a Cathy. Entredormida todavía, la puso al pezón y cuando empezó a chupar glotonamente se despabiló por completo. Se llevó una mano a la cabeza para apartar el cabello enmarañado que le cubría la frente y los ojos y parpadeó cuando el brillante sol de la mañana dio de lleno en ellos. Arrugó la frente al comprobar que el esquife iba a la deriva. ¿Dónde estaba Jon?, se preguntó, preocupada, y se incorporó con dificultad, con la niña pegada al pecho. Apoyó la espalda en la regala y entonces le vio. Estaba tendido cuan largo era y en una postura desgarbada e incómoda muy cerca de ella. Estaba de espaldas con un brazo doblado por encima de la cabeza y las largas piernas sobre el asiento de popa. Parecía dormir profundamente. Mientras le contemplaba, Cathy sonrió con infinita ternura. Estaba con el torso desnudo, y el vello espeso y negro no era suficiente para ocultar a la vista el tono rojizo de la piel debido a la quemadura del sol que, ni siquiera su color moreno y curtido había podido evitar, mientras había permanecido expuesto a los rayos ardientes hora tras hora trayendo al mundo a su hija. También el cutis bronceado estaba manchado de rojo, según pudo ver, especialmente del lado derecho donde le habían quemado las llamas del cañón al estallar. Las espesas pestañas negras descansaban con la inocencia de la niñez sobre sus mejillas enjutas. La barba incipiente le oscurecía la mandíbula y el mentón y el pelo negro se veía ensortijado y despeinado. La mirada de Cathy recorrió la longitud del fornido cuerpo viril enorgulleciéndose de poseerle. De pronto, una arruga rompió la tersura de la frente de Cathy al advertir que el frío le había puesto la piel de gallina sobre los músculos tensos. Echando una mirada a su propio cuerpo, comprendió que ella tenía la única manta que había en el bote y que, por supuesto, él se había sacrificado por ella y la niña. ¡Debía de estar helado! Buscó su ropa con la mirada para vestirse y cubrirle con la manta. Todo lo que tenía era la enagua de hilo y la blusa blanca con que había saltado al agua desde el

Cristobel. Recordó vagamente que Jon las había arrojado a un lado mientras ella luchaba y se esforzaba para dar a luz a su hija. ¿Dónde habrían caído? De pronto las vio, amontonadas no muy lejos de ella. Estarían terriblemente arrugadas, pero al menos le servirían para cubrir su desnudez. Usaría la enagua y con la blusa arroparía a la niña.

La pequeñita terminó de mamar y volvió a caer profundamente dormida con la misma rapidez con que se había despertado. Cathy la acomodó con cuidado en un rinconcito seguro del bote. Después se arrastró por el fondo penosamente en busca de sus ropas, se puso la enagua por la cabeza y recogió la manta para extenderla sobre el cuerpo dormido de Jon. Él ni siquiera movió un músculo mientras ella le tapaba. Sonriendo, Cathy se alejó para arropar a su hija con la blusa. Luego se sentó lo más cómodamente posible y empezó a considerar nombres para ponerle a la niña.

Cuando por fin despertó Jon, el sol brillaba inclemente sobre sus cabezas. Se revolvió, incómodo, sintiéndose como un pez secándose al sol sobre alguna piedra. Cuando abrió los ojos, descubrió que el toldo improvisado con su camisa solo le protegía el rostro de los rayos ardientes del sol. Cathy estaba sentada cerca de él, bajo el toldo, con las piernas recogidas y con la niña en la falda. Los ojos azules le estaban sonriendo cuando los miró.

—Buenos días —saludó ella, seria.

Jon bostezó y se incorporó. La cabeza rozó el toldo cuando se metió debajo.

—Me pusiste la manta —la recriminó él al verla por primera vez envuelta entre sus piernas.

—Tenías frío —explicó Cathy. Jon la miró con ceño.

—¿Cómo te sientes? —preguntó con un dejo de ansiedad en la voz.

—Mucho mejor que ayer a esta hora —le respondió Cathy con una sonrisa burlona.

Jon, recordando lo que ella había padecido, no le devolvió la sonrisa. Su semblante permaneció serio y hasta pareció aún más preocupado.

—Deberías estar descansando —le dijo, inflexible—. ¡Dios, si hasta te has vestido! No estás bastante fuerte...

—Estoy bien —le interrumpió ella, con semblante sereno—. ¡Créeme!

A decir verdad, todavía se sentía bastante débil, pero era de esperar, después de todo. Y con seguridad que no se lo diría a Jon. Si se lo decía, estaría absolutamente convencido de que ella se encontraba a las puertas de la muerte.

Él la miró con escepticismo.

—Deberías estar descansando y no moviéndote por ahí —repitió con obstinación. Cathy exhaló un suspiro y la niña lloriqueó al sentir el movimiento, luego se calmó. Jon clavó la mirada en el diminuto cuerpo con el entrecejo más fruncido.

»¿Y ella también se encuentra bien? —exigió saber, recordando confusamente los fuertes berridos de Cray—. Me parece terriblemente callada y tranquila.

—Oh, ella también se encuentra bien —le aseguró Cathy, sonriente—. Y ya he pensado un nombre. ¿Qué te parece Virginia, como tu madre?

Jon no dijo nada, solo se la quedó mirando fijamente con los ojos entrecerrados. Si la niña era de verdad suya... y podría serlo; la fecha de nacimiento lo hacía posible... ese era el nombre que él mismo habría elegido. Pero si era hija de Harold, nacida prematuramente debido a los múltiples traumas que había sufrido Cathy, entonces... Cathy le estaba mirando, expectante, y esperando su respuesta. ¿Qué importancia tenía?, decidió Jon en silencio. Podrían resolver el tema de la paternidad más adelante. Por ahora, lo que más le importaba era el bienestar de Cathy. Si la hacía feliz insistir en que la niña era su hija, y ponerle el nombre de su madre, no pondría reparos.

—Virginia me gusta —le dijo—. Siempre que el segundo nombre sea Catherine. Por su propia madre.

Una ancha sonrisa iluminó el rostro de Cathy al oírle.

—Virginia Catherine —repitió lentamente contemplando a la niña dormida. Luego volvió la mirada rápidamente a Jon con los ojos chispeantes—. ¿Qué crees que dirá Cray cuando sepa que tiene una hermanita?

—No puedo imaginarlo —respondió secamente y sus ojos volvieron a clavarse en la criatura. Decidió que era mejor dejar el tema antes de que se volviera peligroso y se arrodilló—. Apuesto a que tienes hambre. —Cambió rápidamente el tema con suma habilidad. Cathy asintió con la cabeza.

—Así es —respondió, vacilante—. Pero ¿hay suficiente comida? Yo puedo esperar...

Sonó preocupada y Jon advirtió que las verdaderas exigencias de la situación en que se hallaban estaban empezando a ocurrírsele.

—Hay tasajo de sobra —replicó ásperamente para disimular la mentira—. De todos modos, si empieza a escasear, siempre nos queda el recurso de pescar.

Señaló el mar con un movimiento de cabeza torciendo la boca con una sonrisa forzada. Cathy sonrió y se le despejó el semblante, como él se había propuesto.

—No sé por qué, pero no te veo como un experto pescador —murmuró ella, bromeando mientras él iba a gatas hasta el extremo opuesto del esquife donde estaba almacenada la preciada provisión de tasajo y agua. Jon la miró por encima del hombro y le sonrió.

—Mis logros son legión —anunció él, ofendido de que dudara de sus habilidades. Los ojos de Cathy brillaron, risueños.

—Lo sé —murmuró ella con malicia. Jon, que regresaba en ese instante con las provisiones, soltó una carcajada.

—Come, coqueta provocativa —le ordenó, brusco, pasándole una generosa porción de tasajo—, antes de que me olvide de que estás incapacitada. Tengo otros apetitos que no son de comida precisamente, ya sabes.

—Lo recuerdo —respondió ella en el mismo tono provocativo que había usado antes y ojos chispeantes. Jon gruñó y como represalia pellizcó un mechón dorado retorciéndoselo.

Al ver que él no decía nada, Cathy se dedicó a mordisquear ávidamente el trozo de tasajo. Casi lo había terminado cuando advirtió que Jon no estaba comiendo.

—Tú no comes —le acusó mientras le escudriñaba el rostro con los ojos desorbitados.

—Comí antes de irme a dormir —mintió Jon sin alterarse—. No tengo hambre. Termina tu comida.

Pero Cathy se negó a hacerlo. Con obstinación le ofreció lo que quedaba del trozo de tasajo e insistió en que se lo comiera.

—Si tú no comes, yo tampoco lo haré —afirmó ella, tajante. Jon no había probado bocado desde hacía veinticuatro horas, ya que creía que era mejor ahorrar cuanta comida hubiera para Cathy, que la necesitaba más que él. Estaba realmente hambriento, pero se negó a comer más de un bocado y solo para complacerla. Si no estaban donde él calculaba, podrían seguir navegando a la deriva muchísimo tiempo. Con su cuerpo fornido podía sobrevivir sin comer bastante tiempo. Pero Cathy... y el bebé... Se estremecía de espanto solo de pensar lo que les haría a esas criaturas frágiles pasar largos días en el mar sin probar alimentos. Porque, por supuesto, pescar sin anzuelo, sedal ni carnada era más fácil de decir que de hacer.

»¿Dónde estamos? —preguntó ella más tarde, después de beber a sorbitos de la cantimplora y reclinarse contra la regala acunando a la pequeña Virginia en su regazo.

Jon hizo una mueca.

—Según mis cálculos nos encontramos a medio camino entre las islas Madeira y las islas Canarias. Por aquí hay otra franja de islas, mucho más pequeñas, que los portugueses llaman Ilhas Desertas... las Islas Desiertas. Con suerte, haremos escala en una de ellas.

—¿No nos convendría más enfilar hacia algún sitio poblado? —Cathy pareció albergar algunas dudas.

—A caballo regalado no se le mira el colmillo, mi

amor, ¿nunca te lo han dicho? —respondió Jon, con un tono ligeramente sombrío. Cathy oyó únicamente las palabras cariñosas. Su amor. Más que nada en el mundo quería volver a serlo. Ya que había aceptado a Virginia como su hija, no había nada que les separara. Le perdonaría sus anteriores ofensas y sospechas y hasta su aventura con Sarita y él admitiría que había estado total y estúpidamente equivocado con respecto a Harold. El pensar en Harold le provocó un momento de inquietud. Después de todo, él era todavía su esposo ante la ley y ella suponía que eso lo convertía también ante la ley en el padre legítimo, aunque no biológico, de Virginia. Pero resueltamente apartó esos pensamientos de su cabeza, más adelante se preocuparía por eso. Por el momento, se tranquilizaría y, haciéndolo, le brindó a Jon la más radiante de sus sonrisas.

—¿Soy tu amor? —le preguntó dulcemente. Los ojos de Jon se oscurecieron al mirarla. Oyéndola, pretendió no haberlo hecho.

Jon remó regularmente durante varias horas, deteniéndose brevemente solo para tomar algunos sorbitos de agua. La primera vez que Cathy le alcanzó la cantimplora, él le ordenó con fiereza que no anduviera moviéndose tanto. Estaba convencido de que ella no se sentía tan bien como quería hacerle creer. Necesitaba descansar y así se lo dijo con una mirada tan iracunda que ella consiguió sumisamente hacer lo que le indicaba.

Cathy dormitaba y alimentaba a Virginia, que dormía como un ángel la mayor parte del día. El sol batía sus rayos sin piedad sobre la pequeña embarcación. Si no hubiese contado con la protección que le brindaba la camisa de Jon, sabía que el sol abrasador la habría achicharrado. Se acurrucó debajo haciendo todo lo posible para mantener fresca a Virginia, sintiéndose ella misma acalorada e incómoda. Cada vez que miraba a Jon, con sus músculos abultados, siempre en movimiento y relucientes de sudor mientras se esforzaba por llevarles a salvo a alguna isla, sentía una oleada de amor por él. El sudor le corría por la cara y le empapaba el pelo. Grandes gotas se deslizaban por entre la espesa mata de vello que tenía en el pecho. Bajo ese maldito sol su piel había tomado un color rojizo oscuro, casi el color de un indio norteamericano que ella había visto una vez. Sabía que él debía de estar ardiendo, dolorido y hambriento, ya que todavía se negaba a comer más de un mordisco mientras la observaba amenazadoramente obligándola a consumir lo que él decretaba que tenía que comer. Pero continuaba remando con fuerza infatigable y la admiración de Cathy crecía con cada golpe de remo. Verdaderamente era un hombre entre un millón. Se enorgullecía de que fuera el padre de sus hijos. ¡Era el hombre más guapo, más fuerte y más valiente que había conocido jamás!

Todas las miradas que le dirigía reflejaban el amor que sentía por él. A Jon no le resultaba difícil interpretarlas, pero recelaba de ese cariño aparente. «¿Cuánto era genuino y cuánto se debía al conocimiento que ella tenía de que, sin él, la criatura y ella estarían a merced de un destino despiadado?», se preguntaba con un cinismo forzado. Como ya había aprendido a su propia costa, ella era absolutamente capaz de sucumbir al amor interesado, que se desvanecería en cuanto la necesidad de él desapareciera. Tenía el corazón en un extraño estado fluctuante y tan confundidos los sentimientos que ya no sabía qué sentía. Solo una cosa estaba perfectamente clara para él; amarla abiertamente y con toda su alma le había acarreado muchos sufrimientos. Si todavía la amaba —y no estaba admitiendo nada, ni siquiera a sí mismo—, se cuidaría mucho de que ella llegara a descubrirlo.

El sol se puso y Jon aún seguía remando. No habían avistado nada, ni siquiera un banco de coral, ciertamente nada que pudiera ni remotamente considerarse tierra. Jon empezaba a preocuparse cada vez más. Si se había equivocado y no estaban donde había creído, y era muy posible que así fuera, podrían ir a la deriva mar adentro y finalmente morir. Jon no se engañaba, Cathy y la niña no vivirían mucho tiempo en una embarcación abierta. El rostro de Cathy ya estaba bastante enrojecido por el sol y eso que había pasado la mayor parte del tiempo debajo de la camisa. Con su cutis delicado y tan blanco no tendría posibilidades de sobrevivir. Jon la imaginó muriendo de ese modo, y su determinación se hizo más fuerte. La llevaría sana y salva a tierra, por favor, Dios... Y también a la niña, por supuesto.

Volvió a dormir un poco casi al despuntar el día, compartiendo la manta con Cathy, quien había insistido tercamente. Ella se había despertado cuando él se había tendido a su lado y se había acurrucado contra su pecho y con la cabeza apoyada sobre su hombro cubriendo los dos cuerpos con la manta. Había colocado a Virginia entre ambos. Jon había estado demasiado fatigado para protestar. Agradecía el calor, tanto de la manta como del afecto de Cathy, por veleidoso que fuera. Rodeándole los hombros con un brazo le había rozado el cabello con los labios antes de caer dormido de un modo tan repentino como un trueno.

El día siguiente fue un verdadero infierno. El sol caía a plomo más caliente que nunca, tanto, que los costados de madera de la embarcación quemaban al tacto. Casi se había acabado la comida y Jon insistió en que Cathy comiera lo que les había quedado. Pensando en el cuerpo menudo y frágil del que se alimentaba la niña quitándole las fuerzas, Jon fácilmente podía pasar por alto su estómago vacío. También escaseaba el agua. Jon bebía la ración que le correspondía sabiendo que, si no lo hacía y continuaba remando a ese ritmo bajo el sol, perdería el conocimiento muy pronto. Y entonces sí que no serviría de mucho a nadie.

Virginia lloriqueaba incesantemente con vagidos agudos, largos y penetrantes, y por más que hiciera Cathy la niña no dejaba de llorar. En vano le ofreció el pecho repetidas veces, la mojó con agua de mar para refrescarla y la arrulló en voz baja: ella siguió llorando. El llanto muy pronto se convirtió en un sonido de fondo al igual que el golpeteo acompasado de las olas contra el bote.

—Está muy acalorada —comentó Cathy cuando Virginia se durmió, rendida de tanto lloriquear. El tono que usó era una mezcla de disculpa y preocupación. Jon, desde el otro extremo de la barca, la miró y le pareció que ella misma sufría demasiado el calor agobiante. Cada centímetro de su piel que no estaba resguardada por la holgada enagua blanca estaba enrojecido. Los ojos azules estaban desorbitados y con la mirada perdida y tenía los labios ligeramente hinchados por el sol. Algunos mechones de pelo rubio escapaban de la gruesa trenza que enmarcaba su rostro menudo y que había asegurado con una tira arrancada de la enagua. Súbitamente Jon cayó en la cuenta de que ella parecía no sudar más. Alarmado, se echó para atrás y alargó la mano para tocarle la frente, las mejillas y las manos. Estaba ardiendo y no por efecto del sol. ¡Tenía fiebre!

Si Jon había creído que los cuatro últimos días habían sido un infierno, no tenía palabras para describir lo que sucedió después. Cathy estaba gravemente enferma de lo que él sospechaba que era fiebre puerperal. Su propia madre había muerto de eso mismo después de haberlo traído al mundo. En esos momentos tuvo un miedo atroz de que la muerte también la reclamara a ella. La fiebre altísima hacía que Cathy cayera en la inconsciencia a ratos para después recuperar la lucidez momentáneamente. A veces le reconocía y otras no. Desesperado, Jon la atendía y cuidaba lo mejor que podía, mojaba y frotaba su cuerpo ardiente con agua de mar, entreabría sus labios hinchados y le hacía tragar a la fuerza algunos sorbitos de la poca agua que aún les quedaba, hasta se las arregló para ensartar un pez con el cuchillo y la forzó a comer pequeños trozos de su carne fresca. Por fuerza también tenía que cuidar a Virginia. No quería dejarla morir, aunque a veces, cuando parecía que podría perder a Cathy en cualquier momento, deseaba con las pocas fuerzas que le quedaban que nunca la hubiesen concebido. Con la noche en el alma imaginaba su vida sin la presencia de Cathy en ella y la veía vacía y sin esperanzas. Ella lo era todo para él y se estaba muriendo...

Jon rezó y le rogó a Dios como nunca antes lo había hecho. Hizo promesas imposibles a Dios si Él se dignaba dejar vivir a Cathy. Pero mientras ponía a Virginia al pecho calenturiento de Cathy para que mamara, comenzó a prepararse para lo peor. Nadie podía arder tanto de fiebre y sobrevivir.

Esa noche Cathy deliró, gritando el nombre de Jon pero sin verle ni reconocerle cuando él se inclinaba sobre ella. El cuerpo se sacudía violentamente, revolviéndose de un lado a otro mientras ella sollozaba de dolor y miedo. Jon, sujetándola lo mejor que podía, sintió que las lágrimas rodaban por sus mejillas. Dios, la amaba... no podía ocultarlo por más tiempo. Y ella se estaba muriendo...

Salió la luna y subió hasta lo más alto en el cielo nocturno, derramando su luz plateada sobre el bote y sus ocupantes. Jon miró con angustia el rostro inconsciente de Cathy y pensó que ya parecía un fantasma. Al tocarla la sintió pequeña e indefensa, tan pequeña e indefensa como la criatura que dormía, inquieta y a ratos junto a ella. Repentinamente le dominó un deseo salvaje de protegerla contra todo, quiso tomarla en sus brazos y lanzar un alarido de furia contra el destino cruel que parecía decidido a arrancársela para siempre. Cathy no tenía a nadie más que a él para salvarla y le era imposible hacerlo. Esa realidad le estaba desgarrando el corazón.

—Tengo calor... tanto calor —susurró Cathy inquieta, impaciente. Los ensombrecidos ojos azules se abrieron desmesuradamente y se quedaron clavados en los de Jon, como si le estuviera viendo por primera vez. Jon la acarició suavemente y le retiró el cabello enmarañado de la frente. Luego pasó por la piel que seguía ardiendo, un paño humedecido en agua de mar.

—Lo sé, querida —murmuró él para reconfortarla, haciendo un verdadero esfuerzo para que las palabras salieran a pesar del nudo que tenía en la garganta. A su lado, Virginia se despertó, lloriqueando. Él apenas si oyó el llanto de la niña, pues toda su atención estaba concentrada en Cathy.

—Cray —susurró ella mientras volvía la cabeza ciegamente en busca del origen de ese sonido—, Cray... —repitió con más firmeza en la voz esta vez y alargó sus manos para tomar en ellas a la criatura que seguía dejando oír sus vagidos. Sus brazos estaban demasiado débiles hasta para hacer ese leve movimiento y sus manos cayeron como muertas a los costados del cuerpo. Aun así se volvía ansiosamente hacia la criatura, hasta que Jon, tragando el nudo que le obstruía la garganta, recogió a la niña y la colocó sobre el vientre de Cathy. Cathy volvió a levantar las manos y le frotó delicadamente la espaldita. Virginia se calmó de inmediato. Los ojos de Cathy se cerraron nuevamente y pareció sonreír. Las manos cayeron flojamente otra vez como si las fuerzas la hubieran abandonado para siempre.

—Cathy —gimió Jon, con el corazón destrozado al ver que ella estaba al mismo borde de la muerte—. ¡Cathy, queridísima, por favor, no me abandones! Cathy, te necesito. Cray te necesita. El bebé te necesita. Por favor, no nos dejes, Cathy. ¡Cathy, te amo!

Ella estaba inconsciente de sus palabras y sus costillas casi no se movían cuando respiraba. Jon dejó caer la cabeza, desconsolado, sobre el cuerpo casi inerte y gruesas lágrimas de dolor se precipitaron sobre el rostro pálido como la muerte.

—Por favor, Dios mío —oró él una y otra vez—. Déjala vivir. ¡Por favor!

Inclinado como estaba casi encima de ella, podía sentir el calor que subía de su cuerpo en ráfagas radiantes, calor que amenazaba matarla. Si tan solo pudiera hacer que le bajara un poco la fiebre... Levantó la cabeza devanándose los sesos en busca de alguna idea salvadora cuando un fresco rocío salado que había levantado la brisa dio de lleno en su cara.

¡El mar! ¡El mar que casi era su verdugo, quizá podría ser su salvación! Antes de meditar siquiera la idea, Jon se estaba enderezando, desenvolvía la manta que Cathy tenía alrededor del cuerpo y le quitaba la fina enagua de hilo. ¡La sumergiría por completo en el mar!

Sin molestarse siquiera en quitarse los calzones, Jon recogió a Cathy en sus brazos y con sumo cuidado se dejó caer por un costado del esquife estrechándola fuertemente contra él cuando las olas se cerraron sobre sus cabezas. Con una mano tapó la nariz y la boca de Cathy temiendo que ella tragara agua salada y pateó con desesperación para subir a la superficie. Cuando las cabezas estuvieron fuera del agua, Jon se volvió de espaldas, dejando que el cuerpo laxo de Cathy descansara sobre todo su cuerpo mientras él pedaleaba en el agua. Permaneció cerca del costado de la embarcación moviéndose apenas lo suficiente para mantenerse a flote.

Ya casi amanecía cuando volvieron a subir a la barca. Primero la había empujado a ella y luego había subido él. Jon tiritaba convulsivamente, pero no hizo ningún caso de su propio malestar. En cambio, se arrodilló al lado del cuerpo desnudo y pálido de Cathy mientras le pasaba las manos por el cuerpo, primero con temor y después con esperanza. Había estado tan quieta contra él en el agua que había empezado a temer que el cambio brusco de temperatura la hubiese matado. Pero veía que todavía respiraba, que sus pechos subían y bajaban rítmicamente cada vez que ella inspiraba y exhalaba el aire de sus pulmones. Y su piel estaba fresca al tacto... ¡Dios querido, tal vez la había salvado! ¡A lo mejor podría vivir! La idea le embriagó por completo. Quería llorar, reír, cantar hosannas, dar gracias a Dios de puro alivio. Pero se amonestó, cauteloso, ya que no existía ninguna certeza todavía y si no deseaba que ella enfermara de pulmonía encima de todo lo demás, sería mejor que la secara de inmediato y la protegiera del frío de la madrugada.

Usando la enagua le frotó el cuerpo y el cabello hasta que quedaron bastante secos, luego se la envolvió alrededor de la cabeza como si fuera un turbante. Por último, poniéndole la niña sobre el pecho, las arropó cuidadosamente con la manta y se acostó junto a ellas. Luego rodeó con sus brazos el cuerpecito envuelto en lana y lo estrechó contra su pecho. Cathy suspiró acomodándose mejor contra él y los brazos de Jon la ciñeron con más fuerza protectoramente. Ella parecía estar durmiendo...

Jon le besó suavemente la frente y advirtió que la piel estaba más fresca.

—Gracias, Dios mío —murmuró al cerrar los ojos y después él también se durmió.

El débil lloriqueo de Virginia le despertó. Ya era pleno día, pero el cielo estaba completamente nublado. Con una mueca de disgusto, Jon pronosticó que llovería poco después, pero, por lo pronto, al menos, las nubes servirían para proteger a Cathy del sol. Volvió la cabeza para mirarla. Todavía estaba acurrucada entre sus brazos. Tenía los ojos cerrados y el semblante muy pálido, pero estaba fresca al tacto y respiraba profunda y regularmente. Parecía dormir con un sueño natural y reparador. Lo necesitaba. Él no la molestaría, ni siquiera por Virginia. La niña tendría que conformarse con él hasta que despertara su madre.

Con sumo cuidado apartó a Cathy colocándole la cabeza sobre un pliegue de la manta. Ella soltó un suspiro y dándose la vuelta se acomodó de costado y apoyó la mejilla en la palma de su mano. Largas hebras de cabello dorado que se habían escapado del turbante durante la noche se abrían como un abanico alrededor de su cabeza. Mientras la contemplaba, Jon sintió por ella una oleada de amor tan intenso que hasta le hizo sentir físicamente débil. Fuera la clase de mujer que fuese, hubiera hecho lo que hubiese hecho, la amaba. Tendría que vivir el resto de sus días girando alrededor de ese hecho incontrovertible.

Los sollozos de Virginia ya se habían reducido a hipos lacrimosos cuando Jon la levantó. La meció desmañadamente en sus brazos y miró con sentimientos conflictivos el montoncito de carne tibia que se retorcía sin cesar. Por una parte, era la hija de Cathy y posiblemente la suya también. Pero, por otra, era muy posible que fuera hija de Harold y ciertamente casi le había costado a su madre la vida. Todo su resentimiento se desvaneció al verla mover los diminutos puños en el aire y patear con los piececitos y la compasión tomó su lugar, además de un sentimiento nuevo de protección hacia la criatura indefensa. Era tan delicada y diminuta, estaba tan a su merced... ¿Qué otra cosa podía hacer que no fuera tratarla con amor?

La puso sobre sus rodillas, divertido al verle los ojos azules muy abiertos y mirándole al parecer. Le sonrió y ella le observó, seria. Él frunció el entrecejo y la expresión de la carita no se alteró. «Se parece a Cathy», pensó y sintió la primera débil oleada de afecto por ese pedacito de humanidad. Después, mientras sacudía la pierna, de arriba abajo haciéndola trotar suavemente sobre ella, para entretenerla, abrió desmesuradamente los ojos. Un hilo de algo tibio y húmedo se escurría por lo que le quedaba de los calzones. Por un momento se quedó mirando a Virginia, estupefacto.

—¡Maldición, me ha orinado! —dijo por lo bajo y soltó una carcajada.

Antes de haber limpiado completamente a Virginia con suma cautela y de haberse zambullido en el mar para librarse de los persistentes rastros de su presencia, la pequeñita estaba llorando otra vez. Tenía hambre y Jon no tenía que adivinarlo, pero él no podía hacer absolutamente nada para remediarlo. Trató de no oír los conmovedores vagidos dedicándose a remar con ahínco hacia donde él suponía que se encontraba la isla más cercana. Pero el llanto de la niña bombardeaba sus oídos sin cesar. Finalmente no pudo soportarlo más. Levantándose, se dirigió hacia donde descansaba la criatura y la tomó en sus brazos con cuidado. Ella le clavó los ojitos cuajados de lágrimas que brillaban en su carita enrojecida por el llanto. La pequeñita ya mostraba tener prontos de enojo. Jon, pensando en los arranques de cólera de Cathy, tuvo que sonreír. ¡A menos que estuviera muy equivocado, esta niña iba a ser una astilla del viejo palo!

Haciéndolo lo mejor que pudo para no despertar a Cathy, apartó suavemente la manta y puso a Virginia al pecho de la madre sosteniéndola mientras se amamantaba. Cathy se movió y sonrió. Levantó la mano y sostuvo la cabecita a su hija, pero poco después la dejó caer sin fuerzas. Le pestañearon los ojos y luego los párpados quedaron cerrados. Con profundo abatimiento, Jon comprendió que tendría que pasar mucho, mucho tiempo antes de que Cathy se recuperara plenamente.

En las últimas horas de la tarde empezó a llover. No era un aguacero sino apenas una llovizna, pero muy pronto se empapó la camisa que servía de toldo y el agua comenzó a caer en minúsculas gotas plateadas en la cara de Cathy. Al poco tiempo vio que ella estaba tiritando. Soltó una maldición, abandonó rápidamente los remos y acercándose, se acostó a su lado. La rodeó con sus brazos y, arregló la manta de tal modo que alcanzó para cubrirles a los tres. Con su cuerpo protegía a Cathy y a Virginia de la llovizna y el calor que él irradiaba las calentaba al mismo tiempo. Que él mismo se estuviera helando y mojando le tenía sin cuidado.

Mientras mecía entre sus brazos a la única persona que significaba para él mucho más de lo que nunca había imaginado que podría significar algún ser humano en su vida, Jon casi se entregó a la desesperación. A menos que llegaran pronto a tierra, todos morirían. Ya no les quedaban provisiones y era muy difícil e incierto que pudiera pescar sin los elementos básicos. Él ya se estaba acostumbrando a sufrir las terribles punzadas del hambre, pero, en el estado de debilidad en que se encontraba Cathy, temía que la falta de comida la matara. Si se le secaban los pechos, como ya le parecía que estaba sucediendo, entonces también Virginia moriría. Y el estar constantemente expuestos a la intemperie: sol abrasador primero, lluvia después. La próxima vez, con la suerte que tenían, sería nieve. ¡No podía creer que Dios hubiese salvado a Cathy de la fiebre para dejarla morir después!

Jon estaba haciendo otro trato con Dios cuando llegó a sus oídos un sonido extraño y distinto por encima del lomo hinchado de las olas. Al principio no podía creer a sus oídos, pero después se incorporó bruscamente y dio un grito de júbilo. El grito sobresaltó a Virginia, que empezó a gimotear, pero Jon no le prestó atención: en cambio, forzó frenéticamente la vista a través de la neblina que les rodeaba para comprobar lo que imaginaba. Porque estaba casi seguro de que lo que oía eran rompientes. Y eso significaba que, pasándolos, encontrarían tierra.

14

De ahí en adelante, Cathy solo tendría vagas reminiscencias de los días posteriores al nacimiento de Virginia. De las pocas que sí quedaron grabadas en su memoria, a ella le resultaba difícil separar la realidad de la fantasía. ¿Era verdad que Jon había llorado inclinado sobre ella cuando yacía gravemente enferma en el fondo de la barca? ¿Le había dicho que la amaba y que la necesitaba y que había rezado a un Dios en quien ella había ignorado que creyera cuando Jon había temido que podría morir? No estaba segura. Pero si eran sueños producto del delirio, eran hermosos y se aferró a ellos. El recordarlos mientras luchaba para recuperar sus fuerzas le infundía más ánimo. Las sonrisas que le prodigaba a Jon eran perezosas y dulces y en sus ojos brillaba la ternura siempre que se cruzaban sus miradas.

Le recordaba claramente llevándolas a Virginia y a ella en brazos hasta la costa por las olas espumosas y regresando luego por la barca. Había trabajado afanosamente para construir un refugio donde guarecerse de la lluvia usando el esquife puesto de punta como una pared de un lado y un acantilado de arena como la otra. Ya hacía más o menos cinco días que estaban en la isla y ella podía incorporarse sin su ayuda para amamantar y cuidar a Virginia. «Pobrecita, estás muy delgaducha por todo lo que hemos pasado, pero ya lo solucionaremos», pensó Cathy mirándola dormir no muy lejos de donde ella estaba. Ella también había adelgazado mucho. Pero después de la figura de marsopa que había lucido por lo que le parecían años interminables, era un cambio beneficioso.

Jon había ido en busca de comida y Cathy no le esperaba de regreso por un buen rato. Habían tenido la suerte de que las corrientes y los vientos les llevaran a una isla tropical con exuberante vegetación, donde abundaban los árboles frutales. Después de una dieta estricta basada en tasajo que la había sustentado durante casi diez días, Cathy estaba lista para hartarse de bananas y mangos, naranjas y papayas. Pero Jon insistía en que necesitaba proteínas si quería ponerse bien, y Cathy no quería discutir con él. Además, era probable que él estuviera en lo cierto y ella comía dócilmente los pescados que él lograba arponear y los huevecillos de pájaros que encontraba y pasaba por agua para ella. Virginia también sacaba provecho de esta dieta enriquecida y al comprobar que su hijita crecía y se desarrollaba como debía la hacía sentirse muy feliz. Gracias a Jon estaban sobreviviendo muy bien, pensó con mal disimulado orgullo.

Él había dado órdenes estrictas de que no debía moverse de donde estaba y hasta ese momento Cathy las había obedecido al pie de la letra. Pero ese día, al ver el sol que se filtraba por la abertura en forma de V a la entrada del improvisado y tosco refugio, sintió un enorme deseo de echar un vistazo fuera.

—Debo de sentirme mejor —se dijo Cathy divertida—, si empiezo a tener curiosidad de ver dónde estamos. —Solo dos días atrás ni siquiera le había importado si vivirían o no.

A Jon le daría un ataque, y Cathy lo sabía, si regresaba antes y la descubría fuera del refugio, pero creyó que era improbable. Hacía solo tres cuartos de hora que había salido y al ritmo que llevaba para sacar peces del mar, debería tardar bastante tiempo más si quería una provisión que les alcanzara para la cena.

Tranquilizándose de ese modo, Cathy anduvo a gatas hasta la puerta del refugio, que era bastante baja y no le permitía estar de pie. Al llegar a la entrada, los brillantes rayos del sol reflejados en las centelleantes arenas blancas de la playa la cegaron momentáneamente. Cerró los ojos y los fue abriendo poco a poco para que pudieran adaptarse a la luz deslumbradora. Al final pudo contemplar la escena que tenía ante sus ojos sin dolor y se quedó contemplándola, extasiada.

Habían desembarcado en una pequeña playa semicircular que rodeaba una bahía azul. Olas coronadas de espuma blanca susurraban suavemente al acariciar la playa a escasos treinta metros de distancia. A las espaldas de Cathy la playa subía en blancos acantilados de arena y era contra uno de estos en el que Jon había apoyado la barca para que sirviera de base al albergue donde vivían. Ahora veía que lo había recubierto de ramas y toda clase de vegetación para no dejar entrar la lluvia ni el calor. Con razón el interior había estado siempre sombreado y fresco. Cathy se maravilló del ingenio y de la habilidad de Jon antes de volver a contemplar el paisaje. En la orilla las gaviotas iban y venían en una suerte de juego ritual al chapotear con las olas. De vez en cuando una de ellas revoloteaba en el aire llamando con chillidos y gritos vocingleros a sus compañeras. Un poco más lejos de la orilla, gráciles flamencos rosados se paseaban entre las olas mientras buscaban su comida metiendo y sacando rápidamente sus largos picos del agua. Un dulce perfume de frutas silvestres maduras y de enormes flores tropicales aromaban el aire y Cathy lo respiró con verdadera fruición. Desde su lugar de privilegio, el mundo entero se veía deslumbradoramente limpio, como si lo hubiesen acabado de bañar.

Hablando de bañarse, a ella misma le vendría bien un baño, pensó mientras salía del refugio y se ponía de pie sobre piernas temblorosas e inseguras. La enagua blanca, la única prenda de vestir que le había quedado, estaba mugrienta y todo su cuerpo no estaba en mejores condiciones. Hasta sentía sucio el cabello. Echó un rápido vistazo en derredor buscando alguna señal de la posible presencia de Jon en las inmediaciones. No había ninguna. Era casi seguro que se había internado en la selva tropical que se extendía desde los acantilados de arena hasta el mismo centro de la isla para ir a la charca de agua dulce de la que le había hablado. Jon le había comentado que en esa charca había peces que no podrían escapar de su cuchillo con la facilidad con que lo hacían sus hermanos de agua salada. Sonrió, divertida. Sacar peces con el cuchillo para la cena se había convertido en una cuestión de honor para él y se sentía avergonzado como un muchachito si tenía que regresar a su lado con frutas y huevos solamente.

Con una rápida mirada al interior del refugio para asegurarse de que Virginia seguía durmiendo apaciblemente, emprendió el camino hacia la orilla con pasos lentos e inseguros. No estaba tan fuerte como debía estar, descubrió con cierto desaliento. De hecho, las rodillas tenían una marcada tendencia a temblar y doblarse. Pero era de esperar después de tantos días de inactividad y el mejor modo de superarlo era hacer trabajar a los músculos perezosos.

Con algunos remordimientos de conciencia al pensar cuál sería la reacción de Jon si pudiera ver lo que estaba haciendo, Cathy caminó por el agua internándose en la bahía. Se detuvo cuando el agua llegó a sus rodillas, decidiendo que era más prudente no sumergirse demasiado hasta que no se sintiera más fuerte. Se sentó en la arena y disfrutó de la maravillosa sensación que le producían las olas chapoteando y golpeándole suavemente los pechos mientras ella recogía puñados de arena para frotarse la piel como si fuera jabón. No se había molestado en quitarse la enagua y aprovechó esto para lavarla al mismo tiempo que se aseaba la piel. Finalmente, usó la arena para frotarse el pelo. Quizá no era el más agradable de los jabones, ¡pero era verdaderamente efectivo! Echando el cuerpo atrás para que las olas le quitaran los últimos granos de arena, Cathy se sintió maravillosamente limpia.

—¿Me quieres decir qué demonios estás haciendo? —gruñó la voz de Jon desde la orilla. Cathy volvió la cabeza y le encontró mirándola fijamente con una expresión de alarma y enfado en el semblante. Parecía un dios pagano alto y bronceado, con los puños en las caderas, contra el fondo de arenas blancas y cielos brillantemente azules. Con solo los negros calzones acortados hasta la mitad de sus muslos, era el vivo retrato del macho arrogante. Se veía increíblemente guapo con las piernas ligeramente abiertas como si estuviera otra vez a bordo, una estatua de caoba áspera por el vello y con músculos tensos como cuerdas de acero y negro cabello al viento que dejaba despejado el rostro enjuto de facciones regulares y viriles. Cathy, comiéndole con los ojos, asimiló este hecho, y luego, muy lentamente, le sonrió.

—¿Qué te parece? Me estoy dando un baño —le contestó con descaro. Aun a esa distancia pudo ver que apretaba la mandíbula. Con un reniego impaciente, caminó por el agua dirigiéndose resueltamente hacia donde ella estaba.

Cathy flotaba de espaldas con el largo cabello a su alrededor mientras le miraba avanzar por el agua. Cuando le vio a pocos pasos de distancia. le salpicó juguetonamente. Él ni sonrió. En cambio, se quedó de pie al lado de ella como una torre inexpugnable, impidiéndole ver la playa con su enorme cuerpo.

—¡Santo Dios, muchacha! ¿No tienes nada de sentido común? —preguntó a punto de estallar mientras ella seguía flotando y sonriéndole alegremente—. ¡No hace ni una semana tu vida pendía de un hilo! Y ahora, en cuanto te doy la espalda, sales a hurtadillas para nadar en el mar, ¡es lo más estúpido que he visto!

¿Qué es lo que voy a tener que hacer, montar guardia para que no te muevas?

—Salí para darme un baño, no para nadar —señaló Cathy, sumisa. Se oscureció más el semblante de Jon ante esa excusa disparatada.

—Maldito lo que me importa para qué has salido —replicó Jon con los dientes apretados—. El punto en cuestión es que no has de salir en absoluto. Creía que eso estaba entendido.

—Me siento mejor ahora. —Cathy estaba empezando a enfurruñarse—. Y quería bañarme. Me sentía sucia.

—¡Oh, por todos los cielos! —musitó Jon casi sin aliento. Antes de que Cathy se diera cuenta de sus intenciones, se lanzó sobre ella, la recogió en sus brazos y se enderezó. Cathy colgaba de sus brazos y se apretaba contra el pecho viril mientras él daba grandes zancadas por entre las olas que rompían a sus pies en dirección a la orilla. El agua chorreaba de los cabellos y de la enagua de Cathy empapándole tanto como estaba ella. No pareció importarle en lo más mínimo. Repentinamente Cathy vio lo absurdo de la situación y soltó una carcajada al tiempo que levantaba las manos y empezaba a acariciarle la nuca provocativamente.

—Tirano —le dijo ella dulcemente. Él se volvió a mirarla y los ojos grises se entrecerraron al clavarse en el rostro menudo y pálido.

—Tú necesitas que te tiranicen —replicó rápidamente y con un dejo de impaciencia en la voz—. De todos los despliegues estúpidos de destreza, este se lleva la palma. Para tu información, esta bahía tiene una fuerte corriente de resaca y tú no estás lo bastante fuerte para luchar contra ella. Si te hubieras alejado mucho más de la costa, probablemente te habría arrastrado a mar abierto y te habrías ahogado.

—¿Lo habrías lamentado mucho? —preguntó Cathy seductoramente. Le brillaron los ojos azules al mirarle por debajo del coqueto escudo de sus largas pestañas negras. Sus manos continuaron jugueteando ociosamente con lo espesos rizos negros de la nuca, enrollándolos sobre sus dedos largos y delgados y tironeándolos. Él le echó una rápida mirada penetrante; al parecer tratando de juzgar cuánta seriedad había en la pregunta. El esbozo de sonrisa de los labios rosados le dio la respuesta. Estaba jugando con él, como había estado haciendo desde que había empezado a recobrar sus fuerzas. Era como si estuviera tratando de inducirle a confesar sus sentimientos, cosa que no haría ni que le estuvieran desollando vivo. Podría amarla, pero no era ningún tonto para arriesgarse a decírselo. Nunca más. Con cierto remordimiento Jon recordaba las palabras que habían escapado de su boca aquella noche en la barca cuando la había creído al borde de la muerte.

Cada vez que pensaba en la forma en que se había abatido, se sentía ridículamente violento. Si ella conservaba algún recuerdo de aquella noche, pensó inflexible, ya no tendría ninguna necesidad de sonsacarle lo que sentía por ella. Lo sabría sin sombra de duda y ese conocimiento sería una espada afiladísima pendiendo por siempre sobre su cabeza.

—Vaya, sí —respondió arrastrando las palabras—. Verás, todavía no tengo el don de manejar como es debido a Virginia.

—¡Oh, te odio! —exclamó Cathy, exasperada, y, para vengarse, le castigó tirándole el pelo con todas sus fuerzas.

Durante las semanas que siguieron, Jon la vigilaba y cuidaba como una gallina clueca a sus pollitos, poniéndose en ridículo haciendo aspavientos cada vez que Cathy hacía algo que según él podría exigirle un esfuerzo. «¡Si por él fuera!», pensaba Cathy, molesta, «¡pasaría el resto de mis días de espaldas y a la sombra!». Resuelta a no hacerle caso, lo cual era mucho más fácil cuando él estaba ausente, al principio Cathy diariamente daba un paseo por la playa llevando a Virginia en brazos. Con el correr de los días se animó a nadar un rato regularmente todas las tardes. Jon le había prohibido expresamente que nadara sin su compañía, por si quedaba atrapada en la corriente de resaca o sufría algún calambre, pero Cathy, tozudamente, rehusaba a doblegarse a sus deseos, aunque eso no significaba que le desafiara abiertamente. Si lo hacía, no le cabía duda alguna de que él encontraría alguna forma de obligarla a obedecer ciegamente sus órdenes. En cambio, ella actuaba convencida de que lo que él no sabía no le lastimaría ni a él ni a ella, y mientras Jon realizaba sus acostumbradas correrías en busca de comida o para explorar la isla, Cathy hacía todo lo que se le antojaba.

Una tarde, tendida en la playa con Virginia al lado, Cathy pensaba que todo lo que necesitaba para recobrar las fuerzas perdidas eran esos largos días soleados con brisas suaves y fragantes como los que estaba pasando en la isla. La pequeñita estaba muy entusiasmada chupándose un dedito del pie, un hábito que Cathy había renunciado a desalentar en ella, mientras ella misma se reía de las gracias de un par de cangrejos de tierra. Iban y venían precipitadamente luchando entre sí por un trozo de pescado abandonado en la playa, exactamente como dos espadachines de antaño enredados en un duelo. Por una vez, Jon había decidido probar su suerte pescando en la bahía. Estaba a unos quince metros de distancia de la playa con el agua hasta los muslos. El sol arrancaba destellos de la hoja del cuchillo que él tenía entre los dientes mientras vigilaba a la espera de algún relámpago plateado en el agua azul que delataría la presencia de algún pez. Poco antes había fanfarroneado contándole a Cathy cómo había aprendido a agarrar a esas criaturas resbaladizas con las manos limpias; como Cathy pareció desconfiar de sus palabras, él se había ofrecido a demostrárselo. Si ella aceptaba a permanecer sentada en la playa y observarle, él conseguiría la comida para la cena. Ya hacía más de media hora que estaba en el agua. Estaba empapado hasta los huesos, maldiciendo sin cesar en voz baja, y luego de varios intentos frustrados, con las manos vacías. Cathy tenía que hacer un verdadero esfuerzo para reprimir la risa. Si lo hacía, tenía miedo de que Jon quisiera descuartizarla viva. Ya le había lanzado varias miradas asesinas que ella había devuelto con ojos llenos de inocencia.

—Tal vez se han ahogado todos los peces —le gritó Cathy con una mueca divertida, incapaz de contenerse por más tiempo. Jon la fulminó con la mirada por encima del hombro bronceado, mostrándole a las claras que no aceptaba sus impertinencias. Cathy sofocó sus risas. Poniéndose de pie, levantó a Virginia en brazos y empezó a caminar en dirección al refugio.

—¡¿Adonde vas?! —le preguntó él a gritos mientras seguía todos los movimientos de Cathy como ella estaba segura que haría.

—Primero voy a acostar a Virginia para que duerma la siesta. Después voy a ir en busca de huevos de gaviota para cocinar para la cena. Creo que moriré de hambre si espero tu pescado.

Se estaba burlando de él con la rubia cabeza echada hacia atrás y los encantadores ojos chispeando de risa. Esa demostración de alegría despreocupada contribuyó mucho a calmar el disgusto de Jon. Hacía mucho tiempo que no la veía tan bien.

—Coqueta atrevida —exclamó sin enardecerse, abandonando la pesca para seguirla con paso resuelto. Cathy dio un paso atrás, sonriendo, mientras le veía avanzar chapoteando en las olas y con la promesa de un justo castigo por su descaro brillando en sus ojos grises—. ¡Te voy a enseñar a mostrar un poco de respeto!

Mientras él hablaba, los ojos de Cathy se abrieron desmesuradamente como dos lagos azules y no precisamente por las palabras. Él ya estaba fuera del agua, acercándose cautelosamente a su presa, con los bronceados pies desnudos, oscuros sobre la reluciente arena blanca. Y no era ella la única en notar el llamativo contraste. Acercándose a toda prisa, al parecer también lo había notado el más grande de los cangrejos de tierra...

—¡Ay! —aulló Jon saltando casi un metro en el

aire. Cuando dio en tierra se estaba agarrando el pie. Una gota de sangre brillaba en la punta de su dedo gordo pie. Él se quedó mirándola con tanta indignación y sobresalto que Cathy no tuvo más remedio que desternillarse de risa. Su regocijo era tan grande que cayó sentada en la arena y empezó a mecerse de atrás para adelante sin poder contenerse, con Virginia prendida de su pecho. Jon la miró todavía totalmente perplejo, lo cual la hizo reír mucho más. Sin poder articular palabra, le señaló el cangrejo que corría a ocultarse.

»¡Maldita cosa...! —masculló Jon, furioso, viendo desaparecer el cangrejo en un hoyo en la arena. Después su mirada volvió rápidamente a Cathy.

»Ríe, ¿quieres? —gruñó y avanzó hacia ella. Cathy lloraba de risa al verle cojear. Luchando por respirar, ella solo podía esperar en estado de compleja indefensión cualquier castigo que él quisiera imponerle. En un abrir y cerrar de ojos él estaba junto a ella con su enorme cuerpo echando sombra sobre el suyo más pequeño. Aun así no podía contener la risa.

—Apuesto a que tú lo tenías todo planeado —la acusó él sonriendo a pesar de sí mismo, ante el torrente de carcajadas cristalinas—. Necesitas un poco de disciplina, muchacha.

Acto seguido, la tomó por los antebrazos y la levantó en vilo, poniéndola de pie sin piedad alguna. Cathy apretó a Virginia contra el pecho, por miedo de que se le cayera. Pero, con todo, no pudo reprimir esas risillas tontas que parecían tener vida propia.

—Cuidado... Virginia —le advirtió, jadeante, cuando él la estrujó contra su cuerpo. El brazo de hierro le aprisionaba la espalda y podía sentir clavado en el costado el cuchillo que él ya había devuelto a la vaina. Virginia quedó apretujada entre ellos con una docilidad sorprendente ya que no estaba acostumbrada a un trato tan brusco. Al ver que no podía acercarse más a ella, trató de poner el gesto adusto frunciendo ominosamente las cejas cuando clavó la mirada en el rostro vuelto hacia arriba de Cathy, pero la sonrisa brillaba en sus ojos. También los de Cathy estaban iluminados por la risa lo mismo que su rostro. Un ligero rubor había aparecido en sus mejillas, encendiéndoselas. Su larga cabellera le caía por la espalda en suaves ondas doradas, pero la brisa que soplaba de la bahía la agitaba y levantaba algunas hebras largas que acariciaban el rostro viril. Cuando él volvió a mirarla, sus ojos quedaron atrapados en la boca sonriente de labios carnosos y suaves. Era tan fresca y apetecible como una cereza madura. La tenía abierta en ese momento mientras se reía descaradamente de él y los labios enmarcaban los dientes que relucían bajo el sol como dos hileras gemelas de pequeñas perlas blancas. Súbitamente, le acometió el deseo incontenible de probar esos labios tan dulces. Hacía tanto tiempo...

Cathy vio que inclinaba la cabeza y su corazón le dio un brinco en el pecho. Comprendió, sin sombra de duda, que iba a besarla y estuvo súbitamente deseosa de que lo hiciera. No tuvo ninguna vergüenza de reconocer que le deseaba, que deseaba a ese hombre que era tanto la alegría como la ruina de su existencia, amante, verdugo, demonio, padre de sus dos hijos. Pero desearle, le deseaba, y él, como el animal presumido que era, probablemente tenía plena conciencia de ello. Se le oscurecieron de pasión los ojos azules y la mano pequeña de Cathy subió hasta la nuca de Jon para bajarle más la cabeza. Se oyó un suspiro entrecortado antes de que las bocas se unieran con pasión desenfrenada. Cathy no pudo discernir si había sido Jon o ella misma quien lo había dejado escapar.

La boca viril y fuerte devoró la suya apasionadamente, los labios y la lengua de ese hombre la acariciaban con roces deliciosos que la dejaban sin aliento. Cathy le devolvió el beso sin reserva, puesta de puntillas y sosteniéndose de ese modo con la mano que se aferraba al cuello musculoso. Sus uñas se hincaron en la nuca con la fuerza que solo la pasión puede dar, pero ninguno de los dos lo advirtió. Las manos de Jon bajaron deslizándose desde la cintura de Cathy hasta los suaves y redondeados cachetes de su trasero donde se agarraron, apretándola íntimamente contra su cuerpo. Cathy pudo sentir la dureza de acero de su masculinidad, apremiante, ardiente, pulsante, presionándole la carne y los dedos de sus pies se hundieron en la arena caliente.

Virginia protestaba retorciéndose entre ellos. Cuando se dio cuenta de que eso no surtía efecto, soltó un vagido de indignación. A Cathy le pareció que el sonido le llegaba desde muy lejos; sin embargo, al poco tiempo fue reconociendo de dónde provenía. Para entonces, Jon ya la estaba soltando, pero todos sus movimientos delataron su renuencia a hacerlo. Cathy, con la mirada fija en el moreno rostro enjuto, advirtió que los ojos de Jon estaban oscuros de deseo. Su respiración era fatigosa. Él también la deseaba, comprendió ruborizándose de felicidad. Sus labios, levemente hinchados por el beso recibido, le sonrieron trémulamente y los ojos azules fueron dos estrellas.

—Virginia... —dijo Jon con voz ronca sin apartar los ojos de la cara de Cathy. Ella parpadeó, tragó saliva y retrocedió un paso. Con Virginia llorando de hambre, ese no era el momento, definitivamente no. Pero más tarde...

—Tiene hambre —explicó Cathy sonriendo tímidamente, de súbito consciente de la forma en que le estaba comiendo con los ojos. Se ruborizó un poco y bajó la mirada posándola en su llorosa hijita. Jon hizo una mueca y se dio la vuelta.

—Sé exactamente cómo se siente —le oyó murmurar a Jon en voz baja y una plácida sonrisa llena de misterio apareció en sus labios y ojos.

Después de eso, a Jon le fue casi imposible mantener sus manos lejos de ella. Cathy era suya, su mujer a despecho de todo y él la deseaba con tal obstinación que en su mente no cabían otros pensamientos. Trató de mantenerse alejado de ella, porque con solo ver su cuerpo esbelto pero, con todo, voluptuoso, apenas cubierto con esa ridícula enagua casi transparente, bastaba para enardecer sus sentidos. No le agradaba en absoluto dejarla sola. Conocía tanto a Cathy que sentía verdadero terror de los aprietos en que podía meterse si estaba demasiado tiempo fuera de su vista. Pero estar cerca de ella era también una tortura de diferente índole. Jon encontró un término medio, para resolver su problema. Cuando se marchaba con el pretexto de tener que explorar la isla por si encontraba señales de posibles habitantes indígenas, pasaba muchas horas tendido boca abajo en el borde superior de uno de los acantilados de arena que daban a la bahía, observando cómo jugaba en la playa con Virginia. Desde allí podía mirar y añorar, pero estaba demasiado lejos para que el calor de su propia pasión le consumiera súbitamente. Por muy encantador que le pareciera el cuerpo de Cathy, por más tentador que fuera, tenía que recordarse constantemente —a la fuerza, si era necesario— que Cathy no había tenido tiempo todavía de recuperarse de un alumbramiento terriblemente difícil. Sería criminal por su parte tocarla como estaba, pero le estaba volviendo loco. El enigma que se le planteaba era si ella lo estaba haciendo a propósito o no. Se inclinaba a pensar que no. Era casi imposible que ella pudiera saber cómo el ligero esbozo de una sonrisa suya le hacía subir de golpe la temperatura, o cómo el más ligero roce de su mano en el cuerpo le secaba la boca de añoranza. Siendo mujer, no era posible que pudiera calcular la intensidad de su deseo vehemente...

Si los días eran un tormento, las noches eran nada menos que una terrible prueba de resistencia para Jon. Cuando el sol se ocultaba en el horizonte, empezaba a hacer mucho frío. Acostado junto a Cathy en el pequeño refugio que había levantado para los tres, con ella arrimada amorosamente a él y con los brazos casi siempre alrededor del cuello de Jon mientras el suyo le rodeaba los hombros, sufría un verdadero martirio conteniéndose para no tenderla sobre su delicioso trasero y hacerla suya sin demora. Podía sentir que le corría un sudor frío por el cuerpo por la intensidad de su añoranza, y más de una vez terribles temblores que le sacudían los miembros hasta dejarle completamente agotado y casi paralizado. Pero Cathy dormía apaciblemente sin siquiera advertir sus sufrimientos. Jon, rechinando los dientes, luchaba para controlar sus impulsos y había tenido éxito hasta ese momento. Lo único que le salvaba era el miedo de perder el control de su lengua y que, mientras volvía a poseerla, la intensidad de su pasión le hiciera confesar indiscretamente todo el amor que sentía por ella. Se proponía conservarla a su lado —finalmente se había puesto de acuerdo consigo mismo que, sin ella a su lado, la vida no valía la pena de ser vivida— pero imponiendo él las condiciones, no ella. Nunca más volvería a arrodillarse a sus pies, besando el ruedo de su vestido con la reverencia y la adoración que estaba reservada a los seres celestiales. No, era una mujer, de carne y hueso, con todas las flaquezas y debilidades de una mujer. Y tenía que aceptar el hecho de que esperar fidelidad de una mujer era como esperarla del tiempo. Solamente podría estar seguro de su fidelidad mientras la tuviera bajo sus ojos. Así que eso era lo que se proponía hacer. Si alguna vez podían escapar de esta isla infernal, la llevaría de regreso con él a Woodham, como su esposa o amante, como quiera que se resolvieran las cosas. También llevaría a Virginia y la aceptaría como su hija, lo fuera o no. Después de todo, Cathy y él podrían tener muchos más hijos, hijos de cuya paternidad se ocuparía bien de establecer sin lugar a dudas. Y por supuesto, estaba Cray... Cray era, indudablemente, hijo suyo. Los tres habían vivido felices como una verdadera familia en Woodham no hacía mucho tiempo, y podrían volver a ser felices otra vez. Había sido un necio volviéndose loco de celos por las relaciones

amorosas de Cathy con Harold, había sido un estúpido al esperar de ella más de lo que tenía para darle...

Jon apretó los dientes. Pensar en Harold con ella
compartiendo la cama era suficiente todavía para hacerle perder la cabeza. Se esforzó por apartar de su
mente las imágenes demasiado vivas que guardaba. Lo
que ella había hecho, hecho estaba. Había pasado ya
y no había nada que cualquiera de ellos pudiera hacer
para cambiarlo por más que lo quisieran. Virginia era
la prueba viviente de ello. Si deseaba a Cathy —y la
deseaba con todas sus fuerzas, como se veía forzado a
reconocerlo a regañadientes— tenía que aceptarla
como era. Un ser humano imperfecto y falible como
él mismo.

Mientras Jon pasaba las de Caín en un infierno
propio, Cathy estaba indolentemente contenta y satisfecha. Los días que pasaban en la isla le parecían
momentos dorados robados al tiempo. No existía el
pasado ni el futuro, solo un presente bañado de sol.
Estaba rodeada de milagros: comida abundante, abrigo, calor; la presencia de su hijita y la del hombre amado. La única nube que había en su cielo era la ausencia
de Cray, pero rehusaba cavilar mucho en ello. El niño
estaba bien cuidado, lo sabía. La idea de que Jon todavía pudiera poner en duda su paternidad en el caso
de Virginia jamás se le cruzó por la cabeza. Le había
oído reconocer a la niña como suya y ella nunca dudó
de que la fecha de nacimiento de Virginia no le hubiese convencido plenamente. Y él las atendía a ambas
con tanto celo y cariño como una gallina clueca con
dos pollitos. Asegurándose de que estuvieran siempre
a salvo de cualquier cosa...

Él la deseaba muchísimo, sin embargo, se contenía por consideración a su salud quebrantada. Esa evidencia de respeto y estimación de su parte, la reanimaba. Muchos hombres la habrían tomado sin miramientos de ninguna especie. Después de todo, ya había pasado más de un mes desde el parto y le habría sido fácil suponer que ella estaba bien para aprovecharse de ella y satisfacer sus deseos. Pero estaba preparado para esperar y ella le amaba más por ello. Era bueno y considerado... y ella no tenía prisa. Tenían tiempo. Todo el tiempo del mundo.

La isla era una constante fuente de deleites para Cathy, aunque Jon le había prohibido que abandonara la playa sin compañía y ella tenía suficiente sentido común como para, al menos en estas circunstancias, saber que su preocupación no carecía de fundamento. En la selva había víboras, enormes serpientes capaces de estrujar entre sus anillos a alguien tan menudo como ella y luego tragársela, pero aparte de las víboras había monos con sus cómicas caritas y actitudes que provocaban la risa, y pájaros de todos los tamaños y formas, revoloteando entre las copas de los árboles, aves zancudas corriendo por la playa o caminando majestuosamente por la bahía. Pájaros de brillantes colores que iban desde los vivos y alegres azules y verdes de los loros al escarlata de los araraunas, al blanco níveo de las cacatúas con cresta rosada hasta los rosados y rojos de los flamencos. Y también estaban las flores cuyo perfume impregnaba deliciosamente el aire. Montones de jazmines blancos, amarillos y azules, contrastaban con el misterioso verde oscuro del follaje tropical por todo el perímetro de la selva virgen. Algunas veces Jon, con una sonrisa forzada y casi tímida, solía traerle junto con lo que había cazado o pescado para comer, un gran ramillete de esas flores y, otras veces, la acompañaba por el estrecho sendero barrido por el viento hasta lo alto del acantilado para que las recogiera ella misma. En esas ocasiones, Cathy le premiaba con un beso ligero y se deleitaba en la reacción de Jon que no podía ocultar.

La isla de los Loros, como la había bautizado Cathy riendo por sus ruidosos y bullangueros habitantes, parecía desprovista de toda presencia humana, salvo ellos mismos. Al menos, por el presente. Jon había encontrado algunas evidencias de que sí la visitaban barcos de tiempo en tiempo, aunque nada que indicara un propósito firme para hacerlo. Pero, por otra parte, no tenía ninguna importancia. Si aunque fuera ocasionalmente algún barco llegaba a ese diminuto atolón que apenas sobresalía del mar, entonces las posibilidades de un eventual rescate aumentaban considerablemente. Jon apiló grandes cantidades de madera seca y malezas en la cima del acantilado más alto, para encenderlas como señal cuando apareciera algún barco. Después, como no podía hacer mucho más, se dedicó a disfrutar la vida en la isla.

Una radiante mañana de sol, tal vez dos meses después de haber desembarcado en la isla, Cathy se despertó con el ruidoso coro de pájaros que ya formaba parte de su vida. Jon ya había partido del refugio, lo que no era inusual en él. Casi siempre se había marchado ya cuando ella despertaba. Virginia seguía durmiendo profundamente y Cathy se entretuvo un rato más inclinada sobre el pesebre que Jon había construido para la niña con madera cortada a pedazos con el cuchillo y ataduras de lianas. Su hijita era tan pequeña, tan perfecta en todos los sentidos y con todo una personita con carácter propio. Cathy le acarició dulcemente la mejilla sonrosada. Virginia no se agitó siquiera y Cathy dejó escapar un suspiro y salió del refugio.

El sol brillaba con todo su esplendor y casi la cegó. Cathy entrecerró los ojos por un momento para protegerlos de la luz. Cuando los volvió a abrir vio a Jon en la orilla del mar en cuclillas y mirándose fijamente en el agua. «¿Qué demonios...?», pensó ella, divertida, y fue hacia él. Jon oyó los pasos que se acercaban por la arena a sus espaldas y se volvió, sonriendo.

—Buenos días, dulce perezosa —saludó él en broma, citando una cancioncilla disparatada sobre una damita de la buena sociedad. Cathy advirtió que del mentón le caían libremente unas brillantes gotas de sangre. Se le agrandaron los ojos de consternación y luego vio que tenía el cuchillo en la mano y el rostro mitad afeitado y mitad barbudo.

—Te has cortado —le informó.

—Estoy bien al tanto de ello, créeme. —Hizo una mueca y se llevó la mano a la herida—. Y no tan solo en este lugar. ¡Todo el lado derecho de la cara me arde como el demonio! Y todo para complacer a mi dama.

Al oír eso, Cathy se sonrió maliciosamente.

—Mentiroso —le acusó haciéndole una mueca—. ¡Probablemente descubriste que la barba pica! De todos modos, ya me estaba gustando en ti. ¡Parecías tan maravillosamente perverso!

—Debiste de decírmelo antes —gruñó él con los

ojos chispeantes de risa—. ¡Pensar que me he marcado de por vida absolutamente en vano!

—Más tonto de tu parte —replicó ella sin piedad alguna.

—¡Ah, mujer sin corazón! —se lamentó él y se levantó. El cuerpo alto y fornido la sobrepasó por la cabeza y los hombros. Cathy echó la cabeza atrás para mirarle a los ojos. A Jon le pareció un pajarillo encantador pero inquisitivo. Impulsivamente, agachó la cabeza y depositó un beso ardiente y prolongado en la boca sensual. Cathy apoyó la palma de la mano en el pecho caliente y velludo. Todo él era tan sólido y macizo como un bloque de granito.

—Deja que termine de afeitarte —se ofreció ella cuando levantó la cabeza. Aborrecía la idea de que se le resbalara el cuchillo y se cortara la garganta usando como único espejo la superficie ondulante del agua. Jon, desde lo alto, le sonrió con los ojos brillantes.

—Tenía la esperanza de que te ofrecieras a hacerlo —admitió él y le entregó el cuchillo. Ella alzó de nuevo la cabeza y le miró, ceñuda.

—Eres demasiado alto —se quejó—. Tendrás que sentarte.

—Como ordene mi dama —respondió. De inmediato, obedientemente se sentó con las piernas cruzadas en la arena, Cathy se sentó en cuclillas delante de él, vaciló y se movió hasta quedar a espaldas de Jon.

—Apoya la cabeza en mi regazo —le indicó creyendo que así le resultaría más fácil.

—Me parece que en este momento debería recordar la leyenda del unicornio —se dijo en voz alta mientras bajaba la negra cabeza y la apoyaba en el regazo de Cathy como le había indicado—. Ah, sí, ahora la tengo: para cazar un unicornio se debe contar primero con una doncella. La bestia descansará la cabeza en su regazo, a la espera, sin duda, de una dulce y tierna recompensa, y, mientras está en esa posición, pueden cazarlo sin dificultades.

—Cállate de una vez —le aconsejó severamente Cathy, inclinando la cabeza sobre él hasta que los largos cabellos rubios le acariciaron el pecho desnudo. Al poner la hoja en el duro plano de la mejilla barbuda, frunció el entrecejo, concentrada en la tarea. Jon le alisó suavemente la frente con la punta del dedo—. Y quédate quieto —añadió ella alejándose un poco para que no le alcanzara el rostro—. A menos que desees otros cortes para hacer juego en esa mejilla. Esto es muy delicado.

—Como si yo no lo supiera —murmuró Jon casi sin aliento. Luego guardó silencio prudentemente mientras Cathy pasaba concienzuda y laboriosamente la hoja por su cara. Trabajó con el mayor esmero posible, pero aun así le cortó varias veces. Cuando por fin hubo terminado, Jon dejó escapar un largo suspiro de alivio.

—Puedes levantarte ahora —le dijo Cathy, enderezándose. Él le sonrió desde el regazo y los dientes fueron un blanco corte burlón en el rostro bronceado. La cabeza negra resaltaba contra el blanco de la enagua.

—Estoy cómodo así —dijo en tono grave y lastimero. Una de sus manos pasó por debajo del ruedo de la enagua y empezó a acariciarle la pantorrilla desnuda.

Cuando Cathy le miró, vio que, al acariciarla, en sus ojos cobraba vida algo que no era precisamente risa. Se estremeció al sentir el calor de esa mirada en el rostro y respiró más deprisa. Su mano era tan dura, firme y caliente sobre la piel tersa de la pierna... Se quedó muy quieta, casi sin respirar, mientras la mano se deslizaba hacia arriba, acariciándole íntimamente el muslo. Después la estaba tocando como ella había querido que la tocara desde hacía mucho tiempo...

—Dios —le oyó ella musitar cuando se le cerraban los ojos y empezaba a jadear. Luego la mano se apartó de allí súbitamente y él empezó a ponerse de pie, tambaleante. Cathy abrió los ojos desmesuradamente y le miró con incredulidad que pronto se transformó en frustración. ¡Estaba llevando su caballerosidad demasiado lejos!

—Jon —murmuró ella, afligida, luego se mordió los labios. ¡No mendigaría amor!

Al oír su nombre, él se dio la vuelta y la miró con una expresión indescifrable en el rostro.

—Ayúdame a ponerme de pie —le pidió ella tendiéndole la mano.

Durante todo el resto de ese día, mientras nadó y dio de mamar a Virginia y jugó con ella, el deseo fue una verdadera mortificación que pareció roerle las entrañas. Estaba empezando a entender la urgencia que impulsaba a los hombres a tales actos precipitados e imprudentes. Le deseaba con una intensidad que no la abandonaba ni un instante. Hasta cuando él se alejó de su lado, como lo hacía invariablemente cada tarde, no conoció el alivio. Ni siquiera tenía que cerrar los ojos para imaginar su guapo rostro moreno, su cuerpo duro y fuerte que ella sabía que podía llevarla al cielo y hacerla bajar de él. Tenía todo el cuerpo en llamas.

Cuando él regresó, las sombras se alargaban sobre la bahía. Pronto el sol desaparecería detrás del horizonte y la noche estaría sobre ellos. Cuando pensó en pasar toda la noche acostada castamente al lado de Jon, apretó los dientes. ¡Sería imposible!

La frustración la volvió irascible y las pocas palabras y miradas que cambió con él fueron agrias y mordaces. Agradeció que él también la tratara con sequedad. Cathy buscaba desesperadamente una pelea con él y por la forma de actuar de Jon también él.

—¡Oh, vete al diablo! —le gritó ella finalmente cuando él le preguntó, sin razón aparente, por qué no se llevaba el mal genio a la cama.

—¡Encantado! —replicó él con sorna. Se puso de pie de un salto en el mismo sitio en que había estado sentado no muy lejos de la entrada del refugio. Los restos de la hoguera todavía estaban rojos y brillaban tenuemente. El cuerpo de Jon, alto y fornido, tenía un aspecto amenazador recortado contra el resplandor de la lumbre—. ¡Al menos me libraré de tu lengua de arpía!

—¡Bien, si te molesta tanto, sugiero que duermas en otra parte! —le gritó Cathy, indignada. Con la luz de la lumbre reflejada en su pelo y sus ojos azules relampagueantes como espadas al chocar, parecía una bellísima verdulera con las piernas abiertas y bien plantadas en la arena y los brazos en jarra mientras le lanzaba insultos a la cara. Verla de ese modo hizo que Jon se excitara y enfureciera al mismo tiempo.

—¡Perra! —le gritó mordiendo la palabra. Sus manos, por propia voluntad, la tomaron por los hombros de forma brusca y la sacudieron. Las manos de Cathy se convirtieron en garras y fueron en busca de los ojos grises.

—¡Oh, no, no lo harás! —Sonó realmente furioso en ese momento, al apresarle las manos entre las suyas antes de que le pudieran ocasionar algún daño, estrujándoselas casi.

—¡Suéltame! —chilló ella, furiosa. Luego, cuando él las apretó más, delató su dolor jadeando—: ¡Oh, me estás lastimando!

—Quiero lastimarte —replicó él por entre los dientes apretados—. Quiero...

Se interrumpieron las palabras cuando él bajó la cabeza y puso la boca sobre la de ella, oprimiéndole los labios con dureza, con brutalidad. Cathy sintió que se encendía su pasión junto con la ira. Sin importarle que ese beso quisiera ser un castigo, se abandonó a sus brazos frotando el cuerpo contra el de Jon mientras sentía correr una llama por la carne donde la suavidad de su cuerpo rozaba la rigidez de acero del suyo. Gimiendo y gruñendo por lo inesperado de la reacción de Cathy, le soltó las manos y le rodeó la cintura y la espalda con los brazos atrayéndola contra su cuerpo. Cathy dejó que las suyas se entrelazaran detrás del cuello de Jon y poniéndose de puntillas esperó el beso con los labios sumisamente entreabiertos sabiendo que sería una embestida furiosa para saciar su hambre. Él se mostró brutal, el beso fue una verdadera violación, pero a ella le encantó. Se estremeció entre sus brazos y las piernas parecieron incapaces de seguir sosteniéndola. Como si hubiese percibido el estremecimiento, los brazos la apretaron más hasta que ella temió que la partieran en dos. El aliento de Jon era caliente en la boca de Cathy y su lengua una brasa de fuego. Cathy se aferró a él apretándose desvergonzadamente contra el cuerpo viril, temblando de pies a cabeza.

A través de la fina tela de la enagua, Cathy podía sentir el calor del pecho desnudo quemándole los pechos. Oyó un sonido, bajo, doliente, un gemido casi animal y de pronto se dio cuenta que salía de su propia garganta. Ciegamente, se apretó más contra él y sintió que las manos amadas empezaban a recorrerle el cuerpo como si nunca pudieran saciarse de su contacto. Una de las manos se deslizó desde la espalda y le cubrió un pecho...

—¡No! —El grito de protesta salió a la fuerza de su garganta cuando él la apartó de su lado con brutalidad—. ¡Jon...!

Él se quedó mirándola fijamente un momento, el pecho se movía rápidamente subiendo y bajando mientras él luchaba para controlar su respiración. Los puños le colgaban a los costados del cuerpo como dos bolas de acero.

—¡Por amor de Dios, vete a la cama! —masculló él con voz pastosa como si apenas pudiera articularla—. ¡Antes de que me vuelva completamente loco!

—Pero yo quiero... —empezó Cathy sin sombra de orgullo en la voz, solo el calor de su añoranza. Podría haber ahorrado su aliento. Mientras ella hablaba él ya había vuelto sobre sus talones y se alejaba a zancadas para perderse en la noche.

»¿Adónde vas? —lloriqueó ella golpeando el pie en el suelo. Todos sus poros hervían de rabia y de frustración. Él no le respondió.

Cathy pasó la mayor parte de la hora siguiente paseando alrededor de los restos de la hoguera. Virginia estaba profundamente dormida, y seguiría así el resto de la noche, y no había nada más que distrajera su atención que las llamas que bailoteaban ante sus ojos. ¡Él también la había deseado, pensó con furia contenida, y, sin embargo, la había apartado de un empellón! ¿Qué le pasaba? Todavía creía que era demasiado pronto después del nacimiento de Virginia, ya era hora que ella le sacara del error. Estaba completamente recuperada y era una mujer adulta con las necesidades de una mujer. Le deseaba con toda el alma y todo su cuerpo. ¡Esa preocupación equivocada por el bienestar de Cathy le causaba más daño del que podría causarle su posesión! ¡Idiota ciego y testarudo! ¡A ella le hubiera encantado retorcerle el cuello!

Al cabo de un rato, ella entró en el refugio a gatas y trató de dormir. Después de dar vueltas y vueltas en la cama durante lo que le parecieron horas, se dio por vencida y reptando una vez más salió al aire libre. Esto era ridículo, pensó, furiosa. Se preguntó dónde estaría Jon. Estaba empezando a preocuparse por él y eso la enfurecía aún más que cualquier otra cosa.

Finalmente, sin tener conciencia de sus acciones, se encontró trepando por el sendero que subía por la ladera del acantilado y después caminando por la vereda que Jon había abierto en la selva. Caminaría hasta la laguna, se dijo, y después regresaría a dormir. Trató de pensar que la laguna donde Jon pescaba era un sitio lógico donde encontrarle.

La selva estaba oscura, una negra oscuridad poblada de extraños sonidos. Cathy, que caminaba con los pies descalzos moviéndolos con bastante cautela sobre las hojas y la maleza fría que cubrían el terreno, se negó a pensar en los animales y reptiles que podrían producir esos sonidos. Jon se pondría furioso, lo sabía, con solo saber que ella se había atrevido a andar por la selva por las suyas. Hasta a pleno día, él le prohibía aventurarse fuera de la playa sin su protección. ¡En cuanto a esa noche...!

Precisamente cuando Cathy decidió que debería darse la vuelta y regresar al refugio, vio el destello plateado de la luna reflejado en las oscuras aguas de la laguna. Con un suspiro de alivio, se acercó sin hacer ruido, deteniendo sus pasos antes de estar fuera de la protección del follaje. De este modo podía ver sin ser vista.

Jon estaba allí como había esperado inconscientemente. Se dio cuenta de ello de forma inmediata. Estaba en la laguna y su negra cabeza hendía el agua como la de una foca. Mientras le observaba, Jon se zambulló y desapareció debajo del agua. La luz de la luna iluminó todo su cuerpo cuando se retorció para zambullirse. El aliento de Cathy quedó atrapado en su garganta y se aceleró el ritmo del corazón al darse cuenta de que estaba nadando completamente desnudo.

15

Cathy dejó la protección de los árboles y avanzó hacia la laguna quedando bajo la luz de la luna. Jon, al subir nuevamente a la superficie, la vio allí, inmóvil como una estatua, y la pasión que había estado luchando por controlar y apagar durante toda la noche, renació con más fuerzas. La luna encendía su cabellera con trémulo brillo de plata dorada. Bañada en su luz, la piel parecía incandescente. Los ojos se veían enormes y misteriosos en el rostro menudo, como lagos zafirinos engañosamente mansos y tranquilos, en los que un hombre podría perderse para siempre.

Abrió la boca para llamarla, pero al ver lo que estaba a punto de hacer, las palabras murieron en su garganta. Cathy tomó el ruedo de la enagua, se la quitó por la cabeza y la dejó caer a un lado, todo en un solo movimiento lleno de gracia y agilidad. Por un momento no se movió del lugar y su cuerpo, adorable y pálido, resaltó contra el fondo oscuro y susurrante de la selva que rodeaba la laguna. Después, se metió en el agua.

Jon, viéndola avanzar hacia él, con los pechos y las

caderas y los muslos brillando tenuemente sobre la superficie ondulante del agua negra como la noche, sintió que el corazón quería salírsele del pecho. La intensidad de su apetito sexual le secó la boca. ¡Por Dios, qué hermosa era y cuánto la deseaba...!

Cathy sintió que el agua fría subía hasta cubrirle las caderas, la cintura y finalmente, cuando estaba cerca de Jon, los pechos. Lo que estaba haciendo era vergonzoso, lo sabía, pero no le importaba. Si tenía que seducirle, lo haría sin más ni más. Al fin y al cabo, ¿cuántas veces en el pasado la había seducido él?

Él tenía los ojos clavados en ella y, hasta a la distancia que estaba, a un metro o más, Cathy podía oír el estentóreo sonido entrecortado de su respiración. Sonrió y alargó las manos por debajo del agua para tocarle. Por un instante creyó que él resistiría la tentación, pero enseguida se rindió y sus manos fuertes apresaron las pequeñas muñecas de Cathy para atraerla contra los contornos sobresalientes de su cuerpo.

—Esto es una estupidez —rezongó él contra la garganta de Cathy, mientras sus manos ansiosas le recorrían la espalda como si quisiera estrecharla más contra su pecho. Cathy rio, y el sonido de la risa fue ronco, seductor. Cuando la boca ardiente dejó de hacer estragos en el cuello de Cathy, ella echó la cabeza atrás para mirarle a los ojos.

—Me encanta ser estúpida —susurró, y vio que sus ojos se oscurecían hasta parecer negros antes de que él inclinara nuevamente la cabeza y sus labios le cubrieran la boca.

La boca de Cathy se abrió para él sin cesar, ardiente de deseo, devolviéndole los besos con una calentura que atizó aún más las llamas de su pasión hasta que parecieron arder al rojo vivo. Ella estaba de puntillas con las manos entrelazadas detrás del cuello fornido de Jon y su cuerpo parecía no tener peso en el agua oscura y misteriosa. Tenía los senos aplastados contra la pared de hierro de su pecho; podía sentir la aspereza del vello de su cuerpo raspándole la piel y empezó a moverse sensualmente contra él, adorando ese contacto con su piel hirsuta. Jon estaba temblando y ella podía percibir los prolongados estremecimientos que le recorrían el cuerpo atormentándole. Sus brazos y piernas de músculos de acero temblaban por la fuerza y la intensidad de su deseo y necesidad. Cathy apartó la boca de la suya para depositar besos suaves y apasionados a lo largo de su cuello y hombro. Al apoyar la oreja sobre su pecho pudo oír los latidos acelerados de su corazón sonando como un timbal.

—Oh, Dios, te deseo —gruñó él con voz insegura. Cathy le acarició el pecho con más besos y mordiscos suaves mientras la lengua lamía los vellos rizados que le hacían cosquillas en la nariz y la barbilla.

—Tómame entonces —exhaló ella deslizando los dedos por la senda abierta por la boca. Cuando llegaron a la superficie del agua, las manos no se detuvieron. Por el contrario, se hundieron más, tocándole, excitándole hasta el punto en el que el deseo fue un verdadero dolor físico. Cuando finalmente ella alzó la cabeza para besarle en la boca, él estaba gimiendo—. Tómame —repitió ella, susurrando, y los ojos de Jon se abrieron para quemarla con su mirada.

—Tengo que hacerlo —declaró él como si fuera una condena a la pena de muerte. Después, los brazos fornidos se deslizaron debajo de las rodillas y alrededor de los hombros de Cathy y la levantó para llevarla cargada hasta la parte menos honda de la laguna, cerca de la orilla. Los brazos de Cathy se aferraban al cuello del hombre amado. Él la iba devorando a besos y a Cathy le pareció estar hundiéndose en el agua, perdida para el mundo.

Él la depositó suavemente en la ribera cubierta de enredaderas y se tendió a su lado. Cathy sintió el contacto frío y resbaladizo de las hojas en la espalda, vio el voladizo de follaje encerrándoles en una verde caverna de vagos contornos, y, antes de que se diera cuenta, tenía el enorme cuerpo de Jon encima, moviéndose sobre el suyo, haciendo que todo cayera en el olvido, menos él mismo y la desesperación con que ella le deseaba.

Manos febriles le cubrieron los pechos y dedos inseguros palparon y acariciaron los pezones temblorosos. Cathy arqueó la espalda hacia atrás cuando la boca de labios calientes reemplazó los dedos. El calor ardiente y devorador de sus besos en los pechos aumentó la fiebre de su deseo hasta enloquecerla. Se retorcía como una serpiente bajo sus manos expertas, con los ojos cerrados apretando los párpados con fuerza mientras un gemido profundo y lastimero escapaba de las profundidades de su garganta. Las manos de Cathy trataron de hacerle caer sobre ella poniendo las manos sobre la espalda ancha y húmeda de sudor y agua.

—Si te lastimo, dímelo. Intentaré detenerme —le gruñó al oído. Cathy, jadeando, hincándole las uñas en la espalda, apenas le oyó. Todo su ser estaba concentrado en el muslo velloso que le separaba las piernas y luego en el miembro viril, caliente y palpitante, que tanteaba su morbidez.

Cuando por fin la poseyó, Cathy dejó escapar un grito de puro éxtasis. Inmediatamente Jon se quedó inmóvil, paralizado de miedo, profundamente embutido todavía en su carne.

—¿Qué pasa? ¿Te he lastimado? —preguntó, ronco, apoyando los codos en el suelo y levantando el torso para mirarle el rostro pálido, desfigurado por la pasión.

—No. ¡Oh, no! Oh, Dios, no te detengas. ¡No te detengas, por favor! —Trató de agarrarle con manos frenéticas, se abrieron sus ojos nublados de pasión y se clavaron en los de Jon sin verlos—. Por favor... —suplicó sin saber que lo hacía. Los ojos de Jon se oscurecieron y un segundo después él se inclinaba sobre ella, apoderándose de la boca de Cathy con labios y lengua tan expertos en caricias que la llevaron al paroxismo de la excitación. Al principio se movía lentamente, como si temiera lastimarla, pero a medida que ella sollozaba, y se retorcía y gemía más y más, la delicadeza voló por la ventana junto con todas sus buenas intenciones. Ella le estaba excitando violentamente, más allá de todo lo que podía haber imaginado en sus más locos sueños de lujuria y estaba perdiendo el control...

—Te amo... —gimió él en el último momento antes de que estallara el mundo. Le arrancaron las palabras antes de que pudiera ahogarlas—. ¡Te amo, te amo!

—Querido mío —suspiró Cathy y después empezó a flotar en una espiral sin fin reclamada por su propia culminación del placer sexual. Todo su cuerpo seguía vibrando y estremeciéndose sin parar.

Jon permaneció tendido sobre ella bastante tiempo mientras esperaba que su respiración volviera a la normalidad. Pero en su fuero íntimo se maldecía usando un verdadero torrente de palabrotas. Su estúpida confesión final le obsesionaba y le perseguía como un fantasma vengador. ¡Maldito sea, había estado seguro de que sucedería, y debería haber tomado más precauciones para que eso no ocurriera! Ahora Cathy conocía sus sentimientos más allá de cualquier duda; él mismo se había condenado por su boca. Ella podría reírse de él, mofarse de él, atormentarle a su antojo y ¡bien merecido lo tenía por suelto de lengua!

—Querido, te adoro, pero ¿podrías quitarte de encima? Me estás aplastando —murmuró ella desde abajo. Jon, vuelto al presente, rodó obedientemente al suelo. Se acostó de espaldas, mudo, y clavó la mirada en las ramas que se entretejían por encima de las cabezas, con las manos cruzadas detrás de la cabeza. Se sentía enormemente cansado, saciado… y cauteloso.

Cathy se incorporó y se apoyó en el codo para mirar el semblante sombrío de Jon. Él echó un rápido vistazo al rostro menudo y volvió a contemplar los retazos de cielo por entre el follaje. Una sonrisilla satisfecha curvaba los labios sensuales de Cathy; rabioso, pensó que parecía una gatita presumida a punto de comerse un ratón particularmente gordo y sabroso.

—¿Te he lastimado? —inquirió él, malhumorado,

en parte por verdadera preocupación y en parte para aplazar la discusión que veía venir.

Cathy sacudió la cabeza, con los ojos soñadores y esa irritante sonrisa satisfecha en los labios.

—Hummm, no —ronroneó ella. Alzó la mano que tenía libre y la dejó sobre el pecho desnudo de Jon, retorciendo distraídamente los rizos negros empapados de sudor—. Así que me amas, ¿no es así?

Jon se tensó como si hubiera recibido un golpe inesperado. Volvió los ojos cautelosamente al rostro de Cathy. Estaba en un manchón de sombra ocultando la mayor parte de su expresión, pero al observarlo atentamente, pudo ver un inequívoco hoyuelo en la mejilla. Inflexible, buscó denodadamente una respuesta graciosa que le salvara, pero no encontró ninguna.

—Sí —contestó, y la afirmación sonó llena de enfado. Por encima de su cabeza pudo ver que la sonrisa de Cathy se ensanchaba. Se le tensaron los músculos del estómago y rechinó los dientes. Su humillación le resultaba divertida, ¿verdad? ¡Muy gracioso, efectivamente! ¡Ja, ja!

—Ya era hora de que lo admitieras, bobo —susurró Cathy, inclinándose más sobre él, y, antes de que Jon pudiera sacar algún sentido de ese comentario, ella ya le estaba besando con esa boquita más dulce que la miel. Jon respondió a los besos porque no tuvo más remedio. Para colmo de males sintió que sus músculos se tensaban ávidamente una vez más. «¡Muy bien!», se dijo. «¡Muy bien! ¡Ya que te has puesto en ridículo como el verdadero imbécil que eres, bien puedes sacar el mejor partido de ello!»

Esta vez la poseyó sin piedad, casi con brutalidad. Estaba enojado, tanto con ella como consigo mismo, y se hizo patente en cada uno de sus movimientos. A Cathy no le molestó en lo más mínimo. La violencia que él desplegó provocó la correspondiente réplica con el mismo grado de violencia y ferocidad. Se unieron como una pareja de tigres salvajes, Cathy arañando, mordiendo y siseando. Jon penetrándola salvajemente una y otra vez con su pasión. Cuando por fin el estallido llegó, fue como sentirse envuelto en llamas, ardiendo hasta llegar a una suerte de muerte de todos los sentidos.

Exhaustos, ambos cayeron en un sueño profundo casi de inmediato, agotados por sus esfuerzos. Cuando Jon despertó, todavía era de noche y se oían los gritos nocturnos con claridad alrededor de ellos. Una brisa helada le acariciaba el costado derecho del cuerpo y tiritó. En cambio, el costado izquierdo contra el que se recostaba cómodamente Cathy parecía hervir. Como él, ella también estaba completamente desnuda, su cuerpo esbelto inofensivo e indefenso en medio del sueño. Mentalmente, Jon la comparó con una criatura cansada; luego, con otra mirada a las curvas tentadoras, modificó su descripción.

—Cathy. —La sacudió suavemente. Tenía que regresar. Ya habían estado lejos del refugio demasiado tiempo. Y Virginia había quedado allí, dormida. Cathy se revolvió, masculló algo y cuando él se apartó de su lado, ella se hizo un ovillo. Jon, al contemplarla dormir, se sintió invadido por una melancólica ternura posesiva. Ella le había hecho emprender una alegre cacería, pero él la había atrapado otra vez por fin. Y se proponía retenerla para siempre. ¡Ay del que intentara arrancársela a la fuerza una segunda vez, y eso incluía a la misma Cathy!

Encontró los calzones acortados todavía colgados en la rama donde los había dejado para bañarse y se los puso. Después recogió la enagua de Cathy del suelo, donde la había tirado bastante cerca de donde estaba durmiendo. No se molestó en vestirla, simplemente la arropó con la enagua para protegerla del frío y la cargó en sus brazos. Cathy abrió los ojos cuando la movió acomodándola contra su pecho y murmuró algo incoherente.

—Sigue durmiendo —le dijo haciéndola callar, y, cuando ella cerró los ojos obedientemente, él emprendió la marcha por el sendero que llevaba al refugio.

A la mañana siguiente, Virginia se desgañitó antes de que el ruido de sus grititos despertaran a Cathy. Todavía medio atontada de sueño, Cathy se arrastró hasta el pesebre, la cambió automáticamente, levantó a la niña en brazos y se la puso al pecho. Mientras Virginia mamaba ávidamente, contenta porque había conseguido lo que quería, el cerebro de Cathy comenzó gradualmente a funcionar. Volvieron a ella los recuerdos de la noche anterior y se le encendió la cara de rubor. Tenía que admitir que su comportamiento había sido lascivo y desenfrenado. Después, sonrió. A Jon no parecía haberle disgustado. De hecho, la había poseído como si nunca llegara a saciarse de ella.

¡Y la amaba! Sus palabras parecieron danzar en su cabeza. Él la amaba, lo había admitido, ¡No una, sino dos veces! Tuvo ganas de cantar. Todo había vuelto a la normalidad en su mundo.

¿Dónde estaba Jon? Cathy frunció el entrecejo. Ciertamente no estaba en el refugio. Tal vez se encontraba en la playa, o pescando en la bahía... Con impaciencia, esperó que Virginia terminara de comer, luego la devolvió al pesebre. Siempre tenía sueño cuando tenía la barriguita llena. Rápidamente Cathy se puso la arrugada enagua por la cabeza y se arrastró hasta la entrada del refugio. Hasta donde alcanzaba la vista, estaba sola.

Salió del refugio para asegurarse. La playa estaba inundada de sol y las conchillas brillaban como diamantes entre la arena. Los flamencos caminaban por el agua en la bahía y las gaviotas se pavoneaban por la orilla, pero, aparte de eso, la playa estaba desierta. Cathy volvió a fruncir el entrecejo. Estaba impaciente por ver a Jon otra vez, por ver su rostro cuando ella le dijera que también le amaba. Él ya lo sabía, por supuesto. Tendría que haber sido ciego, sordo y mudo para no saberlo. Pero la noche anterior ella había omitido mencionarlo y quería decirlo en voz alta, deseaba tanto gritarlo a los cuatro vientos que le dolía la garganta por el esfuerzo que hacía para contenerse.

El día se alargó, volviéndose más caluroso, pero Jon todavía no regresaba. Cathy empezó a preocuparse por él, reconociendo que era ridículo hacerlo. Jon era un hombre grande, fuerte y seguramente sabía cuidarse. Con todo, cuando se desvanecía la tarde, recogió a Virginia y con ella en brazos recorrió el sendero que iba a la laguna. Era el único lugar donde creía que podría encontrarle, no se le ocurría ningún otro.

Pero no estaba allí. Cathy volvió sobre sus pasos, ya no la asustaba esa parte de la selva. La noche anterior, Jon y ella habían conjurado todos los demonios.

Su imaginación le jugaba malas pasadas. Vio una escena espantosa en la que una serpiente descomunal se tragaba a Jon luego de triturarlo entre sus anillos. Se restregó los ojos y la desterró de su mente, impaciente. La bestia tendría que ser tan descomunal como un dragón para matar a un hombre tan grande y musculoso como Jon. No, lo más probable era que estuviera explorando la isla en algún otro paraje o haciendo otra cosa igualmente inútil. A medida que pasaban las horas de la tarde, Cathy, sentada en la playa con Virginia en el regazo, se iba enfadando cada vez más. Más le valdría que ella le encontrara muerto en alguna parte, o aunque bastante magullado, pensaba enfurecida, porque si regresaba en una pieza, ¡iba a matarle con sus propias manos!

Jon pasó el día en la parte más alta de los acantilados observando a Cathy y a Virginia desde ese seguro punto panorámico. Sabía que su alejamiento olía a cobardía, pero no pudo menos de hacerlo. No podía enfrentarse a ella y ver la victoria en sus ojos, hasta que no tuviera controlados todos sus sentimientos. Le mortificaba terriblemente admitir que le había derrotado, pero indudablemente eso era lo que había hecho. ¡A despecho de haberse comportado como una ramera con Harold —y rehusaba llamarla de otra forma— y de haber parido una criatura que fácilmente podría ser tanto de Harold como suya, Jon ¡todavía seguía fantaseando con ella como un colegial con mal de amores! Ya no era su esposa, no ejercía ninguna influencia sobre él, excepto la que él mismo le había dado, y, sin embargo, estaba tan atado a ella como Prometeo a la roca. Si le quedaba una pizca de juicio, la dejaría abandonada a sus propios recursos para que se divirtiera como le viniera en gana en cuanto volvieran a la civilización y buscaría otra mujer con quien acostarse. ¿Qué era una mujer después de todo, sino un montón de pelo largo, unos cuantos metros de piel sedosa y una caverna caliente y húmeda para reconfortar y aliviar a un hombre?

Mientras observaba a Cathy yendo de un lado a otro por la playa, podía captar su creciente malhumor y enojo con tanta facilidad como si estuviera a su lado. Exactamente como había sospechado, ahora que le había obligado a admitir que la amaba, esperaba que él bailara al son que ella tocaba. ¡Bueno, podría haberlo hecho una vez, pero nunca más! No era un hombre capaz de cometer el mismo error dos veces. En un tiempo la había amado sin reserva, con un amor tan sublime y desenfrenado que había creído que moriría si ella le engañaba. Todavía la amaba, ¿para qué negarlo?, pero nunca más volvería a ser un tonto tan ciego y loco por ella como había sido.

Cuando el sol se escondió detrás de la línea del horizonte, Jon ya había vuelto a levantar sus barreras y se sentía más seguro. No iba a aceptar ninguna tontería de esa coqueta y se proponía que ella se diera cuenta. Si pensaba manejarle ahora que él había mostrado su talón de Aquiles, tendría que reconsiderarlo.

Cuando por fin se acercó al refugio caminando tranquilamente por la playa, ya era casi de noche. Cathy había entrado a gatas en el refugio y cuando él hizo lo mismo momentos más tarde, vio que ella estaba amamantando a Virginia. Cathy le fulminó con la mirada y sus ojos brillaron como los de un gato en la oscuridad. Si no hubiese sido por la criatura casi dormida al pecho, Jon sabía que le habría lanzado una andanada de reproches. Él le sonrió con sorna y se tendió en el lecho de hojas y enredaderas que había preparado para compartir con ella. Perezosamente estiró brazos y piernas y se quedó tendido cuan largo era con las manos cruzadas debajo de la cabeza.

La observó mientras terminaba de alimentar a la pequeña y, a pesar de sí mismo, le invadió la ternura. Las dos formaban un cuadro encantador. Cathy parecía una virgen medio desnuda, de rubia cabellera, con esa fina prenda blanca caída de sus hombros para que la criatura pudiera tener acceso a sus pechos. Mecía a la niña en los brazos moviéndose suavemente de atrás hacia delante mientras la arrullaba. Lo único que estropeaba ese cuadro de arrobamiento maternal era la mirada asesina que de vez en cuando le lanzaba.

La boquita de Virginia se desprendió del pezón de Cathy y cayó dormida profundamente. Con sumo cuidado, Cathy se arrastró hasta el pequeño pesebre y dejó allí a la niña. Se quedó un momento más a su lado por si algún vagido la reclamaba para reanudar los arrullos y las caricias. No sucedió nada de eso y Jon pudo percibir que la atención de Cathy volvió a él. No se había equivocado. Ella se arrastró hasta donde él estaba exudando ira por todos los poros.

—¿Dónde has estado? —siseó, aunque las palabras no perdieron nada de su virulencia por haber sido dichas en un susurro.

—No sabía que tenía que darte cuenta de todos mis movimientos —respondió fríamente Jon y cerrando los ojos como si le aburriera la conversación. Pudo oír cómo farfullaba Cathy al no encontrar las palabras para expresarle todo lo que sentía. Tuvo que contenerse para no soltar una carcajada.

—¡Estaba preocupada por ti! —pudo articular finalmente.

—No tenías que haberte preocupado, entonces. —La respuesta era el epítome de la indiferencia. Conociendo a Cathy como la conocía, podía sentir que rabiaba por agarrar algo para arrojárselo a la cabeza. Solo la falta de un objeto apropiado y la criatura dormida le salvaron.

—¡Puedes estar bien seguro de que no volveré a hacerlo! —declaró furiosa finalmente, y, volviéndole la espalda, se alejó indignada con movimientos exagerados de sus caderas. Claro está que el efecto de ese gesto se estropeó un tanto debido al reducido espacio en que tuvo que moverse y al hecho de tener que caminar de rodillas. Hasta en el extremo opuesto del refugio, todavía se encontraba cómodamente al alcance de su mano.

Jon la dejó con su mal humor un rato y después, cuando consideró que había llegado al grado máximo de furia, la llamó perezosamente.

—Ven a la cama.

—¡No!

—Anoche no te mostraste tan renuente —se burló él en voz baja. Esto hizo que ella se volviera bruscamente y le enfrentara.

—¡Eso es exactamente lo que habría esperado que dijera un canalla como tú!

—¿Lo niegas acaso?

Sabiendo que no podía, hizo crujir sus dientes.

¡Demonio arrogante y burlón! ¡Le bajaría los humos o perecería en el intento!

—No, en absoluto —acotó—. Pero, por otra parte, anoche deseaba un hombre. Cualquier hombre. Tú eras el único que estaba disponible, así que tuve que conformarme.

La risa de Jon fue desagradable y nada amistosa.

Maldita perra, estaba haciendo lo imposible para provocarle.

—Mentirosa —dijo él dulcemente.

—¿Qué me dices de ti? —le acusó, furiosa—. ¡Anoche dijiste que me amabas!

Las palabras flotaron en el aire unos momentos, hiriéndole en lo más vivo.

—Ah, sí —dijo finalmente con desgana—. Pero verás, anoche, como tú, yo deseaba una mujer. Le habría dicho lo mismo a cualquiera.

Cathy se quedó sin aliento al oírle. Era un insulto flagrante. Antes de pensarlo siquiera, se abalanzó sobre él con la mano en alto para abofetearle con todas sus fuerzas. Pero el golpe nunca llegó a su destino. Jon le tomó la mano en el aire y, usándola de palanca, la atrajo entre sus brazos de un tirón.

Cathy se golpeó contra el pecho duro como la roca. El aire salió disparado de sus pulmones y, cuando se recobró, descubrió que él le aprisionaba las manos en una de las suyas. El otro brazo le rodeaba la cintura sujetándola para que no se moviera de allí. Estaba tendida a todo lo largo encima del cuerpo de Jon, con la falda recogida y torcida y tenía el bronceado rostro burlón de ese hombre a escasos centímetros del suyo.

—¡Bruto! —exclamó lanzándole miradas feroces.

—Perra —replicó él tranquilamente, y en la penumbra ella vio que una sonrisa le torcía la boca.

—¡Suéltame!

—Jamás —respondió, ronco, y en un tono apenas audible. Luego, antes de que Cathy tuviera tiempo para pesar el significado de esa palabra, la estaba besando. El contacto ardiente borró todo pensamiento consciente de su cabeza. Despreciándose, reconoció que estaba indefensa contra la potente atracción de esa boca. Incapaz de resistir la tentación, devolvió el beso. Cuando al fin él le soltó las manos, le tomó la cabeza entre ellas.

Él ya había partido otra vez cuando Cathy se despertó. Estaba tan encolerizada que bufaba de ira. «¡Bastardo vil y arrogante!», le insultó mentalmente. Esa noche él había gozado atormentándola con sus expertas caricias hasta llevarla al paroxismo y al éxtasis total dejándola completamente agotada y todo sin decir una sola palabra de amor. Ella tendría que haberle dado un buen puntapié donde dolía, tendría que haberle mordido y arañado... pero ¿qué había hecho? ¡Se había derretido en los brazos de ese cerdo!

Eran las primeras horas de la tarde cuando Cathy advirtió por primera vez algo blanco que se agitaba en el horizonte. Estaba jugando en la orilla con Virginia. Levantó a la niña en brazos y entrecerró los ojos forzando la vista para ver con más claridad. ¿Sería... podría ser... una vela? Clavó la mirada donde creyó haber visto ese movimiento, pero ya no había nada allí.

Súbitamente Cathy vio una sombra sobre la superficie del agua. Era evidentemente humana y la de un hombre, por lo que Cathy se volvió rápidamente para ver el origen de esa sombra a punto de soltar las palabras de alborozo que tenía en la punta de la lengua. Por una vez Jon estaba cerca cuando se le necesitaba... Después se quedó estupefacta y con la boca abierta. ¡Allí no había un hombre sino dos y ninguno de ellos era Jon!

Atemorizada, Cathy tragó saliva y retrocedió apretando a Virginia contra el pecho. El hombre que tenía más cerca —un individuo grande y fornido, que llevaba calzones y chaleco y un gran pañuelo rojo atado alrededor de la cabeza— le sonrió enseñando un diente de oro.

—Bueno, bueno, hola, preciosa —dijo amablemente, pero sus ojos le recorrieron el cuerpo escasamente cubierto como si pudieran traspasar la fina tela de la enagua y ver lo que había debajo—. ¿Solita?

Cathy sacudió la cabeza negativamente y dio otro paso atrás. ¿Quiénes eran estos hombres y de dónde demonios habían venido? ¿Y dónde, oh, dónde estaba Jon?

—No tenga miedo, señora. No tenemos intención de lastimarla —dijo el hombre en tono conciliador dando un paso hacia ella—. Bonito bebé tiene usted.

El otro hombre se rio alegremente. Cathy se mojó rápidamente los labios con la punta de la lengua. Se le habían secado de repente. Estaba asustada, no solo por ella sino también por Virginia. Estos dos parecían la escoria de la humanidad. En silencio debatió si debía o no arriesgarse a dar un grito. Era casi seguro que atraería corriendo a Jon, pero, por otro lado, podría provocar que esos hombres entraran en acción. Su dilema se resolvió cuando el segundo de los dos hombres, un poco más bajo que el primero pero tan fuerte y fornido como este, empezó a moverse para ubicarse a espaldas de Cathy. Con Virginia en sus brazos, Cathy no podía salvarse nadando y ellos le cerraban el único camino de escape que le quedaba. Se encontraba verdaderamente acorralada. Abriendo la boca, dio un grito que despertaría a los muertos. Virginia se sobresaltó y empezó a llorar a todo pulmón.

Jon no estaba muy lejos cuando oyó el grito desesperado de Cathy. Había visitado el otro lado de la isla, más para escapar de los problemas que le planteaba Cathy que por la necesidad de estar allí y se había topado con una pequeña goleta anclada en una cala poco profunda. Se había ocultado al acecho, ya que su natural cautela le indicaba que no debía delatar su presencia hasta no haber reconocido minuciosamente el terreno. Y, como de costumbre, la cautela dio sus frutos. No necesitó observar las idas y venidas para convencerse de que era un barco pirata. Quizá la habían anclado en la cala hurtándole el bulto a un perseguidor o tal vez habían necesitado repararla. No lo sabía, ni le importaba. Tenía que regresar junto a Cathy y mantenerlas ocultas a ella y a Virginia hasta que partiera la goleta. No se necesitaba demasiada imaginación para adivinar lo que hombres como los que había a bordo de ese barco podrían hacerle a Cathy.

Jon ya había recorrido más de la mitad del camino hacia la playa cuando el grito de Cathy le heló la sangre en las venas parándole en seco. Era un sonido chillón que denotaba terror. Toda clase de horribles posibilidades cruzaron por su cabeza al emprender una loca carrera en la dirección de donde había venido el grito, pero, como vio cuando, jadeando, irrumpió en la parte más alta de los acantilados, ninguna de ellas había resultado cierta.

Dos hombres, que por la apariencia debían pertenecer a la tripulación del barco pirata que acababa de ver, estaban arrastrando a Cathy fuera de la bahía y en dirección a la playa. Uno le tapaba la boca con la mano para impedirle que volviera a pedir socorro a gritos. Ella apenas se resistía. Esto dejó perplejo a Jon por unos instantes; luego, cuando el hombre que la ocultaba a su vista se movió a un lado, vio la razón. Ella tenía fuertemente agarrada entre sus brazos a Virginia, que se retorcía y chillaba desesperadamente.

La ira como una marea roja cegó a Jon. ¡Si osaban maltratar aquello que le pertenecía...! ¡Les mataría por ello! Tan silencioso y veloz como una pantera, bajó por el sendero que bisecaba una cara del acantilado. Los dos hombres, absortos en su juego, no prestaron atención y no advirtieron la amenaza. Cathy, con los ojos desorbitados en el semblante demudado, tampoco.

Cuando la hubieron arrastrado unos cuantos metros por la playa alejándola de la orilla, uno de ellos le arrancó a Virginia de los brazos, agarrando a la criatura descuidadamente de los bracitos mientras sonreía mirando a la madre. Virginia lloró con chillidos estridentes y Jon sintió que su corazón bombeaba la sangre con vehemencia y que estaban a punto de estallarle las sienes. ¿Se atreverían esos bastardos a lastimar a una criatura? Pero en el mismo momento en que lo estaba pensando, el hombre que tenía a Virginia la arrojó distraídamente a un lado. La niña estaba quietecita en el mismo lugar en que había caído sobre la arena blanca como una patética muñeca de trapo. No se movía ni salía un solo sonido de su boca.

Cathy se transformó en una fiera. Pateaba y arañaba y mordía a diestra y siniestra tratando de llegar al lado de Virginia. Era evidente que los hombres se enfrentaban a muchas dificultades para sujetarla. Pero seguían teniéndola prisionera, riendo entre dientes, mientras hacían comentarios obscenos. Estaban tratando de acostarla de espaldas sobre la arena a la fuerza. En el mismo momento en que Jon les observaba, avanzando hacia ellos como un rayo vengador, Cathy clavó los dientes en la pierna de uno de sus atacantes. El hombre pegó un grito y empezó a saltar sobre la pierna sana, apretándose la herida con la mano. El otro hombre levantó el puño y asestó un golpe en la cara de Cathy que la hizo caer de espaldas. Y, con eso, Jon se juró, inflexible, que acababa de firmar su sentencia de muerte.

Ya estaba cruzando la playa, acercándose por la espalda del hombre que estaba arrodillado junto a Cathy, firmemente sujeta contra el suelo sin poder moverse mientras con la otra manaza trataba de levantarle la falda de la enagua. Ella se resistía con alma y vida, retorciéndose y corcoveando como un potro, y pateándole mientras intentaba quitárselo de encima. El otro estaba sentado en la arena no demasiado lejos de allí con una pierna doblada sobre la otra mientras examinaba las marcas que habían dejado los dientes en su mugrienta pantorrilla.

Eran dos contra uno, ambos bien armados con largos sables que colgaban de sus cinturones así como también con cuchillos. No era el momento para seguir las reglas del Marqués de Queensbury. Tan silencioso como una sombra, Jon se acercó por detrás del hombre que ahora estaba inclinado sobre Cathy tratando de depositar un beso en su boca esquiva. La mano de Jon se cerró brutalmente sobre una madeja de grasiento pelo rojizo. El hombre miró en derredor, con sorpresa y luego terror claramente escritos en su semblante. Intentó ponerse de pie y arremeter contra Jon, llamando con voz enronquecida a su compañero. Jon le sonrió y la muerte se reflejó en sus ojos grises; después, con la eficiencia de un carnicero, sacó un cuchillo y cortó la garganta del individuo.

—¡Jon, cuidado! —gritó Cathy mientras chorros de sangre llovían sobre ella. Jon vio que sus ojos estaban fijos en algo que había detrás de él y se volvió en redondo. El otro pirata estaba embistiendo como un toro furioso, con el sable en la mano y bien alto sobre su cabeza.

—¡Quédate donde estás! ¡No te interpongas en el camino! —le dijo con fiereza a Cathy. En ese momento se agachó con el cuchillo listo en una mano y preparado para enfrentar el ataque de ese hombre. Cuando el sable cortó silbando un arco en el aire por encima de su cabeza, Jon la agachó más y se volvió a la espera del siguiente ataque. Al hacerlo vio con alivio que ella le obedecía y que se dirigía casi arrastrándose hacia donde estaba Virginia.

Tenía que concentrar toda su atención en su adversario. El hombre estaba por atacarle de nuevo. Jon sabía que su única esperanza era estar fuera del alcance de esa larga espada asesina hasta que él pudiera acercarse lo suficiente como para destriparle con su cuchillo. Con todo, disimuló lo más posible, no quería que el pirata adivinara qué se proponía. Luego, cuando el sable hendió el aire con la intención de troncharle la cabeza, Jon giró rápidamente fuera de su alcance. La hoja pasó silbando sin hacerle ningún daño.

Jon volvió a agacharse sosteniendo el cuchillo con la hoja apuntando al enemigo con mano firme delante de él. Estaba preparado para cualquier cosa que el otro pudiera intentar. El pirata caminaba en círculos, buscando una oportunidad, enseñando los dientes con una mueca burlona que tironeaba sus labios. El sol se reflejó en el diente de oro fugazmente.

—Me propongo matarte, amigo —gruñó sin apartar sus ojos de Jon ni un segundo—. ¡Y después poseer a tu mujer!

—Creo que no —dijo él despacio; entonces, cuando do el pirata atacó repentinamente, le lanzó un golpe fuerte con el cuchillo al mismo tiempo que giraba en redondo alejándose.

Cathy, meciendo en los brazos a Virginia, que seguía inconsciente, sintió que el corazón le latía frenéticamente en la garganta mientras les observaba. El otro hombre era prácticamente tan grande como Jon y tenía la ventaja del arma. Cada vez que la hoja del sable silbaba cerca de la cabeza de Jon se quedaba sin aliento. Estaba segura de que ese hombre le mataría. Jamás le había visto pelear, al menos no de esa forma, con la intención de matar o morir. Sus ojos grises eran helados como la muerte, tensas las facciones, su expresión alerta. Una sonrisa cruel era como un corte en su rostro moreno. Casi parecía estar divirtiéndose, disfrutando de todo eso.

Los dos hombres se movían en círculos uno frente al otro como enormes perros sanguinarios, ambos agachados, ambos con la misma mirada asesina en sus ojos. En eso el pirata arremetió una vez más y Cathy vio que el cuchillo de Jon le hacía un corte en la parte inferior del brazo al zambullirse Jon debajo de él en la arena.

El pirata estaba volviendo a la carga con la larga hoja del sable brillando al sol por encima de su cabeza. La sangre chorreaba de la herida. Jon se agachó haciendo fintas con el cuchillo mientras el otro hombre se abalanzaba sobre él. Cathy contuvo la respiración, convencida de que en cualquier momento vería rodar la cabeza de Jon a sus pies. ¿Por qué no daba un salto y se alejaba de allí? Después, cuando la hoja rasgó el aire cayendo a un pelo de distancia de Jon, vio que él se agachaba más aún. Asombrada, le vio recoger un gran puñado de arena y arrojársela a los ojos saltones del pirata.

—¡Arrgghh! —aulló el hombre llevándose las manos a los ojos. Jon aprovechó el momento y se lanzó sobre él apuntando el cuchillo al vientre del pirata. Pero ese hombre era, evidentemente, un veterano de muchas batallas. Medio ciego o no, se las arregló para pegar un salto de costado y esquivar la puñalada. Al mismo tiempo dio una patada que pegó en la parte de atrás de las rodillas de Jon. Cathy, horrorizada y con los ojos desorbitados, vio caer a Jon.

Antes de que Jon se pusiera de pie de un salto, el pirata, parpadeando y sacudiendo la cabeza para aclararse la vista, aprovechó su ventaja. Con furia salvaje descargó su sable con saña sobre Jon, pero la hoja pasó a unos centímetros de él clavándose profundamente en la arena. Sin embargo, el mandoble se repitió una y otra vez. Jon, arrastrándose trabajosamente de espaldas, trataba por todos los medios de quedar fuera de su alcance. En tales circunstancias, el cuchillo era tan inservible como un palillo mondadientes.

—¡Jon! —oyó gritar a Cathy desde algún lugar cercano a su izquierda. Se atrevió a volver la cabeza solo un instante y vio que ella había recogido la espada del pirata muerto. Cuando ella leyó en sus ojos que él había entendido lo que ella pensaba hacer, se la arrojó por el aire. Con los ojos clavados en la espada que venía hacia él, alargó el brazo y la espada cayó en su mano en el preciso momento en que la hoja de la espada de su adversario se clavaba profundamente en su hombro. El dolor le cortó la respiración, pero no tenía tiempo para sentir nada... no, si deseaba vivir. La sangre salía a borbotones de la herida, pero así y todo se plantó firmemente sobre sus pies en el preciso instante en que el pirata retrocedía para atacar nuevamente. Con una sonrisa feroz Jon usó las piernas para impulsarse hacia arriba en una arremetida salvaje. El sable atravesó el estómago del pirata y la punta se abrió paso hasta salir por la espalda.

Jon retiró la espada entre borbotones de sangre.

El pirata, aferrándose la herida con ambas manos, retrocedió trastabillando. Los ojos fijos en Jon se pusieron vidriosos. Se le doblaron las rodillas y cayó rodando sobre la arena hasta quedar tumbado de espaldas. Dejó escapar unos cuantos gruñidos y murió.

Jadeando trabajosamente, apretándose el hombro herido con la mano, Jon cayó de rodillas en la arena. Cathy llegó corriendo a su lado, sus ojos era dos ascuas azules en un semblante blanco como su enagua. Estaba cubierta de manchas de sangre que parecían pinceladas de brillante pintura roja.

—¡Oh, Santo Dios! ¿Estás muy mal herido? —sollozó, cayendo de rodillas a su lado. Las gotas de sudor que rodaban por la frente de Jon hasta sus ojos casi le cegaban, pero pudo ver el terror reflejado en los ojos de Cathy.

—Viviré —se las arregló para decir, después hizo rechinar los dientes cuando un dolor punzante le atravesó el hombro. Volvió la cabeza y vio que la sangre manaba suavemente entre los dedos que apretaban la herida.

—Déjame examinar la herida —le ordenó ella, con voz trémula, y le apartó suavemente la mano con la suya. El sable había hecho un corte a lo largo del hombro. La sangre que manaba de la herida caía por su pecho y espalda. Parecía bastante profunda. Ni lerda ni perezosa, Cathy recogió la falda de la enagua y mordisqueó repetidamente el borde del ruedo. Cuando sintió que la tela cedía a sus dientes, la rasgó con ambas manos. Luego arrancó violentamente una ancha faja de tela bordeando todo el ruedo, con lo cual quedó vestida con una prenda que apenas le cubría las rodillas.

—¡Por todos los diablos, si esto sigue así ambos quedaremos desnudos! —comentó Jon, súbitamente divertido. Cathy le lanzó una mirada penetrante, aplicó la especie de almohadilla que había preparado con la tela en la herida y la apretó allí con todas sus fuerzas para detener la hemorragia—. ¡Ay! —exclamó él, encogiéndose de dolor. Después volvió la cabeza y miró hasta con cierta indiferencia lo que ella estaba haciendo.

—¿Te han lastimado? —preguntó él al rato con los ojos fijos en las manchas de sangre que tenía en el rostro, en el cuello y en lo que quedaba de la enagua. Cathy, viendo la dirección de su mirada, sacudió la cabeza.

—Esta no es mi sangre —explicó—. Cuando le cortaste la garganta a ese hombre... —Se interrumpió bruscamente, temblando. Jon, al ver que se ponía más blanca que antes, se apresuró a cambiar de tema.

—¿Cómo está Virginia?

Cathy frunció el entrecejo y echó una mirada llena de preocupación por encima del hombro en dirección a donde había dejado a su hija rendida en la arena.

—No me parece que esté mal herida —respondió lentamente, mordiéndose el labio inferior—. Respira normalmente y no parece tener ningún hueso roto. Pero no se despierta. Creo que se ha golpeado la cabeza con algo cuando ese hombre la ha arrojado al suelo.

—Véndame primero el hombro y luego ve a por ella —le mandó él con una mueca de dolor cuando ella empezó a hacer lo que le había ordenado—. Tenemos que escapar de aquí antes de que envíen a alguien a por estos dos.

—¿Quiénes enviarían a alguien a por estos dos? —preguntó Cathy, intrigada. Jon, comprendiendo que ella no estaba enterada del barco anclado en la cala, se lo explicó todo rápidamente.

—Entonces, esa debe de haber sido la vela que

vislumbré... —dijo en voz baja casi para ella misma. Jon la miró con ojos alerta.

—¿Viste una vela? ¿Cuándo?

Cathy le comentó lo del destello blanco que había visto en el horizonte unos minutos antes de que los hombres aparecieran para acosarla. Pero, mientras hablaba, ella misma comprendió que no podía haber sido el mismo barco.

—El que está en la cala ha estado anclado allí más de quince días. —Jon confirmó la conclusión a la que había llegado—. Eso significa que hay otro barco cerca de la isla. Tenemos que tratar de alcanzarlo. Una vez que esos bastardos descubran los cadáveres de dos de sus tripulantes vendrán a buscar a los que les mataron. Déjame ahora y ve a por Virginia.

Cathy ató el último nudo del vendaje en el hombro y se alejó para cumplir sus deseos. A sus espaldas, Jon se puso de pie lentamente. Después de un momento, caminó hacia el refugio con pasos inseguros.

Para llegar a donde había dejado a Virginia, Cathy tenía que pasar junto al cuerpo del pirata con el diente de oro. Estaba tumbado de espaldas con los ojos abiertos mirando sin ver el cielo, la boca también abierta en un mudo grito de dolor. La arena estaba empapada con su sangre enmarcándole en una oscura charca carmesí. Cathy trató de no mirar al otro hombre, pero no pudo evitar echarle un rápido vistazo con el rabillo del ojo. Él también yacía tendido en la arena donde había caído; sus miembros grotescamente extendidos eran obscenos contra la blancura radiante de la arena. El profundo corte de la garganta parecía otra boca abierta con la sangre ya coagulada...

Para alivio de Cathy, Virginia dejó oír un vagido cuando la levantó en brazos.

—Pobre bebé —la arrulló Cathy meciendo a la niña contra su pecho. Pudo ver un magullón formándose sobre el ojo derecho de la criatura. Un ruido fuerte de algo que se arrastraba la hizo volverse, asustada. Se relajó rápidamente al ver que era Jon que arrastraba el esquife por la playa en dirección al mar.

—Sube —le ordenó Jon cuando el esquife ya estuvo en el agua con la proa hacia mar abierto. Cathy le obedeció inmediatamente. Cuando se hubo sentado, con Virginia sobre las rodillas, él empezó a caminar por el agua empujando la embarcación hasta que flotó libremente.

16

El buque *Victoria* de Su Majestad era un bergantín que formaba parte de la flota de la Marina Real. Lo habían enviado a patrullar por los mares a la altura de las costas africanas después de que varios comerciantes se habían quejado de haber sufrido importantes pérdidas de cargamentos y barcos en esa zona. Según les informó Miles Davis, el capitán del *Victoria*, los comerciantes eran propensos a ponerse histéricos y a echar la culpa a los piratas de los barcos perdidos, pero, hasta ese momento, sus hombres no habían avistado nada que se pareciera ni remotamente a un buque pirata. Personalmente, él estaba convencido de que todas esas acusaciones no eran nada más que una sarta de pamplinas. Ya había ordenado a su tripulación que hicieran cambiar de bordada al barco y que pusieran rumbo a Inglaterra cuando un marinero de vista aguda había descubierto el pequeño bote de Jon en la lejanía. Tanto Jon como Cathy se abstuvieron de contradecirle o de mencionar que la presa que andaba buscando el *Victoria* estaba anclado frente a una pequeña isla a menos de medio día de navegación de donde les habían recogido. Cathy porque estaba sinceramente enferma de derramamientos de sangre y Jon porque, después de correr tantos peligros y salvar la vida por un tris, su único deseo era llevar cuanto antes a Cathy a tierra sana y salva.

Al parecer, ni el capitán Davis ni ningún miembro de la tripulación había tenido noticias del motín en el *Cristobel* o de un convicto fugitivo llamado Jonathan Hale. Para mayor seguridad, Jon se presentó simplemente como John Hale, un comerciante, en cuyo barco llevaba una carga de melazas para entregar en Saint Vincent en las islas de Cabo Verde cuando una tormenta les había hecho zozobrar. Su esposa y su hijita habían estado viajando con él y, por lo que sabía, ellos tres eran los únicos sobrevivientes del barco. Pero desde un principio fue evidente que nadie en el *Victoria* sospechaba de ellos, así que Cathy y Jon pudieron acomodarse a la vida de a bordo sin mayores preocupaciones.

Virginia, salvo el chichón en la frente, muy pronto estuvo tan saludable como siempre. Todos los tripulantes la trataban con gran deferencia y también a Cathy, lo cual no le gustaba mucho a Jon. Cathy también lucía un cardenal en la mandíbula donde le había pegado el pirata, mientras que Jon estaba con el brazo izquierdo en cabestrillo de seda negra, que, en opinión de Cathy, le daba un maravilloso aire de bizarría. Esas heridas, según explicaron a todos, las habían sufrido mientras luchaban denodadamente por abandonar el barco a punto de hundirse. Más allá de los innumerables comentarios solícitos que los marinos prodigaron a Cathy, no ocasionaron ningún otro tipo de observación maliciosa.

A Cathy y Jon les acomodaron en el camarote del segundo oficial de a bordo. Era pequeño y extremadamente espartano, pero Cathy vio con mucho agrado tener un poco de intimidad y dio efusivamente las gracias al señor Corrigan que lo había desalojado para ellos. La oficialidad donó graciosamente unas cuantas sábanas para hacer pañales y cubrir a Virginia y Jon pudo usar el mejor uniforme de media gala del contramaestre, un hombre de su misma estatura aunque bastante más gordo. No obstante esto, la chaqueta del uniforme con el cinturón correspondiente se ceñía a su cuerpo perfectamente y si otro cinturón fruncía la cintura del pantalón para sostenerlo en su lugar, no desmerecía en nada la apariencia elegante y seductora de Jon, al menos a los ojos de Cathy. La que sí les presentó algunos problemas fue Cathy. Como era absolutamente lógico en el barco, no había ninguna prenda de vestir femenina. Finalmente se vio forzada a arreglarse con el mejor traje que usaba el grumete cuando bajaba a tierra. Los calzones eran azul oscuro y quedaban muy holgados en las caderas y las piernas de Cathy. La camisa era de lienzo blanco sin volantes ni ornamentación de ninguna clase. Debajo de la fina tela de la camisa, los pechos turgentes de Cathy eran demasiado visibles. A Jon se le salieron los ojos de las órbitas cuando vio su atuendo y le prohibió expresamente salir del camarote con esa ropa escandalosa. Cathy, para jugarle una broma, fingió enojo, pero en realidad no tenía intención de salir a mezclarse entre tantos hombres con un atavío tan impúdico. Por último, el capitán dio con una idea salvadora y le prestó su voluminosa capa. Completamente envuelta en la prenda que colgaba de sus hombros, ni siquiera Jon pudo oponerse a que saliera a cubierta a respirar un poco de aire fresco.

Los marineros estaban deslumbrados por la suerte que les había tocado de tener una verdadera beldad como Cathy entre ellos. Siempre que aparecía en cubierta era centro obligado de las galanterías y cortesías de todos y de muchas miradas de admiración. También Virginia recibía su parte de halagos y atenciones. Cuando ambas paseaban fuera del camarote, por lo general, Jon nunca las perdía de vista. Su sola presencia en las inmediaciones era suficiente para que la mayoría de los hombres retornaran prontamente a sus tareas específicas. Esos ojos grises, según Cathy había acertado a oír decir a un marinero hablando con otro, tenían un modo tan extraño de posarse en un hombre que le hacía sentir que tenía a la muerte pisándole los talones. Le repitió este comentario a Jon riéndose, pero él ni siquiera esbozó una sonrisa.

Cuando estaban a solas era cortés y hasta amable con ella, pero no demasiado comunicativo o afectuoso. Cathy comenzó a preguntarse si había imaginado oírle decir en tonos más que apasionados que la amaba. O si, como él mismo le había dicho, sus palabras habían obedecido ni más ni menos que a una pura necesidad física. Quería preguntárselo, pero por algún motivo u otro nunca se presentaba la oportunidad. Finalmente, decidió que esperaría hasta estar a salvo en Inglaterra. Una vez allí pondrían las cosas en claro.

El único lugar donde Jon no era ni frío ni cortés era en la estrecha litera que compartían. Allí era tan ardiente y apasionado como podía haber deseado

Cathy. Sus métodos para hacerle el amor tenían el poder de dejarle la mente completamente en blanco. Todas las veces sin excepción, la marejada de la pasión de Jon la arrebataba y la arrastraba junto con él para escalar alturas increíbles. Y cuando dormían, después de amarse locamente, él la retenía muy junto a su cuerpo rodeándola con sus brazos y haciéndole apoyar la cabeza en el hombro herido. Pero ni una sola vez, a pesar de todos los esfuerzos que hacía para no perdérselas, oyó salir de su boca alguna palabra de amor.

Mientras el *Victoria* se iba acercando más a Inglaterra, Cathy se encontraba pensando en cosas que hacía mucho tiempo se había obligado a relegar casi al olvido. Primero, claro, estaba Cray. Ansiaba volver a verlo, tenerle estrechamente abrazado contra su pecho, asegurarle que le amaba. Habían pasado ocho meses largos desde que se había casado con Harold y que había partido para la fatídica luna de miel en el mar. ¿Lograría entender que le había abandonado porque la habían obligado a hacerlo y no por gusto propio? ¿Se acordaría de ella? ¿Y qué pensaría sobre Virginia? Resultaría realmente muy divertido hacer las presentaciones del caso...

Y a su padre. Se preguntaba cómo estaría él. Se negaba a considerar la posibilidad de que hubiera muerto. Con los devotos cuidados de Mason, estaba segura de que su padre tenía que haberse recuperado plenamente.

El rostro redondo y mofletudo de Harold cobraba más importancia en su mente cuanto más cerca de tierra estaba. Era como un genio diabólico que la atormentaba en sueños. Se resistía hasta a mencionar tan siquiera el nombre delante de Jon por miedo de recibir una mirada glacial de esos ojos grises y ver un rictus de maldad deformándole la boca grande y generosa. Sin embargo, era un problema que debían resolver cuanto antes. Le gustara o no, ella era la esposa legítima de Harold. Hasta que no eliminaran esa dificultad, seguiría existiendo una barrera infranqueable entre Jon y ella. Quería ser la esposa de Jon más que nada en el mundo, tener ambos hijos reconocidos como suyos y regresar con él a Woodham para llevar una vida feliz y tranquila como antes. Pero Harold era una piedra que se interponía en su camino.

No debería de ser difícil conseguir una anulación, pensaba llena de optimismo. El problema era que tendría que permanecer en Inglaterra para obtenerla, o así creía, y su mayor deseo era que Jon regresara lo más pronto posible a tierra norteamericana para no correr más peligros. En tanto existiera la posibilidad de que volvieran a encerrarle en la prisión y se repitiera una vez más la horrible pesadilla vivida, no se sentiría segura. Tal vez sería mucho mejor que él se dirigiera directamente a Woodham y los niños y ella se reunieran con él cuando todo estuviese solucionado. Pero odiaba la perspectiva de otra prolongada separación. Era un asunto que necesitaba discutir con Jon. Sin embargo, no cobraba suficiente ánimo para abordar el tema. A pesar de creer con total sinceridad que la fecha de nacimiento de Virginia le había convencido finalmente de que era el padre de la niña, el terrible fiasco de su matrimonio con Harold era un tema muy delicado que le hería en lo más vivo. Le infundía pavor el solo pensar en sacarlo a colación.

Era otro de los problemas que podían esperar hasta llegar a Inglaterra...

Deliberadamente desvió sus pensamientos a asuntos más placenteros y con asombro se dio cuenta de que había pasado por alto su propio cumpleaños. El 21 de febrero había cumplido veinte años, pero habían estado ocurriendo tantas cosas en su vida alrededor de esa fecha que ni siquiera lo había recordado. También Jon había envejecido un año desde que ambos partieran de Woodham. Había cumplido treinta y siete en noviembre del año anterior cuando aún estaba prisionero en el *Cristobel*.

¡Treinta y siete! Desde la perspectiva de sus veinte años recién cumplidos, sonaba casi a viejo. Cathy, acostada en la litera junto a Jon, que dormía profundamente, le miró con detenimiento y advirtió por primera vez las líneas duras que el tiempo y la experiencia habían tallado en los planos bronceados de su rostro. Su pelo, esa espesa mata negra y ondulada que tanto le encantaba acariciar, empezaba a lucir algunas pinceladas plateadas en las sienes. Al descubrirlas, se enterneció y creció aún más su amor por él. En ese momento comprendió que en veinte años más sería un viejo. ¡Pero qué viejo! Le imaginó con su cabeza leonina encanecida, el cuerpo todavía fuerte y erguido, pero posiblemente un poco más delgado. Los ojos grises seguirían iguales, feroces y risueños según el momento y su estado de ánimo, brillando debajo de encanecidas cejas oscuras. Aun entonces sería increíblemente guapo y gallardo y ella le seguiría amando con locura. No le cabía ninguna duda.

Ahora que realmente le estaba observando con

atención vio que había acumulado un buen número de cicatrices con el correr de los años desde que le había visto por primera vez. Allí estaba ese largo desgarrón en el muslo derecho, causado por una botella rota esgrimida con intención criminal aquella noche hacía tres años cuando la había rescatado del bar en Cádiz. Ahora la cicatriz era blanca y estaba arrugada, como un trozo de cinta amarillenta que corría a lo largo de la parte interna de la pierna desde casi debajo de su masculinidad hasta antes de la rodilla. Cicatrices entrelazadas, el legado de incontables azotes recibidos en la prisión durante su primera reclusión en Newgate, sobresalían levemente en la espalda. Marcas más recientes incluían el arrugado círculo rojizo debajo de su hombro izquierdo donde ella misma le había herido con una bala. Lo rozó con dedo penitente y se mordió el labio inferior. Todavía se sentía culpable. Y, por supuesto, el corte con el sable precisamente encima...

—Me estás haciendo sentir como un novillo flaco en una subasta de ganado —murmuró Jon secamente, abriendo los ojos y mirándola con rudeza. Cathy se sobresaltó. Era de madrugada y no había esperado que estuviese despierto. Se ruborizó al comprender que le había despertado por estar absorta mirándole con tanta fijeza. Claro que la había distraído ese cuerpo largo y desnudo brillando tenuemente con su tono bronceado sobre la blancura de la sábana mientras estaba tendido de costado de cara a ella.

—Estaba... mirando —balbuceó. Los ojos de Jon se oscurecieron hasta tomar el color de grises nubarrones. Se acostó de espaldas en la litera y le tomó la mano en la suya grande y fuerte, atrayéndola hasta que quedó tendida a su lado.

—Mira todo lo que gustes —la invitó en voz dulce y baja—. Mientras se me permita el mismo privilegio.

La apretó contra su cuerpo y, levantando la mano que tenía libre, le acarició el pecho con suavidad. Bajo las caricias de esa mano el pecho cobró vida instantáneamente, endureciéndose. Entreabriendo los labios, Cathy sintió un calorcito lánguido subiendo desde la boca de su estómago. No protestó cuando él empezó a desprender la varonil camisa de dormir demasiado grande que le había donado un miembro de la tripulación del *Victoria*. Muy pronto se encontró tan desnuda como él y su boca le hacía correr escalofríos por la espalda al ir avanzando lenta y minuciosamente por todo su cuerpo. Antes de que la penetrara y la poseyera, Cathy ya estaba gimiendo de placer, casi fuera de juicio.

Cuando todo acabó, él se quedó tendido sobre el cuerpo de Cathy que todavía temblaba y se estremecía. Ella pudo sentir las gotas de sudor que caían del cuerpo viril al suyo. Lentamente, muy lentamente, Cathy fue volviendo a la realidad, pero sus manos seguían aferradas a la espalda de Jon, acariciándole, amándole...

—Cielos, me haces perder la cabeza —masculló él a su oído. Cathy se sonrió con los ojos cerrados aún y un cosquilleo en el cuerpo al oír sus palabras. Era maravilloso oírle decir esas cosas. Quizás ese era el momento para hacerle decir algo más...

—Dime que me amas —le susurró sin vergüenza

alguna y con los ojos muy abiertos y fijos en él. Su mirada era suplicante. Desconcertada, le sintió tensarse. Después se levantó y rodó hacia su lado de la litera. Enseguida se sentó en el borde de la litera con las piernas colgando y la espalda hacia ella.

—¡Jon! —protestó Cathy con dolor en la voz mientras ella también se incorporaba cubriéndose el cuerpo con la sábana que acomodó debajo de las axilas para ocultar su desnudez.

—¿Te excita tanto oírme admitir que te amo? —inquirió mirándola duramente por encima del hombro—. Muy bien, te amo: amo tu pequeño cuerpo suave y blando que se retuerce y vibra y la forma en que brinca y se estremece bajo mis manos; amo esos maullidos y lloriqueos salvajes, que brotan de lo más hondo de tu garganta cuando te penetro y te hago mía. Pero cada vez que te amo y te hago el amor, me sucede algo gracioso: ¡me encuentro preguntándome cuántos otros hombres te han amado exactamente de la misma forma!

Su voz era cruel y había calculado deliberadamente qué palabras tenía que usar para herirla en lo más vivo. Sus ojos se abrieron desmesuradamente ante la sorpresa del ataque. Por un momento lo único que pudo hacer fue mirarle fijamente, aturdida.

—¿De qué estás hablando? —le preguntó por fin—. Sabes muy bien que eres el único hombre que yo... que me ha...

—¡Oh, por Dios! ¿No puedes ser honesta por una vez? —Hubo aspereza en su voz y los ojos grises eran tan cortantes y fríos como la escarcha—. Sé lo de Harold y me he conformado. Quizás hasta crea que has hecho lo que has hecho por amor a mí, como has venido insistiendo hasta no hace mucho tiempo. ¡Pero lo que no soporto es verte sonreír y pestañear y coquetear con cada hombre que se acerca a menos de una brazada de ti! ¡Has coqueteado con todos los malditos bastardos en el barco y me estoy cansando de ser tu perro guardián! Hace mucho tiempo llegué a la conclusión de que las mujeres, por naturaleza, son tan fieles como los gatos de callejón, pero te advierto que no aguanto más; si te encuentro acostada con otro hombre, le mataré. ¡Y luego gozaré muchísimo haciéndote desear no haber nacido!

Cathy estaba sin aliento y boquiabierta ante la ferocidad que reflejaban sus facciones y su voz.

—¿Cómo te atreves a acusarme de esa forma? —exclamó ella, furiosa cuando por fin recobró el habla—. ¿Exactamente quién crees que eres, de todos modos? ¡No eres mi esposo, sabes! ¡Ya no tengo que escuchar más esas cosas de ti, gracias a Dios! ¡Estás enfermo, Jonathan Hale, y te tengo lástima! ¡Te pones tan celoso de cualquier hombre que se me acerca tan siquiera para preguntarme la hora, que eres patético!

—Patético, ¿no? —gruñó él con los ojos lanzando chispas al mirarla fijamente—. ¡No parecías pensar así hace apenas unos minutos!

La verdad innegable le hizo arder las mejillas.

—¡Eres un cerdo presumido! —estalló ella—. ¿Acaso no se te ha ocurrido pensar que yo podría responder del mismo modo con cada uno de mis legiones de amantes?

La rabia le había arrancado esas palabras. En cuanto las dijo, habría dado cualquier cosa por recobrarlas.

Pero era demasiado tarde. Los ojos grises casi se le saltaron de las órbitas de furia contenida y se le apretaron los dientes al fulminarla con la mirada.

—Así que lo estás admitiendo al fin, ¿verdad? —bufó él en tono más que desagradable—. La verdad siempre sale a la luz, como se dice. ¿Cuántos hombres has tenido, Cathy? Cuéntame, ¿me has puesto los cuernos cada vez que se te presentaba la oportunidad mientras vivíamos en Woodham?

—¡Abominable bastardo! —jadeó Cathy retorciéndose las manos y estrujando el borde de la sábana que la cubría. Se veía frágil y muy femenina sentada allí con la larga melena dorada hecha una maraña de rizos alrededor del rostro pequeño y encendido de rubor mientras sus ojos lanzaban llamas azules. Jon la estudió casi con odio. ¡Lo que sentía por ella convertía su vida en un infierno!—. ¡Quítate de mi vista! —le ordenó ella con voz trémula—. No tengo nada más que decirte: puedes creer lo que te plazca. ¡Gracias a Dios ya no estoy casada contigo! ¡No puedo imaginar nada más espantoso que estar atada por el resto de mi vida a un bruto celoso como tú!

Jon entrecerró los ojos hasta que no fueron más que dos rajas grises, glaciares, en su rostro. Al ponerse de pie lo hizo de forma brusca, casi a tirones. Las manazas se abrían y cerraban espasmódicamente colgando a los costados de su cuerpo como si él estuviera librando una batalla consigo mismo para contenerse y no cerrarlas alrededor del cuello esbelto y grácil de Cathy.

—¿No puedes? —preguntó arrastrando desagradablemente las sílabas—. Bueno, yo sí puedo, créeme, es muchísimo peor estar casado con una mujerzuela que se abre de piernas por cualquier cosa que aparece ante su vista. ¡Y hablo por experiencia!

Cathy sintió que sus mejillas ardían con la sangre que se había agolpado allí. Casi estaba fuera de sí de rabia, tan furiosa que apenas podía hablar.

—Es evidente que no crees en practicar lo que predicas, ¿no es así? —siseó ella, finalmente con ojos de mirada asesina—. ¿No has oído que lo que es bueno para uno es bueno para el otro? ¡Estás tú bueno para hablar interminablemente de fidelidad! ¿O te has olvidado de manera conveniente de Sarita?

Lo dijo en tono de triunfo. Jon le clavó la mirada fijamente por un momento sin hablar. Después una sonrisa cruel le curvó los labios.

—Ah, Sarita —murmuró pensando en el pasado—. Vaya, esa sí que era una mujer cálida y sensual...

—¡Fuera! —Cathy prácticamente le gritó la palabra. ¡Bestia insoportable, le hubiera gustado matarle! ¡Nada le hubiera causado más placer que destriparle con un cuchillo sin filo para usar sus tripas como carnada!

Jon se quedó de pie sonriéndole con ojos donde brillaba la malevolencia.

—¿Qué se siente al estar celosa, mi bien? —se burló él dulcemente. La estaba observando con satisfacción salvaje. Desnudo, los puños en las caderas, el vello de su cuerpo como una espesa sombra oscura contra la piel bronceada, se veía enorme y peligroso.

—¡Fuera! —Cathy se arrodilló de forma majestuosa en el centro de la litera, aferrando todavía protectoramente la sábana con los ojos enloquecidos de furia. Quería herirle más que nada en el mundo... Su mirada saltó de un lugar a otro en el pequeño camarote buscando algo que le lastimara como era debido al dar de golpe contra su cabeza arrogante. Jon, poniéndose los pantalones prestados tironeándolos con enojo, interpretó correctamente el brillo asesino de sus ojos.

—No te lo aconsejaría —rezongó con la boca torcida en una horrible sonrisa—. Me causaría demasiado placer desquitarme. En este mismo momento podría romperte alegremente el cuello tramposo que tienes.

—¡Cerdo! —estalló Cathy, y abandonando la búsqueda de algún objeto duro y contundente, tomó lo primero que encontró a mano.

Dio la casualidad que era la almohada. Arrebatándola de la cama, se la arrojó con todas sus fuerzas. Él la esquivó, se rio a carcajadas irónicamente y salió del camarote dando un portazo, con la chaqueta todavía en la mano.

—¡Te odio! —gritó Cathy después de que la puerta se hubo cerrado. Rechinó los dientes con furia impotente mientras se regodeaba pensando en los detalles sangrientos de los diferentes modos de asesinarle que se le iban ocurriendo. ¡Le odiaba, se dijo, le odiaba, le odiaba con toda su alma! Se lo tendría muy merecido si todo lo que pensaba de ella fuera verdad, y estuvo momentáneamente tentada de buscarse un amante para enseñarle al maldito capitán Jonathan Hale la lección que tanto necesitaba. Imaginó el violento arranque de cólera que sufriría si ella llegara a pavonearse coquetamente incitando al joven capitán del *Victoria* bajo sus narices. Sería capaz de matar... Y eso era con toda probabilidad literalmente cierto. En un arranque furioso de celos era perfectamente capaz de matar sin pensarlo dos veces, a cualquier hombre que creyera su amante. Lo cual no sería jugar limpio con el capitán Davis. Con todo...

Virginia interrumpió de repente estas reflexiones con un robusto vagido. Cathy, con las mejillas todavía ardiendo de irritación, se puso la camisa de dormir por la cabeza y se acercó a Virginia para levantarla en brazos de la cuna improvisada en el suelo.

—Chisss, cariño —la calmó y sentándose en una silla se dedicó a amamantarla—. ¡Silencio, mi ovejita, mientras mamá imagina cómo sería mejor matar a tu papá!

Durante los días que siguieron ambos se mantuvieron en un estado de guerra fría no declarada. Cuando estaban acompañados por los miembros de la tripulación, se hablaban cordialmente, ya que hubiera sido embarazoso no hacerlo. En una ocasión Cathy hasta se forzó a sonreírle a Jon en consideración a la mirada interesada del señor Corrigan. Pero en cuanto se encontraban a solas, se mantenían en un frío silencio. Compartían la litera, pero solo para dormir. De noche, Cathy ostensiblemente le daba la espalda sin siquiera decirle un helado buenas noches. Jon, por su parte, la imitaba en todo. Era difícil compartir un espacio tan reducido sin tocarse, pero Cathy lo hacía lo mejor que podía y creía que estaba saliendo airosa. Jon no demostraba en absoluto que se sintiera molesto por la súbita interrupción de las relaciones sexuales entre ellos. De hecho, si Cathy no le hubiese conocido tanto, habría jurado que él ni siquiera conocía su existencia.

Fue una fría y neblinosa mañana a fines de julio

cuando avistaron por primera vez el puerto de Plymouth. El *Victoria* solo tenía que navegar por el Canal de la Mancha y estarían en Londres. Cathy, de pie en la cubierta con Virginia en brazos y la capa azul del capitán Davis atada alrededor del cuello, se dio cuenta de que el viaje habría terminado antes de que pasara otro día. ¡Y todavía no había arreglado nada con Jon! Tenía muchas ganas de alejarse de su vida para siempre cuando estuvieran a salvo en Londres. Si no fuera por Cray y Virginia, eso era precisamente lo que haría, se dijo, alzando la barbilla en gesto desafiante. Pero, por el bien de ambos, le ofrecería una última oportunidad para que le diera cumplida satisfacción por todo lo que la había hecho sufrir. Si se disculpaba humildemente y juraba que solo la había acusado de semejantes atrocidades en el calor de la ira sin creer una sola palabra y le decía que la amaba, posiblemente podría considerar perdonarle...

Jon, a cierta distancia junto a la barandilla, era, con todo, consciente de la presencia de Cathy en el otro extremo. Estaba realmente hermosa con Virginia durmiendo en sus brazos y la larga cabellera flotando en la fresca brisa marina como un estandarte dorado. La voluminosa capa azul del capitán Davis con las charreteras y alamares dorados le sentaba a las mil maravillas. Acurrucada dentro de ella, no era más que una chiquilla, ella misma. Pero como sabía muy bien y para su gran inquietud y malestar durante los últimos días, era toda una mujer.

Tenía que poner las cosas en orden entre ellos ese mismo día. Como ya lo había decidido, a pesar de la proverbialmente femenina falsedad que la caracterizaba, tenía el firme propósito de conservarla a su lado. Había sido un verdadero error pelear con ella, tanto porque era inútil remover el pasado como porque le costaba dolorosamente en términos de incomodidad física. A pesar de lo que era esa mujer, no había sido capaz de reprimir su necesidad y deseo de ella. La presencia de su cuerpo en esa litera endemoniadamente estrecha, cuando se había jurado no tocarla por nada del mundo, había sido un verdadero purgatorio.

Cuando ella le había exigido que le confesara su amor, le había puesto el dedo en la llaga. Sí que la amaba y ese era el problema. Se despreciaba por su debilidad, pero parecía no poder hacer nada para solucionarlo. Esa hechicera le retenía en la esclavitud sin esperanza de redención. Durante el tiempo que duró el seudomatrimonio, él había sido masilla en sus manos: Cathy había jugado con él y le había dado vueltas como había querido.

Si hasta había empezado a confiar en su amor, diciéndose que no todas las mujeres eran como Isobelle, la ramera que había sido la segunda esposa de su padre y que había gozado en ostentar abiertamente sus muchas aventuras amorosas en las mismas narices del viejo. No, si hasta había logrado casi convencerse de que Cathy era diferente, de que era tan dulce, inocente y devota a él como parecía. Después había partido para Inglaterra y su vida, cuidadosamente reconstruida, había parecido derrumbarse alrededor de él como un castillo de naipes.

La retendría a su lado, pero esta vez se proponía ser el verdadero amo en su propia casa. Ella haría lo que se le ordenara y estaba resuelto a dejar bien en claro que si ella llegaba siquiera a mirar de soslayo a otro hombre él la molería a palos hasta casi dejarla muerta. Al igual que algunos perros, a las mujeres se les tenía que enseñar cómo comportarse por miedo a las consecuencias si se pasaban de la línea. Antes, él había sido demasiado blando con ella; no tenía intención de repetir el mismo error.

Jon pasó el resto de ese día sobre la cubierta, ayudando en las dos mil y una maniobras que debían realizarse antes de que el *Victoria* llegara a su destino. Como hombre de mar experimentado, sabía lo que hacía, y había pasado la mayor parte de la travesía ayudando donde podía. Los marineros habían llegado a respetarle en grado sumo. Su marinería era una de las razones para ello, pero no era tan tonto como para descontar la ventaja que le daba ser más alto y más fuerte que la mayoría de los tripulantes... y tener una bellísima esposa, según creían. Todos sin excepción le envidiaban. Jon hizo una mueca: no tenían la menor idea de...

Cathy, en cuanto hubo resuelto que le daría a Jon la última oportunidad para que se disculpase, sintió la usual premura femenina de lucir lo mejor posible mientras él lo hacía. Con bastante timidez, le preguntó al señor Corrigan si sería posible darse un baño. El hombre le aseguró que sería un placer para él arreglarlo y poco después dos fornidos marineros golpeaban a la puerta del camarote. Uno traía una práctica bañera de asiento de porcelana y el otro arrastraba humeantes cubos de agua caliente.

Cuando la bañera estuvo llena, Cathy se desnudó y se metió en el agua tibia con un suspiro de puro éxtasis. Se remojó con fruición durante un rato, después se incorporó y empezó a frotarse el cuerpo vigorosamente con jabón. Cuando toda la piel estuvo rosada y brillante, se lavó el pelo. Era maravilloso poder frotar las largas y espesas mechas con la espuma blanca, después hundir la cabeza en el agua para enjuagarlas y saber que el cabello estaba crujientemente limpio. Virginia lloriqueó un poco para llamarle la atención cuando se secaba el pelo retorciéndolo. Cathy salió de la bañera chorreando agua, se puso una toalla alrededor de la cabeza en forma de turbante y fue en busca de su hija. Llevó a la niña al agua con ella sentándola cuidadosamente sobre las rodillas mientras las dos jugaban la versión acuática de los diez chanchitos.

Más tarde, después de acostar a Virginia para su siesta, Cathy salió a la cubierta para secarse el pelo al sol. Llevó una silla de respaldo recto y la colocó en un lugar al abrigo de las miradas cerca de la barandilla. Tenía los calzones y la camisa puestos además de la capa sobre los hombros. Se sentó y empezó a pasarse los dedos por los largos cabellos húmedos esparciéndolos para que se secaran. Era consciente de que Jon la observaba todo el tiempo, pero a propósito hizo caso omiso de los entrecerrados ojos grises. ¡Si pensaba tenerla encerrada por el resto de su vida como una monja, estaba muy equivocado!

El pelo estaba casi seco y caía alrededor de los hombros como un manto de puro oro, cuando el capitán Davis acertó a pasar por allí y se detuvo a su lado. Era un joven agradable, aunque algo mediocre en apariencia, tal vez de unos veinticinco años, rubio y de ojos castaños. Había sido siempre muy cortés con ella y a Cathy le agradaba bastante. Cuando la saludó, ella le sonrió, ignorando el efecto que podía tener su radiante belleza. El capitán quedó visiblemente deslumbrado por la calidez de esa sonrisa y un par de vigilantes ojos grises, al ver esto, relumbraron amenazadora y peligrosamente.

—¿Me consideraría un atrevido si le dijera que es el cabello más hermoso que he visto en mi vida? —preguntó el capitán Davis con sentimiento. Cathy sonrió dulcemente. Comparado con Jon, era un niño. Sabía que no tenía mala intención al hablarle.

—Siempre es muy agradable recibir cumplidos —respondió recatadamente, pero su sonrisa fue comprensiva.

—¡Usted debe de recibir docenas... no, cientos! —murmuró, entusiasmado—. Es la dama más adorable que he conocido. Si yo...

—Se lo agradezco en nombre de mi esposa —dijo una fría voz a sus espaldas con un débil énfasis en las últimas dos palabras. El capitán Davis se sobresaltó lleno de confusión y se le enrojeció el rostro. Cathy, reconociendo ese tono grave, echó una mirada de soslayo al dueño de la voz.

—Oh, eh, hola, Hale, estaba por... eh... —El capitán Davis se retorcía, incómodo. Cathy, apiadándose, dijo dulcemente a Jon—: El capitán Davis ha tenido la amabilidad de hacerme compañía unos momentos mientras se secaba el cabello. Ha sido muy considerado de su parte.

—Claro —murmuró Jon secamente mirando significativamente a Cathy—. Entonces, debo agradecerle doblemente por cuidar a mi esposa mientras yo estaba ocupado en otra parte. Pero ahora que estoy aquí, yo, claro está, le haré compañía.

Una vez más recalcó leve pero de modo inconfundible la frase «mi esposa». El capitán Davis se aclaró la voz.

—Ah... sí —dijo—. Bueno, si me disculpan, Hale, señora Hale, debo marcharme ya. Mis deberes en el barco...

—Caramba, no deseamos demorarle más —murmuró satíricamente Jon. El capitán Davis tartamudeó, se ruborizó y después, prudentemente, se alejó de allí.

—Oh, vete —exclamó Cathy con mal humor una vez que el capitán Davis se hubo marchado—. ¡No había ninguna necesidad de que actuases como un marido autoritario! Es un hombre muy agradable y simplemente se detuvo un momento para pasar un rato amable. ¡Y quítate el ceño de la cara: no me impresiona en lo más mínimo! Lo que yo haga no te concierne en absoluto. Si quiero hablar... o cualquier otra cosa, si vamos a eso... con un hombre, lo haré. Y si no te gusta, bueno, peor para ti. ¿Necesito volver a recordarte que no soy tu esposa?

Cathy repitió las últimas dos palabras imitando burlonamente la forma en que él había hablado ante el capitán Davis. Mientras Jon iba asimilando la larga perorata, la sangre fue subiendo por su cuello y tiñéndoselo de un tono rojo oscuro debajo de la piel bronceada hasta llegar a sus pómulos. Endureció la mandíbula. El sol, al reflejarse en sus ojos, los hacía parecer de plata. La fulminó con la mirada. Alargó la mano y la tomó por el antebrazo debajo de la capa, no tan fuerte como para hacerle daño, pero sí lo suficiente como para que ella sintiera su fuerza de acero. Forzó una sonrisa en los labios en consideración a los mirones y la levantó fácilmente.

—Creo que necesitamos hablar —masculló entre los dientes apretados y la sonrisa forzada. Cathy echó la cabeza atrás levantando la barbilla hasta que pudo mirarle directamente a los ojos. Su tono, la mano en el antebrazo, su porte, todo tenía la clara intención de intimidarla. Ese sería el día, se prometió Cathy, inflexible. Sus labios se curvaron sonriendo con simulada dulzura.

—Estoy de acuerdo —declaró claramente. Todavía sosteniéndole el brazo, la hizo volverse en redondo. Recogió la silla en la que ella había estado sentada en la otra mano y la acompañó con paso firme al camarote.

»Estoy lista para oír tus disculpas —anunció Cathy descaradamente cuando estuvieron a solas.

Jon bufó, se recostó contra la puerta cerrada y se cruzó de brazos. La estudió un momento con ojos calculadores.

—Creo que necesitamos poner en orden algunas cosas —afirmó él por último. Cathy enarcó las cejas en muda y altiva interrogación—. Yo estoy dispuesto a llevarte conmigo de regreso a Woodham —continuó cuando fue obvio que ella no diría nada—. Y proporcionaré un hogar para ti y Cray y hasta para Virginia. Y, por supuesto, para cualquier otro hijo que podamos tener. Pero no voy a soportar tus constantes flirteos y coqueteos... o cosas peores. Quiero que esto quede bien aclarado.

—¿Qué te hace creer que tengo ganas de regresar a Woodham contigo? —exigió saber Cathy, glacial, sintiendo aumentar su cólera por el tono condescendiente del ofrecimiento.

—Deberías estar agradecida por esta oportunidad que te doy —replicó él, severo—. Con dos hijos y sin marido, si te abandonara a tu suerte, como mereces, vivirías como una paria desterrada de la sociedad.

—Creo que te olvidas de que... yo tengo un esposo —le aclaró dulcemente, pero el brillo de sus ojos azules desmintió esa dulzura falsa. Jon apretó los labios en una línea dura.

—No me olvido de nada —masculló entre dientes apretados—. Pero estoy dispuesto a perdonar tu comportamiento pasado, con tal de que no vuelva a repetirse. Demonios, si hasta me casaría contigo si puedes deshacerte de Harold.

—¿Está pidiendo mi mano, capitán? —se mofó Cathy mientras todo el tiempo sentía cómo latía atropelladamente la sangre en sus venas. Estaba tan furiosa que podría haberle matado allí mismo. Lejos de disculparse, estaba repitiendo sus insultos y ¡hasta añadiendo más ofensas al daño! Y todo para informarle con arrogante señorío que estaba dispuesto a desposarla...! Cathy se mordió la lengua en silencio.

—Si prefieres tomarlo de ese modo —comentó en tono menos malhumorado—. Pero de ahora en adelante has de reservar tus ardides femeninos únicamente para mí. Si me das motivo para sospechar siquiera otra cosa, ¡no seré responsable de las consecuencias, te lo advierto! Realmente no pretenderás que me resigne a que me encajen otro bastardo para criar!

—¿Qué quieres decir con esto de «otro bastardo»? —La voz de Cathy sonó ominosamente calmada, aunque estaba hirviendo de furia.

—Jamás estaremos completamente seguros de la paternidad de Virginia —dijo en tono tranquilo—. El padre podría ser tanto Harold como yo. De hecho, es más fácil que sea Harold. Era demasiado pequeña para ser una niña nacida en término...

—¡Tú... puedes... irte... al... infierno! —Cathy pronunció las palabras muy lentamente para que él las entendiera plenamente. Una cortina roja le nubló la vista bañándolo todo de ese color—. ¡No me casaría contigo aunque me lo suplicaras de rodillas! ¡Tampoco regresaré contigo a Woodham, así que toma nota! ¡Cuando abandone este barco no quiero volver a verte nunca más en mi vida! Mis hijos y yo lograremos sobrevivir felizmente sin tu noble sacrificio. Quién sabe, ¡hasta podría seguir casada con Harold! Puede que no sea tan guapo como tú, pero como Martha siempre dice, guapo es quien actúa como tal, así que eso te deja fuera. ¡Y con toda seguridad, nació en cuna de oro! Quizás hasta llegue a adoptar a Cray. Piénsalo, Jon; ¡tu hijo puede ser algún día lord Stanhope!

—Está claro que tú puedes regresar a Woodham o no, como prefieras. —Jon se apartó de la puerta, con las manos colgando a los costados en dos puños apretados y un músculo tironeando de la comisura de la boca—. Pero si eliges no ir, no conservarás a mi hijo en tu poder.

—Mi hijo —corrigió Cathy con los dientes apretados—. ¿Y cómo exactamente te propones quitármelo? No hay tribunal en toda Inglaterra que te conceda su custodia. ¡Un delincuente condenado como tal, que tuvo la suerte de escapar de la horca por un pelo!

—¿Consideras que algún juez podría decidir que estaría mucho mejor con una madre ramera? —contraatacó Jon y por la forma en que abría y cerraba las manos se veía a las claras que estaba tan furioso como ella—. ¡Puede que estés en lo cierto, para colmo de males!

Permanecieron echándose miradas feroces mientras en el aire la tensión crepitaba como relámpago entre ellos. Desde la cuna, Virginia rompió el estremecido silencio con un estentóreo vagido.

—Tu hija bastarda te está llamando —se mofó Jon y volviéndose bruscamente sobre sus talones abandonó el camarote con aire triunfal.

Esa noche, el único compañero de cama de Cathy fue un furor puro, simple, sin adulterar. Jon no regresó al camarote y ese proceder la satisfizo plenamente. Cuando le había dicho que no quería verle más, no había mentido. ¡Nunca le perdonaría sus insultos, jamás!

Esa misma noche el *Victoria* entró en el puerto de Londres. Cathy, despierta y levantada al rayar el alba, con Virginia, irritable y malhumorada, en los brazos, vio el muelle por el ojo de buey. Aun a esa hora tan temprana, el muelle bullía de movimiento...

Se vistió y recogió las pocas pertenencias que tenían Virginia y ella. Desembarcarían lo antes posible. Se hospedaría en una posada e inmediatamente enviaría a por Martha y Cray y su padre. Después arreglaría el lío que se había hecho de su vida. Solo había estado hostigando a Jon al decirle que podría seguir casada con Harold. Todavía le despreciaba y más que nunca. ¡Pero jamás regresaría a Woodham con Jon! ¡Preferiría morir antes, después de las cosas horribles que pensaba de ella! ¡Empezaría una nueva vida, totalmente distinta, preferentemente desprovista de hombres!

Ya estaba lista para abandonar el camarote cuando sonó un golpe a la puerta. Cathy fue a abrirla con Virginia en sus brazos. Probablemente era el capitán Davis para averiguar cuándo estaría dispuesta a abandonar el barco. No sería Jon, seguramente. ¡Llamar a la puerta era algo que no estaba en sus modales!

Cuando Cathy abrió de par en par la puerta, se quedó boquiabierta.

—Buenos días, Cathy —la saludó afablemente Harold; el rostro mofletudo seguía tan falto de atractivo como lo recordaba o más.

—¿Qué estás haciendo aquí? —jadeó ella, confundida, sin invitarle a entrar.

—Anoche recibí en mi casa un visitante de lo más interesante... o sería mejor decir esta mañana —le comentó Harold con evidente regocijo—. Tu pirata, para ser preciso. Al principio temí por mi vida, creyendo que tenía el propósito de dejarte viuda. ¡Pero me aseguró que eso era lo que estaba más lejos de su mente!

—Debo suponer que estás tratando de establecer un punto —replicó Cathy apretando los dientes cuando él se detuvo dramáticamente.

—¿Es esa la forma de hablarle a tu esposo del que has estado separada desde hace tanto tiempo? —le re-

prochó y sus pequeños ojos azules parecieron bailar-
le en la cara malévolamente—. Sí, debo establecer un
punto: tu pirata vino a mí para hacer un trato. ¡Dijo
que me devolvería tranquilamente a mi esposa y a mi
hija —aquí Harold se rio con disimulo echándole una
mirada rara a Virginia— a cambio de su hijo!

17

Cuando el enorme barco llegó al puerto de Charlestown, la ira de Cathy se había congelado y endurecido como un témpano de hielo con implacables ansias de venganza. Habían pasado poco más de tres meses desde que Jon la había dejado a bordo del *Victoria* para tomar el primer barco con destino a Estados Unidos llevándose a Cray. Aunque no había dudado ni un minuto en cuanto al paradero de Jon desde el mismo instante en que Harold, intranquilo y revolviéndose, le había comunicado lo que él había hecho, Cathy había contratado los servicios de un par de alguaciles de Bow Street para cerciorarse. Para ello había extraído dinero de su fondo fiduciario con verdadera satisfacción feroz. Ya no era la esposa de Jon y podía gastar su dinero como quisiera sin temor de enojarle. ¡Y quería usarlo para recobrar a su hijo! Era muy posible que Jon hubiese pensado que frustraría hábilmente los designios de Cathy fugándose con Cray. Pero muy pronto iba a aprender que se había equivocado: ¡Cray era hijo de ella tanto como de Jon y le recobraría aunque tuviera que gastar hasta el último centavo que tenía para hacerlo, por las buenas o por las malas!

Lo único que calmaba ligeramente la furia de Cathy era que Jon, al menos, había tenido el sentido común y el decoro de llevarse a Martha con ellos. No podía imaginar cómo se las había arreglado Jon para persuadir a Martha de que le dejara llevarse a Cray, pero conociendo a Jon suponía que no se había molestado persuadiéndola demasiado. No sería de extrañar que hubiese recogido al niño poniéndoselo debajo del brazo y se hubiese marchado de la casa, dejando que Martha optara por seguirles o no. Cathy se consolaba cuanto podía pensando que su hijo estaba en buenas manos y tenía la esperanza de que no la echara mucho de menos, lo cual era bastante probable, reconoció con ironía. Había estado demasiado tiempo alejada de él, especialmente a los ojos de un niño tan pequeño. Y Cray siempre había adorado a Jon. Con Martha encargándose de su bienestar material, Cray se sentiría probablemente tan feliz como una almeja en bajamar. Lo cual tendría que haberla tranquilizado, pero no lo hizo.

Harold había sido ridículamente fácil de manejar. Había subido a bordo del *Victoria* creyendo a pies juntillas que la forzaría con amenazas a volver con él, como su esposa, para vivir de acuerdo con sus planes. La mujer de ojos acerados, mirada desafiante y gesto adusto que le enfrentó con tanto desdén, naturalmente, le desconcertó profundamente. Hablando con voz entrecortada, había perdido el hilo de sus pensamientos, hasta había intentado usar la fuerza física para ponerla en lo que él denominaba su lugar. Cathy le había derrotado con júbilo feroz, negándose hasta a acompañarle a la mansión de su tía Elizabeth para discutir el problema. Cuando vio que no tenía ninguna posibilidad de que ella accediese a vivir con él, Harold cambió de táctica. Gimiendo de frustración, le había dicho que ella tenía la obligación de mantenerle, ya que, después de todo, era su esposo. Cathy se burló de esa ridiculez y le aseguró en tono inflexible que no sería por mucho tiempo más.

El padre de Cathy, para gran alegría de ella, estaba bastante repuesto y caminaba con la ayuda de un bastón. Gracias a él, que le brindó todo su apoyo, Cathy vio facilitados todos los trámites para obtener la anulación que buscaba. Harold, enfermo de rencor y odio, se había negado en un principio a dar su testimonio bajo juramento, trámite requerido para que se pudiera decretar la anulación. Pero ante la promesa formal de una generosa retribución en dinero contante y sonante, si hacía lo que ella le pedía, se había sentido enseguida inspirado a cooperar febrilmente. Una vez solucionado ese punto escabroso, solamente se necesitaban los testimonios escritos de ciertos miembros de la tripulación del *Tamarind*, que ya había regresado a Inglaterra. En esos escritos declararon bajo juramento que, debido a la constante indisposición de Cathy desde el momento en que Harold y ella habían subido a bordo, era imposible, desde todo punto de vista, que se hubiese consumado el matrimonio. Pertrechada de estos documentos y asistida en gran medida por su padre, hombre por demás influyente ante los tribunales, Cathy no tropezó con demasiadas dificultades para obtener las anulaciones, tanto legal como eclesiástica, de su matrimonio con Harold.

Sir Thomas se había empeñado en acompañarla en el viaje a Estados Unidos. Quería estar presente en el ataque final. Cathy, bastante preocupada por su salud todavía precaria, había hecho lo imposible por disuadirle, pero él se había mantenido en sus trece. Mason, por su parte, había hablado en privado con Cathy y le había explicado que sería más perjudicial para su padre permanecer en Inglaterra, lejos de los acontecimientos, consumido por la ansiedad, que hacer ese viaje por mar. Finalmente, convencida por estos argumentos, Cathy había accedido a llevarle consigo. En ese momento, teniéndole a su lado junto a la barandilla mientras el barco echaba anclas en el puerto de Charlestown, se alegraba sinceramente de tenerle con ella. Su padre y Mason habían sido sus baluartes durante toda la travesía, mimándola y haciendo todo lo que podían para animarla cuando ella se balanceaba al borde de entregarse a la depresión. Ellos, junto con Alice, la niñera que había contratado para cuidar a Virginia, y Martha, por supuesto, y claro está sus hijos, serían los únicos que compondrían su núcleo familiar cuando Cray estuviera a salvo en su poder y se encontraran una vez más de regreso en Inglaterra.

Cathy estaba vestida como correspondía al tiempo, que era soleado pero fresco, como ocurría en octubre por lo general en Carolina del Sur. Desde la punta de sus elegantes zapatitos con tacones altos a la vistosa capota con hermosas plumas, semejaba una gran dama, que era, precisamente, lo que quería. Antes de llevarse a Cray, se proponía castigar a Jon haciéndole ver claramente lo que había perdido. No solo a su hijo e hija, sino también a ella misma.

El vestido era de seda azul pavo real con el corpiño bien ceñido a su esbelta figura y levemente alargado como estaba de moda. La falda con mucho vuelo se ensanchaba como una enorme campana desde la estrecha cintura hasta el suelo, con las mangas amplias y sujetas en las muñecas cayendo luego sobre sus manos en una nube de encaje blanco. Más encaje caía en cascada desde la garganta hasta donde la seda del vestido formaba una V profunda entre sus pechos redondeados. El modelo de la capota era frívolo y muy favorecedor y del mismo tono de azul de la seda; le enmarcaba el rostro deliciosamente y estaba adornado con una pluma de pavo real color verde esmeralda que se estremecía cada vez que le rozaba la mejilla. Anchas cintas mate verde esmeralda la ceñían a su cabeza con un coquetón moño debajo de la oreja nacarada. El color del vestido daba un brillo espectacular a sus ojos, que parecían dos enormes zafiros rasgados debajo de cejas negro azabache; llevaba el cabello recogido en la nuca en un moño flojo dando a sus facciones un delicado marco dorado. Su irritación por tener que enfrentarse nuevamente con Jon ponía chispas en sus ojos y ruborizaba sus mejillas con un tentador tono rosado realzando su belleza de tal manera que hubiese encandilado al más endurecido de los hombres. Los marineros, ocupados en el trabajo rutinario por la cubierta, no podían apartar un segundo sus ojos de ella.

Ya era media tarde cuando por fin pudieron desembarcar. Ya en el muelle, Cathy vaciló antes de subir al carruaje que les llevaría al hotel.

—En realidad, preferiría ir directamente a Woodham —le comunicó a su padre. Él la miró con expresión grave en los ojos tan iguales a los de Cathy.

—¿No te parece conveniente descansar un poco antes? —le preguntó suavemente—. Después de todo, Hale y el niño no irán a ninguna parte. Todavía estarán allí mañana.

—Lo sé —admitió ella—. Pero...

No podía poner en palabras esa súbita necesidad que tenía de ir inmediatamente, de ver a Cray y abrazarle estrechamente, sentirse rodeada por los brazos maternales y afectuosos de Martha, ¡cantarle cuatro frescas a Jon explicándole claramente que le consideraba el peor bastardo del mundo antes de quitarle a su hijo! Hasta le haría ver las declaraciones bajo juramento que daban fe de su verdadera relación con Harold, solo para ver la expresión que ponía al darse cuenta de lo estúpido y obstinado que había sido. Y cuando se llevara a Cray y le dejara, ¡ojalá pudiera verle entonces! La mayor ambición de su vida era ver a Jonathan Hale desangrándose hasta morir ante sus propios ojos. Había tomado el amor que sentía por él y lo había pisoteado miserablemente, convirtiéndolo en violento odio incontrolable. Tenía la perversa esperanza de que sufriera cuando descubriera su equivocación. Esperaba que sufriera hasta morir de pena...

—Realmente preferiría ir ahora mismo —insistió ante su padre—. Pero vosotros podéis ir a la posada. Yo misma recogeré a Cray y volveré a reunirme con vosotros en unas cuantas horas.

—No seas ridícula —replicó su padre, encrespado, con la misma energía que tenía antes de enfermar, de manera que Cathy se sobresaltó—. Si tan decidida estás a ir ahora mismo, entonces, por supuesto, yo te acompañaré. No se me ocurriría nunca dejarte enfrentar a Hale sola. Mason puede encargarse de cuidar a Alice y Virginia.

—Yo no le temo a Jon, papá —respondió ella con un brillo belicoso en los ojos. Ya estaba saboreando de antemano el enorme placer que le produciría la inminente confrontación con Jon. Tan enfrascada estaba en sus pensamientos que no advirtió las miradas interesadas de todos fijas en su padre y ella, vestidos ambos a la última moda de Londres, de pie en medio de un cúmulo de equipaje, obviamente costoso, mientras Mason y Alice con Virginia en brazos esperaban pacientemente a un lado.

—¡Lady Catherine! ¡Qué gusto nos da que haya vuelto! —La voz pertenecía a Eunice Struthers, una frívola solterona que vivía con su hermana viuda en el corazón de Charleston. Ambas habían visitado con frecuencia la casona en Woodham—. ¿Sabe el capitán Hale que usted llega hoy? No me comentó nada cuando fui de visita para ver a vuestro adorable niño. De hecho, el capitán Hale dio a entender que usted podría estar ausente mucho más tiempo, ya que su padre estaba muy enfermo...

En este punto la mujer se interrumpió y clavó los ojos en sir Thomas. Era obvio que se estaba devanando los sesos para descifrar su identidad. Su vestimenta, su porte y sus modales, todo sin excepción, revelaba que era un hombre de categoría.

—Señorita Struthers, permítame presentarle a mi padre, sir Thomas Aldley, conde de Badstoke —dijo Cathy, viendo que no tenía más remedio que hacer las presentaciones que la mujer estaba obviamente esperando con mal disimuladas ansias—. Papá, te presento a la señorita Eunice Struthers.

Sir Thomas murmuró algo convencional, mientras Cathy añadía:

—Como usted podrá ver, mi padre ya se ha recobrado de la enfermedad. Y no, Jon no sabía que llegaríamos hoy. Yo quería darle una... sorpresa.

La ligera vacilación de Cathy antes de la última palabra pasó completamente inadvertida para la señorita Struthers. Estaba riéndose con una risilla tonta, aflautada e infantil que iba singularmente bien con su vestido recatado y su gazmoñería.

—Estoy segura de que estará encantado —gorgojeó ella retrocediendo ya en su ansiedad por divulgar la noticia—. Ha sido un verdadero placer conocerle, sir Thomas, y verla a usted nuevamente, por supuesto, lady Catherine. Debemos celebrar su vuelta a casa con una pequeña reunión para cenar...

—Ahora es necesario que vaya a Woodham de inmediato —afirmó irónicamente Cathy viéndola marcharse—. Habrá divulgado la noticia de nuestra llegada por toda la ciudad antes del anochecer. Y si Jon se entera de que he venido antes de tener a salvo a Cray...

Sir Thomas asintió con expresión sombría. Comprendía perfectamente que era improbable que Jon dejara marchar a Cray sin presentar batalla. Ya había decidido que lo mejor que podían hacer era marcharse con Cray cuando Jon estuviera ocupado en los algodonales.

Hicieron subir a Alice y Mason precipitadamente

al carruaje, a pesar de todas las protestas de Mason, quien se sentía en la obligación moral de acompañarles. Pero sir Thomas le conformó explicándole que sería más útil cuidando a la niñita y asegurándose de conseguir las habitaciones más cómodas que encontrara. Charleston Arms tenía la reputación de ser la mejor posada de toda la ciudad y Mason había de conseguir y reservar habitaciones para todos ellos.

Cuando partió el carruaje, sir Thomas se puso a buscar algún medio de transporte para Cathy y él. Casi en cuestión de minutos consiguió un landó con cochero y muy pronto estuvieron recorriendo las calles empedradas con guijarros a través de la ciudad hasta dejarla atrás. Poco después iban por el tortuoso camino que finalmente pasaría por Woodham.

Cathy, sentada en silencio junto a su padre, respiraba con fruición el aire perfumado y puro de la campiña. Adoraba Carolina del Sur en otoño, le encantaban las luminosas tonalidades rojas y doradas que hacían que los árboles parecieran brillantes manchas de color contra la hierba todavía verde y el azul apacible del cielo, adoraba los dulces olores del heno recién cortado y de las fogatas campestres y espacios sin límites. Adoraba los campos ondulados y los altos, añosos árboles que bordeaban el camino y les protegían del brillante sol de la tarde. Espontáneamente se le ocurrió que, si llevaba a cabo lo que se había propuesto, muy pronto estaría regresando a Inglaterra y nunca más volvería a gozar de toda esa belleza.

Sentada en el asiento trasero del coche abierto, Cathy forzó la vista tratando de vislumbrar algunas señales de Woodham mientras intentaba parecer indiferente. Con cada pisada sonora de los cascos de los caballos se iba acercando cada vez más a su hogar. Cathy se mordió la parte interior del labio inferior, enfadada consigo misma. Woodham no era ya su hogar y debía recordarlo.

—Hija, ¿estás segura de que quieres seguir adelante con esto? —Sir Thomas hablaba por primera vez desde que habían emprendido el viaje y sonaba preocupado.

Cathy le miró entonces y vio que una profunda arruga le marcaba el ceño.

—¿Recuperar a Cray, quieres decir? Claro que estoy segura. —Habló en un tono ligero deliberadamente, pero no consiguió engañar a sir Thomas.

—Sabes bien que me refiero a Hale… y no me vengas con que él te abandonó primero, una excusa que sé que tienes en la punta de la lengua. Soy el primero en aceptar que te ha tratado mal en cuanto a lo que Harold se refiere y también ahora con Cray. Sabes que siempre he pensado que podrías haberte casado con alguien más… más apropiado, de tu rango. Pero antes de que surgiera todo esto, eras feliz con él. Y, Cathy, creo que le amas. —Dijo esto último en voz muy queda y con dulzura.

Cathy se puso tiesa.

—¡No le amo! —protestó con más energía de la necesaria. Luego, añadió—: ¡Papá, permíteme conocer lo que siento! Le amé en una época, lo admito. Pero él se encargó de aniquilar todo lo que yo sentía por él. Seré realmente muy feliz si nunca más vuelvo a verle una vez que haya recuperado a Cray.

—Pero… —empezó a decir sir Thomas.

—Por favor, no hablemos más del tema —rogó

Cathy casi con desesperación. Enseguida agregó—: ¡Mira, allá está la entrada! ¡Cochero, gire inmediatamente a la derecha!

Sir Thomas no volvió a decir ni una palabra más. Se internaron entonces en el polvoriento camino de tierra que llevaba a la casona de ladrillos y pilares blancos. Pero su padre se veía preocupado.

Cuando el landó dio una sacudida y se detuvo delante de los escalones circulares de piedra que llevaban a la puerta principal, Cathy ya había abandonado su asiento. En ese instante se abría la gran puerta principal de roble.

—¡Señorita Cathy! ¡Señorita Cathy! —Petersham bajaba los escalones corriendo, seguido de cerca por Martha y Cray de su mano. Cathy, sonriendo y llorando al mismo tiempo, saltó ágilmente del coche sin esperar que sir Thomas se apeara y la ayudara. Tres pares de brazos la rodearon inmediatamente, estrujándola con cariño. Y ella les devolvió los abrazos sin hacer reparos de ninguna especie.

—¡Oh, amorcito! ¡Qué alegría volver a verte!

—¡Mamá! ¡Mamá! ¿Dónde has estado? Papito decía que volverías pronto, ¡pero esto no es muy pronto, creo!

Cathy se rio mucho sin considerar la trascendencia de las palabras. Liberándose de Petersham y Martha, levantó a Cray en brazos. Él le rodeó fuertemente el cuello con sus bracitos y ella le besó la coronilla negra y sedosa tan igual a la de Jon. Al pensar en la semejanza, las lágrimas empezaron a rodar libremente por sus mejilllas.

—¡Mamá, me estás mojando! —La protesta y los

culebreos de Cray volvieron a hacerla reír. Le dio otro beso en la mejilla y se dio la vuelta con él en brazos para que viera a sir Thomas, que ya se había bajado del coche con bastante dificultad y estaba observando la escena con expresión pensativa.

—Cray, ¿le conoces? —Cathy le animó con una sonrisa. Cray miró a sir Thomas, que le sonrió.

—Es tu gran papá, el abuelo —le dijo Cathy. Cray movió afirmativamente la cabeza, pero como dudando. Luego, acercando la boquita a la oreja de Cathy, dijo en tono audible:

—Mamá, no sé por qué le llamas así. Él no es tan grande ni con mucho como mi verdadero papá. ¡Mi verdadero papá es mucho más grande!

Todos rieron a carcajadas, incluso sir Thomas.

Un momento después, entraban. El vestíbulo central con su suelo de madera lustrada y el gran espejo en la pared le resultaba tan conocido, tan familiar, que sintió un nudo en la garganta. «¡Mi casa!», gritaron sus traviesos y voluntariosos sentidos. «¡Has vuelto a casa!»

—Señorita Cathy, ¿desea subir al primer piso y refrescarse? Ordenaré que le envíen agua caliente. —Petersham la miraba como un tonto con una sonrisa radiante de oreja a oreja—. ¡Todos estamos muy contentos de que haya regresado a casa! ¡El amo Jon estará encantado!

Antes de que Cathy pudiera responder, Martha intervino.

—¿Dónde está la pequeña? ¡El amo Jon dijo que tenía una niñita! Dice que se parece a ti, cariño. ¡Quiero conocerla!

Ambos estaban mirando a Cathy, expectantes. Ella le pidió a su padre que la ayudara con una mirada que hablaba a las claras de su desesperación. Él le devolvió la mirada, impasible, sin mover un solo músculo para ayudarla a salir del apuro.

—Sí, Martha, hay un niñita. Le he puesto de nombre Virginia; se quedó con su niñera en la ciudad. —Respiró a fondo—. Petersham, lo siento, pero no nos quedaremos. Solo he venido a por Cray. Martha, ¿quieres ir a preparar su ropa? Regresaremos a la ciudad.

—¡Señorita Cathy, no puede hacer eso!

—Amorcito, ¡no hablas en serio!

—Hablo muy en serio —afirmó Cathy, decidida—. Por favor, Martha, ¿quieres preparar sus cosas? Te lo explicaré todo más tarde.

Cray percibió que no todo andaba bien y miró de uno a otro. La carita se le frunció a punto de echarse a llorar.

—No llores, tesoro, todo está bien —le susurró rápidamente Cathy y le hizo cosquillas para que se riera antes de entregárselo a Martha. Martha le tomó de la mano y lanzó una mirada inquieta a sir Thomas. Sir Thomas asintió lentamente con la cabeza y Martha, de mala gana, salió a cumplir las órdenes recibidas.

—¡Señorita Cathy, no puedo permitirle que se lleve al señorito Cray! ¡El amo Jon me descuartizará! —Petersham estaba realmente afligido.

—Yo me encargaré del amo Jon —contestó Cathy con más seguridad de la que tenía—. No te preocupes, Petersham, no tengo intención de partir sin verle. ¿Dónde está, por favor?

—En el campo oeste. —Los ojos de Petersham reflejaban preocupación al mirarla—. Pero, por favor, señorita Cathy, ¿qué pasa entre ustedes dos...?, siempre he sabido que pasaba algo. Ha estado muy alicaído desde que ha vuelto... ¡y no le abandone de este modo! ¡Le romperá el corazón! ¡Él la ama, señorita Cathy!

Cathy soltó una carcajada.

—Por favor, Petersham, haz que traigan el cabriolé a la puerta. Quiero ir hasta el campo oeste yo sola. Quiero hablar con Jon.

Sir Thomas la miró fijo y serio por un momento, luego bajó lentamente la cabeza.

—Acompañaré a Martha y Cray a Charleston y regresaré a por ti —dijo, seco.

—¡Oh, papá, no es necesario! ¡Puedo conducir hasta la ciudad sin inconveniente!

—Es absolutamente necesario —replicó su padre enfáticamente. Después, cuando Petersham salió con renuencia a hacer lo que le había mandado, suavizó el tono—. Cathy, creo firmemente que deberías reconsiderar la decisión que has tomado. Si Hale está dispuesto a desposarse contigo...

—¡No me casaría con él aunque fuera el último hombre sobre la tierra! —estalló Cathy ferozmente—. ¡Papá, ya he tomado una decisión! ¡No quiero discutirla más!

Sir Thomas agachó la cabeza y no volvió a hablar. Poco después trajeron el cabriolé a la puerta de la casona y Cathy, desdeñando la ayuda de todos, trepó a él.

—No tardaré mucho —le dijo a sir Thomas y a

Petersham mientras la observaban expresando distintos grados de preocupación en sus rostros. Después dio unos chasquidos enérgicos con las riendas y el caballo partió al trote.

El campo oeste se encontraba mucho más adelante, siguiendo el mismo camino por donde había llegado. Cathy condujo el cabriolé por ese camino hasta llegar a otro secundario sin firme que llevaba a unos altozanos por entre los cuales corría un arroyuelo cristalino. Cathy conducía a buen paso deseando haberse puesto los guantes, ya que las riendas de cuero le lastimaban las manos. El aire del crepúsculo, caldeado todavía por el sol que seguía brillando en el ocaso, le acariciaba el rostro y daba color a sus mejillas. Brillaban los ojos azules con el fuego que encendía en ellos la idea de la batalla inminente. Iba sentada muy tiesa en el estrecho asiento acolchado, la cabeza protegida contra el sol por el toldo con orla y su trasero también protegido contra las inesperadas sacudidas por ruedas con excelentes resortes. El vestido llamativo y lujoso con la pequeña capota haciendo juego estaban completamente fuera de lugar en aquel sencillo marco campestre, pero no le importaba. Tampoco le importaba, y lo sabía, que dentro del marco de ese polvoriento cabriolé negro se veía un tanto ridícula, pero hermosísima.

Cuando el cabriolé subía la última cuesta antes de llegar al campo oeste, Cathy tiró de las riendas haciendo detener el coche. Durante unos momentos se quedó absorta contemplando el paisaje que se extendía a sus pies. Altas hierbas doradas cubrían densamente todo el terreno y se mecían con suavidad con la brisa.

El sol brillaba lustroso en las espaldas inclinadas de los esclavos que estaban manejando largas guadañas mientras segaban la hierba en rítmicas hileras. Jon dirigía la operación. Ella hubiera reconocido esa alta silueta en la oscuridad a dos kilómetros de distancia. Mientras estaba observándole, Jon también tomó una guadaña y se puso a trabajar.

Cathy sintió que se le secaba súbitamente la garganta y que su corazón empezaba a golpear contra el pecho. El momento decisivo había llegado. ¡Ahora ese hombre se las pagaría, pagaría con sangre por los insultos, las humillaciones y la última atrocidad que había cometido contra ella!

Agitó las riendas con un enérgico movimiento de las muñecas y el caballo volvió a andar. El cabriolé rodaba cuesta abajo lentamente. Cathy sintió que los hombres levantaban las cabezas y clavaban los ojos en ella, sorprendidos. Estaba cerca del borde del campo. Jon, ocupado con su trabajo, fue uno de los últimos en darse la vuelta para mirar. Después de la primera ojeada incrédula, le vio enderezarse, darse la vuelta y dirigirse hacia donde ella estaba.

Cathy detuvo el coche bruscamente y se quedó esperando que él se acercara. Estaba más flaco de lo que recordaba, pero tan bronceado y en tan buen estado físico que parecía invencible. Con la holgada camisa blanca, los calzones color de ante ceñidos a sus largas piernas y estrechas caderas, el sombrero de ala ancha caído como al descuido detrás de la cabeza de pelo negro y lustroso, todo en él exudaba virilidad sensual. Al ir acercándose, Cathy pudo notar la negra barba de tres días en esa mandíbula de hierro y el extraño destello en los ojos grises al acariciarle el cuerpo con su mirada. Un esbozo de sonrisa irónica le torcía la boca. Se sintió invadida de súbita alegría tan solo con verle frente a ella, pero la reprimió furiosamente. Se recordó que estaba allí con un propósito: ¡enseñarle a ese canalla sin corazón una lección inolvidable!

—Lady Stanhope, supongo —dijo con un toque de humor burlón cuando se detuvo junto al cabriolé, apoyando negligentemente un pie en el estribo. Cuando descansó el brazo en la rodilla doblada, el movimiento le acercó a ella. Tan cerca que Cathy podía ver cada poro en el rostro bronceado. Tragó saliva y trató de presentar una fachada de fría altivez. Por dentro, era una masa de nervios temblorosas.

—Ya no —respondió ella sosegadamente, forzándose a enfrentarse con esos centellantes ojos grises—. Se ha anulado el matrimonio. He vuelto a ser lady Catherine Adley otra vez.

—Ya veo. —La sonrisa que jugueteaba en la boca se ensanchó un poquito más.

—Los documentos están en mi bolso. Puedes verlos si gustas. Como te dije repetidamente, todos ellos dan testimonio del motivo requerido para la anulación: falta de consumación del matrimonio. —A despecho de sus mejores intenciones, Cathy no pudo evitar que se filtrara cierta aspereza en la voz.

—No lo dudo.

Cathy le miró con sorpresa e incredulidad, sin poder creer lo que oía. ¿No lo dudaba? Entonces, en nombre de Dios, ¿a qué había estado jugando todo ese tiempo?

Jon interpretó correctamente la expresión de incredulidad que cruzó por su rostro. Una sonrisa levemente burlona estiró sus labios.

—Tan pronto como me alejé del problema y tuve tiempo para pensar, supe que había sido un necio cegado por la ira. ¿Puedes perdonarme?

Cathy estaba tan desconcertada que solo pudo mirarle boquiabierta. ¿Después de todo lo que le había hecho sufrir, de todo lo que le había martirizado, estaba dispuesto simplemente a admitir que se había equivocado? ¿Sin pruebas de ninguna índole? ¡Era increíble! ¡No lo toleraría en absoluto! Él le había hecho padecer un verdadero infierno durante meses y ahora ¿creía que podía disculparse sin más ni más y que todo eso quedaría relegado al olvido? ¡Ni en sueños!

—¿Qué te parecería cambiar de simple lady Catherine Adley a señora Hale otra vez? —El tono de la pregunta fue ligeramente frívolo, pero no así la mirada de aquellos ojos grises. Brillaba la sensualidad en ellos mientras le acariciaban el cuerpo de la cabeza a los pies. Cathy se sintió como una actriz que habiendo aprendido su papel de memoria al entrar al escenario descubría que estaban representando otra obra dramática. Nada se desarrollaba como había esperado.

Al ver que ella no respondía, Jon echó un rápido vistazo en derredor lleno de impaciencia.

—No podemos hablar aquí —dijo súbitamente—. Hazte a un lado.

Subiendo con agilidad al cabriolé, le quitó las riendas de las manos inertes. Obedientemente, Cathy se apartó un poco. Él se sentó a su lado y chasqueando las riendas puso el coche en movimiento. Cathy estaba tan confundida, tenía tal torbellino de ideas en la cabeza, que apenas si advirtió que el coche empezaba a andar. Jon se había disculpado... y le había ofrecido matrimonio. Sería tan fácil disculparse... hasta la próxima vez. Cathy, recordando cómo se había negado a escucharla, cómo había rehusado creerle cuando ella le había dicho nada más que la verdad, rememorando cómo la había usado y abusado de ella, diciendo que Virginia era una hija bastarda y como remate llevarse a Cray, sintió que se le endurecía el corazón.

—No quiero casarme contigo. —La voz de Cathy sonó nerviosa.

Jon le lanzó una rápida mirada calculadora, pero no habló hasta detener el coche. Estaban en medio de otro campo cubierto de hierba dorada que llegaría hasta la cintura no muy lejos del arroyo. Un solitario roble añoso montaba guardia a poca distancia. Alrededor de ellos, el terreno se elevaba en suaves ondulaciones que parecían apartarlos del mundo. Estaban completamente solos.

—¿Por qué no? —inquirió él, sereno, volviendo la cabeza para mirarla.

Cathy comenzaba a fastidiarse bastante por el tono fríamente razonable que él usaba. Parecía un padre indulgente cediendo a los caprichos de una criatura díscola. ¡Bueno, ella ya no era una criatura y, por lo tanto, se lo haría entender de una vez!

—¿Por dónde puedo empezar? —Le miró directamente a los ojos—. Primero, estoy harta de vivir sufriendo tus celos. Nunca te he dado el más mínimo motivo para que pudieras sospechar siquiera que había hecho algo indebido, sin embargo, has vivido acusándome de tener amantes. Segundo, tienes un genio muy vivo y realmente espantoso y puedes llegar a ser violento. También estoy harta de eso. Tercero. ¡Hablando de infidelidad! ¿Qué me dices de Sarita? Me niego terminantemente a aguantar semejante cosa, y si ha sucedido una vez, dudo que no vuelva a repetirse. Cuarto, sospechabas que Virginia no era tu hija. ¿Cómo puedo saber que no decidirás caprichosamente lo mismo con cualquier otro hijo que pudiéramos tener en el supuesto caso que estuviera tan equivocada como para casarme otra vez contigo? Y quinto, ¡me robaste a Cray! ¡Es lo que encuentro más difícil de perdonar que todas las demás cosas!

Mientras iba escuchando las explicaciones llenas de resentimiento, la mandíbula de Jon se endurecía más y más. Cuando ella hubo terminado de hablar y seguía echándole miradas feroces y beligerantes, él, sin decir palabra, saltó fuera del cabriolé y se volvió a mirarla.

—Bájate —le dijo sucintamente, y, al ver que ella no se movía para obedecerle, estiró los brazos y, tomándola por las axilas, la levantó y la hizo bajar a la fuerza. Cathy no se resistió físicamente. Por el contrario, le permitió que la hiciera tomarse de su brazo y empezar a andar alejándose del cabriolé en dirección al arroyo.

»Responderé a eso punto por punto. —La voz sonó imperturbable y eso irritó más a Cathy—. Tienes toda la razón: es verdad que tengo tendencia a ser algo celoso, ¡pero debes admitir que me has provocado! —Aquí Cathy le lanzó una mirada y él pareció titubear un poco—. Con eso he querido decir que te he encontrado en algunas situaciones embarazosas que te condenaban a simple vista. ¿Qué hombre no habría creído lo mismo que yo creí si hubiese encontrado a su esposa desnuda en la cama con otro hombre? ¡Muchísimos te habrían estrangulado allí mismo!

—¡En cambio tú, alma caritativa y bondadosa, simplemente me violaste! —le interrumpió Cathy acaloradamente. Jon tuvo la delicadeza de mostrarse ligeramente avergonzado.

—No fue violación —empezó de mala gana, pero prudentemente abandonó ese argumento ante la creciente cólera de Cathy—. De todos modos, me estoy esforzando por erradicar definitivamente los celos de mi vida. Te prometo que haré todo lo que pueda para controlarlos. Si llegara a descontrolarme, tienes mi permiso para romperme la crisma con cualquier cosa. Conociéndote como te conozco, sé que lo harás de todos modos.

Aquí sonrió fugazmente, pero al toparse con la fulminante mirada de Cathy, borró la sonrisa rápidamente.

—En cuanto a mi mal genio, ¿puedo señalarte que yo no te estrangulé? Nunca en mi vida te he puesto una mano encima para golpearte, y lo sabes, así que creo que podemos descartar ese punto.

—¿Y Sarita? —le recordó Cathy en tono glacial.

—Ahh, Sarita... —repitió en tono divertido, pero viendo llamear los ojos de Cathy, abandonó rápidamente el tono de chanza. Dejó de caminar y se volvió a mirarla a la cara. Sus manos se posaron delicadamente sobre los antebrazos de Cathy—. Esa pobre diabla jamás significó nada para mí, y lo sabes. La tomé simplemente para desquitarme de ti.

—No por eso dejabas de ser infiel, mientras vivías acusándome constantemente de serlo —interpuso mordazmente ella. Jon la miró con los ojos entrecerrados.

—No puedes acusarme de infidelidad si ni siquiera estábamos casados —señaló él. Al ver los ojos desorbitados de Cathy y cómo se entreabrían sus labios rosados y sensuales para decir lo que seguramente sería una réplica jugosa y desfavorable para él, se apresuró a añadir—: Maldita sea, bien sabes que jamás he mirado siquiera a otra mujer desde que por primera vez puse mis ojos en ti mientras chillabas y te retorcías en tu camarote en el *Anne Greer* hasta esa vez con Sarita. Y nunca volverá a suceder, te doy mi palabra. Santo Dios, ¿vas a reprochármelo por el resto de nuestras vidas?

—No, no lo haré —le contestó fríamente Cathy—. Por que no voy a estar cerca de ti por el resto de tu vida. ¡Suéltame! ¡Me marcho!

Al hablar trató de liberarse de las manos que la sujetaban. Repasar mentalmente todos los pecados que él había cometido había vuelto inquebrantable su resolución de darle una lección. Había desgarrado la dulce trama del amor que les unía con sus celos insoportables. Ahora, irresponsable como siempre, creía que podría alegremente remendar las lágrimas vertidas y dejar intacta la trama otra vez. ¡Bueno, no tenía la más mínima intención de entregarle los jirones siquiera!

—No puedes abandonarme. No te lo permitiré. —Las manos parecían tenazas alrededor de sus antebrazos y la voz era más dura aún. Su gran fortaleza y su gran estatura hacían que ella pareciera más pequeña y débil. Con el rostro adusto y sombrío siguió contemplándola largamente. Todo en él era amenazador.

—¿Y cómo te propones hacerlo? ¿Cómo piensas detenerme? ¿Encerrándome y manteniéndome prisionera durante los próximos veinte años? —Cathy estaba realmente furiosa y así lo revelaban el rostro y el tono de su voz.

—Puedo pensar en algo mejor. —Estaba sonriendo, pero el gesto no era agradable. Cathy, mirándole con chispas de odio en los ojos, sintió un escalofrío de miedo corriendo por su espalda. Era tan enorme y parecía estar resuelto a usar la violencia...

—¡Suéltame! —La estaba atrayendo contra su pecho y rodeándola con sus brazos mientras reía suavemente al hacerlo. Cathy pegó un puntapié que dio de lleno en la espinilla de Jon, pero él ni se encogió. En cambio, rodeándola sorpresivamente con sus poderosos brazos, la aprisionó contra la dura pared de su cuerpo. Luego se estaba inclinando y su cabeza y hombros ocultaron la luz del sol.

Desde el primer roce de sus labios sobre la boca de Cathy, ella supo que estaba perdida. Ciegamente, como una niña buscando consuelo, devolvió sus besos, los brazos rodearon y se colgaron del cuello bronceado y musculoso y los dedos se enredaron en la espesa mata de pelo negro. En lo más recóndito de su ser, Cathy sabía que esto era para lo que había nacido, para este hombre, para ese momento.

La estaba inclinando hacia atrás sobre su brazo musitando su nombre una y otra vez mientras presionaba los labios ardientes contra la carne tibia y suave que estaba debajo del vestido de seda. Cathy gimió cuando esa boca voraz encontró el tembloroso pico del pecho, y se entreabrió rodeando con los labios la suave protuberancia endurecida. Cathy podía sentir el calor húmedo de la boca quemándole la piel a través de las capas de seda.

El vestido se deslizaba lentamente por sus hombros y él lo tironeaba hacia abajo, aflojándole los brazos que le rodeaban el cuello para poder liberarlos de los pliegues del vestido. Vagamente, como en sueños, Cathy comprendió que la estaba desnudando en medio de un campo abierto, con el sol brillando sobre sus cabezas y un grupo de hombres trabajando al otro lado de la elevación del terreno. Pero no le importó. No le importaba nada, excepto esa fiebre que tenía en la sangre, abrasándola, convirtiéndola en fuego puro bajo sus manos. Como una gatita mimosa que busca caricias desesperadamente, arqueó su cuerpo contra él mientras Jon le quitaba las enaguas como ya había hecho con el vestido. Se quedó con la camisa y los pantalones con puntillas como única vestimenta, mientras sus dedos febriles desabotonaban la camisa sin la menor vergüenza y depositaba ardientes besos en la piel bronceada que iba descubriendo.

Jon también gimió al sentir el roce de sus labios, y las manos no fueron muy firmes mientras deslizaban por los brazos de Cathy las cintas de la camisa y luego desataba los cordones de sus pantalones y los dejaba caer al suelo. Después la levantó en el aire y la apartó del círculo que había formado la ropa en la tierra, para tumbarla suavemente de espaldas entre la hierba alta y dorada que se mecía en la brisa. Cathy, mirándole con deseo punzante en los ojos mientras él se despojaba de la ropa, vio los anchos hombros desnudos, brillando al sol, el negro vello rizado que le cubría el cuerpo, el vientre plano y tenso, las piernas largas y fornidas y sintió todo su cuerpo flojo y débil de añoranza. Era tan hermoso y guapo que le hacía daño verle así. Le deseó con toda su alma y todo su cuerpo y por la mirada de los ojos grises no le cupo duda de que él también la deseaba. Se dejó caer junto a ella, desnudo, y toda la extensión de un cielo azul sin nubes sirvió de marco a su cabeza oscura. Esos ojos grises, esa boca dura y firme, la tentaban... Con un estremecimiento, ella alzó los brazos y le rodeó el cuello, atrayéndolo sobre sí. Antes de que la boca le rozara nuevamente los labios, cerró los ojos para no ver la luz.

—Oh, Dios mío, eres hermosa —gimió él con voz trémula antes de poseerla. Cathy abrió los ojos y le vio contemplándola fijamente, con los ojos negros de pasión al observar ávidamente su rostro que reflejaba cómo iba creciendo su apetito sexual.

—Ámame —gimió ella hincándole las uñas dolorosamente en la nuca—. ¡Oh, Jon...!

La voz se perdió en un gemido doliente cuando él la poseyó con el fuego pulsante de su deseo penetrándola ferozmente. Cathy se retorcía, gimiendo y dejando profundos surcos con las uñas en la ancha espalda lustrosa de sudor. Sus ojos se cerraron con fuerza y su respiración se volvió entrecortada y jadeante mientras devolvía embestida por embestida, respondiendo al ardor contundente de Jon con su propia necesidad que clamaba por ser saciada.

—¡Oh, querido! —gritó cuando no pudo soportar

más su ardiente y dulce tortura. La boca de Jon se cerró sobre un pezón dolorido ansioso de caricias y su última embestida violenta empezó a pulsar y a estremecerse muy hondo dentro de ella. Cathy le sintió convulsionarse y jadear entre sus brazos y después se perdió en la maravillosa espiral de éxtasis en la nada oscura y sin tiempo.

Cuando por fin volvió a la realidad, se sorprendió al ver que el cielo seguía tan brillante y azul como hacía unos minutos, que la hierba era todavía alta y dorada y dulce su fragancia y que continuaba rodeándoles como guardianes susurrantes y alerta, que el sol brillaba y el aire era fresco. No sabía por qué, pero tenía la sensación de haber esperado que todo hubiese cambiado.

Jon estaba rendido de costado junto a ella y su largo cuerpo desnudo se veía más bronceado y oscuro contra la dorada hierba que seguía meciéndose en la brisa. Se había apoyado en el codo y la mano le sostenía en alto la cabeza mientras la contemplaba. Una sonrisa perezosa le curvaba los labios. El cabello color azabache estaba terriblemente revuelto y Cathy sintió que se le encendían las mejillas al recordar cómo había pasado sus dedos por él. Al ver el rubor, los ojos de Jon le devolvieron una mirada cálida y cariñosa.

—Dime ahora que no me amas —murmuró él complacido. Cathy le clavó la mirada y no respondió. Él parecía tan pagado de sí mismo, tan sumamente satisfecho de sí mismo... Ella se incorporó bruscamente. ¡Estaba tan seguro de que su técnica amorosa lo había arreglado todo! Era increíble, realmente.

»Debo confesarte algo —dijo él distraídamente.

En ese momento se tendió de espaldas y cruzó las manos debajo de la cabeza, su desnudez no le inmutó en absoluto. Cathy se puso de pie y empezó a ponerse la ropa con manos todavía temblorosas. Él la observaba con una expresión que era posesiva y de admiración a la vez.

»Cuando fui en busca de Cray y lo traje aquí, sabía que vendrías a por él —le comentó, sonriéndose un poco al recordar su propia astucia—. Enojado, furioso como estaba contigo, no podía soportar la idea de perderte para siempre. Hasta le dije repetidamente que mamá vendría pronto, cada vez que me lo preguntaba. Te he estado esperando desde hace semanas.

Cathy, luchando para ajustarse el vestido, sintió un bienvenido dardo de ira. ¡Así que la había manipulado una vez más! Él la creía tan fácil de inclinarse a sus deseos, ¿no era así? ¡Bien, esta vez se llevaría una sorpresa!

Se ató la capota debajo de la barbilla sin preocuparse si el moño estaba ladeado o no. Después se volvió y caminó resueltamente en dirección al cabriolé. Detrás de ella, oyó el crujido de la hierba al incorporarse él de golpe.

—¿Adónde vas? —La pregunta fue cortante. Cathy sonrió inflexible. ¡Ah, quizá Jon empezaba por fin a hacerse una idea de lo que estaba pasando! Cuando llegó al lado del cabriolé, trepó rápidamente y recogió las riendas. Después se dio la vuelta para mirarle.

Estaba de pie, bastante ridículo mientras la miraba fijamente, con los dos puños cerrados y apoyados sobre las caderas, los pies separados y tan desnudo como el día de su nacimiento.

—Te abandono —le dijo dulcemente y cloqueó al caballo. Obediente, el animal avanzó. Cuando ella hizo girar el cabriolé, oyó las maldiciones de Jon usando un verdadero torrente de blasfemias. La última vez que le vio antes de subir la cuesta y desaparecer del otro lado, le encontró saltando en una pierna, tironeando de sus calzones con furia incontenible tratando de vestirse para poder seguirla. Le había tomado completamente desprevenido.

Cathy sonrió y sus ojos azules brillaron con la luz del triunfo. Al fin se había vengado. Entonces, ¿por qué no podía quitarse de la cabeza esa espantosa idea de que acababa de cortarse la nariz para escupirse en la cara?

18

—¡Señorita Cathy, me das vergüenza! —dijo Martha con severidad pasando el cepillo por la larga cabellera de su señora con tanta rudeza que le arrancó algunas hebras doradas.

—¡Ay! ¡Martha, si no te callas, juro que te echaré sin una sola recomendación! ¡Como te he dicho una docena de veces, lo que yo haga no te incumbe! —Cathy apartó violentamente la cabeza del cepillo vengador de la mujer. ¡Estaba hasta la coronilla de oír los puntos de vista de Martha sobre el pobre y maltratado Jon! ¿Nadie se preocupaba de sus sufrimientos? ¿Qué se podía decir de la pobre y maltratada Cathy? Hasta su padre parecía dispuesto a creer que Jon había sufrido más de lo debido por su culpa.

—Ese pobre hombre —continuó Martha pasando por alto la amenaza de Cathy—. Todo el tiempo que tardamos cruzando el océano en ese barco desvencijado, tú eras de lo único que hablaba. Cathy esto y Cathy aquello, así se lo pasaba. ¡Si hasta me dijo lo parecida a ti que era Virginia! Y cuando yo le expliqué cómo y por qué te habías casado con lord Harold, fue de lo más comprensivo. Me dijo que lo entendía todo ahora y cómo había sido que no lo entendiera antes. Dijo que lo sentía mucho, estaba realmente mortificado.

—¡A mí no me lo dijo! —murmuró Cathy, resentida. Martha, ocupada arreglándole el cabello de un moño sobre la coronilla, hizo como que no la había oído.

—¡Te diré una cosa, señorita Cathy, si llevas a esas pobres criaturas lejos de su papá, nada más que por despecho, tendré que avergonzarme por la forma en que sir Thomas y yo te hemos criado! El amo Jon te ama y no encontrarás un caballero más valiente y noble a lo largo y a lo ancho de este país bárbaro. ¡Ni siquiera en Inglaterra! Vaya, él...

—Si me ama tanto, ¿por qué no ha venido a buscarme? —interpuso Cathy de modo irrebatible—. Hemos estado aquí una semana... una semana entera... y no se ha acercado a nosotros. ¡Dame una respuesta, te lo ruego!

Martha no pudo y tanto Cathy como ella misma lo sabían. Simuló toser y aclararse la garganta, pero la pura verdad era que no tenía una respuesta apropiada. Cathy y ella y los niños, junto con sir Thomas y Mason, habían permanecido hospedados en Charleston Arms. Todos los días desde que Cathy había regresado con sir Thomas y el pequeño Cray, Martha había esperado que el amo Jon llegara echando la puerta abajo y exigiendo que regresaran inmediatamente a Woodham con él. Pero, hasta ese momento, nada de eso había sucedido, y hasta la fe que Martha tenía en él estaba flaqueando.

Cathy también había esperado a Jon de un momento a otro desde que le había dejado medio desnudo y maldiciendo en medio del prado. Cada vez que imaginaba su llegada, se sentía invadida por una agradable sensación de anticipación mezclada con miedo. ¡Estaría tan enfadado...! Pero al correr de los días, y ver que no llegaba, una sorda resignación reemplazó aquella sensación sobrecogedora y escalofriante que la invadía cada vez que pensaba en su cólera desatada. Al parecer, Jon había aceptado que todo había terminado entre ellos. El barco que les llevaría de regreso a Inglaterra zarparía en diez días más. En cuanto estuviera a bordo de ese barco, Cathy sabía que habría perdido a Jon para siempre.

—¡Basta ya, Martha! Ayúdame a vestirme —exclamó Cathy, irritada y retirando la cabeza de los dedos de Martha, que rizaban algunas mechas para que le rodearan tentadoramente el rostro desnudo. Después de todo, ¿a quién le importaba cómo lucía?

Cathy se volvió dando la espalda al espejo del tocador y se puso de pie. Martha, muda gracias a Dios, en esos momentos, fue al alto ropero para buscar el vestido de Cathy. Era una hermosa mañana de otoño. El sol se filtraba por las ventanas altas y la brisa suave hacía susurrar a las hojas de brillantes colores del arce cercano. De acuerdo con el tiempo, Martha eligió un traje de dos piezas de terciopelo rojo oscuro que constaba de una chaqueta corta y muy entallada y una amplia falda hasta el suelo. Debajo de la chaqueta iba una blusa blanca de seda con cuello alto y corbatín. Era un atuendo severo, casi de estilo masculino. Realzaba, por supuesto, la frágil y delicada belleza de

Cathy convirtiéndola en el mismo epítome de la feminidad.

Las dos mujeres guardaban silencio mientras Martha la vestía. Cuando el último pliegue pesado cayó en su lugar, Cathy se volvió para observarse en el gran espejo móvil de cuerpo entero sin ningún interés. Ese día su apariencia carecía de atractivos para ella. Preferiría, con mucho, estar usando la enagua hecha jirones de sus días en la isla de los Loros, en tanto tuviera todo lo que la acompañaba...

Mientras Martha estaba ordenando la habitación, llamaron a la puerta. Cathy la miró con cierta impaciencia mientras Martha iba a abrirla. Lo más probable era que fuera su padre para agregar sus arengas a la de Martha.

Pero era Petersham. Cathy miró sorprendida al hombrecillo delgado pero fuerte. Él parecía incómodo, pero resuelto al mismo tiempo.

—¿Le pasa algo a Jon? —La pregunta estalló en su boca antes de que pudiera reprimirla. Petersham entró en la habitación, retorciendo y enderezando el sombrero que tenía en las manos. Martha le cedió el paso, luego cerró la puerta con una peculiar expresión satisfecha en el rostro que borró inmediatamente.

—Sí, señora —afirmó Petersham y se humedeció los labios. Después, acercándose más, las palabras cayeron como un torrente de sus labios—. ¡Señorita Cathy, tiene que volver a casa! ¡El amo Jon se está matando! ¡Desde que usted se fue con el señorito Cray, ha estado tan borracho que ni puede caminar! ¡Tengo miedo de que la bebida le lleve a la tumba!

La mirada de Petersham imploraba. Cathy desvió su mirada de Petersham y observó la expresión presumida de Martha y sospechó algo turbio inmediatamente. ¿Estarían tratando de engañarla?

—Petersham, ¿me estás diciendo la verdad? —exigió saber, sondeándole con la mirada al encontrar sus ojos.

—¡Sí, señorita Cathy, es la pura verdad! —contestó, ronco—. El amo Jon está bebiendo whisky como si fuera agua. No ha salido de su dormitorio desde aquel día que llegó a casa y descubrió que usted se había ido llevándose al señorito Cray. ¡No quiere comer, apenas duerme, y anoche, cuando traté de obligarle a tomar un poco de sopa, me echó y me ordenó que le dejara en paz! Cuando lo hice, ¡cerró la puerta con llave! No ha salido desde entonces, señorita Cathy, ni me abre la puerta cuando llamo. ¡Señorita Cathy, estoy terriblemente inquieto por él!

A Cathy se le estrujó el corazón al imaginar a Jon en ese estado. Por qué tenía que preocuparse por él era una incógnita, pero descubrió para su gran sorpresa que se inquietaba y mucho. Con todo, volvió a mirar a Petersham con recelo y suspicacia.

—¿Qué te hace pensar que yo puedo hacer algo para cambiar esa situación? —le preguntó. Petersham hizo un gesto de impaciencia.

—Señorita Cathy, yo le dije antes de que se llevara al señorito Cray que le rompería el corazón si le abandonaba. Usted sabe que él la ama y usted conoce mejor que nadie por qué está como está. He vivido con ustedes desde un principio y sé a ciencia cierta que él ha sido bueno con usted. Ahora solo se deja llevar por el amor propio, ¡y su amor propio puede significar la muerte del amo Jon!

Cathy observó el semblante exaltado de Petersham largamente. Lo que decía era verdad, hasta ahí. Jon había sido bueno con ella, desde los primeros momentos de la relación, cuando él la había secuestrado del barco que la llevaba a Londres para ser presentada en sociedad. Aun cuando había tomado su cuerpo, nunca había sido contra su voluntad. Le había deseado desde el primer instante, solo que entonces ella había sido demasiado joven e ingenua para entender qué significaba desear a un hombre. Jon se lo había enseñado con gentileza y ternura, él la había iniciado convirtiéndola en mujer. Oh, habían peleado, pero las peleas eran inevitables cuando se trataba de la unión y convivencia de dos personas de genio vivo y temperamento apasionado y vehemente como ellos dos. Y qué maravillosamente dulce había sido hacer las paces... las reconciliaciones...

En cambio, ahora, Jon estaba bebiendo como una esponja y moriría alcoholizado por amor a ella. Ese pensamiento estaba haciendo reverdecer emociones que ya creía mustias por la ira y el resentimiento. Si Jon la amara... Si la amara...

—Muy bien, Petersham. Iré contigo ahora mismo a Woodham. Pero, atención, no estoy prometiendo nada. Sin embargo, le hablaré.

—Oh, gracias, señorita Cathy —exclamó, radiante, Petersham—. Si tan solo lograra que él se despejara de la borrachera y comiera algo...

—Lo más probable es que me eche de allí con cajas destempladas —comentó Cathy, secamente, pero no lo creía más que Martha o Petersham.

Poco después, los dos subían al coche y emprendían el largo trayecto hasta Woodham. Petersham se encargó de conducir y Cathy se mostró silenciosa la mayor parte del tiempo. De pronto, se asombró cuando empezó a sentir mariposas revoloteando en la boca del estómago ante la perspectiva de volver a enfrentarse con Jon. Si Petersham le había mentido... le echó una mirada asesina. ¡Nunca se lo perdonaría... y mucho menos a Jon!

Petersham no había mentido. La gran casona estaba sumida en un silencio sepulcral. Los sirvientes se movían con cautela para no hacer ruido y se veían tristes, cariacontecidos, como si se estuviera velando a un muerto en algún lugar de la casa. Nadie hablaba si no era en susurros. Desde el pie de la escalera Cathy pudo percibir el olor nauseabundo de whisky. Arriba, ni un solo sonido partía desde el dormitorio principal de la casa.

—Llevaré una gran jarra con café negro y algunos emparedados en unos minutos —acotó Petersham en voz baja cuando Cathy empezó a subir.

Ella le lanzó una mirada llena de ironía.

—Sería mejor que primero esperaras a ver si me deja entrar.

Por la sonrisa confiada de Petersham que usó como única respuesta, era obvio que no le cabía ninguna duda al respecto. Cathy deseó tener tanta confianza como él. Cuando terminó de subir se detuvo unos momentos en el vestíbulo de la planta alta, vacilante. Luego se acercó a la puerta del dormitorio y aguardó un momento más.

Por fin, reuniendo suficiente valor, llamó a la puerta. Los golpecitos resonaron sordamente en el vestíbulo, pero no hubo ninguna respuesta.

—¿Jon? —le llamó y presionó la oreja contra el grueso panel para oír mejor cualquier movimiento en el interior—. ¿Jon? —volvió a llamarle, dando golpecitos en la puerta al no recibir respuesta.

Esta vez oyó el ruido de una botella estrellándose en el suelo. Un torrente de palabrotas siguió al estallido, dichas por una voz velada pero bien reconocible.

—Dios, ahora estoy oyendo voces —creyó Cathy oírle decir del otro lado de la puerta. Antes de que pudiera reaccionar, la puerta se abrió de par en par. Como había estado apoyada en ella, casi se fue de bruces al suelo. De inmediato una mano de acero se cerró alrededor de su antebrazo, apretándolo dolorosamente mientras le impedía caerse.

—¡Creía que te había ordenado que te fueras al diablo! —empezó Jon, ásperamente, después dejó de hablar repentinamente y sus ojos inyectados en sangre se agrandaron clavándose en el rostro de Cathy—. ¡Oh, Dios! —exclamó. Fue un gemido raro, estrangulado, y la empujó lejos de sí con algo parecido a la repugnancia. Cathy trastabilló retrocediendo y de pronto se encontró con la puerta cerrada en sus narices. Parpadeó, aturdida, mirando la puerta cerrada. ¡Jamás habría esperado un recibimiento así! ¡Cómo se atrevía a ser tan grosero cuando ella había venido desde tan lejos solo para verle!

Echando chispas de ira por los ojos, se dirigió resueltamente hacia la puerta y volvió a llamar con golpes enérgicos.

—¡Jonathan Hale, abre esta puerta inmediatamente! —exigió con furia al tiempo que giraba frenéticamente el picaporte.

La puerta se abrió casi de inmediato. Antes de que ella pudiera hacer más que fulminarle con la mirada, él la estaba rodeando con sus brazos y estrechándola contra su pecho, con tanta fuerza que Cathy pudo sentir cada uno de sus músculos y tendones.

—Oh, Dios, eres tú —masculló sordamente, presionando los labios contra la piel sedosa de su cuello—. ¡Creí que estaba imaginando cosas otra vez!

Cathy se encontró envuelta en una nube de vapores de whisky, pero por el momento la traía sin cuidado. Se abrazó desesperadamente al torso fornido y también lo estrechó con todas sus fuerzas. Él le devolvió el abrazo, murmurando palabras de amor que ella no podía entender muy bien ya que las decía en la curva que formaba el cuello con el hombro.

Pasados unos minutos, él la soltó solo para hacerla entrar en el dormitorio y cerrar la puerta. Él se quedó apoyado contra el panel tambaleándose un poco. Los ojos bordeados de rojo la estudiaron como si quisieran devorarla. Después de unos segundos, la mirada se volvió penetrante y más dura.

—¿Qué estás haciendo aquí? —le preguntó tan bruscamente como se lo permitía la lengua pastosa por el alcohol—. Si has venido a regodearte, ya puedes marcharte ahora mismo por donde has venido. ¡No te necesito! No necesito a nadie...

Cathy se desconcertó por el brusco cambio de actitud. La estaba mirando con furia y su expresión era cruel. Cathy tuvo la impresión de que él casi la odiaba.

—Petersham... —tartamudeó ella antes de pensar. El semblante de Jon se ensombreció más.

—¿Acaso ese viejo libertino fue a buscarte? —inquirió amenazadoramente—. ¡Maldito sea, le mataré! Supongo que te ha contado alguna idiotez como que me estoy matando con la bebida por amor a ti. Dime, ¿no ha sido eso?

Su tono era una triste parodia de burla. Bajo la influencia de tanto whisky, no podía controlar completamente la pizca de verdad que era tan evidente en sus palabras.

—Me ha comentado algo por el estilo, sí —admitió Cathy, observándole con mucha atención. Vio que se le teñían de rojo vivo los pómulos. Los ojos grises desviaron la mirada de los suyos.

—¡Maldito sea, le mataré sin miramientos! —gruñó—. ¡Diablos, si has venido por eso, puedes marcharte ahora mismo! ¡No quiero tu compasión!

—No la tienes —contestó Cathy, firme, sin apartar los ojos ni un segundo del rostro bronceado—. Tienes mi amor en cambio, grandísimo imbécil. Por eso he venido.

Jon volvió rápidamente la mirada al rostro querido con una mezcla de esperanza y duda en los ojos. Antes de que ella pudiera decir algo más, él ya se abalanzaba sobre ella apartándose de la puerta y la apretó contra su cuerpo. Esta vez su beso encontró los labios de Cathy. Ella se lo devolvió alegremente pasándole las manos por el cuello y haciendo caso omiso del sabor acre del whisky contra sus labios. Sintió que se tambaleaba súbitamente y se abrazó a él para sostenerlo.

—Es mejor que te sientes antes de caer al suelo —le aconsejó en tono festivo cuando al fin consiguió apartar los labios de la boca del ser tan amado.

—Sí, yo...

Una llamada a la puerta le interrumpió.

—Un momento —dijo Cathy y ayudó a Jon a sentarse en una silla antes de acudir a la puerta. Él se desplomó en la silla con las largas piernas abiertas y extendidas.

—¿Quién demonios es? —preguntó, irritado.

—Probablemente Petersham con café y un poco de comida —respondió Cathy con el semblante sereno mientras acudía a abrir la puerta. A sus espaldas oyó rezongar a Jon—: ¡Viejo tonto entrometido!

Cuando ella abrió la puerta, Petersham se veía ansioso. Cathy le tranquilizó con una sonrisa mientras él cruzaba la habitación para dejar la comida sobre una mesita. Jon le observaba con mirada siniestra y cuando Petersham le echó un rápido vistazo de reojo, él gruñó:

—Recuérdame más tarde que debo despedirte.

—Sí, capitán —respondió Petersham sin inmutarse, después le guiñó un ojo a Cathy antes de dejarles a solas otra vez.

Cathy empujó la mesita hasta que quedó junto a la silla donde descansaba Jon. Luego sirvió una taza de café negro. Él la tomó en sus manos con impaciencia sin dejar de mirar fijamente a Cathy.

—Cathy... —empezó él. Ella le hizo callar con un gesto.

—Come primero —le ordenó severa, pasándole un emparedado—. Después hablaremos.

Mientras él obedecía, mordisqueando ávidamente, Cathy recorrió la habitación con la vista. Era el caos total, según comprobó, frunciendo la nariz por los vapores del whisky que subían de la botella que al parecer se había caído y roto cuando él había acudido a la puerta. Aparte de eso, había capas y capas de polvo sobre todos los muebles. Era evidente que Petersham no había exagerado nada cuando le había dicho que Jon no permitía la entrada a nadie desde hacía días. La cama estaba deshecha, las almohadas en el suelo al otro extremo de la habitación donde Jon probablemente las había arrojado, ya fuera por un arranque de ira o por un esfuerzo por sentirse más cómodo, no podía decirlo a ciencia cierta. Las cortinas estaban corridas dejando la habitación en la oscuridad más absoluta. Sacudiendo la cabeza, se puso de pie de un salto y fue a descorrerlas. Los rayos del sol entraron a raudales y su brillante luz iluminó todos los rincones del dormitorio. Detrás de ella, Cathy oyó quejarse a Jon.

—Oh, mis ojos —masculló él protegiéndolos del sol con una mano. Cathy se acercó a su lado y le reprendió afectuosamente con la mirada.

—Te lo tienes bien merecido —le dijo sin compasión—. Después de beber todo ese whisky, tu resaca debería durar semanas. Si te sientes mejor, creo que podría llamar a Petersham para que te ayude a asearte. Francamente, mi querido, no estarías fuera de lugar en un establo.

Jon sonrió:

—Debo tener un tufo imposible de aguantar —murmuró bajando la mano un poquitín para espiarla.

—Es la pura verdad —respondió ella con franqueza—. No tiene importancia, no te preocupes, muy pronto Petersham te hará sentir como nuevo.

Cuando Cathy se dirigía a la puerta, Jon la tomó por un pliegue de la falda de terciopelo.

—¿No te marcharás? —preguntó con voz enronquecida. Sonriéndole con ternura, Cathy le contestó que no con la cabeza.

—No me marcharé —prometió y fue a llamar a Petersham.

Ella esperó en el saloncito trasero de la planta baja entretanto Petersham asistía a Jon cuando se bañaba y se vestía. Cuando Petersham hubiera terminado, ella subiría nuevamente para continuar esa conversación tan interesante desde donde se había interrumpido. Canturreaba por lo bajo mientras esperaba y su corazón latía alegremente, con más alegría de la que había tenido desde hacía meses. Se quedaría con él. A pesar de todo lo pasado, amaba a ese hombre y él también la amaba.

Para su sorpresa, oyó los pasos pesados de Jon acercándose al recibidor. Estaba volviendo la cabeza cuando él entró. Se le veía mucho mejor, comprobó, al detenerse apenas franqueado el umbral. Tenía las manos hundidas en los bolsillos de los calzones, su expresión era cautelosa al mirarla. Estaba recién afeitado y bañado, el cabello negro pulcramente peinado y cepillado y vestía una camisa blanca limpia y un par de calzones gris oscuro. Los ojos todavía estaban ligeramente enrojecidos, lo que era de esperar.

Cathy le sonrió un poco vacilante. Él no le devolvió la sonrisa. Si acaso, se endureció más su expresión.

—Eres libre de marcharte, si así lo quieres —dijo muy tieso—. Te aseguro que no estoy en peligro de morir por la ingestión desmedida de whisky, a pesar de lo que pudo haberte dicho Petersham.

Cathy le estudió atentamente. Bajo su mirada escrutadora, la sangre tiñó de rojo oscuro el cuello y seguía subiendo a los pómulos. Satisfecha, su sonrisa se ensanchó.

—Parece como si estuvieras ansioso de deshacerte de mí —dijo alegremente. Jon apretó los dientes.

—¡Por el amor de Dios, no te burles de mí! —exclamó, bronco, cruzando la habitación a zancadas hasta llegar a la ventana. Se puso a mirar por ella dándole la espalda.

—No me estoy burlando ni bromeando. —Su voz fue dulce y caminó hasta quedar detrás de él deslizando los brazos alrededor de su cintura musculosa. Le sintió atiesarse más al notar el roce de sus brazos y después relajarse lentamente.

—Te amo, lo sabes —dijo él gruñonamente mirando por la ventana. Apretada contra su espalda, Cathy sonrió.

—¿Lo bastante como para casarte conmigo? —le preguntó. Él se volvió lentamente dentro del círculo de sus brazos. Cathy vio que sonreía con una cierta inseguridad.

—¿Te estás declarando? —La voz fue ronca, sensual.

—Sí. —Ella le sonrió desvergonzadamente con los ojos llenos de amor. Los ojos grises comenzaron a devolver la sonrisa, con un brillo cálido al clavarlos en los de ella.

—¿Incluye eso dos hijos y posiblemente una docena más en el futuro? —preguntó como si lo estuviera considerando.

—Sí.

—Entonces, acepto encantado —respondió, y, para cerrar el trato, su boca descendió rápidamente sobre los labios expectantes de la mujer.

Cuando volvió a levantar la cabeza, Cathy parpadeó con los ojos empañados de lágrimas de felicidad. La mirada de los ojos grises estaba llena de amor cuando las dos manazas tomaron entre ellas el rostro menudo y radiante de Cathy, sonriéndole.

—Nos casaremos tan pronto como yo tenga tiempo de pedir, conseguir o secuestrar un pastor —le dijo a Cathy bajando nuevamente la cabeza.

Y así fue.

OTROS TÍTULOS DE LA COLECCIÓN

Lisa Kleypas

MI BELLA DESCONOCIDA

Julia Wentworth es una actriz de teatro que tiene a todo Londres a sus pies. Sin embargo, guarda un secreto increíble: un marido misterioso al que no conoce y a quien no se atreve a mencionar... Durante años, Damon Savage ha estado buscando a la desconocida con quien sus inescrupulosos padres lo casaron sin su consentimiento. Lo único que quiere es librarse de quien imagina una chiquilla tonta. Pero se llevará una gran sorpresa al descubrir que se trata, nada menos, que de la exquisita actriz a la que deseaba convertir en su amante.

Ahora, su mayor desafío será conquistar el corazón de la orgullosa e independiente dama...

Stephanie Laurens

EL JURAMENTO DE UN LIBERTINO

A diferencia de los demás varones de su propia familia, Vane Cynster nunca quiso verse atado a ninguna mujer, por muy encantadora que ésta fuera, y Bellamy Hall le parecía el lugar perfecto para ocultarse durante un tiempo de las cazamaridos de Londres.

Pero un día Vane conoció a Patience Debbington y pronto nació en su mente algo más que un deseo de seducción. Patience, por su parte, no estaba dispuesta a sucumbir a las proposiciones de Vane. Se había prometido a sí misma que jamás se expondría a que le rompieran el corazón...